Les Aigles du Danube

DU MÊME AUTEUR

Le Songe de Thermidor
éd. J.-C. Godefroy, et coll. J'ai lu.

Xavier de Laval

Les Aigles du Danube

ROMAN

Albin Michel

22, rue Huyghens, 75014 Paris

ISBN 2-226-05277-1

Prélude

Qui d'entre nous connaît aujourd'hui Aurore de Marassé?

L'histoire de sa vie tient en quelques lignes éparses dans les *Souvenirs de la baronne du Montet.* Elle apparaît dans les pages qui relatent les fêtes du congrès de Vienne. Louis XVIII est sur le trône; Napoléon est encore à l'île d'Elbe; le Grand Empire a disparu; l'heure du partage des dépouilles a sonné. Dès le mois de septembre 1814, diplomates, princes et souverains affluent sur les bords du Danube; dans le sillage de ces *aigles,* se presse une foule de rapaces de moindre envergure : chargés d'affaires, publicistes et aventurières.

Parmi celles-ci, la comtesse de Marassé occupe une place à part : la silhouette romanesque qu'a fort bien esquissée Mme du Montet provoque une irrésistible envie de découvrir son visage.

Aurore rédigea les cahiers que nous allons lire pendant tout le temps que dura cette étonnante assemblée. Leur lecture illustre, au jour le jour, ce que nous disent les historiens : le destin de l'Europe du XIXe siècle fut scellé au milieu d'un tourbillon d'intrigues où le cœur des ministres avait souvent plus de part que l'intérêt des États et passait toujours avant le bonheur des peuples.

Mais, avant de découvrir ces pages, lisons le seul témoignage authentique sur la comtesse de Marassé qui soit parvenu jusqu'à nous : celui de Joséphine La Boutetière de Saint-Mars, baronne du Montet :

« Il est parfois plus difficile de perdre sa réputation dans le grand monde que de la conserver. Aurore de Marassé, belle, charmante et frêle émigrée, sans fortune, sans appui et sans prudence aucune, a été un de ces phénomènes.

Parvenue à Vienne, je ne sais comment, après avoir quitté la France dans la suite du général Dumouriez, elle se vit, tout à coup, posée dans la société : chanoinesse honoraire du chapitre de Brüner, présentée à la cour de l'empereur d'Autriche François Ier, elle était recherchée par les coteries élégantes de la capitale. Familière avec les grands, elle devint l'amie des femmes les plus légères et des hommes les plus dangereux pour la réputation d'une jolie femme, tels que le prince de Metternich ou M. de Los Rios, attaché auprès du ministre d'Espagne, don Pedro Gomez Labrador.

Au milieu de toute cette diplomatie européenne, Aurore menait une singulière existence : logée dans les combles de l'hôtel Palm, elle jouait le rôle de dame de compagnie de la princesse Bagration, et passait pour gouvernante, ou à peu près, de la petite Clémentine, la fille illégitime de Metternich et de cette princesse.

Presque chaque jour, elle recevait dans sa mansarde, et avant même d'être levée, les ambassadeurs, les ministres, les chargés d'affaires au Congrès. Elle donnait audience aux domestiques sans place, qui venaient implorer sa protection et se trouvaient fort heureux de la servir gratis. Protégée et protégeant, mourant souvent de faim, à la lettre, elle était généralement vêtue de robes rapiécées mais coiffée de superbes diadèmes. Mlle de Marassé recevait des cadeaux de prix provenant de gens influents; elle se servait volontiers de leurs voitures, de leurs gens, généralement à leur insu et sans aucune vergogne.

Bien souvent sa mansarde servait de point de réunion à des diplomates qui espéraient ainsi échapper à la surveillance dont ils étaient l'objet.

Connue dans la société sous le nom d'Aurore, elle se montrait partout avec une mine fraîche, toujours aussi belle, quoique parfois elle fût pâle et fatiguée.

Attaquant familièrement les plus grands seigneurs, elle répondait avec aplomb à leurs mauvaises plaisanteries et souvent avec dignité.

Aurore n'avait pas le sou; tout le monde le savait; on ne

comprenait pas comment elle vivait lorsque ses protectrices, les princesses de Courlande et la princesse Bagration quittaient Vienne... Mais je sais bien qu'un matin, elle entra chez moi pâle, défaite, anéantie, me priant en grâce de lui faire donner au plus vite un bouillon car elle n'avait rien pris depuis le départ de la princesse de Sagan; celle-ci avait quitté la ville depuis plus de vingt-quatre heures.

Je me hâtai d'accéder à ce désir. Elle pleura dans mes bras, me parla longuement et avec un désespoir qui n'était point feint de sa déplorable situation. Le soir même, je la rencontrai à un grand bal que donnait dans son palais le prince Razoumoffsky; elle était sémillante...

Quelques jours plus tard, j'entrai dans sa mansarde vers la fin de la matinée. Elle me déclara sur-le-champ qu'elle était malade et ne voulait point quitter son lit. Pénétrant plus avant dans la pièce, j'eus la surprise de découvrir M. de Los Rios.

Ce fils naturel du duc de San Fernando était un homme spirituel mais de la plus mauvaise compagnie; excessivement libertin, il avait coutume de dire tout ce qui lui passait par la tête. C'est ainsi que je l'entendis affirmer, avec désinvolture, qu'il ne répondait de la vertu d'aucune femme qui eût passé seulement une heure en sa compagnie, même en voiture.

Il était seul avec elle dans sa triste chambrette, froide, presque sans meubles, remplie de délicieux objets de porcelaine, de cristaux de Bohême et de bronzes dorés qui encombraient ce taudis.

Tandis que je demeurais près d'elle à m'apitoyer sur son sort, elle reçut un billet de M. de Caraman, accompagné d'un bracelet qu'elle jeta négligemment sur son lit. Cette étrange personne avait les doigts chargés de bagues superbes; des chaînes d'or fort élégantes attachaient sa lorgnette, sa montre précieuse. Toutes les princesses, tous les princes qui séjournaient à Vienne avaient, un jour ou l'autre, concouru à former son charivari – énorme paquet de joujoux en or qu'elle portait, attaché à sa ceinture par un riche crochet.

Sa table de toilette, de dimensions imposantes, était couverte d'objets en argent, de brosses, de miroirs grands et petits, de flacons d'essence, de pots de rouge, de boîtes de cristal... Il y avait quelque chose d'une courtisane dans ce désordre, dans cette profusion de choses inutiles, dans cette pitoyable misère.

Et pourtant, en quelques mois, Aurore réussit, sans jamais encourir ni blâme ni reproche, à sortir de ce cercle vicieux d'existence... »

Les personnages de ce roman sont authentiques : la princesse Bagration, qui fut l'égérie du tsar, et les quatre sœurs Courlande se sont retrouvées à Vienne pendant la durée du Congrès; l'aînée, devenue duchesse de Sagan, fut l'objet de « la plus folle et ravageuse passion » de la vie de Metternich, nous dit le meilleur biographe du Chancelier, G. de Sauvigny; la dernière – connue du public sous le nom de duchesse de Dino, qu'elle adoptera deux ans plus tard – partagera la vie du prince de Talleyrand jusqu'à sa mort, en 1838.

Ainsi, l'Histoire constitue le canevas sur lequel Aurore de Marassé brode sa vie aventureuse et lance un regard aigu. Ses carnets nous disent comment cette jeune fille, abandonnée sur les rives du Danube par son père, un émigré de la onzième heure, parvint à s'introduire dans la société la plus fermée d'Europe, l'aristocratie autrichienne, comment elle se livra à *l'espionnage* de société, une pratique fort courue dans les ambassades rivales, et par quel biais elle fut mêlée aux mille intrigues de salon qui firent la magie du congrès de Vienne. Lorsque nous contemplons ce spectacle suranné, une chose nous étonne : c'est de voir les personnages de l'Ancien Régime qui en sont les acteurs débattre de questions qui constituent l'actualité d'aujourd'hui.

Xavier de Laval,
Paris, 1991.

I

Septembre 1814

Le quadrille de Courlande

« A sept heures, je me rends pour dîner chez Metternich. Il m'écoute à peine, comme d'habitude ; toute la horde courlandaise *se trouvant présente, il n'a pas le temps de se préoccuper de quoi que ce soit... Depuis huit jours, Metternich a confié à ces femmes tous nos secrets politiques. Ce qu'elles savent est incroyable. »*

Le baron de Gentz,
ministre d'Autriche
et secrétaire général du Congrès.

1

Le palais Palm

I

Vienne est une ville dont les habitants ne s'extasient jamais. Depuis la mort de Marc Aurèle, survenue il y a une quinzaine de siècles, aucun événement n'a soulevé dans nos murs un enthousiasme comparable à celui que provoque aujourd'hui l'ouverture du congrès de la Paix. La levée du siège de 1683 par les Turcs, la mort de l'impératrice Marie-Thérèse ou le récent bombardement de la ville par les obusiers de Napoléon, n'étaient point parvenus à troubler de pareille façon la sérénité des esprits.

Surgie des quatre coins de l'Europe, une multitude d'étrangers a envahi la capitale de l'Autriche. Les rues fourmillent de calèches. Les maisons regorgent d'occupants; les écuries davantage encore. Le moindre appartement se négocie en monnaie sonnante et trébuchante. Il n'y a plus, nulle part, un anneau pour accrocher son cheval.

Pour moi, je me trouve fort bien installée sur mon perchoir : une mansarde sise dans les combles de l'hôtel Palm. A cette altitude, je bénéficie d'une vue dominante sur les toits de tuiles vernissées qui recouvrent la ville comme un couvercle.

Lorsque je regarde le soleil se lever, j'aperçois en contrejour le clocher gothique de la cathédrale Saint-Étienne, superbe engrenage de pierres noires dont l'ombre dentelée pointe vers ma lucarne. Par une autre fenêtre, je peux observer la cour du palais : une esplanade carrée, pavée de façon irrégulière, qu'encadrent deux corps de bâtiments symétriques. L'aile gauche est occupée par la princesse Bagration; la duchesse de Sagan s'est installée en face. Ce vis-à-vis n'est pas de tout repos quand on connaît le tempérament glorieux de ces femmes illustres et la rivalité qui les anime.

La position que j'occupe dans la société de ce pays est peu confortable; la plupart des gens que je côtoie ici m'appellent, d'une façon familière – ou cavalière, c'est selon – par mon prénom, Aurore. Ils seraient bien embarrassés de décliner mes titres et mon patronyme; de toute évidence, ceux-ci ne leur diraient rien. Je me suis fixée dans ce pays par hasard, graine anonyme déposée par le vent de la Révolution sur une terre étrangère. N'ayant autour de moi ni parents ni attaches familiales, je vis aux dépens des généreuses et négligentes princesses qui se partagent ce palais.

Tant qu'elles résident à Vienne, ma subsistance est assurée; mais lorsqu'elles quittent la capitale afin de se rendre aux eaux de Baden ou de prendre leurs quartiers d'été, il arrive qu'elles m'oublient; sans doute comptent-elles l'une sur l'autre pour subvenir à mes besoins; je me trouve alors un peu démunie; et parfois tout à fait.

Avant de narrer les épisodes marquants de mon enfance et de mon adolescence – qui furent tout le contraire d'un conte de fées – je vais me reposer jusqu'à demain matin. Il se fait tard et, lorsque j'aligne des phrases à la lueur vacillante d'un bougeoir, j'ai tendance à laisser ma plume filer, comme la flamme d'une chandelle qui charbonne et laisse des traces un peu trop noires. Je m'apitoie volontiers sur moi-même. A quoi bon? J'écris ce cahier pour mon plaisir. Je ne souhaite pas qu'il soit voilé de mélancolie.

II

Mon nom est Aurore de Marassé. J'ai trente ans. Je suis née orpheline et je le suis restée. Je suis née au bord de la Dordogne, mais je n'y suis point restée. Je suis née pauvre, mais je ne compte absolument pas le rester. Sans famille, sans patrie et sans argent, voilà tout mon avoir. Assise à ma table devant un miroir piqué, je fête mon anniversaire, en ce dernier dimanche de septembre 1814.

Je suis Vierge comme Lucrèce Borgia, comme la princesse de Lamballe, comme Ivan le Terrible. Comme M. de Chateaubriand, ma fortune est dans mes rêves; mais aussi dans ma silhouette, longue, ondoyante et toujours en mouvement, pareille à celle de ces merveilleuses qui toupillaient sans cesse, au temps du Directoire.

Des yeux noirs et vifs, des cheveux bruns, courts et bouillonnants; le teint sombre d'une Mauresque que nulle ombrelle ne parviendra jamais à protéger de son dieu le Soleil – une divinité que je prie plus souvent qu'il n'est de coutume en Autriche où les femmes le redoutent par-dessus tout.

Vivant dans une société catholique, je me rends aux offices chaque semaine. On peut m'apercevoir, le dimanche, recroquevillée sous les voûtes de Saint-Étienne, un missel à la main, le nez en l'air, respirant les vapeurs d'encens et les relents de cuir mouillé qui imprègnent les églises autrichiennes. En vérité, je hume moins que je ne renifle : j'ai froid durant les messes basses, les grand-messes m'enrhument et les complies m'ennuient.

Dès le printemps, sur le parvis de la cathédrale, mon front bruni et mes épaules dorées trahissent mes goûts de sorcière. En dépit de mes efforts, je passe pour une impie un peu fantasque dans la bonne société; dans les autres, j'observe que mes pratiques, ou mes épaules, piquent davantage l'intérêt des amateurs et ne rebutent que les tristes à pattes.

Vendredi soir, la princesse Bagration, qui est férue de magie et d'art divinatoire, recevait, outre sa compagnie habituelle, quelques adeptes de la Haute Science. J'ai interrogé son astrologue polonais, qui distille à merveille les philtres de la vanité, pour savoir ce qu'il pensait des gens de ma race : ceux dont le thème est signé par la constellation de la Vierge.

Après m'avoir observée durant quelques instants, le vieux mage, dont l'haleine évoquait davantage le marc de vodka que le marc de café, m'a prise par un bras, en le serrant avec chaleur, et m'a déclaré :

– Les natifs de ce signe sont des créatures craintives et

téméraires. Vous avez encore l'anatomie naïve d'une beauté effarouchée, Aurore; et le cœur est ce qui vous manque le moins. Trop souvent, hélas, vous ne voyez qu'un attentat à la pudeur dans l'amour qui vous sollicite et auquel vous ne parvenez point à répondre.

J'ai feint de ne pas l'entendre.

Pour illustrer son propos, l'astrologue a cité la princesse de Lamballe; mais il a oublié Lucrèce Borgia. Puis il a refermé ses éphémérides et les a déposées sur un guéridon. Entre-temps, quelques personnes étaient venues nous rejoindre. Parmi elles, je reconnus le comte von Clam-Martinitz qui prêtait une oreille désinvolte aux propos du Maître, tout en jetant un œil exercé sur sa patiente.

Le vieillard déclara, en lâchant mes mains dont il avait scruté attentivement les paumes :

– Se dérober, éviter son destin naturel et aspirer dans le même temps à une fortune fabuleuse, telles sont les contradictions dans lesquelles une femme comme vous se débattra, sa vie durant.

Je préférerais me débattre dans les bras du major von Clam; hélas, à l'instant où je m'apprête à l'aborder, il se détourne et s'éloigne, tout en redressant ses six pieds de taille; bombant le torse, il fait miroiter les brandebourgs de son dolman comme une odalisque.

Je sais peu de chose sur son compte : cet ancien aide de camp de Schwarzenberg a les cheveux bouclés comme un mouton de mérinos, une carrure d'hercule et une forte encolure, vu de dos. Il est au service du prince de Metternich qui l'a fait revenir de Londres – après un long séjour, si j'en juge par son élégance et son indifférence envers les femmes.

Il faudrait que je l'interroge pour connaître son signe zodiacal, mais je doute qu'il me réponde : le major passe pour être un homme courtois et avisé, d'un commerce facile en société; cependant, il raille volontiers les piperies des astrologues, comme font aujourd'hui les gens qui prétendent être savants.

III

Ma prime jeunesse s'est déroulée dans la vicomté de Turenne, sur les bords de la Dordogne. Ma mère, une jeune fille assez pauvre, issue d'une maison qui n'était pas ancienne, mourut à ma naissance. Quant à mon père, le comte Antoine de Marassé, c'était un officier de fortune, au sens propre du terme. Veuf et séduisant, il courut toute sa vie, de garnison en garnison, à la recherche d'un parti mieux doté que celui dont il avait si volontiers porté le deuil.

Quand la Révolution débuta sa carrière, il applaudit follement ses premiers pas, refusa d'émigrer et suivit la faction d'Orléans. Il admira Mirabeau, écouta Lauzun, se lia d'amitié avec Choderlos de Laclos et se retrouva, quelques années plus tard, compromis au côté du général Dumouriez. Contraint de passer la frontière et de déserter, il m'emmena avec lui.

Je le suivis, petite fille craintive, durant les premiers mois de sa course à travers l'Europe centrale. Nulle part, les émigrés de la dernière heure n'avaient leur place; et moins encore, après les ultimes compromissions du duc d'Orléans. Ce périple interminable, cette errance solitaire et la crainte de ne pas trouver, le soir, une pierre sur laquelle poser sa tête, m'ont laissé au cœur une détresse affreuse et quelques visions de cauchemar.

Estimant que la présence à ses côtés d'une enfant de dix ans risquait de contrarier ses projets matrimoniaux, mon père finit par m'abandonner sur les bords du Danube. Non point qu'il m'ait laissée aller dans une nacelle, au gré des flots, en me confiant aux bons soins de la Providence; mais presque. Il me livra à des cousins secourables qui se chargèrent de parfaire mes rudiments d'éducation en m'enfermant dans un pensionnat.

J'y demeurai six ans.

Le 18 Brumaire est resté dans mon esprit le synonyme de délivrance. Tandis qu'à cinq cents lieues de l'Autriche, Bonaparte faisait main basse sur le Directoire, je quittai par la grande porte le couvent des augustines de Klagenfurt, en Carinthie, en compagnie d'une tante, Mme de Saint-Chamond.

Je n'ai jamais eu envie d'y retourner. Durant toutes ces années, j'avais passé des heures interminables à me morfondre entre un parloir lugubre – pour moi il était toujours vide –, une chapelle glaciale qui ne me servit guère de refuge, et des salles de classe bruyantes où je ne brillais que dans une seule matière, la géographie; en français, je m'exprimais dans un langage fort peu châtié qui m'attirait les réprimandes de mes professeurs et les observations moqueuses de mes condisciples.

Par petites étapes, dans une lourde et inconfortable patache, nous gagnâmes les bords du Danube à travers des montagnes vertigineuses dont la splendeur m'étourdit.

Peu après notre arrivée à Vienne, le coup d'État de Bonaparte fut connu; aussitôt, ma cousine me déclara que, la France paraissant délivrée de la tyrannie des Jacobins, elle avait pris la décision de rentrer chez elle, en Périgord. Du bout des lèvres, elle me proposa de l'accompagner. Je refusai. La perspective de retrouver, à l'âge de seize ans, une obscure vie campagnarde ne me tentait guère. Je n'ai jamais regretté d'y avoir renoncé.

C'est ainsi que j'échouai à l'hôtel Palm pour m'occuper d'une enfant, la fille de la princesse Bagration. L'indépendance complète dont je disposais, à seize ans, n'était pas chose courante dans la ville. Elle me grisa. Pendant plusieurs mois, je connus une période de grande exaltation. Je la payai, ensuite, par des semaines d'abattement. On se lasse de toutes les drogues et la liberté en est une lorsqu'on ne dispose pas des moyens d'en faire un bon usage.

Le temps a passé. J'ai fini par apprivoiser ma solitude. Cependant, depuis quinze années que je campe dans ce palais, sous la tutelle bienveillante de deux princesses, je considère qu'il a été pour moi un asile accueillant, mais jamais un foyer.

IV

Un grand fracas vient de m'arracher à ma table de travail. Je me précipite vers la fenêtre qui donne sur la cour et j'aperçois un carrosse vermillon qui franchit le porche à grande allure. Un postillon, juché sur le cheval de tête, fait claquer son fouet. Debout devant son siège, le cocher tire de toutes ses forces sur les rênes et parvient, non sans mal, à faire arrêter son équipage devant le perron.

Deux laquais jaillissent de la banquette sur laquelle ils se tenaient haut perchés et se précipitent pour déployer le marchepied. Avec force courbettes, ils ouvrent la porte du lourd véhicule qui continue de tanguer sur ses ressorts, tant l'arrêt a été brutal.

Penchée par-dessus la barre d'appui de ma fenêtre, j'aperçois la duchesse de Sagan qui bondit hors de son carrosse. Avec sa pelisse de renard argenté et son aigrette de plumes noires qui se balance à six pieds au-dessus du sol, elle a l'allure d'un animal sauvage qui regagne sa tanière. Jetant un coup d'œil sur l'autre aile du palais, j'entrevois une persienne que quelqu'un, dans l'ombre, ferme brutalement ; sans doute la princesse Bagration.

En retournant à ma table, je songe qu'il serait de bonne politique de me rendre, tout de suite, chez Wilhelmine de Sagan pour partager avec elle la collation qu'un serviteur s'apprête, sans nul doute, à lui servir.

Au retour d'un voyage, elle meurt toujours d'inanition et, aussi bien, si elle revient de la chasse, d'un bal ou de l'office. *L'amour me donne faim !* est son expression favorite. Cette duchesse n'est pas carnivore mais omnivore ; je la soupçonne d'aimer les hommes autant que le gibier et bien davantage que le bon Dieu. En vérité, elle a toujours pris les hommes pour du gibier ; et, comme Sophie Arnoux, elle s'est mise à aimer le bon Dieu du jour où elle a appris qu'il s'était fait homme.

Bref, c'est une nature vorace dont nul n'est parvenu, jusqu'ici, à satisfaire les appétits.

Faut-il lui offrir mes services sitôt après son arrivée ? J'entends bien : dois-je me proposer de lui tenir compagnie sans plus attendre ? Cela ne lui paraîtra-t-il pas un peu précipité ? Il serait peut-être plus adroit de faire un détour par l'autre aile du palais pour tâter le pouls de la princesse Bagration ; derrière ses volets clos, l'arrivée de sa rivale doit l'avoir mise en ébullition; et puis, il faut que je donne une leçon de pianoforte à sa fille Clémentine qui est mon élève.

Que faire?

J'écris en hâte les quelques mots qui précèdent. Puis je répands sur la feuille de mon cahier un nuage de sable afin d'absorber l'excès d'encre noire que, dans ma précipitation, j'ai laissé couler de ma plume. J'observe avec soin cette figure du hasard : une tache sombre, effilée, sur laquelle sont greffés deux moignons qui s'étirent sans aucune symétrie. Difficile de lire un présage dans ce magma ébouriffé... J'ai beau me pencher pour mieux scruter la page, nul message n'apparaît aux lisières du papier, ni sur mon doigt marqué d'une brune éphélide.

Peu importe! J'ai envie d'y aller, donc je m'y rends.

2

Les princesses de Courlande

I

Le temps d'envelopper mes épaules dans un châle de soie décoré d'une scène de chasse en Courlande, je dévale quatre à quatre le grand escalier de pierre; puis je me faufile dans les appartements qui occupent l'aile droite du palais. Pour un peu, je chantonnerais une tyrolienne, tant mon humeur est guillerette.

En coup de vent, je fais irruption dans la bibliothèque de la duchesse Wilhelmine de Sagan, une pièce où j'ai passé bien des après-midi studieuses. Cette grande salle ovale, très haute de plafond, est décorée de boiseries de noyer et ceinturée d'un balcon auquel on accède par un escalier en colimaçon.

Wilhelmine s'est installée en hâte, après avoir dégrafé sa pelisse, et sans même prendre la peine de poser son chapeau de feutre. Assise devant une table de tric-trac, un flacon de vin mauve de Transylvanie à la main, elle contemple avec satisfaction l'immense plateau d'argent qui s'étale devant elle : un parterre multicolore de salades mousseuses, de jambons secs, de terrines de gibier entrouvertes, constellées d'une incroyable variété de cornichons luisants, de toutes les tailles et de toutes les nuances, du gris argenté au vert foncé.

Avec une mimique pleine de sous-entendus gourmands, la duchesse m'accueille et me lance : « Bonjour la mangouste! » sur un ton gracieux – elle a l'habitude d'affubler les gens de son entourage de noms d'animaux, sauvages ou domestiques, c'est selon, en raison de son humeur et de leur servilité. Bon signe, la mangouste ne fait pas partie du clan des animaux nuisibles.

– Voulez-vous partager cet en-cas ou bien désirez-vous boire votre sirop d'aspic habituel? A moins que vous ne préfériez prendre une tasse de thé?

Je ne savais pas que la mangouste était, comme Cléopâtre, friande de serpents; mais le thé m'a toujours paru une potion insipide; à leur table, les Viennois qui sont des gens de qualité, n'usent d'eau chaude parfumée que dans leur rince-doigts.

Va pour le sirop!

Je prends un verre de Bohême et le tends à mon interlocutrice. A son habitude, elle en fait sonner le bord avec le goulot de la bouteille, puis le remplit à ras bord d'un liquide pourpre et salubre avec un geste adroit qui témoigne d'une longue pratique. Je le vide d'un trait et m'installe à sa table.

Il m'importe moins de déguster les mets qui me sont offerts que d'apprécier celui avec qui je les partage – et les morceaux *caquetés* sont ceux qui ont le plus de goût, disait déjà Mme de Sévigné, qui appelait ce genre de conversation autour d'un plateau : *bavardiner.*

II

Le repas s'est passé à merveille. J'ai bien manœuvré. La duchesse de Sagan était d'une humeur à faire taire son perroquet. Nous avons cancané pendant une heure. Ma visite l'avait surprise; ma faconde l'a étonnée; mes anecdotes lui resteront en mémoire; elle m'en saura gré.

Wilhelmine est l'aînée des enfants de la princesse de Courlande : une famille célèbre; une renommée méritée.

Ces filles sont les quatre piliers de la Beauté, sinon de la Sagesse. Elles sont aussi les plus riches héritières d'Europe et donc les femmes les plus courtisées du continent. Que dirais-je de plus sans abuser de la litote? Un épitomé ne suffirait pas à énumérer leurs alliances, un in-folio ne suffirait pas à contenir leurs mérites, une encyclopédie ne suffirait pas à décrire leurs aventures.

Je n'en donnerai aujourd'hui qu'un bref aperçu.

Les princesses de Courlande sont les points cardinaux de la société européenne; à l'est, la duchesse de Sagan; au nord, la princesse de Hohenzollern; au sud, la princesse Pignatelli; à l'ouest, la vicomtesse de Talleyrand-Périgord.

Orientons-nous.

Le soleil se lève à l'est. Aux confins de la Pologne et de la Prusse se situe le duché de Courlande. L'aînée des princesses, Wilhelmine, a donc hérité le domaine de Sagan. Cette jeune femme, auprès de laquelle je suis assise en ce moment, est brune, très belle et peu farouche; c'est un être dominateur, au charme balte, mi-slave, mi-germanique.

Le prince Louis de Prusse en fut mortellement épris. Son entourage s'opposa à cette union. Il se fit tuer le jour où elle en épousa un autre – Wilhelmine, lassée par les atermoiements des Hohenzollern, s'était fiancée sur un coup de tête avec le prince Louis de Rohan, le neveu du fameux cardinal; sans doute lui avait-il promis un collier.

En tout cas, elle ne supporta pas longtemps sa laisse : se considérant comme veuve de son premier Louis – l'oiseau de Prusse –, elle divorça du second – Rohan – moins d'un an après son mariage. Dans sa prime jeunesse, Wilhelmine avait eu la précaution d'embrasser la religion protestante de confession luthérienne qui ne réprouve pas la précarité des unions.

Quelques mois plus tard, elle eut une fille dont le père est resté inconnu. Qui était-il? Un amant de sa mère, le Suédois Maurice d'Armfelt? Ou bien, le prince de Metternich, alors ambassadeur à Berlin? Nul n'en sait rien. Mais, au lendemain du jour où ce noble Autrichien fut nommé à Paris, Wilhelmine se consola en épousant un Russe, Basile Troubetzkoï, dont elle divorça deux ans plus tard.

Peu après, elle héritait la principauté de Sagan aux confins de l'Allemagne et de la Pologne. L'ancien domaine de Wallenstein était assez vaste pour inspirer ses rêves.

La Prusse, qui n'avait pas accueilli Wilhelmine, ouvrit tout grand les bras à sa sœur Pauline. Celle-ci épousa le chef de la branche de Souabe, le prince de Hohenzollern-Echingen, un homme de cheval. Comme les gens de cette espèce, il s'intéresse peu aux femmes. Il ne s'est jamais aperçu, je crois, qu'il s'était marié.

Pauline, femme pieuse et orgueilleuse, est aussi rousse – son mari dirait *baie* – que sa sœur aînée est brune. D'une bonté parfaite, elle dispense ses charités avec excès; c'est sans doute le seul qu'elle ait jamais commis. Pratiquant une vertu ostentatoire, elle ne paraît jamais offusquée par le comportement dévergondé de ses sœurs – elle les adore – ni par les extravagances de sa mère qu'elle vénère.

Pauline a pris le sage parti d'ignorer les bruits qui courent la ville à propos de sa famille. Personne n'a jamais songé à en répandre sur son compte.

La troisième fille de la duchesse de Courlande préfère le soleil des Deux-Siciles aux brumes de la Baltique : elle a épousé un prince napolitain : Pignatelli.

Un casque de cheveux noirs et une peau ambrée, comme la mienne, lui font un visage mat de courtisane phénicienne – un peuple de marins qui vénérait la beauté comme la déesse mer. Avec une voix de soprano lyrique, le nez froncé par un sourire perpétuel, des lèvres toujours humides et les plus jolies dents du monde, la princesse Jeanne vit la bouche ouverte : elle dévore la vie au jour le jour, ne goûtant que les *gelati,* les plaisirs et l'opéra.

Son temps, elle le passe à valser dans toutes les redoutes, à chanter à tous les échos, à nager dans le parc des baigneurs et à rire dans n'importe quelle langue, sous l'œil jaloux et perspicace de son vieux mari. Elle est seule, dans sa famille, à être férue d'idées modernes – disons qu'elle vante encore celles qui étaient jugées telles il y a un demi-siècle.

Dans sa patrie, à Naples, elle n'appartient pas au clan qui soutient les Bourbons; bien au contraire, elle entretient les meilleures relations avec la reine Caroline, la sœur de Bonaparte; en revanche, elle nourrit une animosité dont j'ignore les raisons envers tout ce qui porte une soutane; au point que l'indulgent légat de Pie VII, le cardinal Consalvi, la considère comme une sorcière.

Je suis intimement liée avec la quatrième sœur Courlande : Dorothée de Périgord. La plus jolie des quatre princesses, la plus fragile, la plus intelligente aussi, était destinée à devenir française. Comment enfermer dans quelques phrases son charme désabusé, son esprit subtil et parfois saugrenu, son visage serein, ses mines ambiguës? Faute de pouvoir narrer en peu de mots qui elle est, je dirai aujourd'hui qui elle n'est pas.

Dorothée n'est point la fille de son père, mais sans doute celle d'un prince russe dont la duchesse de Courlande prétend ignorer le nom.

Elle n'est pas non plus la fille de sa mère, auprès de qui elle a fort peu vécu et à qui elle n'a obéi qu'une seule fois dans son existence : le jour dramatique où elle fut sommée, par ordre du tsar, d'épouser le comte de Périgord au lieu du prince polonais Adam Czartoryski dont elle était – dont elle est encore, qui sait? – très éprise. Un événement qui a marqué sa vie entière.

Enfin, Dorothée n'est pas davantage la femme de ce jeune Talleyrand-Périgord qui lui a donné son nom; encore que, pour complaire à son fameux oncle qui n'a pas de descendance légitime, son mari lui ait donné trois enfants; le reste du temps ils s'ignorent. J'imagine que le ménage va bientôt se briser d'une façon ou d'une autre.

J'ai connu Dorothée lors d'un long séjour qu'elle fit à Vienne, après la naissance de son premier enfant. Elle est revenue me voir à plusieurs reprises, malgré l'obstacle que représente la distance considérable qui nous sépare. Cela seul suffirait à qualifier la force des liens qui nous unissent. J'attends son arrivée d'un jour à l'autre, avec plus d'impatience que celle de n'importe qui.

III

Ce préambule un peu long étant terminé, je reprends la relation de mon entretien avec l'ombrageuse panthère Wilhelmine. Je ne sais si je ressemble à une mangouste, mais je suis bien certaine que la duchesse de Sagan est un fauve; inutile de préciser qu'elle est née au début du mois d'août, lorsque le soleil traverse la constellation du Lion.

Après qu'elle se fut désaltérée et un peu rassasiée, la duchesse se lécha les babines, se nicha dans une immense bergère et me demanda d'un air gourmand :

– Donnez-moi, Aurore, les dernières nouvelles de la Hofburg. Depuis trois jours je cours la poste et je ne sais pas au monde qui vous attendez encore à Vienne.

– Au palais, madame, on nous promet une avalanche de souverains. Depuis un mois, les aigles ont fondu sur le Danube. Il faut remonter, m'a-t-on dit, à plus de trois siècles pour trouver réuni ici un pareil concours de têtes couronnées.

– Un pareil rassemblement de rapaces, vous voulez dire. Vous qui savez tout, mon amie, dites-moi qui est déjà venu à Vienne...

– L'empereur Maximilien a reçu, en 1515, la visite des rois de Pologne, de Bohême et...

– Je me moque bien de toute votre bande de Bohémiens. Dites-moi qui est là aujourd'hui.

Je sors de mon réticule une longue feuille de papier et déclare sur un ton doctoral :

– Savez-vous, madame, que la table impériale nous coûte cinquante mille florins par jour?

– Peu m'importe! Dites-moi seulement qui s'assied autour de cette table.

– Il y a ici une telle affluence de souverains, de ducs, de grands-ducs et de princes que j'en ai dressé pour vous une liste par écrit.

Je montre, de loin, le document à la duchesse qui cherche à s'en emparer. Afin de piquer sa curiosité, je le conserve quelques instants par-devers moi et poursuis, sans répondre directement à sa question :

– Pour éviter les embarras dans les questions de préséance, le tsar Alexandre a proposé que, durant le Congrès, l'âge seul déciderait de tout : à l'entrée et à la sortie des appartements, dans les promenades à cheval ou en voiture, aussi bien qu'à la table de l'empereur François.

– A la table de conférence, aussi, j'imagine.

– Hélas non! Pourtant, cela aurait permis de résoudre rapidement des conflits épineux...

– Trop vite! Vous ne voulez pas que le Congrès finisse avant même que les fêtes aient commencé.

– Avant votre arrivée, madame, on comptait déjà plus de bals que de réunions de travail.

– C'est bon signe! Pour en revenir à ce que vous me disiez à l'instant, le tsar n'est-il pas le plus jeune parmi les souverains qui sont ici?

– Disons, le moins âgé. Veuillez jeter, madame, un coup d'œil sur la liste que je vous ai préparée. Vous y trouverez les monarques qui sont aujourd'hui à Vienne, rangés d'après leur année de naissance.

La duchesse de Sagan s'empare avec avidité du papier et entreprend de le commenter avec une voix rauque, pareille à celle que donne aux vieux matelots l'abus des embruns, du rhum ou du tabac; ce ton trahit, chez elle, une prédilection obstinée pour tout ce qui est prussien.

Wilhelmine s'exprime indifféremment dans trois langues : en français, en allemand et en russe. A Vienne, tout le monde parle le français, dans les salons comme aux tables de conférence; on ne parle l'allemand qu'à l'office ou à l'écurie – et le russe à la table du tsar, le jour où elle est présidée par son frère, le grand-duc Constantin.

Ayant entrepris de commenter sa lecture avec une bouche pleine de cornichons, la duchesse pimente son énumération d'observations peu audibles mais piquantes :

– Le premier souverain que j'aperçois sur votre liste est le roi de Wurtemberg. Voyons : il est né en 1754, ce qui lui fait...

– Et avec ça, ce roi n'a guère plus de cinq pieds de haut.

– Mais bien davantage de circonférence. Ce n'est pas un tonneau, c'est un foudre!

– Il n'a pourtant rien d'un guerrier... tout juste un foudre de bière. Je lui trouve l'air borné...

– Croyez-moi, Aurore, il l'est plus encore qu'il ne paraît.

– J'ai entendu dire qu'on avait eu pour lui des égards particuliers en lui affectant comme adjudant, pendant son séjour, un aussi joli garçon que le comte Woyna.

– Celui qui est lieutenant au régiment des hussards de l'empereur?

– Non, capitaine.

– On ne vous cache décidément rien, chère comtesse. (A Vienne, la coutume est de donner leur titre aux jeunes filles, sans attendre qu'elles soient veuves.) Ainsi, nous ne pourrons plus compter sur ce beau Woyna! Dommage! Dommage! Ensuite? Eh bien, ensuite... je vois le roi de Bavière qui est né en... 1756.

– Je l'ai aperçu hier soir sur le boulevard. Lui aussi a beaucoup grossi. Il faut dire qu'on passe ici son temps en visites et en contre-visites.

– Avec de somptueux buffets à la clé.

– Tandis que, l'an dernier, pendant la campagne de France, on le passait en marches et en contre-marches. Savez-vous, madame, depuis que Bonaparte n'est plus là pour les tourmenter, les souverains allemands engraissent furieusement? Sans doute est-ce pour oublier le temps où ils ont pâti. Si cela continue, ils vont tous mourir d'apoplexie.

La duchesse abonde dans mon sens; puis elle me regarde en éclatant de rire; elle doit songer avec envie à toutes les couronnes que cette hécatombe rendrait disponibles.

– Voyons le suivant sur votre liste : c'est le roi de Danemark. Il est né en... 1768.

– Il était assis dans la voiture du roi de Bavière, tassé à côté de lui; le peu que j'en ai aperçu, au-dessus de la porte de leur calèche, m'a paru horrible.

– Il est pire! C'est un monstre, entendez-vous? un véritable monstre, tout petit, mal bâti : un gnome albinos avec un visage difforme, un nez en berne, de longues dents écartées et des lèvres toujours en mouvement.

– On dirait une chèvre!

– Ou plutôt un dromadaire. Voyons, qui vient ensuite? reprit la duchesse. C'est l'empereur d'Autriche, ce bon François Ier.

– Il ne ressemble guère au roi de France du même nom.

– Certes non! Le malheureux est jaunâtre, osseux et un peu voûté, comme un vieil hameçon. Il se promène les mains nouées dans le dos, avec chaque matin le même habit blanc, le même pantalon rouge et les mêmes bottes noires... Mais, au fait, voilà des années que vous habitez à Vienne, vous devez le connaître aussi bien que moi.

– Il est fort bonhomme et son peuple l'adore.

Rien ne peut donner une idée de la vénération que les Autrichiens éprouvent pour leur souverain.

Depuis plus de vingt ans qu'il est monté sur le trône, celui-ci a essuyé davantage de défaites qu'aucun autre membre de sa dynastie. Sa capitale a été occupée par les Français, une humiliation que même les Turcs au temps de leur splendeur n'étaient point parvenus à infliger à ses ancêtres. François II, déchu par Napoléon de son titre d'empereur d'Allemagne, a été contraint de devenir François Ier d'Autriche. Enfin, il a dû offrir sa propre fille en holocauste au Minotaure – un sacrifice pour le père plus que pour la victime : à Schönbrunn, où elle réside avec son fils, Marie-Louise regrette toujours le labyrinthe des Tuileries.

Quant aux Viennois ils ne regrettent qu'une chose : c'est que les fastes du Congrès les privent de voir leur empereur se promener familièrement parmi eux, en tenue de bourgeois.

L'affection que les peuples rendent à un souverain, de son vivant, est une chose étonnante ; on constate qu'elle est, le plus souvent, en raison inverse de ses capacités. Cependant, sitôt le monarque disparu, celui qui ne s'est signalé durant son règne que par sa médiocrité – ou par son habileté à conserver sa couronne sur sa tête – est méprisé par ses pairs, oublié par son peuple et négligé par l'histoire.

Après cette incidente, rendons la parole à la duchesse de Sagan :

– Voyons! le roi de Prusse qui vient ensuite sur la liste est grand, fort et bel homme.

– On le reconnaît de loin à son uniforme de hussard...

– Et à sa façon de se pavaner comme un officier de fortune.

L'expression me fit tressaillir. La duchesse se méprit et ajouta :

– Si cela vous intéresse, sachez qu'il est volontiers aimable avec les femmes.

– Je l'ai déjà vu; il menait un tilbury, devant le Burgtheater, aux côtés de la comtesse Julie Zichy.

– Tiens, tiens! Vous n'avez pas l'œil dans votre poche! Croyez-moi, auprès d'elle il ne risque rien; elle est aussi vertueuse que ma sœur Pauline et elle n'aime que ce pauvre Metternich. Savez-vous, Aurore, qui est le dernier de la liste? C'est le seul qui mérite ses succès.

Il s'agissait, bien entendu, du tsar Alexandre. Nous n'eûmes pas le loisir d'épiloguer davantage sur ce personnage qui est le plus en vue parmi les souverains réunis dans la capitale de l'Empire autrichien.

Un laquais aux couleurs des Courlande, jaune et bleu, s'approchait de la duchesse. Il chuchota quelques mots à son oreille. Elle se dressa comme un ressort, me fit signe qu'elle devait s'absenter sur-le-champ et, d'un même élan, me prit par la taille avec un débordement d'affection qui me surprit.

Tout en me pressant avec effusion contre son sein, elle m'embrassait les cheveux à petits coups pressés, comme un oiseau picore un massif. Elle ferma ses grands yeux gris un peu hagards, crispant ses doigts sur mes hanches et me pressant avec tendresse sur son cœur. Puis, ouvrant les paupières comme on sort d'un rêve, Wilhelmine me regarda d'un air interrogateur et ne dit rien.

Je m'étais arrachée à cette étreinte équivoque en secouant ma crinière comme une jument qui encense. D'un mot, je pris congé et m'en fus.

J'étais enchantée de la tournure qu'avait prise l'entretien et, dans le même temps, je me sentais troublée par sa conclusion. La familiarité abusive que m'avait témoignée Wilhelmine était bien dans sa manière. Mieux valait s'en flatter que s'en indigner. Mieux valait n'y plus penser, bien que malgré moi je ressentisse une sorte d'attraction pour elle. Ce sentiment, je refusais de me l'avouer, pressentant que, lors de leurs combats avec les félins, ce sont toujours les mangoustes qui succombent.

Lentement, je grimpai les marches de pierre du palais. Puis je déambulai sur le carreau des corridors interminables qui conduisent à mon cachot; à ma mansarde veux-je dire. Je songeais aux moyens qui vont s'offrir à moi, demain, pour m'en échapper. A Vienne, l'Europe entière s'est donné rendez-vous. On croise dans toutes les bonnes maisons une nuée d'inconnus, des commis en quête d'une prébende, des princes venus réclamer une couronne ou des jeunes secrétaires d'ambassade qui cherchent une aventure.

Sautant de ces coqs aux ânes, si je puis dire, je fis défiler dans ma tête la théorie de souverains que nous venions d'évoquer avec Wilhelmine : une véritable farandole de pantins. Il ne manquait que ce gros podagre de Louis XVIII pour clore la mascarade. A voix haute, je chantonnai : *« La crainte fit les Dieux, l'audace a fait les rois. »* Mais qui donc a fait les monarques venus s'attabler à Vienne pour se partager les dépouilles des Bonaparte? Grandeur et décadence, tel est le destin des empires.

3

Le moujik

I

A peine ai-je ouvert mon cahier, j'entends le fracas d'une cavalcade effrénée dans le couloir. Plusieurs coups sont frappés de façon impérative à ma porte; je saisis un fichu.

En écrivant cette phrase, je découvre que mon premier geste, au moment d'affronter un inconnu, est de m'enfermer dans un châle – alors que celui de la duchesse de Sagan sera de découvrir ses épaules qui sont superbes; les miennes ne sont pas moins attrayantes. Au lieu de les ceindre comme celles d'une momie, je m'engage à les exposer, désormais, de façon congrue, à la vénération des infidèles.

A propos de momie, je vois paraître devant moi un vieux moujik parcheminé. Avec brusquerie, il fait irruption dans ma chambre ainsi qu'un diable sortant de sa boîte. Curieux bonhomme : une sorte de nabot, chaussé de hautes bottes noires de postillon; son visage tavelé est à moitié caché par une épaisse toison de couleur poivre et sel; ses cheveux, longs comme ceux d'un diocésain de Quimper, pendent très bas et rejoignent presque ses chausses.

Sitôt entré dans la pièce, il me détaille comme on observe un singe ou une idole, puis se décide à me faire force courbettes, sans perdre grand-chose de sa taille. Dans un sabir mâtiné de géorgien, d'allemand et de français, il m'annonce que la Grrrrande-Duchesssse lui a commandé de venir ici chercher... une bouteille de vin.

Depuis plus de dix ans que je demeure à l'hôtel Palm, je connais bien le personnel de service chez la princesse Bagration; mais je n'ai encore jamais vu ce gnome hilare, au visage rubicond. Il tient si peu en place qu'il paraît monté sur un ressort.

Je tente en vain d'obtenir des explications. L'animal gardant un silence obstiné, le mieux est de le suivre chez sa maîtresse pour découvrir l'objet de sa visite. A tout hasard, je lui tends une bouteille de vin déjà ouverte. Il la saisit avec dévotion, comme Bara son tambour, et il en fait un aussi bon usage. Pendant ce temps, je m'abrite derrière un paravent pour mettre un peu d'ordre dans ma coiffure.

Sitôt prête, je me dirige vers la porte. Au passage, d'un coup de main rapide, je tente de ravir la bouteille que tient ce vieillard grippu avant qu'il ait fini d'en écluser le contenu. Il s'accroche furieusement à sa proie et se laisse soulever à deux pieds au-dessus du sol plutôt que de la lâcher. Je l'injurie copieusement. En vain.

A quoi bon se mettre en fureur? Cela ne sert à rien, dira-t-on. Je n'en suis pas si sûre. Les êtres colériques sont souvent plus amènes que les gens neurasthéniques qui souffrent d'irritations refoulées; de surcroît ils vivent moins vieux. Très énervée, je lance force jurons en patois limousin – les seuls que je connaisse, souvenirs d'enfance – mais le gnome ne paraît guère impressionné. Pour calmer mon courroux autant que pour récupérer mon bien, je lui assène quelques coups de poing sur le crâne.

Je ne me savais pas si robuste. Ses yeux s'emplissent de terreur et je les vois s'exorbiter comme si, à l'instant de rendre son âme à saint Pierre, ce pauvre moujik avait aperçu le visage du grand-duc Constantin sous l'auréole. Sans abandonner pour autant la bouteille, il s'écrase à plat sur le carreau, pareil à la dépouille d'un rongeur.

Craignant de l'avoir occis d'un revers de main, je regarde à mes pieds et demeure pantoise tandis que, derrière moi, fuse un long éclat de rire :

– Ah çà! pourquoi diable injuriez-vous ce malheureux moujik en langue d'oc?

Je me retourne; devant ma porte, la princesse Catherine Bagration se tord de rire; elle me lance :

– Je n'imaginais pas qu'une aimable jeune femme comme vous pouvait être tentée d'abuser de cet horrible vieillard par la violence. Vous l'avez tué net, ma parole!

Des yeux de la princesse jaillissent des larmes de joie. Ne sachant trop quelle contenance adopter, je me penche sur ma victime afin de lui porter secours.

Soudain, l'homme bondit sur ses petites pattes et détale en direction du couloir. On dirait un blaireau au pelage clair et au ventre noir courant se réfugier dans son terrier; sauf qu'il tient toujours, serré sur son cœur, l'objet du délit.

J'explique en deux mots à Mme Bagration ce qui vient de se passer; elle me répond :

– J'avais demandé à Macho de m'apporter quelques bouteilles de vin français; mais il n'écoute ni ne comprend jamais rien de ce que je lui dis. Je vais le renvoyer à pied à Tiflis, puisqu'il court si vite. Sans doute a-t-il entendu le mot « français » et il est monté vous voir; aux offices, vous êtes pour tout le monde *la Française.*

La princesse frappe dans ses mains.

Deux servantes qui baguenaudaient dans le couloir accourent sur-le-champ. Elle leur commande de quérir un panier de bouteilles pour remplacer celle qui vient de m'être subtilisée – et qui provenait, elle aussi, de sa cave.

Puis elle approche un fauteuil de ma table de toilette, fouille dans une boîte de cristal au fond de laquelle elle puise quelques dragées rafraîchissantes et m'invite à prendre place sur un tabouret voisin, tout en me lançant à brûle-pourpoint :

– Maintenant, parlons de choses sérieuses! Ces bonbons à la menthe sont délicieux. D'où viennent-ils? Quelle parure comptez-vous mettre pour la grande redoute masquée? Et pour assister au carrousel? Savez-vous quand il aura lieu? A propos de ce grandissime carrousel dont on nous rebat les oreilles, connaissez-vous déjà la liste complète des personnages qui le composent? J'en suis. Les Courlande aussi, je présume. Elles pourront former un quadrille à elles seules; mais, ce soir-là, *moderato!* chaque cavalière disposera d'un seul partenaire!

» Vous-même, Aurore, avez-vous reçu un message de Dorothée de Périgord? Vous paraissiez l'attendre avec impatience.

Savez-vous quand notre jeune comtesse arrivera à Vienne? Fera-t-elle le voyage depuis Paris dans la voiture de son oncle, ou bien en compagnie de sa mère – ce qui serait assez piquant, n'est-ce pas? J'ai de bien mauvaises nouvelles de France, savez-vous. La démoralisation y est à son comble.

– Je crois que...

– Vous croyez que seul un gouvernement fort, vous pensez que seul un pouvoir tyrannique, vous estimez que seul un sceptre de fer pourrait contenir ce peuple turbulent et vous avez bien raison! A ce propos, M. de La Tour du Pin me disait, ce matin, qu'il venait de quitter l'hôtel Kaunitz pour s'installer au Kaisergarten.

Mue par une idée nouvelle, la princesse interrompt son propos, bouscule le désordre de ma table de toilette et découvre une boîte de pastilles sédatives. Elle en ingurgite une pincée, puis une autre; d'ici quelques instants elle aura dégusté toute la boîte, sans aucun effet apparent.

Soudain, elle se lève et va jeter un coup d'œil par la fenêtre qui donne sur la cour.

Je réponds dans son dos :

– M. de La Tour du Pin presse l'aménagement de l'aile du palais Kaunitz qui donne sur la Johannesgasse; elle est destinée à recevoir M. de Talleyrand et sa suite. Mercredi dernier, leur fameux cuisinier Carême est arrivé en même temps que trois laquais. Le valet de chambre du ministre a fait remplacer les lits et les matelas sous prétexte qu'ils étaient mangés aux mites.

– Avec tous ces Français, ils ne manqueront pas d'usage. Encore que la réputation de ce peuple soit trop souvent usurpée, ne trouvez-vous pas?

J'approuve d'un hochement de tête averti. La princesse n'aime rien tant que de me faire rougir. Je suis bon public. Chaque fois qu'elle en a l'occasion, elle répète devant moi des histoires lestes en espérant me mettre mal à l'aise. Elle y parvient rarement, mais elle n'y manque jamais.

– On raconte, enchaîne-t-elle, que votre illustre ministre des Affaires étrangères passe, à tort, pour un émule de Casanova. Il aurait bien davantage de *suavitas in modo* que de *fortiter in re*. Qu'en dites-vous? Mon Dieu, que dis-je? Je vous prête de bien mauvaises pensées pour une jeune fille.

– Mais de solides connaissances dans la langue latine... Rassurez-vous, madame, on ne prête qu'aux riches.

– Dans ce cas, le prince de Talleyrand peut dormir tranquille dans les bras de ses conquêtes. C'est un fameux créancier.

La princesse Bagration hésite un instant puis reprend le fil de son discours. Elle toussote pour éclaircir sa voix, serre son châle comme une étole, incline la tête et ajoute à mi-voix, avec une mine de confesseur dont l'hypocrisie fait plaisir à voir :

– Au fait, avez-vous des nouvelles de l'aînée des filles de la duchesse de Courlande?

Nous y voilà! pensai-je. La princesse Bagration met enfin la conversation sur son sujet de prédilection : son illustre rivale, Wilhelmine de Sagan.

Je tente, en vain, de glisser quelques mots pour faire diversion. Inutile. Arrêter le flot des paroles de Catherine Bagration, quand elle ne veut pas se taire, passe pour aussi difficile que d'endiguer la débâcle de la Berezina. N'ayant pas la détermination des pontonniers du général Éblé, je laisse s'écouler ses propos :

– Mme de Sagan est de retour à Vienne. Pourquoi s'est-elle installée en face de chez moi? Serait-ce pour m'espionner quand je reçois le prince de Metternich ou bien entend-elle surveiller l'emploi du temps du tsar? Sans doute, le baron Hager la paye-t-il pour cela!

Hager est le fameux ministre de la police autrichienne, un émule de Fouché. La Bagration éclate d'un grand rire et poursuit :

– Wilhelmine aura bien de la chance si elle en tire cinquante kopecks. Croyez-moi, j'ai essayé. J'ai tout essayé. En vain. Et pourtant j'avais des choses autrement plus passionnantes à lui raconter que les *niebelungen* de cette *siegfriedinette*... Le Congrès n'est pas encore commencé et on me dit que les Autrichiens n'ont déjà plus un florin; on boit de la piquette à la table de l'Empereur...

– Et le baron Hager a refusé de vous croire quand vous lui avez raconté ces sornettes.

– Incroyable, non? Ce vieux farceur s'en moque : il ne boit que de l'eau. Pourtant sa plume ne pisse que du vinaigre. Comment expliquez-vous cela? Ah, ma pauvre amie! Pourquoi ne voulez-vous pas m'avouer quel déguisement vous comptez porter pour cette grande redoute?

La princesse Bagration saisit une bouteille, remplit son verre et le vide, d'un trait. Puis elle se lève, fait mine de le lancer par-dessus son épaule, cligne de l'œil en me le glissant dans la main avec autorité, esquisse une révérence pleine d'ironie et me quitte en clamant à tue-tête :

– Mademoiselle de Marassé, le sort du congrès de Vienne est entre vos mains, ne l'oubliez pas!

Je n'ai pas encore compris pourquoi.

Quelques instants plus tard, la belle Catherine fait de nouveau irruption dans ma chambre dont la porte était restée entrebâillée. Elle s'approche de moi sur la pointe des pieds et me glisse à l'oreille, en me faisant sursauter comme une gamine :

– Le prince de Metternich viendra peut-être ce soir, ou demain, afin de voir sa fille. Je compte sur vous pour que ma petite Clémentine connaisse sa musique sur le bout des doigts – elle pianote avec trois doigts sur mon avant-bras – disons, pour qu'elle la connaisse un peu mieux que l'autre jour, n'est-ce pas? Vous n'avez besoin de rien?

Tout en chantonnant, la princesse se dirige vers la porte; elle se volatilise en un soupir avant que j'aie eu la présence d'esprit de lui réclamer quelques dizaines de florins en avance sur la pension qu'elle me verse, parfois avec prodigalité, généralement avec retenue, toujours avec retard, et en échange de laquelle j'ai accepté d'enseigner la musique et l'histoire ancienne à la jeune Clémentine.

Pour me consoler, je saisis mon verre et, comme sa mère, je le remplis à ras bord.

Aujourd'hui, j'ai un peu trop bu; l'excès de vin pétillant me rend triste; cependant, je continue de le déguster à petites gorgées en me lamentant sur moi-même, une de mes activités préférées; j'invoque la miséricorde céleste. Dieu empêchera-t-il le plafond de tourner comme un toton? Quel péché ai-je commis pour être enchaînée, comme une galérienne, à un tabouret de piano? Vais-je consacrer les meilleurs jours de mon existence à réciter Plutarque à une demoiselle? Pareille à Iphigénie en Tauride, je refuse de sacrifier ma jeunesse à un dieu barbare qui ne laissera jamais ma nef voguer à pleine voile vers le bonheur.

Je vide la bouteille jusqu'à la lie : Iphigénie en Tauride, peut-être; Iphigénie en Champagne, sûrement.

II

Catherine épousa le général Bagration le jour de ses seize ans; elle était déjà une beauté renommée dans le Tout-Saint-Pétersbourg.

Les nombreux portraits qu'on fit d'elle à cette époque en témoignent : un visage épanoui et un teint éclatant; des cheveux de lin; des pommettes marquées comme celles d'une Orientale; des yeux d'ardoise aux commissures légèrement étirées; une bouche pleine. Ces traits composaient une physionomie qui rayonnait, déjà, d'une grande joie de vivre. Une vue un peu basse ajoutait à son expression quelque chose d'incertain et de timide qui en a tout à fait disparu depuis.

En revanche, la taille est restée modeste. Mais elle est toujours si souple et si bien prise qu'on n'y voudrait rien changer. De toute sa personne émanait, alors comme aujourd'hui, un subtil parfum de grâce et de mystère qui trahissait une origine lointaine.

Il ne semble pas que le général Bagration se soit jamais intéressé, de quelque façon que ce fût, à ce genre de mystère, ni qu'il ait été touché par cette grâce. Il épousait la jeune fille pour son argent; déçu de constater que son beau-père en était réduit aux expédients, il retourna prendre le commandement de son armée sans demander son reste.

Dix ans plus tard, il succomba à des blessures reçues à la bataille de Borodino – que les Français célèbrent, eux aussi, comme une victoire sous le nom de la Moskova. Il laissait la princesse Catherine libre de vivre à sa guise. Certes, elle n'avait pas attendu cette fin glorieuse pour faire d'éclatants débuts mais elle possédait, désormais, les moyens de mener l'existence dont elle avait toujours rêvé.

Très vite, elle eut du mal à tenir le rang qui correspondait à ses ambitions. Devant sa générosité sans limite, ses hommes d'affaires – dont je suis, pour mon malheur, l'honorable correspondante – durent, par ma voix, la rappeler sans cesse à une stricte appréciation des choses. Cela me mit et me met encore dans une position délicate, car je suis à la fois la récipiendaire et l'arbitre de ses prodigalités.

Au lendemain de son triste mariage, Catherine s'installa à Dresde où elle fréquenta les salons de la meilleure société. Au début du siècle, cette capitale passait pour la plus florentine des villes du Nord. A cette époque, la capitale de la Saxe, une vieille cité qui s'étire au bord de l'Elbe, méritait bien sa réputation.

Une société traditionnelle, vivante et cosmopolite; les mœurs étaient proches de celles que connut Paris un demi-siècle plus tôt. En Saxe, les modes, les usages et même les jours de gala n'avaient point changé depuis le milieu du XVIIIe siècle. Voilà belle lurette que la Révolution française était enterrée sous le Consulat de Bonaparte et, à la cour de Dresde, les femmes portaient encore des paniers.

La princesse Bagration fut la Du Barry de cette cour aimablement libertine. Serrée dans des robes étroites, elle portait déjà des décolletés si profonds qu'ils lui valurent le surnom de *bel ange nu.*

Ils lui valurent aussi de fixer sur elle l'attention du ministre d'Autriche, Clément de Metternich. Celui-ci venait de s'installer en Saxe pour sa première mission diplomatique. Au lendemain de la paix de Lunéville, les affaires connurent une période de répit. Catherine en profita pour séduire, en un tournemain, le jeune ambassadeur et le rendre père d'une charmante enfant.

Une liaison aussi fougueuse que brève. Quelques mois plus tard, jugeant que son amant volage s'était détourné d'elle d'une façon désinvolte, la princesse eut l'effronterie de prénommer sa fille – qui est aujourd'hui mon élève – Clémentine, afin d'afficher aux yeux de tous la paternité de M. de Metternich.

Si Mme Bagration avait été aussi promptement délaissée,

c'est parce que le ministre venait de rencontrer celle qui demeurera, pour toujours, la femme de sa vie – et la grande rivale de sa première conquête : l'aînée des princesses de Courlande. A vingt ans, Wilhelmine de Sagan était déjà séparée de deux maris. En compagnie de sa sœur Dorothée, elle résidait dans une propriété de famille, Löbikau, située à quelques lieues de Dresde. Elle entretenait avec le jeune diplomate une correspondance qui n'a jamais cessé depuis cette époque : à défaut d'une autre, la duchesse lui a toujours témoigné une grande fidélité épistolaire.

Comment tous ces détails sont-ils venus à ma connaissance? Serait-ce l'effet du hasard? Nullement. L'avouerai-je? Je ne déteste pas fouiller dans un bonheur-du-jour ou dans les tiroirs à secrets d'un bureau. Cela est-il grave? Je n'ai pas une idée fixe sur ce point. Quelle que soit la rigueur dont on se targue, le péché reste véniel. Pour qu'il soit pardonné, il suffit de confesser sa faute et il n'est pas nécessaire d'avouer le contenu des messages que l'on a dérobés. Alors où est le mal? Et puis, n'oublions pas qu'un peu de mal peut engendrer beaucoup de bien : l'astronomie est née de la superstition, l'éloquence se nourrit de l'ambition et les découvertes des sciences naturelles, si précieuses aujourd'hui, sont issues, elles aussi, d'une vaine curiosité.

Ainsi ai-je pris connaissance du volumineux paquet de lettres que les deux amants ont échangées durant dix ans; une correspondance pleine d'enseignements. La duchesse traite assez mal le prince et lui adresse davantage de doléances ou de remontrances que de compliments. Quant à lui, sa faconde épistolaire est intarissable; chacune de ses lettres, pleine de considérations fastidieuses et de déclarations ampoulées, est exactement pareille à la précédente : un redoutable galimatias.

4

L'hôtel de Ligne

I

En bas latin, un *galimatias* est une chanson obscène. Est-ce un refrain de ce genre que M. de Metternich est venu, hier soir, entonner aux pieds de la duchesse de Sagan?

Si j'en juge par la brièveté de sa visite, la sérénade ne devait pas compter beaucoup de strophes; si j'en juge sur la mine déconfite du troubadour, son aubade a été fraîchement accueillie; et, si j'en juge par la mine triomphante qu'affichait Wilhelmine, cette ballade était moins une chanson à danser qu'une mélodie à faire valser les ministres.

Je vais tenter d'en apprendre davantage. Vienne est une petite ville où les carrosses n'avancent guère mais où les potins circulent vite.

Cette cité n'est en rien la capitale d'un Empire. Habituellement, elle est aussi calme qu'une grosse bourgade piquée au bout d'une plaine assez morne. Enfermée dans ses vieux murs et ses bastions en partie démantelés – ceux qui restent sont devenus un lieu de promenade –, elle se resserre frileusement sur elle-même. C'est une ville tout en courbes, en aller et retour, en sinuosités, comme l'écheveau des rues qui la tissent, comme les volutes innombrables qui ornent ses frontons, comme la valse qui emporte ses habitants dans un tourbillon sans fin. Une ville recroquevillée sur elle-même, comme une très vieille dame. Et puis voilà! en quelques semaines, tout a changé.

Vienne est devenue le lieu où se joue la destinée des nations. Un air joyeux s'est répandu sur les visages; un vent de folie souffle dans toutes les têtes, comme si le plaisir et l'amour, promus au rang de saints patrons de la cité, avaient pris la place de l'étiquette et des conventions.

On attend cent mille visiteurs, c'est à peine croyable : des ministres avec leurs laquais, des clercs ou des grisettes, des princes et presque autant de larrons.

Pour accueillir cette cohue, les Viennois se mettent en quatre, pour ne pas dire à quatre pattes : debout, les soldats font sentinelle; assis, les fonctionnaires font des écritures ou, plus souvent, ils lisent, au compte de la Censur-Hofstelle, les messages que d'autres ont composés; à genoux, les prêtres confessent des fautes que les femmes commettent habituellement couchées. Bref, chacun adopte la position qui convient à l'exercice de son art et fouette, cocher!

Trois cents voitures, toutes identiques – les équipages sont verts, ainsi que les trains, les livrées jaunes – et douze cents chevaux blancs ont été mis par l'empereur François à la disposition des étrangers qui ne posséderaient pas leur propre carrosse. Ces calèches, assez mesquines d'aspect mais bien attelées, emmènent aux quatre coins de la ville des habits bleus, des chapeaux ronds et des robes à falbalas.

Grâce à l'affluence des étrangers et à la multitude de fêtes qui se préparent, les boutiques sont mieux achalandées que de coutume. Davantage de clients et davantage d'articles. Dans les bazars, dans les vitrines, on trouve des frivolités de Paris, des étains d'Angleterre, des épices de Turquie et, partout, des verroteries de Venise – en annexant la Sérénissime, Vienne a hérité de sa magnificence sans lui emprunter sa mélancolie.

A mille signes qui m'avaient échappé, je découvre que Vienne est le grand carrefour de l'Europe. Comme tous les Français – qui sont des Lutéciens enragés – j'imaginais que Paris était le donjon de l'Occident. Dans mon esprit, la capitale de l'Autriche était un bastion avancé sur lequel avait déferlé la grande vague ottomane et au pied duquel étaient venus périr les derniers janissaires. En contemplant la foule bigarrée, dans les rues, j'observe que cette ville, située à mi-distance de Paris et de Moscou, de Berlin et de Rome, est un fabuleux point de rencontre entre le Nord et le Sud, entre l'Orient et l'Occident – bref la patrie idéale des sœurs Courlande.

L'annonce du Congrès a déclenché un branle-bas de fêtes dont l'épicentre se situe quelque part entre la Hofburg, l'hôtel Palm et le palais Kaunitz. La cérémonie qui a marqué de toute sa pompe et de tout son éclat le véritable début du Congrès est l'entrée solennelle dans la ville du tsar Alexandre et du roi de Prusse, qui se sont installés à la Hofburg avec les autres têtes couronnées.

Cinq grands-gardes, plantés devant le palais, crient « Aux armes! » pour chaque visiteur qui va rendre ses devoirs aux souverains. Le cliquetis des baïonnettes, le martèlement des crosses sur la chaussée, le tumulte des patrouilles, le vacarme des prolonges d'artillerie et le grincement des essieux sur le pavé nous assourdissent jusqu'à une heure avancée de la nuit. Dans le monde moderne, le bruit est le pire ennemi du repos et cette infernale sarabande ne s'arrête jamais.

Les Viennois étant privés de sommeil, chaque soir, théâtres et cafés sont pris d'assaut par des essaims de noctambules. La ville entre en effervescence dès la tombée de la nuit. Les immeubles s'illuminent, les façades scintillent, depuis les hautes fenêtres des étages nobles jusqu'aux trous de colombier des mansardes; Vienne est la Ville lumière de l'Europe. Sillonnant à grande allure les rues et les avenues, de riches équipages, éclairés par trois torches, sont précédés de leurs coureurs qui portent haut leur flambeau. Dans les rues et sur les places, chacun se presse et bouscule son voisin pour se rendre, qui vers un souper, qui vers un bal, qui vers un concert.

II

Ayant quitté l'hôtel Palm vers la fin de la matinée, je vais errer autour du palais impérial : le Burg est un édifice tout de guingois, marqué par le hâle des siècles. Il offre un étonnant contraste avec les appartements modernes et rectilignes de la chancellerie, la Ballhausplatz, qui sert de résidence au sémillant prince de Metternich ; c'est chez lui que se tiennent les conférences des diplomates.

A cinquante pas de moi, j'aperçois le comte Charles de Clam-Martinitz. Il quitte le palais.

Prise d'un accès de timidité, je cache mon nez dans mon col de fourrure et serre mes doigts dans mon manchon comme une demoiselle qui vient de sortir du couvent ; mais Klagenfurt est loin d'ici et le naturel revient au galop. Voici une agréable occasion d'aller aux nouvelles. Le major Clam est un fidèle ami du Premier ministre Metternich, auprès de qui il joue un rôle de factotum. Nous nous connaissons depuis peu ; pas assez pour mon goût.

Enveloppé dans son manteau blanc d'uniforme, le jeune officier marche vers moi à pas rapides ; il ne m'a pas vue. J'observe sa figure aux traits curieusement asymétriques. Sur un cou épais, un visage long, effilé, en lame de couteau, et un menton rond qui tiendrait lieu de virole pour en assembler les deux moitiés. Des lèvres épaisses, des favoris foisonnants et des cheveux bouclés sans artifice. Très grand. Beaucoup de morgue. Beaucoup d'allure.

Il s'approche.

Ce matin il arbore une mine revêche, un air aussi aimable qu'une porte de prison. Sans doute vient-il de participer à une conférence présidée par le Premier ministre ; mouvementée, si j'en juge par son air préoccupé ; laborieuse, si j'en crois l'épaisseur du portefeuille qu'il serre sous son bras.

A quelques pas de lui, j'esquisse une mimique à son intention. Sans résultat. Il me croise, la tête basse, abîmé dans sa morosité.

Je passe, comme toujours, d'un excès de timidité à une hardiesse extrême : sans vergogne je fais un demi-tour et m'approche de lui par-derrière, sur la pointe des pieds, pour le surprendre. Ayant deviné mon mouvement, il se retourne, me reconnaît et me fait un signe, du bout des doigts, à peine cordial. Lui qui est d'un naturel courtois manifeste sa joie de me rencontrer d'une façon réservée, et, pour dire vrai, glaciale.

Avant de lui parler, je l'observe un instant : engoncé dans une redingote trop étroite pour lui, il paraît frigorifié et tousse de sinistre façon; il est blême et gris comme un pou d'hôpital; son visage blafard est celui de quelqu'un qui vient de consulter son médecin ou de recevoir une vigoureuse semonce. Je regarde en l'air : nul oiseau de mauvais augure ne tourne autour de nos têtes; le ciel est dégagé; heureux présage; je lance :

– Bonjour, major. Vous n'avez pas l'air très gai, ce matin. Comment était cette réunion? Longue et sérieuse, j'imagine, avec des ministres et des têtes couronnées comme s'il en pleuvait...

– Une vraie pluie de sires!

Clam m'avait accueilli d'un air rogue; content d'avoir fait un mot d'esprit, il se détend enfin. Tout en marchant à mon côté, il n'en continue pas moins d'observer la foule des équipages qui se pressent devant l'entrée de la Ballhausplatz. Hélas, j'ai beau me pavaner à côté de lui, il ne prête guère plus d'attention à ma gracieuse silhouette qu'à celle d'une sentinelle en faction. Son masque reste impassible; comment le faire sortir de sa profonde léthargie ou de sa laborieuse méditation?

Apercevant, à quelques pas de nous, le prince de Reuss, dix-huit ou dix-neuvième du nom et très fier de l'être –, il se fait appeler Félix XVIII ou XIX, je ne sais plus –, je le désigne du doigt au major en lui demandant si les chefs de sa maison se numérotent, eux aussi, comme des fiacres. Il consent à sourire du bout des lèvres; son visage se détend. Il s'arrête devant une calèche et se propose de faire le cocher pour m'accompagner chez le prince de Ligne auquel il va rendre visite.

Heureuse idée! Je sens une agréable chaleur m'envahir. Comment ai-je pu trouver arrogant un homme capable d'une marque d'attention aussi délicate? Sans répondre, je saute dans son cabriolet en m'écriant :

– A vos ordres, Charles XX! Auprès d'un officier comme vous, c'est un plaisir de monter en Ligne.

Il fait comme s'il n'avait pas entendu ce calembour usé et

saisit les rênes que lui tend un soldat d'ordonnance, avec le geste hautain et indifférent du prince de Reuss.

Nous cheminons. Au bout d'un long moment, il me demande, avec une prévenance nuancée de dédain :

– Connaissez-vous le prince, Aurore?

J'ai l'impression qu'il parle à la cantonade, ou à sa jument. Je pourrais me laisser glisser à bas de sa calèche sans même qu'il s'en aperçoive; mais j'ai envie de connaître le prince de Ligne et je l'écoute disserter avec emphase :

– ... C'est un vieillard qui a le ton et la fougue d'un jeune homme. Il est dans sa quatre-vingtième année. Malgré tout, il a conservé cette extrême amabilité et cette fantaisie qui lui ont valu ici son renom de *dernier des chevaliers français*. Les étrangers qui sont à Vienne, quel que soit leur rang, se font un devoir de venir lui rendre hommage.

C'est avec le cœur un peu battant que je remplis mon devoir et que je vois défiler le dédale des petites rues qui mènent aux fortifications. Raide et immobile, le major-cocher m'offre son profil droit. C'est celui que je préfère; l'autre est trop austère. Le temps passe; il ne dit mot. N'étant pas de ces femmes qui savent embobiner les compliments comme une ficelle de cerf-volant, je fais une tentative prudente :

– Voici un moment que je vous observe, major, sans parvenir à découvrir vos pensées. Vous avez un visage mystérieux; disons... ambigu : sans doute êtes-vous né sous un signe double, Balance ou Gémeaux?

– Je l'ignore tout à fait. Mais, si cela peut vous contenter, je suis né Clam-Martinitz, comme on dit d'un sorbet café-chocolat.

– Tel Janus, vous voyez donc la vie en double!

– Non en noir!

Ma redingote est noire; est-ce le fruit du hasard ou un effet de galanterie? Le major fixe obstinément la pointe des oreilles de sa jument – dont la robe, elle aussi, est noire. Il poursuit de sa voix brève, mondaine, coupante comme la tranche d'une carte de visite :

– En noir, comme le ciel au fond duquel vous vous amusez à lire l'avenir dans le jeu des constellations.

– Je ne m'amuse pas à jouer avec les étoiles qui sont choses sérieuses. Elles doivent donc vous plaire, monsieur.

– Les étoiles me plaisent assez. A tout le moins celles que je porte sur mes épaules. Mais je ne lève jamais les yeux vers le ciel. Je ne suis pas comme vous autres, les Français, qui passez votre temps à l'ausculter parce que vous mourez de peur qu'il ne vous tombe sur la tête.

– Si vous n'avez peur de rien, pourquoi donc voyez-vous la vie en noir?

Le major hoche la tête, en bon Allemand affligé de me voir abuser aussi perfidement de la logique cartésienne. Il reste un moment silencieux – sans doute consulte-t-il les oreilles de sa jument qui branle du chef, ainsi qu'un pénitent avant l'absolution. Enfin, il finit par se confesser :

– Pour tout vous avouer, j'ai essuyé quelques rebuffades ce matin, à la fin de notre réunion à la Ballhausplatz. Metternich était d'une humeur massacrante.

– Oui, je le sais.

– Vous le savez, vous le savez... Vous ne savez rien du tout. Comment pourriez-vous savoir quelque chose? Je n'ai pas quitté le ministre depuis son lever jusqu'au moment où je vous ai rencontrée.

– Vous l'avez vu ce matin à l'aube. Moi je l'ai vu hier soir au crépuscule. Croyez-moi, ceci explique sans doute cela.

– Fariboles... Vous allez encore me parler du zodiaque.

– Il était tout à fait inutile, major, de consulter les étoiles pour observer la mine déconfite de M. de Metternich quand il est sorti de chez la duchesse de Sagan, moins d'un quart d'heure après s'être fait annoncer.

Sur le coup, le visage de von Clam s'illumine comme si l'empereur François Ier venait, en personne, de lui décerner la Couronne de fer; ou, plutôt, comme si Aurore de Marassé venait de lui faire savoir qu'elle acceptait sa main.

Il prend la mienne, la porte à ses lèvres avec empressement et me la rend, hélas! en disant :

– Êtes-vous bien sûre de ce que vous avancez? Voilà qui m'intéresse bigrement. Voilà qui expliquerait l'étrange comportement du ministre. Metternich m'a traité avec une grossièreté incroyable, ce matin. Ceci n'est pas du tout dans ses habitudes.

Le major se plonge à nouveau dans un abîme de réflexion, dont il finit par émerger au moment où je le croyais définitivement endormi et il ajoute, poursuivant à haute voix son soliloque :

– La raison de cette attitude tient peut-être dans une lettre que le chancelier a lue et relue à plusieurs reprises. Lui dont le visage est toujours lisse comme un cuir à repasser, il donnait ce matin force signes de mécontentement.

Après avoir hésité pendant quelques secondes, von Clam ajoute :

– Sans doute ne s'agissait-il pas d'une correspondance euh!... diplomatique...

– ... mais d'une lettre de femme.

– Vous croyez?

– Si c'est bien une lettre de la duchesse de Sagan je peux, sans grand mal, en retrouver un brouillon.

– Vrai?

– Wilhelmine est presque aussi désordonnée que moi. Elle ne ferme jamais un tiroir.

– Et vous pourriez entrer chez elle... sans qu'elle s'en aperçoive... Feriez-vous cela pour moi?

Les yeux de M. de Clam m'observent avec une nuance d'intérêt que je n'avais pas réussi à susciter jusqu'à présent. Je me laisse admirer. Peu importent les moyens; ce qui compte c'est le résultat. Après m'être fait convenablement prier, je m'engage à rechercher le message présumé au moment où nous arrivons chez le prince de Ligne.

III

Je savais que le feld-maréchal ne résidait plus dans un palais. Néanmoins, je suis surprise lorsque nous nous arrêtons devant une minuscule demeure. Une bâtisse tout en hauteur, recouverte d'une peinture rose délavée, un peu sordide. Elle paraît n'avoir qu'une seule pièce par étage.

Je lance :

– Cette maison, c'est un vrai bâton de juchoir sur le bastion.

– En souvenir de son ancienne fortune on l'appelle avec respect l'hôtel de Ligne.

Après avoir franchi un escalier étroit et rapide comme une échelle de perroquet, nous pénétrons dans le grand cabinet qui tient lieu de salon.

Nous nous approchons du prince : un aimable vieillard, maigre et sec, avec un crâne bosselé, auréolé de cheveux blancs, longs et clairsemés. Il va d'un groupe à l'autre semer la bonne parole et récolter les éloges que chacun lui décerne avec une générosité dont il ne paraît jamais rassasié. Sur sa figure de cire sont incrustés des yeux mobiles, aux paupières peu garnies.

Au fond de la pièce, meublée de fauteuils de bois doré recouverts de tapisseries effrangées, quelques courtisans entourent le prince; ils le couvent avec des mines empressées. Devant ce parterre d'auditeurs conquis d'avance, Ligne plastronne, sans modestie aucune. Il pérore comme un coq, répétant – pour la combientième fois? – sa tirade :

– Vous arrivez à point, mes amis, pour voir de grandes choses. L'Europe est à Vienne. Le tissu de la politique est tout brodé de fêtes. Si vous aimez les réunions joyeuses, les bals, les plaisirs, je vous réponds que vous n'en chômerez point car le Congrès ne marche pas, il danse. C'est une cohue royale. En dépit de *Robinson Crusoé* – c'est ainsi que le prince de Ligne a fort plaisamment surnommé Napoléon depuis qu'il réside à l'île d'Elbe – une réconciliation durable va s'établir. La concorde va réunir les peuples et le plaisir va conquérir la paix...

A l'autre extrémité de ce salon poussiéreux et désordonné, se trouve le coin des émigrés. Tout en se disputant une maigre assiette de gâteaux secs, ils s'empressent autour de la vieille Mme de Brionne. Cette ancienne maîtresse de Choiseul et de Talleyrand est aujourd'hui dévote comme un bréviaire de chanoine. Elle avait été jolie autrefois; pour le faire oublier, elle porte des parures qui sont le comble de la décence; ses décolletés ne descendent jamais plus bas que son cache-siècle de gros-grain noir et la batiste envieuse de ses fichus laisse à peine deviner la couleur de ses cheveux.

A côté d'elle se tient un vieux marquis tout cabossé, assis de guingois sur une chaise droite; vêtu d'un habit rouge cerise à longues basques et collet de dentelle, il paraît fardé jusqu'à la pointe des cils. Ses cheveux sont soigneusement poudrés – sans doute se fait-il mettre des papillotes, tant l'ordonnance de sa coiffure est parfaite. Penché vers sa voisine, il se frotte les mains d'un air satisfait, tout en récitant son emploi du temps d'une voix guillerette :

– Pour moi, chaque matin, quand je suis parvenu à sortir de mon lit, je mets des bas gris, la culotte pareille, ma robe de chambre de piqué et je vais me promener dans mon jardin pour regarder pousser mes arbres.

– Et ensuite...

– Eh bien ensuite, je rentre chez moi, je m'assieds derrière mon bureau et je ne fais rien.

– Absolument rien? interroge la princesse de Brionne avec une urbanité du meilleur aloi.

– Non, rien du tout; j'écoute le temps qui passe et, chaque jour, quand l'heure est venue, on m'apporte mon dîner; voilà toute ma façon de penser.

Voilà bien, en tout cas, la façon de vivre de ces vieux émigrés. N'ayant pas eu, comme ma tante Saint-Chamond, la sagesse de regagner leur patrie, ils vivent retirés des affaires depuis plus de vingt ans et sont demeurés figés dans leur rancune contre le monde entier. Ayant assisté aux pires désordres, je les vois incapables de faire autre chose que de somnoler en ressassant leurs souvenirs.

Le prince de Ligne est le point de mire de ceux qui ont gardé un œil entrouvert et qui lui répètent indéfiniment les mêmes questions :

– Vous me demandez ce que je pense des pays où règne, soi-disant, la liberté. Comment les aimerais-je? lance-t-il à la cantonade. Je me souviens d'avoir été lapidé en Suisse, pour un simple coup de fouet donné à un charretier. J'ai été violé à Venise par la mère du doge qui avait alors soixante-dix ans bien comptés. J'ai été assassiné, rossé, abîmé en Hollande pour un méchant coup de canne donné à un cocher de fiacre...

Tout le monde s'esclaffe. Quelques instants plus tard, j'entends le prince qui s'est approché de la princesse de Brionne :

– ... Mon père dépensait des millions pour entretenir Belœil où il tenait l'état d'un roi. Eh bien, savez-vous, il grondait ses gens quand ils offraient un verre de vin au curé ou au capucin qui venait prêcher le carême. Il disait tout haut : « La bière suffit pour ces gens-là! »

Ces gens-ci me suffisent; je refuse de passer davantage de temps à écouter leurs récits. M. de Clam-Martinitz ne se fait pas prier pour m'emmener avec lui. Nous grimpons en voiture afin de nous rendre au Prater. Les chevaux dévalent grand trot jusqu'aux rives du Danube puis ralentissent leur allure. A quelques pas de l'allée que nous suivons, j'aperçois une couvée de barques enchaînées à un orme gigantesque. En tombant, son feuillage jauni a constellé les bordages sombres qui se confondent avec l'eau calme.

Je saute à terre et m'approche d'une embarcation; elle me paraît aussi accueillante qu'une meule de foin, avec un large banc de nage et une proue décorée d'un œil d'Argus, rouge et bleu. Je dénoue les amarres et saute à bord, suivie du major dont la légèreté manque de faire basculer notre esquif.

L'air est tiède et pimenté par toutes les senteurs de l'automne. Le bateau glisse lentement, dans un clapotis silencieux. Assis au fond de l'embarcation, nous écoutons le murmure de l'eau que couvre le sifflement aigu d'un merle. Un bras m'enlace les épaules et fait glisser mon châle qui s'écoule sur mes genoux serrés, sans que je fasse aucun effort pour le retenir.

Je me sens à la merci d'un coup de vent qui ferait chavirer le bateau et moi en même temps. Tout bas, je me récite les articles du catéchisme, tels que nous les avions travestis au couvent de Klagenfurt : « Le péché n'est que véniel lorsque la matière est légère et que la volonté comme l'advertance ne sont pas entières; mais il ne saurait y avoir nul péché lorsque son objet est si séduisant que la volonté s'en trouve contrainte et le consentement forcé. »

Le major n'est pas un Casanova et il ne cherche pas à poursuivre trop loin son avantage. Ou bien ai-je, malgré moi, entravé de quelque façon ses avances? Qui sait? Je me souviens seulement de lui avoir demandé :

– Où peut-on trouver, Charles, des amants qui soient à jamais fidèles?

– On n'en peut trouver, Aurore, que dans les romans ou dans les nids des tourterelles.

Avec mon incurable naïveté, je crois en avoir découvert un, hier soir, au fond d'une barque qui dérivait sur les bords du Danube.

5

La lettre volée

I

« Dans ma vie, j'ai été beaucoup trop occupée pour chercher un délassement honnête dans les lettres. » Je reconnais cette phrase, tracée par la main sûre de Wilhelmine; j'ai déjà lu cela quelque part. Au masculin, il me semble. Sous la plume de qui? Je fouille en vain dans ma mémoire qui est beaucoup moins ordonnée que le scriban de Mme de Sagan.

Sans aucune peine, j'ai déniché le brouillon de la fameuse missive dont le contenu préoccupait si bien, hier matin, le major von Clam. Il m'a suffi de forcer un tiroir à secret. Un secret mal gardé. Le mécanisme était aisé à faire fonctionner : une tirette, dissimulée par l'abattant du meuble, libéra une trappe et révéla un casier au fond duquel s'entassait un lot de correspondance.

Je reconnais aussitôt l'écriture longue, régulière et appliquée de la duchesse. Sur le dessus de la pile, je saisis une liasse en travers de laquelle figure une mention soigneusement calligraphiée : *« Brouillons de lettres adressées à Clément de Metternich – Vienne – été 1815. »*

Je me penche pour déchiffrer, dans l'ombre du tiroir, le texte du premier message : quelques lignes, tenant sur une seule page.

Je suis d'un naturel curieux, d'un tempérament indiscret, mais je n'ai pas – pas encore? – une grande habitude de sabouler les secrétaires et de violer la correspondance de mes amis. Un coup d'œil de temps en temps quand les circonstances s'y prêtent; pas davantage. Aussi appréhendais-je cette effraction comme une rude épreuve.

A ma grande surprise, j'éprouve en la commettant un frisson délicieux. Est-ce parce que l'enjeu n'est point une vaine curiosité? Peut-être. J'ai fait une promesse à von Clam. Je dois la tenir. Mais cela ne suffit pas à expliquer le trouble bizarre que j'éprouve. Ce n'est point tant mon indiscrétion qui est piquée; je ressens bien davantage la crainte d'être surprise dans une posture scandaleuse, penchée d'une façon indécente sur les secrets intimes de ma bienfaitrice. Cette perspective désagréable me procure des frissons étranges : une angoisse mêlée à un plaisir immédiat, inconnu, que j'ai envie de prolonger indéfiniment.

Pour l'instant, je dois subtiliser cette lettre afin de la recopier à mon aise, dans ma chambre. Ou bien oserai-je la retranscrire ici même, sur le marbre glacé du secrétaire? Devant moi, un encrier sur lequel traîne une plume mal taillée qui doit accrocher bruyamment le papier; si je l'utilise, elle va grincer d'une façon ridicule. J'hésite. Le plus simple ne serait-il pas d'apprendre ce texte par cœur? Il est court, lisible, facile à retenir.

Je sursaute soudain : voici qu'un pas rapide claque dans le corridor. Talon, pointe, talon, pointe. Je sens une chaleur moite m'envahir en reconnaissant la démarche à quatre temps de la duchesse – on croirait un lipizzan, échappé du Manège royal, marchant l'amble dans le couloir pour regagner sa stalle.

Je lève les yeux au ciel. Mon regard bute sur le plafond à caissons qui décore la bibliothèque. Si seulement il pouvait me tomber sur la tête!

Imbécile de Clam-Martinitz!

Je ne réfléchis pas davantage. Du bout des doigts, je repousse la trappe qui obture la cache. Elle claque en se refermant. Un bruit sec, pareil à celui que fait le chien d'un pistolet qui s'abat sans déclencher d'amorce. Ouf! D'un bond rapide je m'approche des rayons de la bibliothèque. Au hasard, je saisis prestement un ouvrage et fais mine de me plonger dans sa lecture.

Je prête l'oreille. Clic-clac, clic-clac. Dans le couloir, le pas se ralentit. Le bruit s'étouffe sur un tapis de laine. Mes yeux se brouillent. J'ai l'impression d'avoir passé la matinée à faire chauffer au rouge les fers de tout un régiment de lanciers. Ces frémissements qui parcourent mon dos, exposé au regard de la duchesse, ne sont pas désagréables. Une vocation d'aigrefin, de tire-laine, ou plutôt de tire-lettres, est-elle en train de naître?

– Que cherchez-vous ici, Aurore? interroge une voix glaciale.

Je me retourne, avec une mine coupable :

– Heu! un livre! *Corinne!* Oui, je cherchais *Corinne,* le roman de Germaine de Staël. J'aimerais le lire à nouveau. Je pensais...

– Vous qui connaissez cette bibliothèque comme votre poche, vous pensiez le découvrir sur les rayons réservés aux auteurs latins, n'est-ce pas? Entre Sénèque et Suétone, probablement. Notre bonne Germaine serait bien flattée de se savoir juchée en aussi noble compagnie; plus encore, d'avoir su retenir votre attention. Jusqu'à ce matin, vous en disiez pis que pendre, n'est-ce pas?

La duchesse, serrée dans un fourreau de dentelle noire, ses grandes lèvres rouges barrant un visage gris de fatigue, me lance un regard trouble et venimeux; sans doute m'a-t-elle débusquée au retour d'une soirée qui s'est prolongée fort avant dans la matinée. Elle s'approche, en titubant un peu, du secrétaire dont l'abattant grand ouvert bâille devant elle d'une façon indécente.

De la manière la plus ostensible, la plus blessante qui soit, Wilhelmine rassemble quelques feuilles éparses et les dissimule sous une rame de papier blanc. M'imagine-t-elle capable d'ouvrir un tiroir à secret?

Oui, certainement.

Que faire? J'ai bien envie de la prendre par surprise : je me jette dans ses bras; je lui avoue que j'ai lu sa correspondance; je la câline jusqu'à ce qu'elle me pardonne. Ensuite? Eh bien, ensuite je lui rappellerai que, lorsqu'on cite un écrivain célèbre, on met des guillemets; c'est la moindre des choses. Mais je ne voudrais pas, pour autant, la mettre en colère pour tout de bon. Ce serait stupide et dangereux; inutile, de surcroît. Les quelques lignes dont j'ai eu le temps de prendre connaissance ne méritent pas tant d'histoires.

Je lève les yeux sans bouger mon front. Le courroux que je

lis sur le visage de mon interlocutrice me dissuade de me jeter dans ses bras; mais il ne fait que piquer davantage ma curiosité. Il faudra que je revienne ici avant que Wilhelmine ait changé de cachette.

Avant de revenir, il faut songer à s'en aller. Le plus vite sera le mieux.

Un consternant silence s'est installé dans la pièce. Il se prolonge de vilaine manière. Je reprends enfin mes esprits. Assez pour lire le nom de l'auteur sur l'ouvrage que je tiens à la main : Tacite.

Affermissant ma voix, je lance avec un air docte :

– Vous avez mille fois raison, madame. Il y a davantage de choses à retenir dans une page des *Annales* que dans toute l'œuvre de la famille Necker, père et fille réunis dans leur commune médiocrité. J'allais succomber à une vaine curiosité. Rien n'est plus contraire à la nature n'est-ce pas? Grâce à vous, je mourrai sans avoir lu *Corinne* et je ne m'en trouverai pas plus mal. Merci de vos précieux conseils. Merci de me prêter cet ouvrage. J'en aurai grand soin.

Jamais saint Jean Bouche d'or ne s'exprima sur un ton plus suave que le mien.

Ayant dit, je me faufile par l'escalier en colimaçon sur lequel s'ouvre une porte dérobée. Au passage, j'aperçois, tapie derrière la rambarde de fer, une forme blanche qui s'esquive en un clin d'œil; sans doute, un enfant nous observait.

Pour sa part, la duchesse ne dit mot. Dans son regard, j'ai décelé une lueur de doute sur ma culpabilité. Bonne chose! J'ai encore quelques progrès à faire avant de proposer mes services à l'illustre baron Hager, le chef de la Polizei-Hofstelle; mais je me sens des dispositions qui mériteraient d'être encouragées.

II

De retour dans ma chambre, je m'enferme à double tour. Puis je m'assieds à ma table de travail et note avec soin les bribes de phrases que j'ai conservées en mémoire :

« Tout est si complètement changé entre nous qu'il n'est point étonnant que nos pensées et nos sentiments ne se rencontrent plus en rien... Nous poursuivons l'un et l'autre un fantôme... J'avais vu en vous un modèle de grandeur intellectuelle... Aujourd'hui, je vous trouve un homme comme ils sont à peu près tous. »

C'est une femme d'expérience qui s'exprime; pour peu que je connaisse le chancelier, je partagerais volontiers son point de vue. Mais j'imagine que le glorieux prince de Metternich a eu beaucoup de mal à supporter ce genre de malice auquel il n'est guère accoutumé; le malheureux von Clam en a subi le contrecoup.

En bas de ma copie, je griffonne quelques mots :

« Mon cher major, les lignes ci-dessus, que j'ai recopiées à votre intention, ont été écrites de la blanche main de la duchesse de Sagan. Leur contenu me paraît de nature à justifier la mauvaise humeur de votre Maître.

« Imaginez pendant un bref instant qu'une pareille missive soit tombée de ma main et qu'elle vous concerne! Pourtant vous n'êtes pas un homme comme ils sont tous et je ne suis pas encore un *fantôme.* »

Ma plume est si maladroite que je suis obligée de reprendre, à plusieurs reprises, la rédaction de ce court billet avant de parvenir à un texte convenable. Est-ce le contrecoup des émotions que j'ai ressenties tout à l'heure? C'est possible. Est-ce parce que j'ai passé une moitié de la nuit à rêver d'une barque qui dérivait sans fin au gré des eaux du Danube? C'est probable. Ou bien serait-ce parce que, demain, mon amie, la comtesse de Périgord, sera à Vienne? Je n'en sais rien, mais j'aimerais m'entretenir de ce sujet avec elle.

Au fait, connaît-elle déjà le major von Clam? Sans doute; le major a vécu plusieurs mois, à Paris, dans l'entourage de Metternich. Une société qui côtoyait quotidiennement celle du prince de Talleyrand. Si Dorothée l'a déjà rencontré, que pense-t-elle de lui? Me le dira-t-elle? Serai-je capable de renoncer à le voir s'il ne lui plaît pas? Peut-être, mais je n'en suis pas tout à fait sûre.

III

Pour se consoler de ses infortunes courlandaises et narguer sa présomptueuse duchesse, j'imaginais que le prince de Metternich se rendrait sur l'autre rive du palais Palm afin de rendre visite à Clémentine Bagration et à sa mère. Mais non. Le sort de sa fille ne paraît guère préoccuper le Premier ministre. Sa femme lui a déjà donné trois ou quatre enfants qui, dit-on, ne l'intéressent pas davantage.

Dans l'attente d'une venue de moins en moins probable, je continue d'infliger à mon élève d'interminables leçons de piano. A quatorze ans, la jeune Clémentine est fluette et droite comme un pipeau. Elle a beaucoup de ressemblance avec son père. Tout comme le ministre autrichien, elle est grande, fine de traits; elle porte haut la même chevelure abondante, d'un blond délavé de filasse blanchie sur l'herbe, et la même allure austère, morgueuse. D'un naturel matois et retors à la fois, elle n'aime rien tant que se dérober derrière ces airs mystérieux qu'on affectionne à son âge et ne supporte pas d'être contrariée, tout en se plaisant à faire de la moindre querelle une affaire d'État.

Alors que sa mère est la générosité incarnée, Clémentine lui reproche amèrement de dilapider son patrimoine en colliers et en bijoux. Cette jeune demoiselle craint de manquer de tout et d'abord du superflu. Elle est déjà grippe-deniers comme le ministre qui est fort soucieux d'économies, ne parvient à se débarrasser de rien et collectionne, chez lui comme dans son entourage, toutes sortes de vieilles reliques.

En même temps que cette ressemblance avec le chancelier, la jeune Clémentine cultive le souvenir de son père légitime, le général Bagration. Peu de personnes, en Europe, connaissent aussi bien que cette adolescente la collection de défaites que l'Ogre a infligées aux armées russes. Des montagnes de Brescia à la plaine de Marengo, du plateau d'Austerlitz aux forêts de Friedland, en passant par les champs de carnage de Golymin et d'Eylau dont le feld-maréchal fut l'un des plus rudes moissonneurs, Bagration a poussé à la perfection l'art de faire retraite; mais il ne l'a jamais prise, ayant été mortellement blessé à Borodino.

Fière de son nom, Clémentine l'est également de son prénom et de l'amitié toute paternelle que lui porte, fort irrégulièrement, le ministre; le sachant autrichien, elle imagine qu'il est sensible à la musique et, du coup, elle s'applique sur son instrument avec une ardeur qui ne fortifie guère la réputation de son professeur. Hélas! la pauvre enfant n'a aucune oreille. Elle joue du piano comme on s'exerce sur un boulier : avec une rigueur de mathématicienne et un toucher de caissière.

IV

Seule dans ma chambre, je me lamente, une fois encore, sur la médiocrité de mon élève. Au loin, elle égrène ses gammes avec monotonie, comme une novice récite des dizaines.

Soudain, une bonne surprise : le comte de La Tour du Pin s'annonce à ma porte. Cet aimable ambassadeur a précédé de quelques semaines la mission française à Vienne. N'ayant jamais eu l'occasion de séjourner dans cette capitale, il est friand des derniers cancans qui courent dans la bonne compagnie – une société où tout le monde connaît tout le monde et pour laquelle l'année se compose de trois cent soixante-cinq fêtes.

Autant d'occasions d'échanger des ragots et de médire sur ses amis. Cet art, dans lequel les femmes excellent, est une spécialité autrichienne; à cet égard, Vienne est une ville féminine – non pas une ville femelle comme Dresde ou Venise, mais une ville dame qui chérit l'archet, la crème fouettée et où chacun pratique la médisance avec maestria. Médisons.

Séraphin de La Tour du Pin n'est plus un jeune homme. Cependant, il a gardé un esprit vif et enjoué. De surcroît, il fait preuve, en toutes circonstances, d'une fraîcheur et d'une naïveté désarmantes chez un ministre qui a, depuis longtemps, passé l'âge canonique.

Sa petite taille, son visage rond de Pierrot blafard, sa mise démodée – il porte des culottes de Maure, noires, larges, peu seyantes, et les basques de son habit bleu sont toujours trop longues –, toutes ses attitudes témoignent que c'est un personnage timide avec les femmes. Il est, dit-on, d'une fidélité surnaturelle envers la sienne.

Après avoir absorbé sans vergogne deux ou trois verres d'un excellent tokay qui se trouvait sur la table, le vieux diplomate se cale au fond de mon fauteuil à la Voltaire et je m'apprête à subir le flot de son éloquence. Sans aucun préambule, il se lance dans une longue dissertation sur la situation politique de l'Europe :

– Vous connaissez, madame, l'objet de la conférence qui réunit en ce moment, à Vienne, les plénipotentiaires et les souverains du monde civilisé : il s'agit de partager les dépouilles de l'Empire napoléonien dont, souvenez-vous, les départements s'étendaient des Basses-Pyrénées aux bouches du Tibre et jusqu'aux bouches de l'Escaut. La France, qui a recouvré ses frontières du temps de l'Ancien Régime, ne revendique rien.

– Elle est bien la seule dans ce cas!

– Cependant, on prétend ici nous tenir à l'écart du concert des nations et régler les problèmes sans même nous consulter. Fort heureusement, les partitions des ci-devant puissances alliées sont discordantes. Au cours de leurs réunions à huis clos, les grands aigles de la diplomatie européenne, les Metternich, Alexandre, Hardenberg et consorts, glatissent tous en chœur sans parvenir à se faire entendre.

– Ce n'est pas étonnant : le tsar Alexandre est à moitié sourd et le délégué de la Prusse, Hardenberg, l'est tout à fait.

– Sans doute! Sans doute! Dans ces conditions, les talents exceptionnels du prince de Talleyrand le désignent pour jouer ici un rôle de chef d'orchestre. A condition que les puissances alliées – qui craignent presque autant ses discours qu'elles redoutaient les semonces de son ancien maître, Napoléon...

– *Le cygne d'Autun* a succédé à *l'aigle de Corse...*

– Tout à fait! encore qu'Autun soit bien loin de Vienne, bien loin de nous. Je disais : il faut que les alliés acceptent de rendre à la France son siège au Congrès. Voilà à quoi nous allons nous employer. Pour réussir, nous avons besoin du secours de la Providence... mais nous réclamons aussi tous les concours...

Mon interlocuteur marque un temps d'arrêt assez long. Est-il venu jusqu'ici pour me demander d'intercéder auprès du Très-Haut? Je doute qu'il ait grimpé autant d'étages pour dénicher un aussi médiocre truchement. Peut-être a-t-il été poussé jusqu'ici par son goût pour le vin de tokay? Possible, si j'en juge d'après le nombre de verres qu'il déguste. Imperturbable, il poursuit son prône avec une conviction digne d'un meilleur auditoire :

– Nous demandons tous les concours! Et nous avons les moyens de les obtenir.

Ce disant, il met la main sur son cœur. Je me contente de baisser la tête, ainsi qu'une honnête paroissienne.

Comme si j'étais frappée par l'Esprit-Saint, je me lève en prenant une mine épouvantée, traverse ma chambre en coup de vent et vais entrouvrir une porte, derrière laquelle nulle oreille attentive n'est embusquée. Feignant d'être rassurée, je regagne ma place. L'ombre de la Polizei-Hofstelle assombrit mon visage.

M. de La Tour du Pin, qui n'est point sot, change alors de registre. Sur le ton qu'il adopterait pour réciter ses patenôtres, il ajoute d'une voix paternelle :

– Ma chère Aurore, j'ai bien connu le général de Marassé lorsqu'il était en poste auprès du ministre Dumouriez. Vous vous souvenez peut-être que mon propre père fut le dernier ministre de la Guerre du roi Louis XVI. Il tenait le général en haute estime. J'imagine que sa disparition vous a laissée dans une situation... difficile.

Agréable euphémisme. Je baisse de nouveau les yeux en faisant décrire à mes cils une courbe parfaite, dont Marie-Madeleine eût envié la modestie, et j'ajoute avec une voix qui tirerait des larmes à un pharisien endurci :

– Vous voulez dire : dans un dénuement complet.

– Un jour, Aurore, vous souhaiterez peut-être regagner la France. Sachez que vous pourrez compter sur mon appui. D'ici là, c'est moi qui aurai besoin de votre précieux concours. Vous habitez, mon enfant, un observatoire exceptionnel et vous connaissez fort bien ces lieux. On m'a dit que vous étiez installée ici depuis le retour en France de Mme de Saint-Chamond.

– Depuis plus de dix ans, c'est exact.

– Ainsi, vous êtes une amie de la princesse Bagration dont la fille nous charme l'oreille de ses déclinaisons musicales.

Je ne relève pas cette désobligeante insinuation et me contente de déclarer sur un ton réservé :

– Suis-je une amie de la princesse? Je n'en suis pas sûre. Je fais partie de son intimité. Quant à la jeune Clémentine, elle adorait son père, le maréchal. C'est en souvenir de lui, j'imagine, qu'elle joue comme un tambour.

– Clémentine, Clémentine. Joli prénom. Je suppose qu'en le choisissant, sa mère a voulu rendre un discret hommage...

– A son amant. Le prince de Metternich est le véritable père de l'enfant.

– Je ne l'ignorais point. Le Premier ministre vient-il souvent mesurer les progrès de votre élève?

Je feins une nouvelle fois d'ignorer la perfidie, mais ce sera la dernière :

– Vous désirez sans doute savoir, monsieur, si le chancelier vient, par la même occasion, rendre visite à sa mère. Non. En ce moment, non. La princesse ne paraît préoccupée que d'une chose : nouer une intrigue avec le tsar. Alexandre n'est pas insensible à son charme.

– Oui, oui! Je vous entends bien. Néanmoins, le prince pourrait venir à l'hôtel Palm... pour se rendre dans l'autre aile, insinue M. de La Tour du Pin en opinant de la calotte avec une mine de vieil inquisiteur.

Je me réfugie dans une prudente réserve :

– Vous me demandez si M. de Metternich s'est rendu récemment chez la duchesse de Sagan. Pas encore... ou pas à ma connaissance. Celle-ci vient d'arriver à Vienne. Elle a été fort éprouvée par son voyage.

– Je m'aperçois avec plaisir que vous suivez l'activité de ces deux princesses dans leurs moindres détails. Vous passez, ma chère Aurore, pour être la confidente de l'une et de l'autre. Bien entendu, c'est la raison pour laquelle je suis venu vous voir. Vous savez dans quelle situation nous sommes, dans quelle situation est la France!

M. de La Tour du Pin s'est levé et il arpente à nouveau la pièce, dressé sur ses ergots, lissant avec soin ses plumes de petit coq – des plumes blanches comme des fleurs de lys; je pressens que je vais subir un nouveau sermon monochrome – comme on tenait, hier encore, des discours tricolores :

– L'Europe est la proie de conflits inextricables. Deux dangers nous guettent : les Prussiens veulent annexer la Saxe et la rive gauche du Rhin; le tsar a décidé de s'octroyer la Pologne, toute la Pologne. Ces annexions constituent une menace évidente pour la France. Elles remettent en cause la notion de l'équilibre européen. Une vieille idée que nous avons toujours soutenue, que l'Ancien Régime a toujours soutenue.

Le ministre me jette un coup d'œil interrogatif pour tenter de savoir si je partage son point de vue. Que répondre? Faute de science politique bien solide, je me lance dans une improvisation douteuse mais qui me paraît fort bien venue :

– J'entends bien, monsieur. Mais que suis-je censée faire pour empêcher la discorde entre les souverains? Faudra-t-il que, nouvelle Judith, j'enivre l'empereur de toutes les Russies, après l'avoir séduit, et lui coupe la tête? Ou bien préféreriez-vous que, comme Charlotte Corday, je poignarde le roi de Prusse dans son bain?

La Tour du Pin paraît hésiter quelques instants entre ces deux possibilités également attrayantes; puis il conclut avec son sérieux imperturbable :

– Hélas! l'ambition des puissances survit à la disparition des rois. Ce n'est pas avec un glaive que vous en viendrez à bout. Dans la situation actuelle, aucun d'entre nous – ni M. de Talleyrand, ni vous, ni moi – ne pouvons y mettre un frein. Seul, à Vienne, un homme est assez puissant pour empêcher ce qui se prépare : M. de Metternich.

– Cette attitude va dans le sens de son intérêt.

– Un intérêt primordial. L'Autriche est encore plus menacée que la France. Directement menacée. Encore faut-il que ses représentants acceptent de peser de tout leur poids dans la négociation.

– C'est évident.

– N'est-ce pas? Pourtant nos informateurs nous disent que le chancelier d'Autriche est dans une situation d'expectative extrêmement fâcheuse. Depuis qu'il a regagné Vienne, Metternich laisse faire les choses. Il se comporte en simple spectateur. Il ne s'intéresse plus à la politique; ou si peu que rien. Son esprit est entièrement la dupe de son cœur; l'amour est tombé sur lui comme un couperet et lui a enlevé tous ses moyens!

Je ne puis m'empêcher de rire sous cape en entendant M. de La Tour du Pin proférer, d'une voix aiguë, cette sentence, avec la conviction du chanoine Fulbert au moment de trancher Abailard. Prenant conscience de son ton ridicule, il poursuit, une octave plus bas :

– Vous n'ignorez pas, Aurore, que M. de Metternich soutient *mordicus* les prétentions du roi Murat. Ce beau-frère de Napoléon occupe toujours le trône de Naples en dépit des revendications légitimes des Bourbons qui ont été dépossédés de ce trône de façon indigne. Nous ne pouvons tolérer cela.

– Pourquoi diable Metternich soutient-il un pareil usurpateur que plus personne ne défend?

– Pour une raison très simple... et scandaleuse à la fois. Si le ministre d'Autriche a pris le parti de ce Scapin de la diplomatie, c'est en souvenir de la liaison qu'il avait eue avec son épouse, Caroline Bonaparte, quand il était ambassadeur à Paris. Ainsi, bien qu'elle règne à près de cinq cents lieues d'ici, la reine de Naples serait toujours sa Cléopâtre!

– Il a donc suffi qu'elle montre le bout de son nez pour que le chancelier soutienne son parti.

– Le plus grave est que la sœur de Bonaparte n'est pas la seule à occuper le cœur de Metternich. Elle n'y tient même qu'une faible place. Loin derrière celle qu'occupait hier encore la Bagration. Plus loin encore de la position dominante qu'occupe aujourd'hui la duchesse de Sagan.

– J'imagine qu'avec un cœur aussi *occupé*, le ministre n'a guère le temps de s'adonner aux joies de la politique.

– Pour les raisons que je vous ai développées tout à l'heure, l'intérêt de la France commande absolument – je dis bien absolument – que M. de Metternich ne renoue pas, au palais Palm, de relations privilégiées avec l'une ou l'autre de ces deux princesses...

– ... Et vous comptez sur mes charmes pour l'en dissuader.

M. de La Tour du Pin dissimule un haut-le-corps et poursuit :

– ... Et le prince de Talleyrand compte sur vous pour exécuter ses instructions. Pour le tenir au courant de ce qui va se passer dans la Schenkenstrasse. Est-ce bien clair? Pour cette mission d'importance, il compte entièrement sur vous et sur votre amie, la comtesse de Périgord. S'il a fait venir de Paris sa nièce qui est aussi, ne l'oubliez pas, la sœur de la duchesse de Sagan, c'est afin de vous aider à accomplir cette tâche importante.

– Et seulement pour cela... En êtes-vous si sûr?

Le visage de mon interlocuteur reste absolument fermé. Il se contente de lever son verre à ma santé, fort heureux d'être enfin délivré de son message.

– Nous nous reverrons prochainement. M. de Talleyrand sera à Vienne dans la soirée.

Je l'interromps en poussant un cri de joie; il poursuit :

– Votre satisfaction, mademoiselle, me plaît infiniment. Elle augure bien de la mission que je vous ai confiée. Nous allons convenir bientôt des moyens de notre entreprise. D'ici là, songez-y! Réfléchissez! Il y faut de l'imagination, beaucoup d'imagination, encore de l'imagination. La diplomatie est un art où l'imagination commande. Vous passez pour n'en être point dépourvue.

Sur ces paroles de circonstance, le ministre se lève, pivote, s'incline et disparaît comme un automate qui rentre dans sa boîte.

Un instant plus tard, je découvre, placée en évidence sur le coussin du fauteuil qu'il occupait, une bourse un peu plate; coïncidence agréable, elle contient sensiblement le nombre de florins que la princesse Bagration devait me remettre depuis plusieurs jours.

Je les glisse dans ma poche, me coiffe d'un chapeau de paille avec une large visière, enfile une redingote brune et me précipite dehors.

Non, je ne cours pas après M. de La Tour du Pin pour lui dire que son argent ne fera pas mon bonheur. Non, je vais tout droit chez une couturière de ma connaissance pour me faire tailler un domino bleu de Prusse, avec un capuchon doublé de martre – un rêve. Un vieux rêve auquel j'avais renoncé de bien mauvais gré.

Je danse dans la rue, je chantonne et les oiseaux s'envolent sur mon passage; heureux présage!

Demain Dorothée de Périgord sera à Vienne. Dans une semaine j'ai rendez-vous avec le major von Clam au manège du Burg. Je n'ai jamais été aussi joyeuse de ma vie; et ce n'est pas simplement l'effet du vin de tokay ou des quelques kreuzers qui gonflent ma bourse. Je serre au fond de mon cœur ce bonheur en bourgeon, de peur qu'il ne prenne froid.

La vie n'a pas toujours été indulgente pour moi. Dans les combles du palais Palm, j'ai passé beaucoup de soirées solitaires à regarder deux bûches se consumer l'une à côté de l'autre. Depuis que je suis ici, j'ai donné davantage de leçons de piano que de leçons d'amour dans un parc. Je n'ose pas croire que le printemps commence, cette année, au mois d'octobre. Pourtant l'air est à l'unisson de mon cœur : plein du bourdonnement joyeux des abeilles qui butinent le raisin de Grinzing, avant la vendange. La vie est belle pour une jeune et séduisante espionne de trente ans.

Si le baron Hager lit ces lignes, je passerai sans doute mes trente prochaines années dans un cul-de-basse-fosse, au fond de la forteresse de Mongatz ou sous le donjon du Spielberg.

A moins que le major Clam-Martinitz ne parvienne à m'en faire sortir. Mais peut-être que Dorothée de Périgord y réussirait avant lui? Ou encore Wilhelmine de Sagan? Qui sait?

6

Au Prater

I

Aujourd'hui, comme chaque dimanche, promenade en phaéton avec la duchesse de Sagan.

Wilhelmine ne m'a pas tenu rancune du désordre que j'avais mis dans son secrétaire. Sans doute estime-t-elle que je ne suis point parvenue à en forcer les secrets. C'est ce que m'a expliqué Döbling, son nouveau valet de chambre, ou plutôt son factotum; un curieux personnage, insaisissable, inquiétant.

Ce nain, tout de blanc vêtu, agile et fluet, se faufile partout; ses yeux jaunes, un peu vitreux, lui donnent un regard insistant et pervers qui vous englue et colle à la peau comme une toile d'araignée.

Avec forfanterie, il me déclare avoir été chargé de me surveiller, puis me nargue d'une pirouette. Qui lui a confié cette mission? La duchesse de Sagan? Non, sans doute. Plutôt la Polizei-Hofstelle. Mais alors, dans quel but m'a-t-il avoué cela? Difficile à deviner. J'ai l'impression qu'il veut prendre barre sur moi. Je m'empresse de détourner les yeux de ce minuscule et déplaisant individu. J'ai une envie furieuse de le chasser d'un revers de main; cependant, je n'en fais rien. Ce qui m'importe c'est de rester en bons termes avec mon entourage. La précarité de ma situation m'y oblige. Mais, avec cet essaim d'indicateurs et de mouchards qui nous environne, le métier d'espionne devient chaque jour plus ingrat.

A Vienne, si vous dînez en ville le jour du Seigneur, votre repas sera suivi, dans les dix minutes, d'une promenade au

Prater. C'est inévitable et cela ne manque jamais, comme la Pentecôte vient dix jours après l'Ascension.

Votre hôte fera monter ses amis dans sa voiture qui suit celle de sa femme; quel que soit le quartier où il demeure, il vous conduira au Graben afin de rejoindre la cohorte de véhicules qui traversent la ville, en procession, pour se rendre au bord du Danube. Il est impensable, contre l'ordre moral, l'ordre établi, l'ordre tout court, de se mettre hors de cette file qui s'étire sur près d'une lieue.

Nous allons au pas. De part et d'autre, l'humeur est maussade. Après avoir traversé le faubourg sans nous dire mot, nous arrivons au Prater.

Partout, dans les bosquets, le long des allées, sous les charmilles, des musiciens ambulants, des jongleurs, des marchands d'onguent ou des canonniers qui vantent haut la qualité de leur vin chenu. Derrière un abri de planches, des acrobates s'exercent sur leur célérifère : ils manœuvrent avec plus ou moins d'agilité une grande roue, en agitant leurs jambes gainées de sous-pieds et tombent de leur monture en jurant *« Donnerwetter! »* Ici et là, de petits groupes de bourgeois, ronds comme des outres, clabaudent contre les enfants qui courent entre leurs bottes.

A la tombée de la nuit, chacun rentre chez soi.

Entre la cité et le faubourg qui la cerne, il y a une distance d'un demi-mille, au pied des remparts que Napoléon a fait détruire en partie. Peu à peu, ce triste anneau, qui était autrefois réservé aux manœuvres des soldats et aux ébats des chiens, se transforme en jardin anglais.

Si le chien – disent justement les Anglais – est ce qu'il y a de mieux dans l'homme, le dimanche est le pire jour de la semaine.

Pour des gens qui n'ont que des loisirs, voir toute une population condamnée au repos forcé est désespérant. La civilisation que nous promettent les progrès des manufactures et la prospérité générale qui en découle va en augmenter encore la durée. C'est une entreprise du diable, qui fait plus de disciples pendant un seul jour chômé que pendant tous les jours ouvrés.

D'ailleurs, la duchesse de Sagan montre une humeur infernale; après une heure de promenade muette, elle se tourne vers moi avec brusquerie et lance :

– Ce Congrès est un véritable carnaval. Tout le monde s'agite et il n'en sort aucun résultat. Le plus beau est de voir s'escrimer nos diplomates : une bande d'intrigants qui jabotent sans arrêt. Ils prétendent mettre de l'ordre en Europe et ils ne parviennent qu'à rajouter un peu de désordre dans l'inconduite habituelle de leur femme.

Je me garde bien d'engager un débat sur ce terrain où Wilhelmine dispose d'une expérience que je n'ai pas encore. Encouragée par mon silence, elle me contemple avec commisération et continue de disserter doctement :

– En vérité, l'élite de tous les pays d'Europe se livre ici à tant de folies que la vertu ne trouve plus de preneur – même au plus bas prix, ma pauvre Aurore.

Je reste impassible; et ce d'autant plus volontiers que je ne me sens pas concernée. La duchesse poursuit son monologue :

– On ne rencontre, dans les meilleures maisons, que des bas-bleus ou de beaux esprits occupés à se disputer comme des ribauds. Que de prétentions parmi les gens qui nous entourent, ma bonne amie! On croirait vraiment que toutes les Psychés et toutes les Aspasies du continent se sont donné rendez-vous à Vienne... Je ne dis pas cela pour vous, n'ayez crainte!

Wilhelmine passe sa colère à grands coups de fouet sur ses chevaux qui ne veulent pas trotter à son gré; la voiture tangue sur ses grandes roues et je rétorque d'une voix suave :

– En revanche, le prix de la beauté grimpe à la criée plus vite encore que celui des denrées de moindre nécessité.

– C'est la marchandise la plus prisée aujourd'hui. Hélas! la beauté est fragile. Elle se déprécie plus vite encore que le florin et chacun cherche à en profiter dès que possible. Autrefois les conscrits rêvaient d'un bâton de maréchal. Désormais, les filles de boutique nouent les brides de leur capeline en songeant au ministre ou au secrétaire d'ambassade qu'elles vont conduire à l'autel...

– Et qui ne les mènera pas plus loin que le bout de son

édredon. Bienheureuses celles qui obtiendront, en souvenir de leur rencontre, un bracelet de fer ou un châle de coton!

La duchesse lance un coup d'œil inquisiteur sur mon fichu et mes bijoux; rassurée, elle poursuit :

– Savez-vous, Aurore, qu'un châle de cachemire a été hier soir, chez Razoumoffski, l'objet d'un incroyable pari entre le tsar Alexandre et la comtesse Flora Wrbna-Kageneck? La jeune, vous savez, celle qui est maigre comme une baguette de tambour...

– Et qui porte toujours des robes fourreaux.

– Il s'agissait de savoir qui se dévêtirait le plus rapidement : la comtesse a mis quatre minutes pour retirer son étui et le tsar cinq pour se dépouiller de son uniforme.

– Je tiens le pari.

– J'en parlerai à l'empereur Alexandre, me promet la duchesse en soupirant. Je n'ignore pas que, pour défaire les douze agrafes qui sanglent sa robe de soie noire – quoique ses maris soient encore vivants, la duchesse porte éternellement le deuil – deux femmes de service doivent s'échiner pendant un bon quart d'heure.

En regagnant le palais Palm, nous passons devant Le Perroquet vert, un café à la mode d'où sortent des flots d'harmonie. Son enseigne représente une gigantesque cafetière en cuivre que tient un Nègre galonné d'or.

Nous nous arrêtons quelques instants pour jeter un coup d'œil sur la fête : au sous-sol, une longue salle dans le style gothique, avec des ogives capitonnées. Un orchestre y joue sous une tente imitée de celle des croisés de Jérusalem; elle est ornée d'innombrables blasons aux armes de tous les pays qui sont représentés ici.

Une valse endiablée emporte le public sous son charme; une chaleur torride, attisée par les flammes des lampions et l'ardeur des valseurs, règne sous les voûtes. Je respire mal, assaillie par un mélange de senteurs à bon marché et de vapeurs méphitiques qu'exhalent les pots de bière et les carafes de vin qui jonchent les tables.

Les cavaliers guident leur partenaire du bout des doigts. Il est amusant d'observer qu'aucun d'entre eux ne se penche sur les épaules, souvent aguichantes, de leur cavalière, car la raideur des cravates empesées, nouées à trois tours, ne le permettrait pas.

Néanmoins, obéissant aux lois de la physique, les couples tournent avec une ardeur infatigable. La valse, cette nouvelle venue, rencontre sans cesse plus de succès. Elle s'accompagne de l'égalité des danseurs et efface les différences de milieu et les cloisonnements sociaux, si rigoureux dans cette ville.

– Savez-vous, Aurore, que j'ai entendu hier soir ma sœur Hohenzollern déclarer, le plus uniment du monde : « La valse n'est point une danse joyeuse et innocente, mais un tourbillon pernicieux qui attise les passions. » Comme je m'étonnais de la sévérité de ce jugement, elle a cru bon de préciser : « En aucun cas je ne pratiquerais un pareil exercice; il guide si bien le désir que l'on n'est bientôt plus maître de ne pas le satisfaire! » Qu'ajouteriez-vous à cela, ma petite?

– J'ajouterai que la Providence, qui veille sur nous d'une façon si heureuse, punit bientôt les imprudents : sur dix mille décès que l'on compte à Vienne chaque année, savez-vous, madame, que plus du quart est imputable aux maladies des poumons? La pratique immodérée de la valse en est, dit-on, la cause principale. Le mouvement tournant provoque une exaltation physique nocive et la griserie qui en résulte vous fait présumer de vos forces et compromet bientôt votre vie. Le ministre de la Guerre parle de faire interdire cet exercice désastreux pour la santé des recrues.

– On ne protégera jamais assez nos concitoyens du plaisir.

– C'est pourquoi l'empereur Joseph II, qui ouvrit les salles de bal de la Hofburg au peuple, fut un grand criminel.

– Tout autant que les doges de Venise qui encouragèrent ces maux inconnus en Italie : la délation et la débauche.

– Alors qu'à Vienne, la Polizei-Hofstelle veut bien voir ses espions couchés mais tous les autres à genoux.

Le spectacle du « Perroquet vert » a mis Wilhelmine en humeur d'abandon; elle me caresse le poignet du bout de son index et m'interroge sur les difficultés de ma vie quotidienne à Vienne. Puis elle daube affectueusement de mes relations avec *la Chipie :* Clémentine Bagration est tout le portrait de son père, elle a une tête pleine comme un livre et un cœur relié en peau de buffle.

Enfin, avec une douceur et une générosité inaccoutumées, la duchesse se répand en louanges sur mon compte :

– Même Döbling vous adore et pourtant, vous le connaissez, il n'est pas d'un naturel aimable.

C'est le moins qu'on puisse dire et je ne peux m'empêcher d'esquisser un mouvement de répulsion quand elle évoque cet affreux petit nain, dont le regard fuyant et lubrique me fait horreur chaque fois que je le rencontre. En veine de compassion, Wilhelmine s'apitoie avec volubilité sur ma *petite mine* qui lui paraît toute chiffonnée de solitude.

Elle parle comme un traquet et j'ai un peu la tête qui tourne lorsqu'elle tente de m'entraîner sur le terrain dangereux de mes relations *intimes* avec sa sœur Dorothée. Pour m'en défendre, je me contente d'invoquer Descartes : il faut *« tâcher à se vaincre et à changer ses désirs plutôt que l'ordre du monde ».* Mais j'ai quelque mal à lui dissimuler l'état de mon cœur tant elle me harcèle de questions, avec un curieux mélange de jalousie et de curiosité.

Auprès de la duchesse de Sagan, il faut toujours rester sur ses gardes; le moindre instant de faiblesse dégénère bientôt en affrontement.

II

Aujourd'hui, j'apprends que M. de Talleyrand a été *convoqué* par M. de Metternich à une première conférence. Enfin! Cependant, le ministre français ne parvient point à dissimuler son découragement à son entourage :

– Je vais sans doute jouer ici un triste rôle, a-t-il confié à M. de La Tour du Pin. D'abord, comment me traitera-t-on? Parviendrai-je à me faire écouter? Les quatre grandes puissances, qui étaient hier alliées contre nous, ont fait prendre au roi de France l'engagement de ne pas intervenir dans le partage des dépouilles de Bonaparte. Je serai là *ad honores.* J'ouvrirai la bouche de loin en loin et personne ne prendra garde à mes paroles.

Cette éventualité – la plus redoutable de toutes pour un diplomate chevronné – excède le ministre qui a conclu sa diatribe sur un ton rogue :

– Je n'ai pas la confiance de ces gens-là. Dans de pareilles circonstances, ce qu'il y a de mieux à faire, c'est de rester chez soi, n'est-ce pas?

Le drame pour le prince de Talleyrand, c'est qu'il n'a guère le choix.

Il s'est trouvé dans l'obligation de venir à Vienne. Si j'en crois les mauvaises langues, ses embarras financiers sont tels que seule une grande négociation internationale peut lui donner l'occasion de remettre ses affaires en ordre. A condition que sa voix soit entendue et qu'il ne soit pas réduit, ici, à un modeste rôle de figurant.

Une perspective qui l'enrage.

Depuis quelques années, le prince a subi de grandes pertes d'argent. La seule déroute de la maison Simmons, de Bruxelles, vient de lui emporter plusieurs millions qui s'ajoutent à ceux que Napoléon lui a fait rembourser à la ville de Hambourg. Il est dans une situation inextricable, ce qui explique qu'il soit d'une humeur massacrante.

D'autant que les termes de la lettre que vient de lui adresser Metternich ont été soigneusement choisis et pesés pour le mettre hors de lui : au lieu de l'inviter à *participer* à une conférence, l'ambassadeur de France est convié aujourd'hui, à deux heures précises, pour être tenu informé des décisions que les Alliés ont déjà prises sur l'organisation des séances.

Questions de détail?

Que non! En fait, ces points président à tout ce qui va suivre : convoquera-t-on, oui ou non, une conférence générale? Cette assemblée européenne engendrerait une cacophonie généralisée. Tant mieux! L'idée de M. de Talleyrand est de s'appuyer sur les petites puissances. Il obtiendrait sans mal leur concours et sa position s'en trouverait singulièrement renforcée : la solitude est la seule maladie incurable, en amour comme en diplomatie.

Il est cependant probable que le bon sens fera renoncer à rassembler cette grande volière de députés de toutes les nations.

Il y a ici quatre-vingt-treize plénipotentiaires de pays ou de souverainetés reconnues, qu'il s'agisse du Syndic des maréchaux de France dépossédés de leurs fiefs, ou du conseiller intime von Gaertner, plénipotentiaire attitré de quarante maisons princières ou comtales, ou encore du marquis de Montchenu qui est venu à Vienne pour réclamer une indemnité de fourrage – ses droits, indubitables, remontent à la guerre de Sept Ans.

On ne peut réunir tout le monde.

Personne ne croit qu'un rôle important puisse être joué par le représentant de la France : Talleyrand fait peur à trop de monde. Qui oserait l'affronter?

Chacun sait avec quel art consommé il assassine ses partenaires de flèches enduites de perfidie, qu'il décoche avec une impitoyable dextérité. En public, il prend soin de parer ses traits d'un gracieux empennage qui assure la justesse de ses coups et dissimule au *vulgum pecus* le fond de cruauté et de vérité que contiennent toujours ses propos.

Pendant vingt ans, la France a imposé le silence aux puissances alliées en faisant aboyer les bouches à feu de M. de Gribeauval qui fut le grand ordonnateur de notre artillerie et, de fait, le meilleur artisan de notre diplomatie. Aujourd'hui, les canons se sont tus; on les a fondus pour en faire des cloches, tout comme les bouches à feu des Infidèles avaient servi à fondre le gros bourdon de Saint-Étienne. Nous ne pouvons plus compter que sur le timbre harmonieux de M. de Talleyrand pour faire prévaloir notre point de vue.

De son côté, le prince de Metternich n'est point aussi sûr de lui qu'il veut s'en donner l'air.

Été comme hiver, le Premier ministre se pavane dans des costumes lourdement brodés. Il parade. J'estime qu'il gouverne, mais qu'il ne règne pas. J'entends bien : il lui manque l'autorité naturelle, qui est un don des dieux. A défaut, il s'est imposé par le travail; il s'est fait remarquer par son sérieux; il a triomphé par la ruse. Ce n'est pas l'aigle qui domine ses adversaires et choisit sa proie, c'est l'araignée qui tisse méticuleusement sa toile.

Guindé et cynique, ce bellâtre cravaté, ceint de cordons innombrables, est un homme habile mais qui manque d'esprit de repartie. Il dispose d'une mémoire étourdissante, de beaucoup de calme et d'expérience. Comme un expert, il sait tout; comme un mauvais professeur, il distille envers les ignorants son ironie glaciale. Ses notes et ses instructions sont habilement rédigées. Il écrit bien. Il écrit beaucoup. Il écrit trop; c'est un tonneau d'encre qui se vide.

Excessivement bavard, ce libertin aimable ne sait pas écouter. Il est plus à son aise dans un salon que devant une table de conférence. Sans doute, il excelle dans le monologue, mais il se laisse facilement désarçonner par un interlocuteur plus prompt que lui dans les échanges. C'est pourquoi il a décidé de tenir son rival, Talleyrand, à l'écart des délibérations.

La Prusse et la Russie, dont les délégués sont malhabiles et redoutent la faconde du ministre français, partagent ce point de vue. Pour un rien, le délégué prussien, M. de Hardenberg, se met en cannelle. Il est sourd comme un pot; on a du mal à lui faire entendre raison. Quant à Nesselrode, il a toujours opiné de la chapska devant les injonctions du tsar et il partage sa méfiance devant l'ancien ministre de Napoléon.

Seul lord Castlereagh n'est pas hostile à Talleyrand. N'ayant rien à gagner ici mais beaucoup à perdre, la Grande-Bretagne est dans une situation voisine de la nôtre. Elle campe sur une position conservatrice, craignant de n'être pas assez forte pour décourager l'esprit de revanche et de conquête des autres nations. Ainsi, l'état des choses fait naturellement de la France et de l'Angleterre les arbitres du Congrès. Telle est, dit-on, la pensée profonde de Castlereagh.

Au fond de moi, je me moque assez bien de toutes ces combinaisons diplomatiques.

Si je feins de m'y intéresser, si je noircis autant de pages de mon cahier, c'est pour me distraire de mes soucis. Je ne reçois pas les nouvelles que j'attends. Ce soir, je m'abandonne à de savantes considérations pour une seule raison : à cause du silence du major von Clam; il ne m'a pas fait parvenir le moindre billet; il n'est pas même venu passer la tête dans les combles de l'hôtel Palm. *Cur non ascendet?*

Non seulement il m'ignore mais voici bien longtemps que je n'ai pas reçu de nouvelles de la comtesse de Périgord. Ce soir, je n'en puis plus. *Vulnerant omnes, ultima necat :* chaque heure blesse; la dernière tue.

Depuis la fin de l'été, je me suis prise à détester la vie que je mène ici. J'ai de grands accès de morosité sans cause. La mélancolie est, dit-on, le mal du siècle : la Révolution et les guerres qu'elle a engendrées ont fait tant de victimes que les survivants se plaignent d'avoir été épargnés. Ma solitude me pèse chaque jour davantage. Il m'arrive si rarement d'avoir des accès de bonne humeur que je m'empresse de les consigner sur ce cahier; le plus souvent, je suis maussade et baficotte du matin au soir.

En grandissant, je me suis abonnée à la tristesse tout en refusant de m'y abandonner. Réussirai-je, demain, à percer le mur d'indifférence qui m'emprisonne et qui m'isole au sein d'une société dans laquelle je vis sans jamais m'y sentir admise? Je me prends à en douter.

Vienne est bien loin de la paresseuse rivière qui, chez nous, porte son nom. Comme cette ville est rude! Comme ses naturels parlent une langue rugueuse! Même dans une société où le français est la langue de courtoisie, je me sens isolée au milieu du bruit et de l'agitation factice que le Congrès a mise dans ma vie. Blottie devant ma lucarne par laquelle s'infiltrent le soleil du matin, la forte odeur des chevaux et le tintamarre de la cour, je méprise l'insolente assurance de mes hôtes et j'envie leur gaieté à laquelle je m'associe sans jamais la partager.

Serais-je jalouse des princesses qui m'ont recueillie? Oui, sans doute; ce sont des femmes heureuses mais trop exubérantes; leur compagnie me pèse car leur cœur s'épanouit à mille lieues du mien.

Le charme d'un être humain naît de l'improbable rencontre, sur un beau visage, de l'assurance, du mystère et de la délicatesse. Trop d'assurance le brûle, trop de mystère le dissimule et trop de délicatesse le fane. Ici, seule la nièce de Talleyrand allie toutes ces qualités; d'emblée, elles transparaissent dans l'éclat de son regard.

A force de rester cachée dans ma mansarde, je crains fort de me retrouver, demain, flétrie avant d'avoir eu l'occasion de me consumer pour quiconque ou pour quoi que ce soit. Bien que je me targue de n'obéir à aucune religion, je continue de répéter dans mon for intérieur : « Seigneur, délivrez-moi du mal! » sans comprendre que ce mal, je le porte en moi, enraciné au plus profond de moi-même. Ce mal, ce n'est rien d'autre que la force de l'habitude et la crainte de l'inconnu qui rivent à mon poignet une chaîne autrement solide que la manille d'un forçat. C'est la peur du vide qui me pousse à fermer ma porte à l'aventure, à décliner les occasions que me propose encore la vie.

Je dois cesser de poursuivre en rêve des projets insensés et, le lendemain, me contenter de rompre avec colère le pain quotidien. Il ne faut plus qu'à mon réveil je compte paresseusement les rais de soleil derrière mes persiennes – tout en priant pour que, chaque matin, il se lève et moi pas.

II

Octobre et novembre 1814

Le cabinet noir de Vienne

« J'ai été chez Bagration : le tsar est furieux contre Metternich ; il l'accuse de mauvaise foi... La comtesse de Marassé m'assure que, nommer Metternich, c'est se perdre auprès d'Alexandre... La Bagration triomphe, vengée de l'infidélité du ministre d'Autriche avec la Sagan. »

Rapport d'un indicateur de police
au baron Hager,
chef de la Polizei-Hofstelle
(novembre 1814).

1

Confessions du major von Clam

I

M. de La Tour du Pin est passé me voir à l'hôtel Palm. En mon absence, il a déposé une enveloppe scellée dans une cache, fort bien dissimulée dont nous étions convenus : une latte de plancher soulevée sous ma table de toilette et parfaitement jointe.

Hier, il m'avait surprise la plume à la main.

Je fus bien obligée de lui confesser que je tenais ce journal. D'une voix sévère, il me somma de le mettre au feu. Nous discutâmes. Il s'enflamma d'un coup :

– Ces cahiers, prétendait-il, sont comme de l'étoupe noire; ils sont aussi dangereux qu'un feu grégeois dans une grange à fourrage. Si le baron Hager met la main sur votre prose, M. de Talleyrand qui veille sur nos secrets ainsi qu'une vestale sur le feu sacré va se trouver placé dans une position désastreuse.

En définitive, La Tour du Pin a accepté de ménager une cachette sûre. Döbling m'a fourni quelques outils de serrurerie et le ministre, qui est fort adroit, a dissimulé un coffret de fer sous le parquet, aussi habilement que l'aurait fait le feu roi Louis XVI.

C'est une disposition prudente : ma chambre est toujours ouverte et il y a des espions partout. Macho, le serf de la princesse Bagration, est sans doute un indicateur du tsar déguisé en moujik. Quant à Döbling, le nain blanc de la duchesse de Sagan qui m'a prêté ces outils avec un clin d'œil complice, j'ai déjà dit ma conviction qu'il est au service de Hager.

A Vienne, tout le monde connaît le ministre de la Polizei-

Hofstelle, le baron Hager. Cet ami intime de l'empereur François est le seul conseiller aulique de l'Empire qui puisse se targuer de rencontrer son souverain tous les matins. Chaque jour il lui apporte sa provende, collectée par les bureaux de la Manipulation aux quatre coins de l'Empire : à Prague, à Trieste ou à Milan.

Les moindres faits et gestes des monarques étrangers pendant leur séjour dans la capitale passionnent l'empereur François beaucoup plus que les rapports de ses agents qu'il parcourt d'un œil négligent. En vérité, ce qui plaît au souverain, ce sont les *chiffons,* les minutes de dépêches ou les brouillons de lettres incomplètement détruits ou brûlés que lui communique le cabinet noir. Comme un enfant, il s'acharne pendant des journées entières à rassembler ces morceaux d'un puzzle qui présente, dit-on, un intérêt médiocre.

Lorsqu'il s'aperçoit qu'un de ses sujets l'a trahi, il est impitoyable : mieux vaut éviter son courroux car la justice autrichienne est expéditive pour dépêcher quelqu'un en prison et d'une incroyable lenteur pour l'en faire sortir.

Outre les services de quelques centaines d'agents subalternes, le baron Hager recrute ses indicateurs dans les meilleures classes de la société. Après avoir fini sa besogne de serrurier, M. de La Tour du Pin lance, sur un ton pince-sans-rire :

– Il est fort possible que vous-même, madame, receviez un jour des offres de service. Il ne faudra pas manquer de nous en faire part. Il peut être intéressant de confectionner des brouillons de dépêche et de les truffer avec de faux renseignements, n'est-ce pas?

En décachetant l'enveloppe qu'il m'adresse aujourd'hui, je me demande quelle part de vérité contient cette lettre qui m'attend dans une place que lui-même a ménagée.

Qui trompe qui?

Je ferais un parfait truchement pour abuser la Polizei-Hofstelle. Comment M. de La Tour du Pin peut-il savoir si j'ai reçu des propositions de ses adversaires, et pour qui mon cœur balance, l'imprudent? Une femme doit rendre à la vertu par ses paroles ce qu'elle lui ôte par ses actions; il faudra désormais que je me conduise de la façon que suggérait Mme de Boufflers.

Dès ce soir, je vais annoncer cela à mon ami La Tour du Pin. Il n'en dormira pas de la nuit. Ces ministres ont été à l'école de Fouché; ils sont devenus misogynes. Ma naïveté et mon ignorance doivent leur paraître faciles à berner. Ils seraient fort étonnés de me voir dauber sur les leurs.

Je ne saurai jamais si les minutes des textes qui me sont adressées sont, ou non, authentiques. Que m'importe, après tout, tant que les florins que je reçois me sont comptés en espèces sonnantes et trébuchantes!

Sans plus tarder je me plonge dans la lecture de la correspondance du prince de Talleyrand dont je retranscris sur ce cahier les passages les plus intéressants pour l'intelligence de la situation :

II

« ... J'ai quitté Paris le 16 et je suis arrivé ici le 23 au soir. A Vienne, le langage de la raison et de la modération ne se trouve point encore dans la bouche des plénipotentiaires étrangers.

« Les ministres russes exigent, sans avoir admis jusqu'ici la moindre discussion, une extension territoriale qui porterait leur frontière sur les bords de la Vistule.

« La Prusse, de son côté, ne demande pas mieux que d'échanger ses provinces polonaises contre les territoires qu'elle convoite en Allemagne : la Saxe et la rive gauche du Rhin. Par bonheur, le roi de Saxe que nous soutenons ne fera aucun acte d'abdication ou de cession qui pourrait nuire aux droits de sa Maison. Cette honorable résistance fera impression sur ceux qui prônent la réunion de ce royaume à la Prusse. »

M. de La Tour du Pin a raison quand il affirme que l'Autriche, issue d'un compromis *avec* les Slaves, affrontera demain la Prusse dont l'histoire est une suite de combats *contre* les Slaves. Demain ce seront les Slaves qui auront le dernier mot et qui dépèceront l'Empire.

A propos de la marche du Congrès, Talleyrand souligne, dans sa lettre, que rien n'est encore arrêté.

La manière dont les affaires seront conduites et, en particulier, la composition des commissions ne sont point fixées. Avec sa morgue habituelle, le prince manifeste un peu de dépit devant la façon dont il est traité ici, se contentant de déclarer : « M. de Metternich est fort poli pour moi. »

Le passage suivant retient davantage mon attention :

« Hélas, celui qui est en Autriche à la tête des affaires et qui prétend régler le destin de l'Europe fait preuve d'une légèreté qu'il porte jusqu'au ridicule; il imagine que c'est la marque de son génie; dans les circonstances actuelles, cela devient une calamité. »

Cette vive apostrophe contre le chancelier a été soulignée par M. de La Tour du Pin qui ajoute :

« Vous comprendrez mieux, en lisant ces indications, tout l'intérêt que le ministre porte à votre mission. La *légèreté* de M. de Metternich peut devenir une bénédiction pour la France; mais si vous échouez elle tournera aussi bien en calamité. »

Je me rengorge en lisant ces lignes : me voici investie d'une haute mission aux conséquences... sans limites. Je ne leur en assigne pas d'autres que celles de ma modestie. J'ai recopié ces phrases en m'appliquant à l'extrême, afin que nulle bribe de mon témoignage n'échappe au lecteur qui, dans un siècle ou deux, se plongera dans ces cahiers afin d'y découvrir les plus intimes dessous du congrès de Vienne.

Grâce à M. de La Tour du Pin, je pénètre dans un monde nouveau : devant moi des négociations se poursuivent à partir de grandes conceptions et de médiocres confidences; elles se situent au carrefour de la haute diplomatie et de la basse police. Désormais les intérêts prévalent sur les idées. Aujourd'hui les échanges entre les ministres sont plus proches des propos de bateleurs ou de vendeurs de mithridates que de la rhétorique de Montesquieu.

A Paris, M. de Chateaubriand s'en indigne; il se drape dans sa toge de lin et clame à tous les échos qu'il a croisé rue Saint-Denis Talleyrand au bras de Fouché : *le vice appuyé sur le crime*. Je me sens doublement visée par cette apostrophe.

Si demain le roi Louis XVIII confiait, par mégarde, à ce noble écrivain une fonction de chargé d'affaires auprès du

Congrès – je ne lui crois pas assez de tête pour être ministre – notre illustre *Gênie du christianisme* serait bien obligé de pêcher ses informations dans l'eau trouble de la Donnerbrunnen ou de la Josefsbrunnen; il ne saurait se contenter de jeter ses filets dans une fontaine d'eau bénite; on ne récolte pas grand-chose dans les bassins du cardinal Consalvi – mais peut-être davantage dans les bénitiers de l'Abbaye-aux-Bois où ce bon apôtre élève ses grenouilles.

III

Un orage a bouleversé la nature, ce qui nous donne le plus singulier temps du monde : une grande chaleur avec le vent du nord et, ce matin, un brouillard d'ocre qui monte du Danube. On me dit qu'il sent le soufre depuis que les trop grands effets de l'artillerie dans l'île de Lobau ont abîmé nos climats; mais moi je ne sens rien.

Foin des considérations politiques. Le major von Clam m'entraîne au manège pour y admirer quelques reprises d'équitation. Comme beaucoup d'hommes, les odeurs d'écurie le mettent en verve et le portent aux confidences – sans doute parce qu'elles lui donnent confiance en lui. Pendant deux heures, il m'a fait un pittoresque récit de son enfance; il m'a conté ses premières aventures, ses mécomptes et ses succès dans le monde; tout cela avec un mélange de naturel, de vanité et de roublardise dont je vais essayer de rendre fidèlement l'arôme.

Maintenant que je sais quantité de choses sur le personnage, je vois de moins en moins clair dans les sentiments que j'éprouve pour lui; un peu de science nous rapproche du Seigneur, beaucoup nous en éloigne.

Trêve de bavardages, je lui donne la parole :

– Au lendemain de ma naissance, ma mère ayant été emportée par une mauvaise fièvre, je fus élevé par mon père. A la façon des hommes de l'ancienne roche, il n'avait pas infiniment d'esprit mais beaucoup de certitudes. Ma présence à ses côtés lui pesait. L'embarras de trouver un gouverneur lui fit confier le soin de mon éducation à un laquais qui était depuis toujours à notre service et qui se trouvait désœuvré.

» Worms savait du latin ce qu'il faut pour répondre à l'office des morts. Il avait une belle écriture et calligraphiait les runes d'Ulfilas avec la dextérité d'un vrai Wisigoth. On le décora d'un titre de valet de chambre pour lui donner de la considération mais pas trop d'ambition. Il remplit passablement son office; c'est bien là le principal, n'est-ce pas?

Sur la carrière, deux hussards, le visage protégé par un grillage, faisaient assaut avec des lances, en répétition du prochain tournoi. L'audace des cavaliers, la fougue des chevaux faisaient agréablement diversion. La prétention du major m'horripilait, mais sans que je l'avoue, son ton désinvolte me plaisait assez. Il poursuivit :

– Plus tard, de bons maîtres m'enseignèrent l'escrime, la danse et l'équitation. Dès que je sus me tenir correctement sur un cheval, j'entrai dans le régiment des hussards de Kinsky – celui-là même auquel appartiennent les jeunes freluquets qui s'escriment devant vous de belle manière pour tenter de vous éblouir.

» Le service était nouveau pour moi. Je me préoccupais davantage de la place que je pourrais prendre dans le cœur des jolies femmes de Vienne que de celle que j'occupais dans l'estime du maître de manège : je domptais déjà plus facilement mes chevaux sur les haies que mes sentiments; avant de franchir mes premiers obstacles, je connus quelques refus qui me dépitèrent passablement : " Croyez-moi, mon cousin, il ne suffit plus d'être entreprenant; cela rend ridicule et voilà tout; apprenez à être un peu plus romanesque. "

» En une phrase, la glorieuse comtesse Palffy venait de me signifier un congé qui m'affligea pendant une semaine. Nous étions cousins depuis toujours, j'étais son amant depuis la veille et je comptais bien le rester jusqu'à la fin des temps.

– Et le faire savoir à tout votre entourage, j'imagine.

– Bien sûr! Mais ne soyez pas trop sévère, Aurore. Je n'avais pas encore dix-huit ans, un tempérament passionné, beaucoup d'ambition et le tort de me croire assez de moyens pour la satisfaire.

» Cette rupture ne m'affligea pas au point de me faire renoncer à toute conquête. Quelques jours plus tard, je remarquai la comtesse de Rechberg à un souper chez le Premier ministre de l'époque, le comte Stadion; celui-ci maltraitait fort un jeune ambassadeur qui essayait par tous les moyens de se faire remarquer : M. de Metternich. Quant à la comtesse, c'était une personne d'un aspect agréable avec un joli tempérament et un teint d'aubergine – un teint d'aubépine, veux-je dire. Hélas! Je l'ai revue à la Hofburg; elle a beaucoup changé. Passons!

» Ma première infortune ayant fait quelque bruit sur les rives du Danube, j'étais devenu un personnage à la mode. Éléonore de Rechberg me témoigna de l'intérêt. Je fus galant. Elle en fut touchée. Je fis l'empressé. Elle ne chercha point à me désespérer. Bref, je me montrai adroit auprès de ma nouvelle conquête. Très vite, elle manifesta des sentiments trop vifs pour mon goût. Disons que son esprit était le serviteur de son cœur et que j'avais gardé la maîtrise du mien.

» C'est alors qu'un méchant projet germa dans ma tête. Un beau soir je m'ennuyais fort à la Hofburg où j'étais de service. Le désœuvrement me poussa à faire un pari stupide. Je venais d'apercevoir un ami, le lieutenant Küfstein. Au moment où il passa devant le poste de garde, je l'interpellai. Il s'arrêta. Nous discutâmes. Il me demanda où en étaient mes affaires, car j'étais le point de mire de la garnison. J'avançai que mon aventure avec Mme de Rechberg était si bien engagée que je me sentais capable de la faire venir à la Hofburg, le soir même, depuis Baden où elle prenait les eaux en cette saison d'été.

» Seules une extravagance et une fatuité excessives peuvent expliquer ma conduite. Je dictai au lieutenant un billet :

" Le lieutenant von Clam prie – il écrivit : ordonne – à Mme de Rechberg de venir au Palais pour lui tenir compagnie. Il est de garde et il s'ennuie à périr. "

» Quelques heures après le départ de mon billet, Éléonore était là. Je n'en fus pas même étonné et c'est ce qui me frappe le plus quand j'y songe aujourd'hui. Vous imaginez que je ne fus pas long à gagner mon banco!

– Et moins encore à le publier.

– En quelques heures, toute la ville était au courant. Du coup, je fus affiché. Rien ne me paraissait impossible. Voilà comment j'ai débuté dans la vie de société.

Les deux cavaliers venaient de quitter la piste. Dans le manège silencieux, une nuée de moineaux picoraient la sciure et se poursuivaient en pépiant à bec perdu. Je demeurai silencieuse, les regardant s'ébattre avec autant d'indifférence que venait d'en témoigner le major. Puis je levai sur lui un regard chargé d'admiration. Je me fis, dans le même temps, la mine réprobatrice qui convenait et murmurai, comme en aparté : « Est-ce possible, mon Dieu, est-ce possible de se conduire pareillement avec une femme? » Clam se rengorgea avec fatuité tandis que j'ajoutai, d'une voix outrée :

– Ma grand-mère m'a déjà raconté une pareille anecdote; elle remonte au règne de Louis XV; la même aventure, très exactement la même, est arrivée, il y a un demi-siècle, à Versailles, au jeune duc de Lauzun qui était en service au poste de garde des Hoquetons; le rôle de Mme de Rechberg était tenu par Mme de Cambis, si je ne m'abuse.

Le sourire glorieux du major s'effaça comme par enchantement; son air ébahi ne m'en parut que plus séduisant; je me gardai de le lui dire; il m'aurait crue.

Il prit un air étonné et déclara d'une voix sarcastique :

– C'est bien possible! On ne prête qu'aux riches! Ce Lauzun n'avait pas mauvaise réputation auprès des femmes. Mais c'était un affabulateur et il a mal fini. A force de conter des calembredaines, il s'est fait guillotiner...

– Rassurez-vous, major. Vous ne risquez point de perdre la tête; que ce soit pour une femme ou pour une idée.

– Aurore, vous vous faites de moi une idée fausse, une image oblitérée par les ragots que trop de gens ont débités devant vous.

Pour dire vrai, personne n'a jamais médit devant moi du sieur von Clam. Cela m'aurait amusée et j'aurais prêté l'oreille. Absolument personne. Mais je me gardai bien de le rassurer sur ce point; il ne l'aurait pas supporté. Et puis, un sourire malicieux, désarmant, tout à fait dénué de forfanterie, éclaira son visage enfantin. J'adore protéger les jeunes gens; beaucoup plus que de me faire câliner par eux. Je me pris à le trouver sympathique. Il le sentit et poursuivit, d'une voix convaincante :

– Vienne est une ville de province. La calomnie est un jeu de société aussi répandu parmi nous que le whist. Croyez-moi, c'est un exercice beaucoup plus amusant. Point n'est besoin de réunir quatre personnes pour s'y livrer, ni de se montrer drôle ou éloquent pour être écouté; un peu de méchanceté suffit. A partir d'une histoire vraie, ou fausse, comme celle que je viens de vous conter, on en a inventé dix sur mon compte. Bref, on m'a donné les traits d'un séducteur vaniteux qui aurait pu servir de modèle aux héros de ce fameux roman... dont je fus si étonné d'apprendre qu'il était votre livre de chevet.

Je me levai et fis une gracieuse révérence; j'avais sur mon visage dépourvu de fard toute la candeur de Mme de Tourvel. Saisissant l'occasion de reprendre la main et de donner à la conversation un tour plus littéraire, qui me permettrait de briller à mon tour, je lançai :

– Ne jouez pas les étonnés, major. *Les Liaisons dangereuses* ne sont point du tout un livre scandaleux, et vous le savez très bien.

– Comment expliquez-vous que cet ouvrage ait eu un pareil succès de librairie?

– Par une méprise. On a mal interprété le livre comme on a décrié son auteur. C'était un ami de mon père qui m'a bien souvent parlé de lui. J'estime que la véritable héroïne des *Liaisons* est la présidente de Tourvel. Dans ses lettres, elle exprime des sentiments d'une grande noblesse et elle le fait dans une langue d'une pureté admirable.

– La présidente? Mais c'est une péronnelle!

– Comment osez-vous affirmer cela, major? Cette femme est admirable, vertueuse sans fadeur, digne sans ennui; elle est la proie d'un sentiment qu'elle refuse, qu'elle combat, qu'elle déteste...

Je m'emportai plus loin que je ne l'aurais souhaité et terminai ma diatribe, les joues enflammées :

– « C'est Phèdre tout entière à sa proie attachée... »

Pour calmer mon exaltation, le major s'écria drôlement :

– Dans ce cas, mademoiselle, Choderlos de Laclos, c'est

Racine mis en prose par un artilleur! *Les Liaisons* sont un ouvrage qui sent la poudre et...

– La poudre à canon ou bien la poudre de safran?

Nous éclatâmes d'un même rire; cela me fit du bien et je poursuivis sur un ton apaisé :

– Un roman pervers peut-être, mais qui contient la plus pure héroïne de la littérature française.

Von Clam, étonné par la véhémence de mon plaidoyer en faveur d'un ouvrage interdit par la Censur-Hofstelle, se tut pendant quelques instants. Puis il reprit son propos avec une habileté et une force qui me surprirent :

– Ce Valmont est aussi loin de moi que possible. Je n'ai rien en commun avec un homme capable de tout sacrifier pour le simple bonheur de triompher d'une femme. Je ne ressemble d'aucune façon à un pareil individu...

C'était fort bien venu. Mais le major prolongea trop longtemps son monologue, comme s'il cherchait à se convaincre lui-même.

Cependant, il cherchait à me plaire et j'y fus sensible. Il paraissait tenir à mon estime et manifestait des sentiments désintéressés, assez rares dans le monde où je vis. De mon côté, j'éprouvais pour lui davantage de curiosité. Il ne se fit point prier pour la satisfaire :

– A vingt ans je fus nommé enseigne à drapeau. Puis, comme vous le savez, la guerre est venue. Au moment de partir avec mon régiment, il y a dix ans, j'ai eu la mauvaise idée de consulter une sorte de mage, fort en odeur de sainteté cette année-là dans les bureaux de l'état-major : le sieur Sigmund Seldi. Nos généraux ont eu grand tort de ne pas l'écouter. Le sort de l'Autriche en eût été changé. On s'est débarrassé de Joubert, tué d'une balle dans le dos, à Novi; on aurait mieux fait de se débarrasser de Bonaparte, n'est-ce pas?

Je n'avais pas bronché quand j'avais appris que Clam faisait venir une jeune femme depuis Baden pour lui tenir compagnie, un soir, à la Hofburg; je ne m'émus pas davantage en l'entendant prétendre que la vie du Premier consul avait été suspendue aux divagations d'un magicien viennois. Quant à l'attentat dont le général républicain Joubert a été la victime, on l'a attribué par la suite aux orléanistes, aux légitimistes, aux bonapartistes; sans doute s'agissait-il, tout simplement, d'un mari trompé.

Le major poursuivit son monologue :

– Pour ma part, je n'attache pas une confiance excessive aux paroles de charlatans comme Sigmund. Leurs divagations plongent ceux qui les écoutent dans les affres dont ils ont ensuite beaucoup de peine à se délivrer. Peut-être peuvent-ils nous éclairer sur notre comportement; mais jamais nous enseigner ce que demain nous réserve.

– Pourquoi donc?

– Parce qu'ils ne le peuvent pas, voilà tout.

Nous nous sommes quittés peu après, sans effusions excessives. Von Clam m'a raccompagnée jusque dans la cour du palais Palm. En silence. Quand on vient de se confesser, on n'éprouve pas le besoin de parler avec le prêtre. Nous devons nous retrouver au manège un jour prochain et, bien sûr, à la grande redoute masquée. Sitôt que je me retrouve seule, je me sens mal à l'aise. Le trouble qu'on ressent ne fait que s'augmenter de l'attention qu'on lui porte. Le meilleur moyen de le combattre n'est point d'entrer en lutte contre lui, mais de découvrir un autre objet qui nous en détourne.

La difficulté est que je ne sais si c'est la comtesse de Périgord qui doit me faire oublier le major ou si c'est von Clam qui va m'éloigner de Dorothée. Celle-ci m'a fait demander de passer au palais Kaunitz pour dîner avec elle; ensuite nous nous travestirons ensemble. Le message qu'elle m'a fait parvenir était plutôt bref. Quelques mots et une formule de politesse. J'ai l'impression que, cette année, elle n'est plus du tout la même.

Je me regarde dans mon miroir et me trouve un visage que je ne reconnais pas.

Les femmes qui prétendent le moins compter sur leurs agréments, ou qui feignent de n'y être point attachées, y tiennent plus qu'elles ne le pensent. C'est ce que je découvre avec étonnement, puis avec fureur, en apercevant de petites rides qui forment une patte d'oie aux commissures de mes yeux fatigués. J'ai mauvaise mine; j'ai même l'impression d'avoir vieilli.

Plus encore que mes traits, c'est mon cœur qui a changé. Je me sens différente de celle que j'étais hier, alors qu'hier j'étais pareille à celle que je fus au couvent de Klagenfurt. Cette vie trop agitée bouleverse la dame du palais Palm.

Dans un roman de Mlle de Scudéry ou de Mme Cottin, l'héroïne doit éprouver un seul sentiment, conduire à son terme une seule passion. Celui ou celle qui la suscite est un être parfait. Le goût que deux êtres ressentent l'un pour l'autre est partagé et ne doit jamais finir. Dans la vie, les choses ne sont pas aussi simples. Quand on n'a personne d'autre qu'une feuille de papier pour parler de soi, et rien qu'une plume pour percer la baudruche de ses sentiments, ceux-ci se boursouflent comme l'enveloppe d'une mongolfière. Hélas! la chaleur que l'on sent au fond de son cœur ne suffit pas toujours à vous emporter au ciel.

2

L'espionnage de société

I

– Caton l'Ancien s'enivrait, Brutus était usurier, Marc Aurèle, à votre âge, prenait plaisir à voler. Voici, ma chère Clémentine, parmi les exemples que l'Antiquité nous propose, ceux qui doivent inspirer...

– C'est vous qui êtes bien inspirée de choisir de pareils exemples pour les commenter devant ma fille. Eh bien, je vous félicite!

La princesse Bagration fait irruption dans sa bibliothèque, un livre à la main, ce qui est signe chez elle d'un grand désarroi car elle ne lit jamais. Elle jette un œil sur la demoiselle qui somnole devant moi et que mes propos incongrus ne paraissent guère émouvoir.

En maître attentif, soucieux de ne pas me laisser distraire, je poursuis sur le même ton :

– Voici donc quelques exemples tirés de Plutarque; ils nous enseignent qu'à votre âge, mon enfant, la vie d'un homme ou d'une femme illustre n'est pas définitivement jouée. Qui sait si le jeune Tarcisius, martyr à treize ans, n'aurait pas fini galérien? Qui peut dire que le héros du Dauphiné, le garde national Viala qui périt, au même âge, d'un mauvais coup de baïonnette, ne serait pas devenu déserteur?

– Pourquoi débitez-vous de telles sornettes à cette malheureuse Clémentine? s'indigne la princesse qui meurt d'envie d'intervenir dans le cours de ma leçon mais ne sait par quel biais m'interrompre.

Impavide, je poursuis :

– Les chrétiens ont toujours tenu les mathématiques pour une science suspecte et les savants pour des sorciers. Saint Augustin déclare, en termes formels, que les analystes sont des hommes perdus et damnés.

La princesse Bagration, qui se moque bien des géomètres, tourne en rond dans sa bibliothèque comme anguille au grenier. Je la regarde avec une feinte indifférence. Ce matin, je suis d'une humeur cafarde. Faute d'être parvenue à éveiller l'attention de mon élève, j'essaie de faire toupiller sa mère de plus en plus vite.

J'observe d'une voix pointue :

– J'ai appris une chose curieuse, madame. A la Hofburg, on apporte chaque matin au tsar Alexandre un morceau de glace pure avec lequel il se lave la figure et les mains.

– Seriez-vous devenue tout à fait stupide, ma pauvre Aurore? Je me moque bien de savoir dans quelle bassine l'empereur plonge quotidiennement le bout de son nez. Mais, au fait, qui vous a appris cela? Qui ose se moquer ainsi de l'empereur? Ce n'est pas Wilhelmine de Sagan...

Je prends un visage de conspiratrice avertie et, sans ciller, écoute Catherine ajouter, d'une voix où perce une légitime indignation :

– L'espionnage de société devient intolérable en ce moment. Dans un pays comme celui-ci où les basses classes sont serviles et ignorantes, il n'est pas difficile de persuader aux domestiques de trahir leurs maîtres. A la Polizei, chaque dénonciation leur vaut un ducat et parfois deux. A ce propos, méfiez-vous de Döbling, le factotum de la duchesse; ce nain dépravé est un des agents favoris du conseiller aulique de S.M. François. Il est capable de tout. Wilhelmine ne peut rien contre lui. Il la tient. Voilà, je vous aurai prévenue.

Il est vrai qu'à Vienne personne ne sait plus jusqu'où vont les ramifications de la police. Chacun se méfie, se surveille, s'écoute. Partout. D'une cour à l'autre, d'une mission l'autre, dans les antichambres comme dans les salons, dans les offices aussi bien que dans les écuries. Tout valet dissimule un espion gagé. Les mouchards infectent les théâtres. Ils occupent les tavernes où ils prennent les meilleures places à la table d'hôte.

Désormais, les diplomates déploient davantage d'activité à s'espionner mutuellement qu'à faire avancer les affaires. Tout le monde soupçonne tout le monde et les jolies femmes ne sont pas les dernières à se livrer à cette nouvelle forme de commerce.

– Auriez-vous imaginé, reprend la princesse Catherine, que la comtesse Esterhazy-Roisin est une espionne personnelle de Metternich? Savez-vous que le prince Kaunitz lui-même a fait des offres de service à la Polizei-Hofstelle qui ne parvient pas à obtenir d'informations au sein de l'ambassade de France? Une véritable forteresse dont lui seul connaît les détours. C'est navrant, n'est-ce pas?

– Comment un prince peut-il devenir espion soldé?

– Comment les Français, un peuple de fichus bavards, parviennent-ils à protéger si bien leurs petits secrets diplomatiques? Le tsar prétend qu'ils ont tous été à l'école de Fouché.

– Nous sommes, d'abord, les élèves de Marivaux. Méfiez-vous, madame, des *fausses confidences*.

– C'est bien mon opinion. Les Français disent n'importe quoi et ils sont incapables de se taire. S'ils ne parlent pas, ce n'est point par discrétion ou par modestie, c'est qu'ils n'ont rien à dire. Un point c'est tout.

– La vraie pudeur c'est de n'avoir rien à cacher.

– N'en suis-je pas un vivant exemple? s'écrie joyeusement la princesse. Mais j'y songe. Vous êtes française, Aurore. Ne seriez-vous pas à la solde du prince de Talleyrand?

Bigre! Catherine Bagration jauge, avec un œil de maquignon, ce que pèse ma conscience; elle hoche la tête avec une moue dubitative devant la modestie de mon accoutrement; puis une autre idée lui passe par la tête et elle enchaîne sans attendre ma réponse :

– Au fait, avez-vous des nouvelles de sa nièce Dorothée? J'ai appris qu'elle venait d'arriver à Vienne.

J'esquisse un signe d'approbation, sans manifester aucun sentiment. Satisfaite, la princesse change à nouveau de sujet pendant que sa fille, heureuse d'échapper à si bon compte à ses bourreaux, se lève discrètement, se faufile sur la pointe des pieds hors de la bibliothèque et disparaît.

– Vous qui connaissez tout le monde à Vienne, ma chère Aurore, avez-vous déjà passé votre tête chez nos Anglais, dans leur appartement de la Minoritenplatz?

– Je n'ai jamais été conviée chez lord Castlereagh, mais j'ai fort envie de m'y rendre. Il y a là-bas, paraît-il, de beaux spécimens à observer.

– Pour un amateur d'entomologie politique, cela vaut le détour. On y rencontre de drôles de scarabées. Allez-y, mon enfant, allez-y. N'importe qui peut s'y rendre. Croyez-moi, cela mérite d'être vu. Il y règne un laisser-aller incroyable. Personne ne vous surveille. Les fauteuils y sont si bons que même les espions s'y endorment. Vous pourrez intriguer en toute sérénité. C'est à peine si lady Castlereagh se déplace pour accueillir ses visiteurs.

– Elle est, dit-on, gauche et fort corpulente.

– Elle est surtout incapable de tourner un compliment ou une simple phrase pour accueillir ses hôtes. Alors elle les reçoit pêle-mêle, comme au café.

Il est curieux d'observer le comportement des Anglais depuis la fin du Blocus continental. La séparation de l'Europe, durant vingt années, les a rendus sauvages comme des canards prisonniers de leur mare. Ils n'ont plus aucun usage de société. Lady Castlereagh exhibe des robes que l'on portait à Paris sous le Consulat de Bonaparte.

A Vienne, au contraire, la mode nouvelle triomphe. Mille couturières, venues de Paris, l'ont apportée dans leurs bagages. Les armées ont à peine fini de se battre et, déjà, personne ne s'habille plus comme autrefois. Les décolletés s'ouvrent comme les frontières. Le pastel a chassé le blanc qui était de rigueur dans les tenues impériales. Sur les têtes, le shako de grenadier en demi-solde, paré de rubans et d'une large visière, remplace la capeline. Ainsi coiffées, les femmes sont irrésistibles.

Les guerres ne font qu'interrompre, pendant un bref laps de temps, le cours de la mode qui finit par les balayer quand les femmes sont lasses de voir les hommes se pavaner devant elles dans leurs glorieux uniformes, sans leur jeter le moindre coup d'œil.

Cependant, Mme Bagration poursuit sa diatribe contre la

perfide Albion, au prétexte que les Anglais refusent d'apporter aux Russes leur soutien sur la question polonaise. Elle conclut de façon péremptoire :

– ... D'ailleurs leur ministre, lord Castlereagh, est l'être le plus sinistre que j'aie rencontré de ma vie. Il a une politesse glaciale, empruntée, n'allant aux compliments qu'avec les gens dont il estime nécessaire de se concilier les bonnes grâces.

– C'est donc un parfait diplomate : avec le visage lisse comme le marbre que vous dépeignez, il ne peut ni sentir ni feindre. N'éprouvant aucune espèce de sentiment, il n'a jamais besoin de dissimuler ses réactions.

– Sa tête est aussi pleine, aussi sèche qu'une table des matières. Quoi qu'il arrive, il débite à chacun le même nombre de yards de platitudes.

– Pour moi, cet homme-là c'est une pompe qui donne de l'eau froide et encore de l'eau froide!

Si la plupart des diplomates anglais passent pour des gens lugubres et sclérosés, il y a quelques exceptions.

Ainsi lord Stewart. Ce frère de l'ambassadeur, que la duchesse de Sagan adore, est un excentrique d'une espèce assez amusante. Ici, les Viennois l'ont surnommé lord Pumpernickel et ils le tiennent pour un fou complet. La princesse Bagration l'a entendu parler de Talleyrand en ces termes : « Le ministre français? Il trottine d'une façon bizarre. Son visage n'a aucune expression, à moins qu'il ne s'agisse d'une sorte de stupeur alcoolique. En vérité, je lui trouve la mine d'un vieux maître d'école de village... »

Quant au meilleur ami de Stewart, l'amiral Sidney Smith, il est le délégué à Vienne de la maison de Vasa. Cet hurluberlu n'a qu'une idée en tête : trouver le moyen de libérer les esclaves chrétiens tombés entre les mains des pirates barbaresques.

L'un et l'autre ne cherchent qu'à étonner le monde. Ils y parviennent sans grand mal. Il est grand temps que je pose ma plume; sinon, jusqu'où l'espionnage de société ne me ferait-il pas descendre?

II

Les hommes débutent dans la vie par l'amour et finissent par l'ambition; de nos jours, les femmes parviennent plus facilement à concilier les deux. En jetant son dévolu sur le tsar Alexandre, Catherine Bagration n'a pas fait exception à la règle; il ne me déplairait pas que le major Clam acceptât de se montrer aussi conventionnel.

A Vienne, en cette fin d'année 1814, les exercices de l'amour et les jeux de la politique occupent les salons de la meilleure société autant que les antichambres des ambassades et les bureaux de la Ballhausplatz où officient ministres et délégations. Les intrigues des uns et des autres contrarient les alliances, ou bien les favorisent, quand ce ne sont pas elles qui en décident. Si les secrets des délibérations et des comités paraissent mieux gardés que ceux des alcôves, c'est parce qu'ils intéressent beaucoup moins les curieux.

Le prince de Talleyrand vient de s'installer au palais Kaunitz, bien après l'arrivée en Autriche des autres ministres. En voulant se faire attendre, il n'est parvenu qu'à se faire oublier. Seule la venue de son cuisinier, l'illustre Carême, a soulevé de la curiosité. Nombreux sont ceux qui se disputent le privilège de le lui soulever; beaucoup moins nombreux ceux qui revendiquent l'honneur d'être reçus par son maître.

Ce matin, j'ai attendu longtemps mon élève dans le salon de musique. Elle aussi cherche à se faire désirer. Sa mère, la princesse Bagration, qui y parvient sans peine, m'a rendu visite. Elle ne se tient plus de joie depuis que le tsar lui a fait l'honneur de venir la voir, hier soir, après l'appartement et le souper.

Faisant mine d'être indisposée, la princesse le reçut dans sa chambre. Sitôt entré dans le sanctuaire, le tsar aperçut... un chapeau d'homme. Affreux présage. Un chapeau sur un lit, c'est comme un lapin sur un navire. C'était celui du dessinateur Moreau venu décorer la maison en vue du bal de lundi soir.

Une servante kalmouke, qui arrivait sur la pointe des pieds pour reprendre la coiffure de l'artiste, crut sa dernière heure venue lorsqu'elle se trouva nez à nez avec son souverain; la princesse garda son sang-froid; quant à Alexandre, je l'ignore; en revanche, j'ai appris qu'ils étaient demeurés ensemble durant deux longues heures. *Honni soit qui mal y pense.*

Ce matin, la belle Catherine fait irruption dans son salon de musique en chantonnant; son visage est épanoui et elle masque du bout des doigts un bâillement discret :

– L'empereur est hésitant, savez-vous?

– Lui aussi! Sans doute ignore-t-il encore dans quelle aile du palais Palm il recevra le meilleur accueil.

La princesse me lance un œil furibond; puis elle éclate d'un rire complice :

– Mais non, vous n'y êtes pas du tout, ma chère Aurore. Le tsar peut balancer avant de choisir ses alliés, mais Alexandre n'hésite pas sur le choix de ses amis. Savez-vous ce qu'il m'a dit des sœurs Courlande?

– Beaucoup de bien, j'imagine.

– Voici, mot pour mot, ses propos : « Au début de l'Empire romain, on appela triumvirat l'union de Lépide, d'Antoine et d'Octavien. Quand je rencontre ensemble les princesses Wilhelmine, Jeanne et Dorothée, j'appelle cela un *triumputat.* »

– Le tsar va-t-il donc diviser la Pologne en trois morceaux? Il n'a pas encore décidé de son sort. Que compte-t-il en faire?

– Il souhaite rétablir un royaume et le placer sous son autorité.

– Ce dont son vieil ami, le prince Czartoryski, essaie de le convaincre depuis des lustres, n'est-ce pas?

– Vous êtes comme ma fille Clémentine : vous allez plus vite que la musique. Ce souhait n'est pas facile à réaliser. Chacun sait que le tsar est une girouette; mais c'est une girouette plantée sur un campanile orthodoxe. Czartoryski est catholique et polonais. Il poursuit la même idée depuis dix ans, depuis vingt ans, depuis toujours. Il est tenace et convaincu.

Il ne s'est jamais intéressé à autre chose qu'au rétablissement d'un royaume de Pologne. Ce n'est pas faute d'avoir réussi à capter l'attention des plus jolies femmes, ajoute la princesse avec un brin de nostalgie.

– Celle de Dorothée de Courlande, en particulier.

– C'est, je crois, la seule créature qu'il ait consenti à regarder dans sa vie. Une vieille histoire. Elle date de cinq ou six ans. La plus jeune des Courlande n'était pourtant pas bien jolie, en ce temps-là : maigre et ébouriffée comme un renard à la fin de l'hiver. Mais elle avait ce regard apeuré qui se glisse sous la paupière et qui fascine les hommes – un talent qui disparaît d'habitude avec l'adolescence et qu'elle a gardé. Vous voyez ce que je veux dire?

Mal en vérité. Je jette un œil dans la glace sans parvenir à me faire peur. Un résultat peu convaincant; néanmoins une bonne recette à expérimenter dès que possible. La princesse, qui a observé mon manège avec indulgence, va tapoter quelques notes sur le piano – elle est plus musicienne que sa fille et les accords qui se forment sous ses doigts s'écoulent comme un filet d'harmonie. Tout en jouant d'une main distraite, Catherine Bagration poursuit sa démonstration :

– Le titre de roi de Pologne ne pourra jamais sympathiser avec celui d'empereur de Russie. On ne peut mettre ces deux couronnes sur la même tête. C'est une évidence. Le tsar vient de recevoir un rapport très fort à ce sujet qui lui a été envoyé par son nouveau conseiller : Capo d'Istria.

– Selon vous, l'empereur aurait donc changé son fusil d'épaule depuis qu'il est à Vienne.

– Pas encore. Pas si vite. Rien n'est décidé. Vous connaissez le goût d'Alexandre pour les idées nouvelles. Czartoryski a formé un petit clan de philanthropes. Avec La Harpe. Ce Suisse a été le précepteur du tsar; il est resté son ami; l'un et l'autre cherchent à persuader l'empereur d'introduire le régime représentatif à Pétersbourg; comme à Varsovie. Vous imaginez le résultat!

– Non seulement Czartoryski est polonais, mais maintenant le voilà démocrate!

Avec La Harpe, ils ont entrepris de remuer ciel et terre pour faire triompher ces absurdités. Ils ont requis le concours de tous les illuminés de ce bord. Alexandre est, au fond du cœur, un utopiste enragé. Il me paraît capable de les entendre et assez fou pour les écouter.

– Je croyais que Czartoryski ne songeait qu'à reconstruire la Pologne.

– Bien sûr! Pour lui, cela seul compte. Mais il lui faut à tout prix trouver des alliés. Or le tsar a été endoctriné par son précepteur. Ses rêveries démagogiques sont, désormais, aussi fortes que ses ambitions territoriales; même s'il n'ose encore pas les afficher en public. Ah, ma petite Aurore, qui nous délivrera de tous ces philanthropes?

Je songeai que la France avait mis un quart de siècle pour y parvenir. Je quittai Catherine qui devait se rendre à un déjeuner chez le prince Razoumoffski, l'heureux propriétaire d'un des plus beaux palais de la ville.

En regagnant ma chambre, je méditai sur la personnalité du tsar. Alexandre est un personnage insaisissable, mystérieux, contradictoire. Personne n'est d'acçord sur le fond de son caractère. Pour les uns c'est un être intelligent, séduisant, rusé. Aux yeux de ses ennemis, il passe pour un rustre à l'esprit fumeux et versatile, doublé d'un bellâtre d'une élégance douteuse.

Je l'ai rencontré, pour la première fois, hier soir. Disons plutôt que je l'ai entrevu dans le vestibule du palais Palm où je m'étais embusquée : *la lumière du siècle* – c'est ainsi que l'a surnommé Louis XVIII – m'a paru avoir l'éclat d'une chandelle et la tournure d'un joli cœur de bastringue. Il est vrai qu'il était en goguette.

A Vienne, les monarques européens forment une troupe de marionnettes qui me font penser à celles que je regardais, au temps de mon enfance, dans les galeries du Palais-Royal, sur la scène des *Fantocusi*.

Ici, seuls les ministres ont un tempérament bien affirmé. L'Anglais Castlereagh a du sens pour quatre. Les Prussiens prétendent que leur ministre, le prince de Hardenberg, aurait davantage de caractère que ses collègues; je crois qu'il a, simplement, plus mauvais caractère. Enfin l'Autrichien Metternich, qui préside aux réunions, s'estime pour cette seule raison au-dessus de tout le monde; en vérité, il ne domine personne.

3

Wilhelmine de Sagan

Ce soir, souper chez la duchesse Wilhelmine de Sagan – un repas d'Allemands, tant par le public que par le menu qu'aurait aimé la belle-sœur de Louis XIV, l'illustre princesse Palatine : soupe à la bière, bœuf salé et un certain ragoût qui exhale dans tout le palais Palm une odeur aigre et fort peu ragoûtante : cette *schaucraout* a fait la joie de la bande de Prussiens qui était rassemblée autour de la table.

La conversation est venue sur les parties de cartes les plus enragées auxquelles chacun avait eu l'occasion de participer à Vienne. Le plus fort joueur de la ville est, bien sûr, le prince de Blücher qui tente de récupérer ce qu'il a perdu à Paris, durant l'été, dans les tripots du Palais-Royal.

Charles de Dalberg nous a conté que, la semaine précédente, il faisait avec lui la partie de whist de la vieille princesse Esterhazy, lorsque celle-ci fut prise d'un malaise. Elle aime les cartes à la folie et, chez elle, la table est dressée en permanence. La malheureuse fut frappée par une petite attaque d'apoplexie dont elle ne s'est pas remise et qui vient de la conduire au tombeau. S'étant réveillée à moitié paralysée, elle s'écria en fixant Blücher de son œil gauche demeuré entrouvert :

– Ah çà! je parie que vous avez profité de ce petit accident pour me tricher.

A Vienne, chacun cache son jeu et triche à qui mieux mieux; les diplomates de tous les pays excellent dans cet exercice; mais les meilleurs sur ce terrain sont les Russes; cela met la duchesse de Sagan, qui tient résolument pour les Allemands, hors de ses gonds.

Dès que les salons sont vides, elle me rattrape en bas du

grand escalier de pierre du palais Palm, que j'allais emprunter pour regagner ma mansarde. Elle est dans un état d'exaltation furibonde et rugit comme le lion favori d'Eugène de Savoie le jour de la mort du vaillant soldat – par une connivence bizarre entre l'animal et son maître, le fauve mourut dans les convulsions à la même heure que lui.

Après m'avoir entretenue sur quelques points de détail concernant sa bibliothèque, Wilhelmine se lance dans une violente diatribe contre les Russes. Elle englobe dans une même acrimonie le tsar et la princesse Bagration, sous prétexte que celle-ci lui a ravi celui-là et ne lui a laissé comme lot de consolation que le ministre d'Autriche, Metternich.

Avec une incohérence et des accents de fureur qui me font craindre, pendant un moment, qu'elle ait perdu la tête, Wilhelmine débite son antienne tout en grimpant l'escalier à l'envers, marche après marche, et comme à regret; elle me fait face; son regard bleu marine est pareil à celui des serpents qui asphyxient les oiseaux; il vous fouille, vous blesse et vous poursuit jusque dans les replis les plus cachés de votre cœur.

Enveloppée dans une houppelande de fine laine noire, son col de renard bleu de Pologne serré étroitement autour de son cou, elle me captive. Elle se tient trois marches au-dessus de moi, les bras tendus, comme le prêtre au moment de l'élévation; les plis de son large surtout balayent les marches et son regard jette des étincelles tandis qu'elle lance ses propos d'une voix tonnante qui résonne comme une malédiction :

– Les Russes sont ici chez eux. Ils crient partout d'un ton si insolent qu'ils ne s'exprimeraient pas autrement s'ils étaient autant de Napoléon en bonheur et déjà maîtres de l'univers! Ces fous mettent de la déraison dans tout. Alexandre prêche pour les idées nouvelles avec la ferveur insensée d'un néophyte. Demain il enflammera les Grecs en leur faisant espérer leur résurrection, comme il l'a déjà fait avec les Polonais! Connaissez-vous le nouveau conseiller d'Alexandre : Capo d'Istria dont nous parlions l'autre jour? C'est lui qui a lâché ce brûlot.

La duchesse descend quelques marches avec la majesté d'une altesse royale et impériale et poursuit aigrement :

– A l'appartement d'hier soir – ce terme désigne les réceptions intimes, familiales à la Hofburg – le tsar n'a dansé qu'avec la comtesse Marie Zichy...

Sans doute ceci explique-t-il cela.

Tandis que j'écoute ses confidences, Wilhelmine s'est assise sur une marche. Sa colère s'apaise comme tombe le vent, d'un coup; déjà elle s'exprime sur un ton plus serein. J'apprends qu'à la Hofburg un laquais italien revêtu des vêtements de son maître a été jeté dehors :

– S'agirait-il de l'un des serviteurs de votre sœur Pignatelli?

Je m'assieds sur une marche voisine. Négligeant de répondre, la duchesse écarte un pan de sa houppelande et me passe un bras autour des épaules; sa peau, soyeuse et brûlante de coutume, est froide comme la pierre qui nous entoure.

Elle est serrée dans un fourreau de soie si étroit que ses formes éclatantes sont exactement dessinées. Je sens son corps qui tremble encore un peu contre le mien, tandis que son bizarre accès de fureur se dissipe en spasmes légers, de plus en plus espacés. De son bras droit, elle me tient serrée, s'accrochant à moi comme à une bouée. Sa main gauche se glisse sur mes genoux et s'arrête. Nous restons un moment silencieuses. Ses caresses se font plus précises; je me sens rougir et m'écarte avant de me rapprocher de nouveau, timidement, sans qu'elle me l'ait demandé.

Peu importe! Wilhelmine, d'une voix apaisée, entreprend de me raconter sa soirée de la veille. Dans ces moments-là, je sens à quel point ma compagnie lui est précieuse. Comment pourrait-elle se passer de moi? A quoi bon une joyeuse bamboche si on ne dispose de personne qui accepte d'en écouter le récit? Les maris sont faits pour cela, nous apprend-on au couvent. Mais voilà : quand on en a trop, on n'en a plus aucun.

Je l'écoute disserter et m'amuse :

– J'avais réuni quelques amis anglais après l'appartement. Lord Stewart, le frère de Castlereagh, est venu se joindre à nous. Il me fait tordre de rire. Après avoir un peu trop bu comme à son accoutumée – en vrai, il était rond comme une queue de pelle – il m'a déclaré : “ Que pensez-vous, madame, d'Alexandre, du tsar Alexandre? Pour moi c'est un fou, un ambitieux, un imposteur. Voilà mon opinion. Quelle est la vôtre? "

» Bien embarrassée, je réplique tout bas : " Calmez-vous, mon ami. Je trouve que vous prenez le mors aux dents comme le cheval que vous avez donné ce matin à Dorothée et qui a manqué lui casser le cou au Prater. "

» Aussitôt, il m'interrompt : " Cette comtesse de Périgord est votre sœur, n'est-ce pas, madame? Or, elle passe pour être fidèle à son mari; pensez-vous que pareille chose soit possible dans une famille comme la vôtre? "

» Je rétorque, poursuit la duchesse : " L'infidélité, savez-vous, est un mal d'imagination. Bien peu de maris en meurent; davantage en vivent; il se trouve que le comte de Périgord n'a pas besoin de ça pour subsister, voilà tout! " Lord Stewart ne m'a rien répondu, mais il m'a paru ébloui par cette brillante démonstration.

En vérité, Wilhelmine cherche par tous les moyens à séduire ce frère de Castlereagh; nul ne doute qu'elle y parvienne rapidement.

Après avoir médit des Russes et des maris bafoués, nous terminons notre soirée assises sur les marches du grand escalier comme deux mendigotes emmitouflées dans la même pèlerine, en disant pis que pendre des Anglais. Voilà à quoi servent de grands rassemblements comme celui du congrès de Vienne.

Prise d'une inspiration soudaine, je lance :

– Confidence pour confidence, connaissez-vous, madame, le contenu de la dernière dépêche envoyée par lord Castlereagh à Londres?

– Je ne suis point encore soldée par le baron Hager, me lance la duchesse d'un ton outré.

– Moi non plus et je le regrette. Écoutez-moi. Je cite de mémoire, mais la mienne est aussi fidèle que votre sœur Pauline : *« Étant donné la préférence manifeste du prince de Metternich pour la duchesse de Sagan et les fréquentes visites que lui fait Talleyrand, on établira le parti autrichien chez celle-ci et le parti russe chez la Bagration – de la même manière qu'à droite siège le parti ministériel et à gauche l'opposition. »*

– Oh, ce n'est pas vrai! Ce que vous me répétez là est

indigne! Scandaleux. Je me vengerai de cet Autrichien de malheur qui m'accable sous le poids de sa correspondance sans que je parvienne à m'en défaire. Savez-vous ce que je lui ai écrit la semaine dernière? Pas encore? Je n'ai pourtant pas changé de tiroir à secret!

La duchesse me lance un regard assassin et poursuit, comme si de rien n'était :

– Répandez partout où vous irez ce que je vais vous dire, je vous le demande. Attendez un instant, je vais vous montrer le brouillon de cette lettre.

Wilhelmine se redresse, me tend la main; comme deux folles nous descendons dans la pénombre les larges marches en pierre du grand escalier en manquant nous rompre le cou. Je la suis à travers un dédale de corridors à peine éclairés; nous nous dirigeons vers la bibliothèque qu'illumine une paire de candélabres à trois branches. Dans tout l'hôtel Palm, les laquais sont censés éteindre les bougies après le coucher des deux princesses; en fait, ils les laissent se consumer dans leurs bobèches.

La duchesse se dirige droit vers son scriban d'acajou qu'elle ouvre brutalement. Elle fait jouer la gâchette secrète, plonge au fond du tiroir et brandit devant mes yeux le brouillon d'une lettre écrite d'un trait de plume rageur. Elle commence par cette phrase :

« Un ministre des Affaires étrangères qui a perdu la confiance des puissances ne peut rester en place. »

Wilhelmine se pose avec adresse sur un tabouret rond, minuscule; à haute voix, elle scande la phrase :

– Vous entendez : *ne... peut... rester... en... place.* Cela suffira-t-il pour dissiper les bruits atroces que répand cet Anglais odieux sur mon compte? Et si cela ne suffit pas, que dire alors?

Elle réfléchit une seconde et poursuit :

– ... Si lord Stewart, son propre frère, vient camper dans mon lit, Castlereagh prétendra-t-il dans ses dépêches officielles que le clan anglais siège désormais au palais Palm?

Puis la duchesse de Sagan se lève avec une vigueur étonnante dans un corps aussi lourd. Sans un mot, sans un regard, elle me tourne le dos et, dans une belle envolée de sa houppelande, elle disparaît, grand oiseau noir qui s'efface dans la pénombre.

Je regagne ma chambre en frissonnant à travers les corridors déserts. Je me sens humiliée par ce départ brutal. Une fois encore, j'ai l'impression de compter pour si peu. Wilhelmine m'a dit ce qu'elle avait envie de me dire; puis elle est partie sans se préoccuper de moi d'aucune façon. Toute ma vie devrai-je me contenter de servir de truchement entre les uns et les autres et de retrouver, sitôt après, ma solitude?

La présence de cette grande femme bruyante me manque; sa chaleur animale me manque. Depuis longtemps j'éprouve pour elle des sentiments contraires : je me sens offusquée par son arrogance, jalouse de sa beauté triomphante et, dans le même temps, ensorcelée par ses grands yeux ronds de chouette et sa voix rauque, dissonante.

J'avais cru qu'elle aimait ma compagnie; l'autre jour au Prater, ce soir chez elle, nous avions ri ensemble. Tout à l'heure, nous avons dévalé les couloirs comme des pensionnaires en rupture de dortoir; dans sa bibliothèque, enfin, Wilhelmine n'a pas hésité à ouvrir, devant moi, le tiroir où elle serre son courrier; j'avais pris cela comme une marque de confiance.

Et voilà, d'un seul coup, elle m'a abandonnée et je sens ma gorge qui se noue et les larmes qui me viennent aux yeux.

Sans savoir pourquoi, j'entreprends de retirer l'une après l'autre les chandelles qui garnissent les lustres de l'escalier et les candélabres du couloir. Je pénètre dans ma chambre, les bras chargés de cierges et les doigts poisseux de cire chaude. Avec soin, je plante chaque bougie dans un chandelier d'occasion, flacon ou bouteille. Après les avoir allumées, je les dispose de chaque côté de mon lit, comme on fait autour d'un catafalque, sur lequel je m'allonge vêtue d'une longue chemise blanche.

La valse de mes rêves me fait tourner la tête. Je m'endors en songeant à un couple que j'ai remarqué durant le dîner de Wilhelmine : un officier wurtembergeois et sa femme, dont je ne connais pas les noms. Ils ont passé la soirée en silence. Les regards qu'ils échangeaient, une intelligence réciproque que dévoilait un geste quelconque, leur simple bonheur d'être ensemble m'avaient profondément émue. Quelques notes tristes s'égrènent dans ma tête. Ce soir j'enterre ma solitude.

Une à une, les bougies s'éteignent et ma rancœur avec elles. Je m'endors en songeant à la rivalité entre Sagan et Bagration, entre *l'Andromède russe,* dont la générosité et la prodigalité font merveille auprès du tsar, et la *Cléo de Courlande* dont la morgue a si bien séduit Metternich. Cet affrontement reflète l'hostilité de deux camps : la Russie, qui tient la Prusse sous son aile et l'Autriche, qui ne cesse de se rapprocher de la France et de l'Angleterre.

Comment cela se traduira-t-il, demain, sur la carte du Tendre et sur celle du continent? Le tsar va-t-il traverser la cour de l'hôtel Palm pour se rendre chez l'une ou bien chez l'autre? Les paris sont ouverts.

Pendant ce temps, les enjeux les plus élevés, chez les *bookmakers* viennois, concernent la convocation en assemblée plénière de tous les plénipotentiaires réunis ici : voilà trois mois que le congrès de Vienne brille de tous ses feux et il ne s'est toujours pas réuni.

Il se finira avant même d'avoir commencé.

4

Dorothée de Courlande

I

J'arrive du palais Kaunitz.

Dorothée de Périgord est différente de ces femmes éclatantes qui perdent à se laisser connaître ce qu'elles gagnent à se laisser voir : un front bombé, orné d'une profuse chevelure brune dissimule un visage mat et fermé, aux pommettes saillantes comme celles d'une Asiatique. Parfois il s'éclaire et s'abandonne dans un sourire. Le plus souvent, la physionomie reste mélancolique. De larges yeux gris lui font un regard chargé de roman; ils sont vastes comme ces paysages de Livonie qui s'ouvrent sur l'infini.

Son esprit vif, incisif, est sans doute moins orné que profond et naturellement tourné vers les choses de l'intérieur. Contrairement à la plupart des gens silencieux qui passent leur temps à s'écouter eux-mêmes, elle prête volontiers l'oreille aux confidences des autres; elle le fait avec l'indulgence attentive d'un confesseur. En revanche, elle accorde à peu de gens sa confiance et ne livre pas ses secrets.

D'un abord direct, Dorothée ne s'embarrasse pas de circonlocutions, sachant fort bien provoquer les uns par son innocence, tout en désarmant les autres par des reparties brèves, incisives. D'aucuns la jugent coquette; peut-être ont-ils raison; d'ailleurs elle s'en vante; mais elle n'accepterait pas qu'on le lui dise. En société, la comtesse de Périgord se comporte avec infiniment d'usage, sachant accueillir avec grâce les plus grands personnages et recevoir leurs compliments avec naturel, non comme un tribut mais comme un hommage.

Pour se protéger de la faune assez médiocre qui peuplait les Tuileries des Bonaparte, elle s'est hissée sur un piédestal, si bien qu'elle semble toujours vous contempler de son haut. Chaque génération révèle quelques personnes que leur supériorité intellectuelle et leur égotisme, appuyés sur un solide mépris du genre humain, élèvent au-dessus du niveau de leurs semblables. Le plus souvent, elles n'aiment rien tant qu'exhiber leur goût de la solitude en société : à Paris, Joubert ou Chateaubriand excellent dans ce rôle; ici Julie Zichy ou Pauline de Hohenzollern le jouent à merveille. Plus que tout le reste, cette attitude a séduit le prince de Talleyrand; d'autant, que sa nièce accepte volontiers de descendre quelques marches lorsqu'elle s'adresse à lui.

II

Après avoir soupé avec Dorothée au palais Kaunitz, j'ai regagné mon pigeonnier et me suis assise devant ma table de travail.

Il est tard, mais je ne parviens pas à trouver le sommeil. Comment se fait-il que je sois troublée de pareille façon? Je n'aurais jamais soupçonné qu'une soirée passée en tête à tête avec une amie puisse me donner autant de plaisir. Cette pensée m'importune et, pour m'en défaire, je saisis mon cahier rouge.

Le voyage de Dorothée entre Paris et Vienne a duré huit jours pleins, avec deux courtes haltes, à Strasbourg et à Munich.

Elle cheminait en compagnie du prince de Talleyrand et du duc de Dalberg – l'un des quatre plénipotentiaires que la France envoie au Congrès et le plus averti des choses de l'Allemagne. Les Dalberg sont une très vieille maison germanique : ses ancêtres passent pour s'être installés au bord du Rhin en même temps que les légions de Varus.

Dans la voiture qui cahotait durement – les routes de France et d'Autriche ne sont plus ce qu'elles étaient sous l'Ancien Régime, avant les guerres perpétuelles et la Révolution – l'atmosphère était maussade. Le prince de Talleyrand se laissait aller au pessimisme le plus noir. Il estimait que le langage de la raison et de la modération ne serait pas en usage à Vienne et il redoutait d'y trouver plus d'avanies à supporter que de lauriers à récolter.

Mais nous n'avons guère parlé de politique; après être convenus de nous rendre ensemble à la grande redoute masquée, le meilleur de notre soirée s'est passé à évoquer des souvenirs d'enfance.

Pour la première fois depuis que je la connais, Dorothée m'a livré quelques confidences :

– Contrairement à vous, Aurore, qui avez gâché les meilleures années de votre jeunesse à déambuler dans les allées de charmille d'un affreux couvent, j'ai toujours vécu en liberté.

» Longtemps, j'ai habité à Sagan. Notre existence y était semblable à celle des petites cours d'Allemagne. Mon père était riche, très riche, et même beaucoup plus riche que le roi de Prusse. Je me souviens qu'à la mort du gros Guillaume, vers la fin du siècle dernier, on ne trouva point, à Berlin, de quoi subvenir aux dépenses des funérailles royales. Un courrier fut expédié aussitôt à mon père; ce fut lui qui avança la somme nécessaire pour couvrir les frais de la cérémonie.

A sept ans, Dorothée de Courlande était une enfant sauvage et turbulente, comme je l'avais été au même âge; mais la compagnie qui l'entourait était fort différente :

– Je savais désobéir en trois langues : le français que j'avais attrapé au salon, l'allemand que je parlais à l'office et l'anglais que j'entendais dans ma chambre, sous forme de gronderies distribuées en abondance par la nurse. Mais je ne savais pas grand-chose d'autre.

Je résume : pour réparer le temps perdu, Mme de Courlande prit à son service deux éducateurs : une gouvernante allemande, Mlle Hoffmann, qui avait traversé en hâte plusieurs religions avant de se dépouiller de toute croyance et un Italien, incrédule et libertin lui aussi, l'abbé Piattoli qui devait tenir un grand rôle dans sa vie.

Dans les premiers temps, la jeune enfant ne tira pas grand profit de toute la science de ses maîtres. Ces deux solitaires, aussitôt réunis, étaient tombés dans les bras l'un de l'autre. Ils la négligeaient complètement :

– Je n'aurais pas supporté qu'ils me commandent mais leur indifférence m'irrita encore davantage.

» Sans grand mal, je parvins à les brouiller ensemble et profitai de leurs dissensions pour cueillir ce qui était à mon goût dans leur enseignement. Peu de chose, en vérité. Le meilleur de mon temps, je le passai à grimper aux arbres et à lire de mauvais livres. Piattoli en possédait toute une collection.

L'hiver, Dorothée demeurait à Berlin dans un palais qui lui appartenait en propre.

La princesse de Courlande occupait une aile de l'édifice. Chaque matin sa fille venait lui baiser la main; parfois elles prenaient un repas ensemble; c'est à quoi se bornait leur intimité.

– Ma mère me conduisit une seule fois au temple. Le prédicateur était si mauvais que je m'endormis. En punition, je fus condamnée à suivre des leçons d'algèbre. Le professeur, M. Bode, un savant, était si bon que je pris goût aux mathématiques. Bientôt je les poussai jusqu'aux calculs astronomiques.

» Au premier abord, cette science a quelque chose de rebutant mais, quand on l'a découverte, on ne veut plus connaître qu'elle. Les mathématiciens sont comme les amants à qui il faut toujours accorder davantage : si vous leur abandonnez le moindre principe, ils ont l'art d'en tirer une suite de conséquences qui vous entraînent à perte de vue.

» Méfiez-vous, Aurore, de ces sortes de gens qui prennent toujours plus qu'on ne leur donne.

» Pendant ce temps, ma mère se réjouissait que je sois devenue pieuse : elle croyait que je me rendais chaque jour au temple pour prier le Seigneur; mais non, je préférais passer mes soirées au ciel, sous la voûte de l'observatoire de Berlin d'où je contemplais avec bonheur ces constellations qui n'ont point de secret pour vous, mon amie.

Parfois, Dorothée lâchait son télescope pour prendre des jumelles de théâtre.

Elle avait sa loge au Burgtheater où les acteurs les plus fameux venaient la saluer. Un soir, Schiller lui-même l'honora de sa visite. Ainsi, à treize ans, cette jeune demoiselle menait une vie bien remplie et pouvait s'enorgueillir de recevoir des célébrités dans un salon distinct de celui de sa mère.

Elle n'en fut point éblouie :

– J'étais donc heureuse; oui sans doute. Mais je ne l'étais point des joies de l'enfance. Voilà ce qui, plus tard, a rempli ma vie de mécomptes. A treize ans je marchais, imprévoyante et présomptueuse, vers des écueils couverts de fleurs.

En entendant la comtesse de Périgord se lamenter de n'avoir point été heureuse « des joies de l'enfance », je compris combien, malgré la différence des conditions et des états, nous étions proches l'une de l'autre. Il faudra que je donne, un de ces jours, un récit de ma jeunesse pour le démontrer : privée de ma mère à ma naissance, émigrée à dix ans et, depuis, menant une vie solitaire, je n'ai guère connu « les joies de l'enfance ». Sans doute m'arrive-t-il parfois de me comporter de façon imprévoyante et présomptueuse; hélas, je crains fort que les écueils qui m'attendent ne soient point « couverts de fleurs ».

Après la défaite de la Prusse à Iéna, en 1806, sa famille quitta Berlin pour se réfugier à Mitau, la capitale du ci-devant duché de Courlande. Triste séjour par trente degrés de froid :

– Privée de tout exercice, n'ayant pu me procurer d'autre lecture que celle d'un livre de prières, loin de mes amis et ignorant leur sort, m'ennuyant fort de la conversation de mes tantes et des bavardages insipides de mes cousins qui ne faisaient rien d'autre que lanterner, j'attendais avec impatience la fin de ce séjour.

A son retour de Russie, l'abbé Piattoli apporta à la jeune Dorothée de Courlande quelques consolations. Celui-ci y avait passé plusieurs années à suivre et à défendre les intérêts de la duchesse de Courlande au cours d'une multitude de procès. A Saint-Pétersbourg, l'abbé avait retrouvé, par un effet du hasard, son premier élève : Adam Czartoryski.

Ce Polonais, grand ami d'Alexandre, était devenu ministre des Affaires étrangères. Il pouvait aider l'abbé dans ses négociations. En remerciement, son chimérique précepteur eut l'idée saugrenue de lui faire épouser sa nouvelle élève, la jeune et riche Dorothée. Une différence de vingt-trois années ne parut, ni au maître ni à l'élève, constituer un quelconque obstacle.

Elle ne devait pas davantage effrayer Dorothée. A quatorze ans, celle-ci passait pour n'aimer guère les jeunes gens : à l'âge où les demoiselles sont étroitement enfermées dans un couvent, elle avait séduit Schiller et conquis quelques vieux astronomes. Quand Piattoli lui fit part de son projet, Dorothée s'enthousiasma; elle s'éprit de Czartoryski sur une simple miniature que l'abbé avait eu soin de dérober au prince.

Pendant ce temps, l'orage napoléonien dévastait l'Europe : les armées russes battues à Friedland, Czartoryski dut abandonner son poste de ministre. Il vint attendre, à Mitau, l'issue des pourparlers de Tilsit entre Napoléon et Alexandre et demeura trois semaines chez les Courlande.

Suivant avec passion les négociations entre la France et la Russie, dont sa chère patrie était l'enjeu, il négligea tout à fait la jeune fille qui ne s'en émut point. Elle se satisfaisait en observant dans son regard une curiosité flatteuse : « J'avais saisi sur son visage les traces d'une grande passion et de touchants malheurs; cela suffit à m'attacher à lui. »

Quelques mois passèrent.

Dorothée alla s'installer en Saxe, dans une propriété de sa mère à Löbikau; elle résidait dans une villa qui lui appartenait, à une lieue du château; elle avait quinze ans.

Une nuée de prétendants commença de tournoyer autour d'elle : riches ou besogneux, plus souvent princes que gueux, les Mecklembourg, les Reuss, les Hohenlohe défilaient comme les images d'une lanterne magique, sans que jamais la demoiselle leur accordât autre chose qu'un sourire glacial et déconcertant :

– Je me rendais à Löbikau aux heures où je savais trouver ma mère seule; je n'aimais rien tant que me rendre invisible aux yeux de tous ces prétendants. Je touchais à ma quinzième année et j'avais déjà une de ces figures qui, sans plaire à tout le monde, était toujours remarquée.

Un beau jour, on annonce à Dorothée la venue d'un personnage important.

Tout émue, elle s'apprête pour le recevoir : c'était le tsar en personne. Il arrivait en compagnie du prince Troubetzkoï, du général Caulaincourt et d'un jeune officier français : le comte de Périgord, neveu de Talleyrand.

« Le tsar, me raconta-t-elle, fut fort aimable avec moi. Il me taquina sur différents sujets, déclara que j'étais une moderne Pénélope entourée d'une meute de prétendants et, me trouvant sans défense, il lança :

– N'êtes-vous pas frappée, mademoiselle, par une sorte de ressemblance entre le prince Czartoryski et M. de Périgord?

– De qui Votre Majesté veut-elle parler?

– De ce jeune homme assis là-bas : le neveu de M. de Talleyrand qui accompagne M. de Caulaincourt à Pétersbourg.

– Que Votre Majesté veuille bien me pardonner. Je n'ai pas remarqué l'aide de camp de M. de Caulaincourt et j'ai la vue si basse que, d'ici, il m'est impossible de distinguer ses traits.

Sitôt le dîner achevé, ma mère la duchesse de Courlande me tança sévèrement :

– Soyez polie, je vous prie, avec M. de Caulaincourt et avec son aide de camp. Je vous demande de causer avec eux. Vous avez vu que l'Empereur les traite comme ses amis. Il ne faut pas qu'il parte mécontent. »

– C'est ainsi, poursuivit Dorothée, que je fis la connaissance de celui que j'allais épouser un an après.

– Par quel hasard était-il arrivé là? demandai-je.

– Je l'ai appris quelques années plus tard.

« Le prince de Talleyrand qui était à l'origine de toute l'affaire me l'a contée en ces termes :

– J'avais souvent entendu parler, me dit-il, en Allemagne et en Pologne de la duchesse de Courlande. Je savais que la plus jeune de ses filles, et aussi la plus charmante, était à marier. Ce choix devait plaire à l'empereur Napoléon : il ne lui enlevait point un parti pour ses généraux qui auraient été refusés... et il flattait la vanité qu'il avait d'attirer en France les plus grandes familles étrangères. Pour qu'il ne puisse revenir sur son accord, je sollicitai du tsar, ami particulier de la duchesse de Courlande, de demander lui-même à celle-ci la main de sa fille pour mon neveu. Après l'entrevue d'Erfurt, Alexandre n'avait pas grand-chose à me refuser n'est-ce pas? Ce fut sans doute le meilleur résultat de cette rencontre; et pour ainsi dire le seul! conclut mon oncle, avec cet art qu'il possède de donner une importance extrême aux choses qui en ont le moins.

Ma mère n'accepta pas d'emblée les propositions du tsar. Elle lui fit part avec honnêteté de mes réticences :

– Vous connaissez, sire, les idées antifrançaises des têtes allemandes. Ma fille les partage toutes. Je n'ai pu obtenir de ses sœurs qu'elles adressent seulement la parole à M. de Caulaincourt. Quant à Dorothée, je n'ai pas d'influence sur son esprit. Elle a beaucoup d'absolu dans le caractère. Sa position la rend tout à fait indépendante. L'Allemagne entière criera contre ce mariage.

Un temps passa et ma mère d'ajouter :

– Et puis, je vous dirai franchement, sire, qu'il est depuis longtemps question du mariage de Dorothée avec l'un des plus anciens amis de Votre Majesté : le prince Adam Czartoryski est l'homme qu'elle préfère. Je n'ai aucune raison grave de m'opposer à ce choix qui correspond à son inclinaison et à son cœur. Je n'ai non plus aucun moyen d'empêcher que ce mariage ait lieu l'année prochaine.

Le tsar se contenta de hocher la tête pour montrer qu'il ne partageait pas ce point de vue. La discussion ne se prolongea pas davantage et ma mère renonça à tenir tête à son souverain. »

Dorothée, très émue, interrompit son récit. Elle plongea durant un long moment sa tête dans ses mains et poursuivit d'une voix sourde :

« Quelques mois passèrent. Rien n'avait changé. Un beau matin, ma mère reçut la demande en mariage officielle d'Edmond de Périgord. Elle me tendit deux lettres.

La première émanait du tsar; elle me révolta; ce n'était plus une demande mais un ultimatum. L'autre lettre, de la main de Talleyrand, était plus nuancée, plus habile : " Je fais les vœux les plus ardents pour que la princesse Dorothée se prononce en faveur d'Edmond ", écrivait-il.

Devant une partie adverse aussi déterminée, j'avais bien peu de chances de l'emporter. Néanmoins je n'y renonçai pas. Je m'abritai derrière mon attachement pour le prince Czartoryski, que j'estimais partagé, et refusai de m'engager.

Le conflit fut bref.

Pour finir, je fus trahie par la seule personne – oui, la seule – dont je ne pouvais pas me méfier : l'abbé Piattoli qui avait été le précepteur du prince Adam et le mien; celui-là même qui avait fait les premiers pas et manigancé toute l'affaire, à l'origine.

Il me fit parvenir une lettre mensongère par laquelle il ruinait définitivement ma position :

" Toutes nos espérances sont détruites, m'écrivit-il. J'ai enfin reçu des nouvelles de Pologne. Elles n'émanent pas du prince Czartoryski mais d'un ami commun; celui-ci m'annonce que le mariage du prince Adam avec Mlle Matuschewitz est arrangé. Tout Varsovie en parle et sa mère est enchantée. "

Je fus désespérée, mais je ne m'avouai pas vaincue pour autant.

Je réclamai des chevaux et courus comme une folle, séance tenante, vingt lieues en carriole jusqu'au chevet de Piattoli. On m'annonça qu'il était mourant. Il osa en tirer prétexte pour ne pas me recevoir. Il est mort une semaine plus tard; de chagrin; ou de honte. De retour à Löbikau, je rencontrai chez ma mère une vieille comtesse polonaise, Mme Olinska, qui s'était laissé suborner pour quelques roubles.

Elle me confirma la fausse nouvelle.

Je me précipitai chez ma mère pour lui dire que j'acceptais d'épouser son Périgord. Je parlai vite, avec des larmes dans les yeux, des sanglots dans la voix. Elle fit comme si de rien n'était, m'embrassa avec transport et courut, sans perdre une seconde, annoncer la nouvelle au premier intéressé : mon futur mari, qui était arrivé à Löbikau sur ces entrefaites.

Le lendemain, j'acceptai de rencontrer ce jeune homme auquel je tins un beau discours :

– J'espère, monsieur, que vous serez heureux dans le mariage que l'on a arrangé pour nous. Mais je dois vous avouer que je cède au désir de ma mère avec la plus parfaite indifférence à votre endroit. Vous ne m'en voudrez pas de la tristesse que vous pourrez, dans les premiers temps, déceler dans mon regard.

Il me répondit sur le même ton :

– Mon Dieu, cela me paraît tout naturel, mademoiselle.

D'ailleurs, moi aussi, je me marie parce que mon oncle l'exige. A mon âge, on préfère la vie de garçon.

Le ton et la vulgarité de cette réponse m'enlevèrent sur-le-champ l'envie de prolonger plus avant mes aveux; bien que nous ayons été mariés ensemble durant plusieurs années, l'occasion de me confier à lui ne s'est jamais présentée depuis. »

Le penchant qui attire deux êtres l'un vers l'autre a besoin de liberté pour naître; il a peu de chances de se développer au sein des unions qui sont conclues dans le but de satisfaire à des arrangements de famille. Les catholiques ne sont point parvenus à rendre les mariages plus heureux en entravant de chaînes indissolubles le sentiment le plus spontané de la nature : la prédilection.

Lorsque les fiançailles de Dorothée de Courlande avec Edmond de Périgord furent annoncées dans la société, on jugea un peu partout en Europe que ce jeune officier, bellâtre mais sans esprit, avait été favorisé des dieux. Il était avéré que ce dernier rejeton issu de la famille de l'illustre diplomate n'avait hérité d'aucune des qualités de son oncle : il ressemblait bien davantage à son père Archambaut, un être tout à fait effacé qui passait pour un fameux collectionneur de mesquineries. Le fils, doré sur tranche, était également dépourvu de modestie – encore que ses mérites eussent été fort aisés à dissimuler.

Pour les percevoir, il fallait la bienveillance que le ministre témoignait aux seuls membres de sa tribu. Je ne crois pas que Dorothée se soit jamais donné la peine de les découvrir. Elle réservait son indulgence à son oncle. Auprès d'elle, le prince mettait son fameux esprit en veilleuse, comme s'il cherchait à se faire pardonner une union dont il avait été l'instigateur malheureux.

Dorothée poursuivit :

– Trois mois plus tard, le prince-primat, Emerik de Dalberg – le propre oncle de celui qui est ministre de France au Congrès – bénit notre mariage à Francfort. Il m'offrit comme cadeau de noces une mésange qui bat des ailes en chantant dans une cage aux barreaux d'or fin.

» Pour moi, j'ai cessé depuis longtemps de chanter; mais je me suis aperçue, en arrivant ici, que j'avais égaré la cage.

III

Je hochai tristement la tête. Le monde, pensai-je, est sans pitié pour les vieilles filles et sans indulgence pour les femmes outragées; mais il offre des lots de consolation fort agréables à celles qui sont à la fois belles et négligées.

Dorothée, dont l'esprit avait parcouru le même chemin que le mien, ajouta :

– Mon mari passe ses journées à chasser poils et plumes et ses nuits à lever des dames et des valets derrière une table de jeu. Vous comprenez pourquoi je suis venue vous retrouver à Vienne.

– Pour tirer un roi, j'imagine.

– C'est ici ce qui manque le moins!

Ensemble nous avons éclaté de rire. Tard dans la nuit, nous évoquions encore les potins de la cour et de la ville, nous daubions sur le tsar Alexandre et sur l'empereur François, nous comparions les mérites respectifs du jeune Metternich et du vieux Talleyrand.

Malgré tous mes efforts, je ne suis pas encore parvenue à percer le mystère des relations qui unissent l'oncle et la nièce. Elles ne sont pas d'ordre familial mais plutôt filiales; elles ne sont ni amicales ni amoureuses. On dirait qu'un sentiment caché germe dans le cœur de la jeune femme; il mettra longtemps à éclore, si les circonstances s'y prêtent et si une autre affection ne vient pas, entre-temps, prendre sa place.

Dorothée est catholique. Malgré son éducation, elle n'est pas dénuée de principes religieux. Que peut-elle penser de la vie dissolue qu'a menée, autrefois, l'abbé de Périgord? Que dit-elle au sujet du mariage du ci-devant évêque d'Autun?

– Vous imaginez bien que j'ai interrogé mon oncle à ce sujet. Je l'ai fait avec un luxe de précautions infini, car je ne souhaitais pas le mettre en difficulté.

» Eh bien, point du tout! Il m'a répondu de la façon la plus désinvolte, avec cette espèce de nonchalance dédaigneuse dont il use pour chasser un souci ou un importun : “ Oh! Je ne puis vous donner aucune explication satisfaisante. Cela s'est fait dans un temps de désordre général. On n'attachait alors grande importance à rien. Ni à soi ni aux autres. " Et le prince de conclure : " Vous ne pouvez deviner jusqu'où les hommes peuvent s'égarer durant les époques de décomposition sociale. "

» Vous savez comme moi, Aurore, que dans sa jeunesse le prince de Talleyrand n'a jamais eu la moindre vocation sacerdotale. La carrière des armes lui était fermée; seul l'état ecclésiastique lui donnait la possibilité d'accéder aux plus hautes dignités par le simple prestige de sa famille. Il s'est toujours senti blessé dans son orgueil par son infirmité; du fait de son pied-bot, il se considère comme la victime d'une sorte d'injustice congénitale. C'est pour l'effacer qu'il a entrepris de donner à son nom un lustre sans précédent.

Je répondis, pour la faire bondir :

– Tout le monde le sait fort entiché de l'ancienneté de sa race – encore que la duchesse de Créqui prétendait que les Talleyrand actuels ne descendent pas en droite ligne des comtes de Périgord. Il y aurait une brisure dans leur arbre généalogique dont la branche aînée serait tombée de lance en quenouille à la fin du XIVe siècle. Chérin lui-même...

J'avais réussi au-delà de mes espérances : Dorothée – dont le grand-père était le fils d'un palefrenier devenu le favori de l'impératrice de Russie – sursauta en entendant cette perfidie :

– Comment pouvez-vous débiter des choses pareilles! M. Chérin ne s'est jamais prononcé sur ce point. Vous êtes plus royaliste que le roi, ma petite Aurore. Il y a moins de six mois, à son retour d'exil, Louis XVIII a accueilli le prince en ces termes, écoutez-moi bien : " Je suis bien aise de vous voir. Nos maisons datent de la même époque. Mes ancêtres ont été les plus habiles. Si les vôtres l'avaient été plus que les miens, vous me diriez : *Prenez une chaise et parlons de nos affaires.* Aujourd'hui, c'est moi qui vous dis : *Asseyons-nous et causons.* "

Dorothée n'ajouta pas que, lorsqu'il fut définitivement installé sur son trône, Louis XVIII, cet infaillible érudit en matière de blasons, railla les prétentions carolingiennes de la famille Talleyrand en déclarant à son ami le duc des Cars : « Les dires de la famille Talleyrand ne sont pas loin d'être fondés : il s'en faut d'une seule lettre; mais voilà! ils ne sont point *de* Périgord mais *du* Périgord. »

Nous nous sommes séparées à une heure fort avancée de la nuit. Il me semble que nous étions, l'une vis-à-vis de l'autre, dans les meilleures dispositions du monde. Dorothée paraissait ravie de m'avoir retrouvée; j'étais enchantée par la perspective de faire, en sa compagnie, des promenades à cheval au Prater.

Les liens qui unissent Mme de Périgord au prince de Talleyrand me paraissent au moins aussi forts que ceux qu'elle a gardés avec Czartoryski; mais l'un est son oncle et elle vit à côté de lui; l'autre ne lui est rien et concubine avec la Pologne. Qui l'emportera dans son cœur?

Un troisième larron sans doute.

5

Talleyrand à la Ballhausplatz

I

Hier soir, la comtesse Zichy a donné une partie d'échecs vivants.

La scène se passait dans son salon à colonnes, pavé de dalles de marbre noires et blanches, une pièce immense ceinte d'une large mezzanine qui permettait aux invités d'observer le spectacle. Ce ballet mettait en scène des personnages de la meilleure société, costumés en rois, en reines, en fous et en pions. Chacun brandissait une torche et tous se déplaçaient sur la pointe des pieds à la façon des danseurs pour exécuter des partitions fort savantes.

Pendant ce temps, Flore, la ravissante fille adoptive de la comtesse Woyna, chantait en latin un motet de Lulli derrière un voile de gaze rose; elle était elle-même vêtue, si l'on peut dire, avec les chutes de ce voile. Et, du coup, on ne tarissait pas d'éloges sur ses mérites :

– Une voix de reine!

– Un cœur de cire!

– Un corps de sirène!

– Un visage d'ange!

– Un ange déchu, chuchota Dalberg en aparté. Cette demoiselle chante des motets à trois voix avec une mine candide mais, en vérité, c'est la Trinité du vice...

– Comment cela?

– Eh bien, cette enfant trouvée n'a jamais connu son père, elle est décolletée jusqu'au fils et, croyez-moi, elle n'a rien d'un pur esprit.

Voilà de quelle façon on parle de ses amis dans la bonne société viennoise.

Ce qui n'a pas empêché la comtesse Zichy de nous offrir un spectacle magnifique et ce matin, autour de la table, tout le monde s'extasiait : un tourbillon de cavaliers aux uniformes blancs d'Autriche ou bleus de Prusse; une fantasia de soldats costumés en tours crénelées d'or ou d'argent qui se mêlaient à une nuée de femmes ravissantes, en tuniques claires ou foncées brodées en ailes de mouche; elles jouèrent les pions dociles sous leur diadème de saphir ou de diamant.

Vus du ciel, ou du balcon, le jeu des flambeaux que brandissaient les hommes mêlés aux lumignons colorés qui ornaient la coiffure des femmes, leurs trajectoires savantes, préméditées, constituaient une des féeries les plus étonnantes qu'il m'ait été donné d'observer à ce jour.

Le spectacle fut suivi d'un grand bal : le roi de Danemark était aussi joyeux que si on lui avait rendu la Norvège et le roi de Prusse l'était également. Non pas qu'on lui ait proposé la Saxe, mais parce qu'il avait pu danser des polonaises toute la nuit avec la maîtresse de maison. La pauvre comtesse Julie Zichy a dû marcher à son bras pendant plus d'une lieue, en arpentant son salon dans un sens et puis dans l'autre. Sans doute attendait-elle la venue de Metternich qu'elle aime follement et qui ne s'est pas montré.

Rude épreuve.

II

J'ai recueilli pour M. de La Tour du Pin de nouvelles confidences de Catherine Bagration :

– Alexandre est venu chez moi après l'appartement. Il s'est montré très attentif, très prévenant. Il m'a parlé longuement de ma coiffure, m'a fort peu entretenue de politique et ne m'a rien dit du tout sur lui-même. A propos de Metternich, voici très exactement ce qu'il prétend, notez-le bien sur votre petit carnet rouge.

Je sursautai mais ne dis rien.

– Il m'a dit : le ministre d'Autriche ne vous a jamais aimée, princesse. Ni vous ni la Sagan. C'est un être de sang froid. Il est incapable d'aimer qui que ce soit avec cette figure de plâtre.

Catherine prétend que les Autrichiens ont tout fait pour jeter sa rivale, Wilhelmine, dans les bras d'Alexandre, mais qu'ils n'ont pas réussi : « J'aime les sens, mais il me faut aussi de l'esprit », aurait déclaré le tsar en parlant de la duchesse. Je ne crois pas un mot de toutes ces fariboles. Les sourires que prodigue la duchesse de Sagan à lord Stewart – il est fort comme Hercule – ont irrité pendant quelques jours l'empereur de Russie; il n'a pas dit son dernier mot. D'autant que la majeure partie de la fortune de la duchesse se trouve placée sous sa juridiction directe. C'est un point important; il ne faut rien négliger.

J'ai consulté, avec moult précautions de langage, la princesse Bagration sur le tsar; elle m'a répondu avec une mine désabusée et un peu d'humeur :

– Oh, vous savez, le tsar! le tsar! On raconte beaucoup de choses et puis en vérité... Disons que le sang-froid n'est pas le privilège du seul Clément de Metternich!

Il est vrai que le bel Alexandre doit se partager entre cent cinquante millions de sujets, depuis que l'Europe entière est à ses pieds. En ce moment, outre la princesse Naryschkine, qui est la favorite en titre, on compte, dans l'entourage immédiat du souverain, quelques Françaises, passées directement des coulisses de l'Opéra à celles de l'ambassade, et davantage d'Allemandes, dont le tsar raffole – comme il adore la *Schlagsahne,* la fameuse crème fouettée qui accompagne tous les mets et qui a la même onctuosité un peu écœurante que les bourgeoises de la ville.

Plus intéressant – pour M. de La Tour du Pin, ou pour M. de Dalberg : Catherine Bagration me confie que le tsar s'est rendu « très récemment » chez l'empereur François pour se plaindre de son premier ministre.

Le souverain autrichien a soutenu *mordicus* le prince de Metternich :

– ... C'est sur mes ordres exprès qu'il a communiqué à M. de Nesselrode les notes dont vous me parlez à propos de la Saxe et de la Pologne; je souhaite que Votre Majesté y prenne garde...

– Si Votre Majesté veut insister sur cette affaire, ce serait une façon de m'annoncer qu'elle souhaite la guerre.

– Je ne désire que la paix, mais je dois à la tranquillité future de mon pays d'insister sur ce point important.

Dans ce cas, il vaut mieux qu'il n'y ait pas de Congrès, car il me paraît impossible que nous nous entendions.

Jamais la ville, drapée de nuages et de brumes qui s'étirent depuis les pentes du Kahlenberg jusqu'au lit du fleuve, n'a été aussi belle. Jamais ses habitants n'ont paru aussi bavards, aussi souriants, aussi épanouis.

Cela ne durera point.

Sans doute n'ira-t-on pas jusqu'à la guerre; pas tout de suite : les généraux la redoutent encore plus que leurs soldats. Mais, dans ce moment, les esprits sont échauffés : il n'y a rien dont on se lasse plus vite que la fête perpétuelle. Nos hôtes, si bienvenus aujourd'hui, seront les importuns de demain.

III

Catherine sait tout cela; elle se garde bien d'en parler; pas plus qu'elle ne m'a raconté l'histoire qui court la ville aujourd'hui : au cours de la petite redoute de dimanche soir, Alexandre n'a dansé qu'avec la princesse Pignatelli, une des quatre princesses de Courlande. Chacun avait les yeux fixés sur elle et a entendu le tsar déclarer :

– Votre mari est absent, je crois, madame; il serait bien agréable d'occuper provisoirement sa place.

– Est-ce que Votre Majesté me prend pour une province? a répondu la sœur de Dorothée avec la mine effarouchée et gourmande d'une jeune femme dont le cœur bat la chamade – cet air de tambour qui prélude à une reddition sans condition.

IV

Les choses bougent enfin; et dans le bon sens. M. de Dalberg et M. de La Tour du Pin sont venus me rendre visite pour tenter de glaner quelques ragots sur la *horde courlandaise* – le mot est du baron de Gentz – et sur les humeurs de la princesse Bagration qui sont, en ce moment, un parfait thermomètre de celles du tsar.

Je note au passage que le duc de Dalberg accompagne désormais M. de La Tour du Pin dans ses missions à l'hôtel Palm et qu'ils ne se rendent ni dans l'aile droite ni dans l'aile gauche, mais directement sous les combles où je tiens mes quartiers.

Nous bavardons autour d'une bouteille. De fil en aiguille, ou plus exactement de verre en verre, les langues se délient. Le plus bavard des deux, Dalberg, me fait un récit circonstancié de l'importante réunion – la première depuis les débuts du Congrès – qui s'est tenue hier à la Ballhausplatz. Ce palais, où se trouvait le siège de la chancellerie intime de la Cour, vient d'être considérablement agrandi et promu au rang de siège de la chancellerie fédérale. C'est dans ses murs que devrait se tenir l'assemblée plénière du Congrès – si elle se réunit un jour.

A deux heures très exactement, le prince de Talleyrand pénètre dans la salle de conférences du premier étage.

Il est suivi, à une certaine distance, par le ministre d'Espagne, le marquis don Pedro de Labrador, un grand escogriffe déplumé qui déborde de prétention et de médiocrité. C'est en rétrogradant vers le XVIe siècle que le roi d'Espagne travaille au bonheur de ses sujets; la faconde insolite de son Don Quichotte risque de le faire choir en plein Moyen Age.

La conférence se tient dans une salle immense dont les murs lambrissés de noyer et le plafond à caissons distillent une atmosphère solennelle. La pièce est éclairée par de hautes fenêtres à meneaux qui isolent du monde au lieu d'ouvrir sur lui. Aux murs, d'épaisses tentures filtrent les bruits de la ville, confinent l'atmosphère et assourdissent les voix. Pour toute décoration, ce grand cabinet est égayé par un portrait en pied de l'empereur François dont la mine et l'allure compassée sont en harmonie avec le décor. Ici et là, quelques bustes de pierre aux yeux morts et des torchères de bronze dont les bougies ne sont point allumées.

Au centre de la pièce s'étale une table ovale, imposante par ses proportions et recouverte d'un épais tapis de damas qui l'enjuponne pudiquement jusqu'à terre.

Elle disparaît sous un bric-à-brac hétéroclite de papiers, de plumes et de canifs; partout, des cartons entrouverts et des dossiers éventrés d'où s'échappent d'épaisses liasses de correspondance. Ce champ de bataille pour notaires est jonché de boîtes pleines de cires multicolores et de pains à cacheter; çà et là des flacons, des verres de limonade et des brûle-parfum perforés d'où suintent de légères volutes de fumée froide.

Sous ce nuage, un pesant silence paraît régner ici de toute éternité.

Les ministres des quatre Cours sont réunis en séance plénière. Les uns bavardent à voix basse, d'autres piquent du nez dans leur portefeuille, pendant que les plus actifs agitent quelques papiers.

Soudain, cette quiétude paisible va être bouleversée. Comme un tambour bat la breloque crescendo pour appeler l'attention des soldats, on entend résonner de plus en plus fort le pas inégal du plénipotentiaire français qui claudique avec majesté.

La tension monte. Les ministres se regardent en silence. Les conversations s'arrêtent. Les visages se figent. Les esprits se recueillent. Quelqu'un va-t-il se lever pour accueillir l'ambassadeur du roi Louis XVIII qui marque le pas?

A une extrémité de la table, Castlereagh porte, à son habitude, un visage d'enterrement; il semble présider aux funérailles d'Albion. Un siège est resté vacant à côté de lui. Talleyrand y prend place. De l'autre côté est assis le ministre prussien Hardenberg. Ce prince maussade paraît plus rogue que jamais. Derrière lui se tient M. de Humboldt.

Seul parmi tous, le chancelier de Metternich feint de se sentir à l'aise. Plein de satisfaction intérieure, il prend un air important et paraît même s'enchanter de la partie de bras de fer qui va s'engager entre la France et les alliés dont il est le porte-parole. D'un geste large, il chasse quelques volutes de fumée – depuis longtemps une maladie des yeux l'accable – puis, avec un large sourire, il accueille le représentant de la

France et lui présente M. de Gentz, son commissionnaire, qui tiendra la plume pendant les conférences.

Avec une courtoisie savamment dosée, Talleyrand salue chacun des ministres présents à la réunion. Puis il se carre lentement dans son fauteuil, croise ses mains sur la table et, tourné vers le clan des Prussiens, ouvre le feu d'une voix sarcastique :

– Je vois devant moi deux délégués de la Prusse. Comment se fait-il que je sois, ici, le seul représentant de l'ambassade de France?

– On n'a voulu réunir, dans cette conférence préliminaire, que les chefs de cabinet, intervient aussitôt Metternich sur un ton conciliant.

– M. de Labrador ne l'est pas et pourtant il a été appelé.

– C'est que le secrétaire d'Espagne ne doit point venir à Vienne.

– Mais, outre M. le prince de Hardenberg, je vois ici M. de Humboldt qui n'est point secrétaire d'État.

– C'est une exception nécessitée par l'infirmité que vous connaissez au prince.

M. de Hardenberg est sourd comme un pot. La réponse fuse, sèchement :

– S'il ne s'agit que d'infirmités, chacun peut avoir les siennes.

Le silence qui accompagne ces mots se fait étouffant; Metternich paraît embarrassé par cette attaque brutale qu'il n'attendait pas; il ne dit rien.

Impitoyable, Talleyrand conclut :

– Et chacun a le même droit de les faire valoir.

Séance tenante, le ministre français obtient de se faire accompagner désormais en séance par l'un des trois autres ministres qui composent l'ambassade de France : La Tour du Pin, Dalberg et le petit Noailles qui vient de les rejoindre.

Un détail. Il n'usera jamais de ce droit, sans doute. Mais, sitôt arrivé, il a marqué un point sur la coalition de ses adversaires et, en particulier, sur le clan prussien qui ne peut s'élever contre sa demande.

La discussion se poursuit à l'initiative du représentant de la France qui, je le rappelle, avait été convié par Metternich à assister aux débats, et non à y participer. Pourquoi les représentants de la Suède et du Portugal, puissances qui ont signé le traité de Paris, ne sont-ils pas présents à cette réunion? M. de Labrador appuie cette deuxième réclamation. Silence embarrassé des coalisés. Talleyrand marque de nouveau un point.

Après ces affrontements préliminaires, lord Castlereagh, qui préside la séance aujourd'hui, prend brièvement la parole :

– L'objet de la conférence est de vous donner connaissance de ce que les quatre cours ont fait depuis que nous sommes ici.

Sur un signe qu'il lui adresse, Metternich présente alors au plénipotentiaire français un protocole rédigé par les puissances invitantes. Talleyrand s'en saisit du bout des doigts et entame posément sa lecture. Dans ce document le terme d'*alliés* figure à chaque paragraphe. Le ministre français relève aussitôt ce vocable incongru et entreprend de tancer vertement ses interlocuteurs ébahis, sous l'œil réjoui de M. de Labrador qui l'appuie de son mieux.

D'une voix emplie d'une indignation contenue, il lance :

– Les alliés? Quels alliés? Sommes-nous revenus à Chaumont? La paix n'est-elle point faite? Qui est allié? Contre qui? Napoléon est à l'île d'Elbe. Alliés contre Louis XVIII? Il est le meilleur garant de la paix. Parlons franchement, messieurs, s'il doit y avoir des alliés dans cette affaire, alors je ne sais pas ce que je viens faire ici.

Un silence gêné accueille cette diatribe; M. de Labrador paraît aux anges; il est bien le seul. Hier encore, il faisait partie du clan des alliés et, aujourd'hui, il est au côté de la France. La position des autres alliés est ainsi rendue boiteuse.

M. de Metternich paraît mal à l'aise. Il n'aime guère la contradiction quand il n'est pas certain de ses vues et ne sait par quel biais imposer son opinion. La discussion ne s'engage point comme il l'entend.

Pour couper court, il lance d'une voix sèche :

– Ce terme a été choisi pour des raisons de concision.

– On ne doit point chercher la concision au prix de l'exactitude.

Pour la troisième fois depuis son arrivée, il y a quelques minutes, Talleyrand marque le point. Ayant ainsi consolidé son autorité menacée, il poursuit à haute voix, lentement, comme un maître d'école, la lecture du texte que l'on soumet à son approbation. Il scande chaque paragraphe de la même observation :

– Je ne comprends pas... Je ne comprends pas...

Il explose enfin :

– Je ne comprends pas. Pour moi, il y a deux dates entre lesquelles il n'y a rien : celle du 30 mai où la formation du Congrès a été stipulée et celle où il doit se réunir. Tout ce qui s'est fait dans l'intervalle m'est étranger et n'existe pas pour moi. La prétention de quatre puissances à contrôler les travaux n'a aucune justification historique ou légale, logique ou morale.

Le discours du prince se poursuit et s'amplifie; il est d'autant plus à son aise qu'il s'appuie sur l'embarras visible de ses adversaires. Ceux-ci n'ont pas prévu cette attaque brusquée. Ils manquent d'arguments pour défendre un texte qui n'appartient à personne parce qu'il est le fruit d'un compromis. Les plus intransigeants, au premier rang desquels la Prusse, sont aussi les plus maladroits.

En définitive, le réalisme de lord Castlereagh l'emporte. Les alliés se résignent, de mauvaise grâce, à retirer le protocole – belle victoire pour la France quand on se souvient que le ministre français avait été convoqué ici seulement pour lire ce texte et l'approuver.

Par la simple force de son raisonnement, par son intransigeance appuyée sur la puissance des principes, par son habileté aussi, Talleyrand a d'emblée rompu la belle unité de façade que voulaient lui présenter ses adversaires. Beaucoup de choses peuvent découler de cette première rencontre.

Pour la fêter comme il convient, je puise sans compter dans le panier de bouteilles que m'a offert la princesse Bagration.

M. de La Tour du Pin m'interroge : mon aimable tutrice a-t-elle eu de nouveau l'occasion de rencontrer l'empereur Alexandre depuis qu'on lui a avoué l'échec de cette première entrevue? Talleyrand s'attend à être convoqué prochainement chez le tsar et serait bien heureux de savoir dans quel esprit il doit l'affronter.

Pour ma part, je doute que la princesse Catherine serve de

confidente à l'empereur mais je promets, néanmoins, de faire mon possible pour lui arracher ce qu'elle sait. Sur ces bonnes paroles, nous levons ensemble nos verres au succès inattendu de la négociation.

V

Je sors de l'église des Augustins où je me fais un devoir d'assister, chaque dimanche, à la messe.

C'est la paroisse de la Cour. Elle touche au Burg. Un escalier y tient. En passant par les corridors de la résidence impériale, on abrège le chemin pour retourner en ville; surtout, on passe devant les appartements de l'empereur et de l'impératrice. D'ordinaire, ce passage est assez fréquenté. De distance en distance sont plantées des torchères et des sentinelles qui veillent, pareillement immobiles, sur la procession des fidèles.

A peine ai-je fait quelques pas, j'aperçois Dorothée de Périgord qui chemine devant moi; elle est en grande conversation avec une silhouette qui ne se confond avec aucune autre : celle du major von Clam. J'avais pressenti qu'ils se connaissaient; sans doute se sont-ils entrevus à Paris, du temps que Metternich y était ambassadeur.

Peu importe de savoir où ils se sont rencontrés. Je vais me joindre à eux; nous échangeons un bonjour distrait et cheminons de concert. Au bout du corridor, Dorothée qui dissimule mal son embarras saute dans sa voiture et disparaît. Clam me propose de me reconduire à l'hôtel Palm. J'accepte en lui suggérant de nous rendre d'abord au Graben où j'ai affaire.

Après une longue marche silencieuse, nous traversons ce long quadrilatère. Dans les commencements, quand nous empruntions ce trajet, le major cheminait par le côté. Il paraissait prendre du plaisir à s'attarder devant chaque vitrine. J'observe que, depuis qu'il a retrouvé Dorothée, il joue les hommes pressés et traverse cette grande étendue en prenant la diagonale – d'où je conclus que son affection à mon égard est diminuée de la différence entre l'hypoténuse et la somme des côtés du rectangle. Les mathématiques sont la science qui convient le mieux pour mesurer les sentiments.

Ce matin, j'ai d'autres préoccupations plus immédiates qui me détournent de m'appesantir sur mon sort.

Sitôt arrivée au palais Palm, je dois aller interroger Mme Bagration sans mettre sa susceptibilité en éveil. Je la connais bien : elle est capable du plus grand abandon mais ne supporte pas qu'on fasse mine de la questionner sur son intimité. Faute de mieux, je décide de me fier au hasard pour obtenir les renseignements que je recherche.

Un peu anxieuse, je me rends au salon de musique pour donner sa leçon à Clémentine. Par chance, je la trouve en compagnie de sa mère. Me voyant arriver, celle-ci me prend par le coude sans me laisser le temps d'ouvrir le bec :

– Vous, ma très chère Aurore, qui avez vos petites entrées au palais Kaunitz, pourriez-vous me dire pourquoi Alexandre est, en ce moment, d'une humeur aussi épouvantable? Il a tenu, hier soir, une conférence avec cet imbécile de Nesselrode et, depuis qu'elle est terminée, il est dans une fureur atroce contre tout ce qui évoque la France – au point qu'il a préféré boire un verre de vodka plutôt qu'une coupe de vin de Champagne, c'est tout dire, n'est-ce pas? Sans doute ce diable de Talleyrand lui a-t-il concocté un tour à sa manière. Informez-vous, ma petite, informez-vous vite et racontez-moi aussitôt ce que vous aurez appris.

Me voici transformée en informatrice à la solde du tsar! Il était bien inutile de se faire du souci sur la meilleure manière d'aborder ce sujet... La princesse se tourne vers sa fille et déclare avec une emphase qui ne lui est pas naturelle :

– Clémentine, veuillez être attentive aux leçons que la comtesse de Marassé veut bien vous donner.

Puis elle disparaît dans une pirouette.

VI

J'avise promptement M. de La Tour du Pin de ce que je viens d'apprendre. Le lendemain, il vient me voir – seul – et me fait le récit que voici :

– J'ai pu transmettre les renseignements précieux que vous m'aviez communiqués à M. de Talleyrand juste avant qu'il ne se rende à l'audience particulière que lui avait réservée le tsar. Il me charge de vous en remercier vivement.

L'empereur n'a pas reçu notre ambassadeur avec ce ton affectueux dont il use d'habitude envers lui. Il s'est comporté en souverain, non en ami, s'exprimant avec des mots solennels. Après une brève entrée en matière, il a lancé d'une voix coupante :

– Parlons de nos affaires; il faut que nous les finissions ici.

– Cela dépend de Votre Majesté.

– Mais il faut que chacun y trouve ses convenances.

– Et chacun ses droits, ajoute le Français, imperturbable.

– Je garderai ce que j'occupe!

Alexandre martèle ses mots d'un ton sans réplique : les troupes russes cantonnent déjà en Pologne.

– Votre Majesté ne voudra garder que ce qui sera légitimement à elle.

– Je suis d'accord avec les grandes puissances.

– J'ignore si Votre Majesté compte la France au rang des grandes puissances.

Le tsar réplique, un peu trop vite :

– Oui, sûrement!

De nouveau Talleyrand marque un point; il acquiesce avec empressement et l'empereur poursuit, embarrassé :

– Si vous ne voulez point que chacun trouve ses convenances, que prétendez-vous?

– Je mets le droit d'abord, les convenances ensuite.

– Les convenances de l'Europe sont le droit.

– Ce langage, sire, n'est pas le vôtre et votre cœur le désavoue.

– Non, je le répète : les convenances de l'Europe sont le droit!

Talleyrand affecte un air désespéré; il se tourne vers le mur en se lamentant à mi-voix :

– Europe! Pauvre Europe! Malheureuse Europe! Sera-t-il dit que vous l'aurez perdue?

– Plutôt la guerre que de renoncer à ce que j'occupe!

L'entrevue s'achève sur ces mots. « Plutôt la guerre! » répète inlassablement le tsar. Au moment de quitter M. de Talleyrand, il se rapproche brusquement de lui, le serre contre sa large poitrine à l'étouffer puis il s'en va, sans demander son reste : il doit accompagner l'empereur d'Autriche au Kärtnertor, un théâtre où se donne *Fidelio* suivi du ballet *Zéphyr.*

En terminant son récit, M. de La Tour du Pin ajoute :

– Nous nous trouvons dans une situation embarrassante. Certes, nous avons marqué un point : la France va être associée à part entière aux négociations; mais cela n'est pas suffisant. Nous ne pouvons laisser un colosse comme la Russie, qui compte plus de quarante millions d'âmes, s'étendre jusqu'aux rives de l'Oder. Comment nous en défendre? Nous retrouvons aujourd'hui, dans les cabinets, des principes et des raisonnements qui sont ceux-là mêmes que tenait Bonaparte... Que faire contre cela?

Décidément la mariée est trop belle... Soit qu'elle nous trompe, soit qu'elle nous soit fidèle.

VII

Je ne partage pas le pessimisme de Dalberg, La Tour du Pin et consorts. La princesse Bagration, que j'ai revue un peu plus tard dans la soirée, m'a dit que le tsar n'était pas en colère seulement contre M. de Talleyrand mais contre la terre entière et, en particulier, contre ses concitoyens.

Je résume son propos, fort lucide et fort intéressant, ma foi : Alexandre sait que son armée est épuisée, ses généraux mécontents, ses ressources taries.

Un jour il écoute Czartoryski : il demande qu'on établisse le plan d'une Constitution modèle pour la Pologne; il veut que celle-ci s'inspire des idées les plus avancées dans ce domaine; il oublie que les lois sont filles du ciel et prétend qu'elles doivent être l'expression de la volonté générale; il nie le droit divin et décline ainsi le haut domaine de Dieu sur les sociétés humaines.

Le lendemain, le naturel revient au galop, sa prudence

foncière reprend le dessus. Depuis toujours, il porte dans son cœur une marque secrète. Le souvenir de la fin dramatique de son père, mort assassiné, le poursuit, le trouble, le bouleverse, au point de le rendre incapable d'entreprendre quoi que ce soit.

Sans doute se souvient-il que ses ancêtres adoraient jadis une lance et que le fer a toujours été l'instrument du jugement de Dieu. Alors il gémit sur lui-même; il se lamente; il se croit marqué par un destin tragique. Sans force et sans courage, il s'enveloppe chaque jour davantage dans un nuage de mystère, dans un brouillard mystique.

Lorsqu'il est dans cet état, il peut devenir la proie d'un charlatan qui s'emparera de son esprit pusillanime et lui imposera sa volonté. C'est ce que je crains le plus pour la Russie; le jour où un *staretz* dominera sa volonté et régnera à sa place, que deviendrons-nous, que deviendra l'Europe?

Cette faiblesse est encore ignorée de l'opinion.

L'opinion? Non pas l'opinion publique, bien sûr, qui n'a pas de consistance, mais celle de l'oligarchie qui, à Pétersbourg, tient les rênes du pays. Ce clan ne soutiendra jamais les rêves d'hégémonie européenne de l'empereur; il préférerait infiniment le voir marcher sur Constantinople, qui est la clé de l'Orient et de la puissance russe dans le monde de demain.

L'Angleterre le sait et le redoute, qui a les mêmes rêves de domination sur ces contrées; c'est pourquoi elle ne contrarie pas les ambitions de la Russie sur la Pologne. Le puzzle européen est si fragile qu'on ne peut effleurer aucune pièce sans mettre en cause l'harmonie de tout le tableau.

Depuis que j'ai le bout du petit doigt plongé dans les intrigues de la diplomatie, j'adore me livrer aux spéculations les plus folles. Mon plus grand bonheur est de déployer mes rêves par monts et par vaux, à travers les frontières, sans aucun obstacle, comme le vent fait rouler les nuages.

Avec M. de La Tour du Pin, qui a l'imagination exaltée des hommes très petits, nous jouons avec les États comme avec des dominos. Au lieu que l'enjeu d'une partie soit de quelques sols, c'est du bonheur de millions d'âmes dont nous disputons.

La Prusse soutient le tsar car elle espère, en échange, de grands accroissements du côté de la Saxe et de la Rhénanie.

L'Autriche est dans les mains de Metternich; ce séducteur tourne comme une girouette en cherchant d'où vient le vent qui lui apporte le parfum d'une de ses conquêtes.

Quant au ministre anglais, il me paraît d'une faiblesse insigne : d'un côté, il redoute les visées d'Alexandre; de l'autre, il craint plus encore celles de la France. Loin de partager le point de vue de Talleyrand qui ne veut pas que la Prusse s'installe sur le Rhin – ce qui constitue une menace pour l'avenir – le ministre anglais y voit une garantie pour le présent.

Il est convaincu que cet État est le seul à pouvoir empêcher les Français de remettre la main sur Anvers – suprême hantise de l'Angleterre que le Blocus continental a définitivement ancrée dans l'esprit étroit du ministre britannique, un homme toujours penché sur le passé.

Bref, l'embarras est inextricable. Nous rencontrons, d'un côté comme de l'autre, tant d'obstacles qu'il ne paraît guère possible que nos ministres puissent faire mieux que sauver l'honneur.

Sauve que pourra!

Nous n'en sommes pas encore là; et je songe à part moi que si notre délégation cultive avec tant de soins le pessimisme, c'est afin de mieux se vanter, par la suite, d'avoir recueilli quelques succès, aussi modestes soient-ils.

On se pare des lauriers qu'on récolte et non de ceux qu'on mérite, n'est-ce pas?

6

Le nain blanc

I

Impossible de retrouver le cahier rouge sur lequel je rédige ce journal; j'écris ces échos sur une main de vingt-cinq feuilles que j'ai dénichée en remuant le désordre indescriptible qui règne dans cette pièce. N'ayant pas grand-chose d'important à confier à ce papier, je ferais mieux de consacrer cette soirée à faire de ce capharnaüm un lieu accueillant. Si je n'ai guère de courage pour le ranger, c'est peut-être parce que je n'ai personne à accueillir.

Depuis que le froid détourne les piétons des allées du Prater, c'est sur le Graben qu'on se réunit durant la journée. Comme une invasion de sauterelles, tous les nouvellistes de la ville s'y rassemblent; ils viennent y chercher leur pâture, y colporter les anecdotes, y recueillir des informations inédites.

En quelques semaines, le Graben est devenu pour les Viennois l'équivalent de ce qu'étaient, en 1788, les arcades du Palais-Royal pour les Parisiens, ou de ce qu'est aujourd'hui la place Saint-Marc pour les Vénitiens. Ils y passent leur vie. Quand les averses ou le froid les incitent à chercher un abri, ils se retrouvent dans la grande salle de l'auberge de l'Impératrice.

Dernière nouvelle : sur le pont du Danube, lord Stewart s'est battu avec un cocher de fiacre : à l'origine de la dispute, un coup donné sur la tête d'un des chevaux de louage par un Anglais qui accompagnait le frère du ministre.

La duchesse de Sagan m'a raconté la scène. Elle en parle avec l'exaltation d'une Romaine décrivant un combat de gladiateurs : descendant de son siège en faisant force moulinets avec ses bras, Son Excellence a provoqué son adversaire au pugilat britannique; mais les cochers viennois n'entendent rien au noble art de la boxe.

S'armant de son fouet, l'automédon a rapidement eu raison des poings du gentleman, qui a roulé dans la boue. Lorsque la police est intervenue, le cocher avait disparu et le visage du Mylord était zébré de coups si nombreux qu'il était devenu *tout pareil à un plat de spaghettis à la bolognaise.* J'augure que Son Excellence sera, dès demain, l'invité d'honneur de la duchesse; en dépit de mes suggestions, Wilhelmine ne semble pas décidée à convier aussi le cocher.

Après les excentriques anglais, les détraqués d'Espagne, Don Pedro Gomez de Labrador s'efforce de singer, chaque jour d'un peu plus près, le prince de Talleyrand qui l'avait utilisé au début du Congrès et ne veut plus en entendre parler.

Le glorieux ministre espagnol s'enorgueillit d'avoir dompté la « cabale honteuse » qu'on avait formée pour exclure les plénipotentiaires français et espagnols du grand sanhédrin où se mijotent les matières qui doivent être soumises à l'assemblée où se décidera le destin de l'univers. Chacun est convaincu que cette assemblée plénière ne se réunira jamais; quant aux membres des grands ou petits sanhédrins, ils ne souhaitent qu'une chose, c'est d'être délivrés de ce méchant flandrin dont les gesticulations embarrassent tout le monde : un bon à rien se fait d'autant mieux remarquer qu'il est de haute taille.

J'allais reposer ma plume quand j'entends un vigoureux *Goddamn!* résonner dans la cour sur un fond de charge de cavalerie : lord Stewart n'a pas attendu davantage pour venir exhiber devant son égérie son réseau de balafres et se targuer de ses exploits de belluaire. Le devoir m'appelle – nullement la curiosité – et je cours rejoindre la duchesse.

Il faut dire que cet Anglais est devenu, en moins d'une semaine, le premier sujet de conversation des salons : avant-hier, chez la comtesse Zichy, voilà qu'il s'étend négligemment sur un canapé au côté de la grande-duchesse d'Oldenbourg, sœur chérie du tsar. A ce moment passe le roi de Prusse. Mylord fait un bond comme un rat pris au piège. Sans façons, il va tapoter l'épaule du souverain qui avait une coulure de bougie sur son habit. Ensuite il s'approche de l'impératrice de Russie et se propose de lui présenter un jeune attaché d'ambassade, lord Percy. Sitôt dit sitôt fait : il traverse le salon où l'on dansait en tenant l'impératrice par la main pour la conduire à ce jeune homme. Bien entendu, ce malheureux ne savait quelle contenance adopter. Stewart les a laissés en tête à tête et il est parti de son côté. Si le Blocus continental avait duré quelques années de plus, les Anglais seraient devenus exactement comme les Iroquois.

Il paraît que les Iroquois scalpent leurs victimes : quand ils font un prisonnier, ils le dépouillent de son cuir chevelu pour se parer de ses nattes; ensuite, ils portent ces trophées à la ceinture comme je fais de mon charivari, riche de tous les bijoux que m'ont offerts mes adorateurs.

Je n'ai jamais entendu dire que, dans les couloirs de la Polizei-Hofstelle, le baron Hager se pare, lui aussi, avec les mèches des détenus; sinon, je me transformerais tout de suite en Dalila pour sacrifier ma superbe chevelure. Je sacrifierais bien autre chose pour remettre la main sur mon carnet : il n'est plus dans sa cachette, sous ma table de toilette, là où il devrait être mais où je néglige parfois de le dissimuler. Beaucoup plus grave, il n'est nulle part ailleurs. En revenant de chez la duchesse, j'ai voulu en avoir le cœur net : impossible de remettre la main dessus.

Plusieurs coupables possibles : moi d'abord, encore que j'ai passé toutes mes affaires au peigne fin sans le retrouver. Une bougie éclaire mal, deux bougies ne donnent pas beaucoup de lumière et demain il fera jour.

Si ce n'est moi, ce peut être M. de La Tour du Pin : hypothèse redoutable; je crains que le ministre ne me pardonne pas mon désordre et doute qu'il ait l'indulgence de le considérer comme un effet de l'art. Dans ce cas, l'ambassade de France sera bientôt au courant de ma négligence. Dorothée en tirera argument pour ne plus me voir et je perdrai une appréciable source de revenus.

Cette catastrophe serait cependant un moindre mal : si le cahier rouge est entre les mains de Döbling, l'espion de Sagan et de Hager pour une fois réunis, je n'aurai même pas le droit de choisir la geôle au fond de laquelle j'irai croupir durant des mois et des années. Il vaut mieux en plaisanter, tant que mes mains moites me permettent encore de tenir une plume. Ciel! je préférerais tomber entre les doigts crochus du libidineux Torquemada que dans la paume glacée de l'affreux baron Hager!

II

Comme toutes les femmes hardies sur la bagatelle, Catherine Bagration a du goût pour les mets sucrés; elle se fait servir, le matin, un grand pot de chocolat ambré à triple vanille; il parfume si bien les corridors de l'hôtel Palm que je ne résiste pas au désir de venir partager le petit lever de la princesse.

Pour masquer sa jalousie ou sa déconvenue du jeu de Wilhelmine avec le tsar, elle se répand en confidences sur les sentiments passionnés que lui inspire l'empereur : « Je ne l'aime pas, je l'adore! » s'écrie-t-elle devant moi, avec un empressement qui n'est pas du meilleur aloi.

Cette aventure est un dérivatif à ses soucis financiers. Ils ne cessent de s'aggraver. Chaque jour, les créanciers sont plus nombreux à venir m'importuner. Les ressources exceptionnelles dont disposait Mme Bagration sont taries. Elle se garde bien de dauber, désormais, contre l'espionnage de société. La princesse refuse de comprendre qu'une bourse est une balance dont le plateau des ressources doit équilibrer celui des dépenses. Lorsque je lui ai expliqué cela, elle m'a menacée d'un index vengeur en s'écriant : « Dans une balance il y a toujours un fléau! »

A mots couverts, nous évoquons une nouvelle réunion qui a opposé, récemment, Alexandre au prince de Talleyrand à propos de l'affaire polonaise; de fil en aiguille, Catherine me révèle ce qu'elle a appris du côté russe.

Depuis quelques jours, l'empereur ne tarissait pas d'éloges sur son précepteur, La Harpe; cela signifie que le clan Czartoryski est revenu en faveur et que Capo d'Istria n'est pas aussi puissant qu'on le dit. Capo, c'est l'apôtre de la libération des

Grecs, l'homme qui voudrait que la Russie délivre l'Europe du Croissant de l'Islam moribond et chasse au-delà des mers les derniers janissaires.

Voilà qui m'inquiète : la Pologne est la véritable pomme de discorde de ce Congrès; le sujet qui peut pousser Alexandre à un affrontement militaire.

La discussion entre l'empereur et l'ambassadeur de France a été vive. La voici, retracée dans les termes mêmes dont a usé la princesse :

– A Paris, lance le tsar, vous étiez d'accord pour conserver le royaume de Pologne. Vous m'avez trompé.

– A Paris, sire, il s'agissait du rétablissement d'une Pologne entièrement libre. Je souhaitais, je souhaite toujours son indépendance. Aujourd'hui, il s'agit de tout autre chose.

– J'ai deux cent mille hommes dans le duché de Varsovie. Qu'on m'en chasse! J'ai donné la Saxe à la Prusse. L'Autriche y consent.

– Je doute que cela soit dans son intérêt.

– L'Autriche y consent, vous dis-je.

– Le consentement de l'Autriche suffit-il donc à rendre la Prusse propriétaire de ce qui appartient au roi de Saxe?

– Si le roi de Saxe n'abdique pas, il sera conduit en Russie; il y mourra. Un autre roi y est déjà mort!

(Désespéré par le partage de son pays, il y a vingt ans, Stanislas Poniatowski abdiqua et mourut en exil.)

– Votre Majesté me permettra de ne pas la croire. Le Congrès n'a pas été réuni pour voir un pareil attentat.

– Comment! Un attentat? Quoi! Stanislas n'est-il pas mort en Russie? Pourquoi le roi de Saxe n'irait-il pas? Ceci est une affaire qui ne concerne que moi et dont je suis le seul juge.

– Pardonnez-moi, sire : quand on est l'homme de l'Histoire, on a pour juge le monde entier.

– Est-il vrai que l'on fasse des armements en France?

– Oui, sire.

– Combien le roi a-t-il de troupes?

– Cent trente mille hommes sous les drapeaux et trois cent mille renvoyés chez eux, mais pouvant être appelés au premier moment.

– Combien comptez-vous en rappeler pour le moment?

– Juste ce qui est nécessaire pour compléter le pied de paix.

Le tsar étant féru d'art militaire, Talleyrand refusa d'envenimer le débat sur ce point et son adversaire de conclure :

– Je ne changerai pas de position sur la Pologne. Ce n'est pas la peine d'essayer de me convaincre. Mon honneur est engagé. J'ai donné ma parole, je dois la tenir et je suis en mesure de l'imposer.

En terminant son récit, la princesse ajouta, pour sa part :

– La Pologne convient à la Russie et il est exact que personne n'est en mesure de la reprendre.

Cependant Alexandre n'est pas aussi ferme qu'il le prétend. Il se sent en désaccord complet avec la noblesse de son pays sur ce projet. Nesselrode en est le porte-parole. Il serait menacé de disgrâce. Comment tout cela finira-t-il? Mal prétendent ceux qui craignent que le Congrès ne soit suspendu prochainement.

Le tsar va-t-il quitter Vienne?

A propos de ce départ, une décision dont chacun parle et que tout le monde redoute, Alexandre s'est montré évasif : « Le plus tôt, le plus tard? Je ne sais pas, a-t-il déclaré à Catherine. Cela dépendra des affaires. Je crois que l'empereur d'Autriche va empêcher Metternich de laisser traîner les choses indéfiniment, comme à son habitude. »

En revanche, inutile de citer les propos que la princesse a prêtés à l'empereur concernant la duchesse de Sagan, *qui aurait un grand besoin de se purger avec des follicules de séné.* Ils sont si exagérés qu'ils n'ont plus aucun sens.

III

Ce matin, dès le lever du soleil, j'ai fait un inventaire complet de mes biens. Après avoir passé en revue le contenu de ma chambre et des deux cagibis qui en dépendent, j'ai dû me rendre à l'évidence : le cahier rouge avait bel et bien disparu.

Je me suis rendue, séance tenante, à l'ambassade de France où M. de La Tour du Pin m'a accueillie avec une amabilité qui a dissipé aussitôt mes inquiétudes de ce côté-là. J'ai croisé

Dorothée, dans la cour de l'hôtel Kaunitz. Nous irons ensemble, demain matin si Dieu le veut! faire une promenade à cheval au Prater. En me quittant, elle m'interroge :

– Cela ne vous ennuie pas que le major von Clam nous accompagne...

Si, beaucoup! J'aurais infiniment préféré faire la promenade en tête à tête avec l'un, ou avec l'autre, plutôt qu'une partie d'écarté avec deux partenaires. Mais qu'importe! Compte tenu de mes inquiétudes du moment, cette promenade est bien le cadet de mes soucis.

L'aîné se nomme Döbling et je cherche, en vain, à le rencontrer tout en souhaitant désespérément de ne pas le voir : il a disparu; je tremble comme une feuille morte chaque fois que, dans une rue, j'entends le pas d'un grenadier marteler le pavé. Je me terre chez moi au lieu d'aller au spectacle. Pourtant, les réjouissances n'ont jamais été aussi nombreuses qu'en ce moment. Sur toutes les scènes, au théâtre ou dans les salons, des charades sont montées en scène. A Vienne, on fait de l'histoire en paillettes, en masques et en jupons roses; tandis qu'elle se repose, les souverains s'amusent. Quand il n'y a ni revue ni chasse, ils font des visites et se promènent à pied. A force de côtoyer des empereurs et des rois, les Viennois ont perdu la timidité et l'admiration premières qui sont à la source du respect que l'on doit aux monarques.

Entre l'empressement que mettent les grands à descendre dans la rue et l'ambition que montrent leurs sujets pour s'élever, ils finiront demain par se rejoindre sur le pavé. On est surpris d'observer combien l'idée d'égalité est plus répandue à Vienne que tout le monde l'imagine, sauf Metternich qui la craint par-dessus tout.

Désormais, les citoyens se moquent de leurs souverains et daubent sans ménagement leurs vices et leurs ridicules :

– Le roi de Danemark? Il parle pour tous.

– Le roi de Bavière? Il boit pour tous.

– L'empereur de Russie? Il aime pour tous.

– L'empereur d'Autriche? Il paie pour tous.

Et, pour conclure, la formule la plus cruelle :

– Le roi de Prusse? Il pense pour tous.

A Vienne, on rencontre des gens incroyables : pendant le dîner d'hier soir, je me suis trouvée placée entre deux fieffés originaux qui m'ont fait oublier, pendant quelques heures, mes soucis; ces dernières années, l'un et l'autre ont contribué à changer, mieux que n'importe qui, le destin du monde : à ma droite se trouvait l'amiral Sydney Smith, le fameux héros de Saint-Jean-d'Acre, qui empêcha Bonaparte de s'emparer de la ville et de suivre les traces d'Alexandre le Grand; à ma gauche, le général de Rostopchine, celui-là même qui a brûlé Moscou et, treize ans plus tard, arrêté lui aussi Napoléon sur les traces d'Alexandre le tsar.

Smith est venu au Congrès pour deux raisons : d'abord trouver de l'argent afin de délivrer les milliers d'esclaves chrétiens qui sont encore entre les mains des pirates barbaresques, noble entreprise; ensuite – et surtout – pour exhiber le grand reliquaire qui a appartenu à Richard Cœur de Lion. Le roi Richard en avait fait hommage à l'archevêque de Tyr et le Grand Turc l'a donné à Sydney Smith, au lendemain de l'affaire de Saint-Jean-d'Acre. L'amiral le porte bien en évidence, à hauteur du cœur, afin de montrer les trous par lesquels il était fixé sur la cuirasse du roi Richard.

Quant à M. de Rostopchine, c'est l'inverse de cet Anglais prétentieux : il a toujours aux lèvres un mot drôle; cela ne va guère avec sa réputation et avec sa physionomie qui, hélas, est affreuse. Il parle de l'incendie qui ravagea sa capitale avec autant de calme que d'un quelconque feu d'artifice. Le général avait un superbe établissement à Moscou auquel son fils lui a poliment demandé la permission de mettre le feu. Il fut ravi de la lui donner.

Et nous de l'entendre : hier encore, Rostopchine me faisait penser à Néron contemplant l'embrasement de Rome; en vérité, c'est un père de famille exemplaire, qui a une petite fille modèle.

IV

Heureux temps, celui où j'étais moi-même une petite fille modèle : l'autre jour j'invoquais les mânes de l'infâme Torquemada que je comparais au baron Hager : je ne croyais pas si bien dire!

Attablée devant le scriban de la duchesse de Sagan, j'écris des horreurs sous la dictée de son factotum, Döbling :

Ayant tenu un compte exact de tous ceux que j'ai fait participer à mes faveurs et parmi lesquels je me contenterai de citer aujourd'hui le chancelier de Metternich, le prince de Talleyrand et le cardinal Consalvi, je donne et lègue à chacun d'eux mon portrait plus un nombre de florins d'or égal au nombre de preuves qu'il m'a données de sa vigueur.

Je charge le nommé Döbling, présentement au service de la duchesse de Sagan, qui a démasqué mes coupables activités, d'être mon exécuteur testamentaire; en échange de quoi il recevra le solde de ma fortune.

Tous ces détails certifiés exacts, relus et approuvés par l'auteur de ce testament olographe, comtesse Aurore de Marassé. Fait à Vienne le 30 novembre de 1814.

Je tends la feuille de papier dûment signée et paraphée à l'affreux nain Döbling qui, en échange, me remet mon cahier rouge.

Il s'en va, en redressant fièrement sa petite tête, à peine plus haute que la table. J'éclate en sanglots. Demain, à la nuit tombée, il doit venir dans ma chambre. J'échangerai ce testament absurde contre une somme de mille florins. Ce texte insensé, scandaleux, il en a longuement pesé les termes à haute voix – très haute même, une voix de fausset – pour achever de m'humilier. A moins qu'il n'exige, pour me le rendre, quelques gâteries supplémentaires – dans le genre de celles qu'il réclamait tout à l'heure, de sa petite voix aiguë de castrat.

Comment en suis-je arrivée là? Je ne parviens pas à y croire : tout s'est passé si vite... Ce matin, je ne le connaissais pas encore assez pour lui donner son vrai nom : l'infâme Döbling; maintenant ce qualificatif me paraît un délicat euphémisme.

Pendant toute la journée, cet immonde avorton m'a tenu la

dragée haute. Quand je suis venue le trouver, à mon retour de l'ambassade de France, il m'a accueillie en glapissant :

– Vous venez réclamer votre cahier rouge, n'est-ce pas? Il contient des choses intéressantes. Non, pas pour moi! mais je connais quelqu'un qui est très friand de ce genre de document. Vous devinez de qui je veux parler...

– Euh! Le ministre...

– Le baron.

Il s'agit du baron Hager, bien sûr, et, une fois de plus, l'ombre de la Polizei-Hofstelle se pose sur moi. Désarmée, je suis prête à accepter n'importe quelle condition. Par faiblesse, je jette sur cet affreux gnome un regard conciliant au lieu de me mettre en colère et de tenter de lui faire peur.

– Vous allez m'obéir.

Il s'adresse à moi durement et me fixe un rendez-vous à midi dans la bibliothèque. La rencontre est reportée à deux heures, car monsieur doit préparer le chocolat de Wilhelmine. Il passera dans ma chambre. Je l'attends. Il ne vient pas. Je descends en hâte l'escalier pour me rendre dans l'appartement qu'il occupe à l'entresol. Je frappe. Personne ne répond. Je le croise, peu après, dans un corridor. Silencieusement, il me fait signe de le suivre. Je marche derrière lui, comme le prisonnier qui porte des poucettes suit son bourreau. Il me conduit, à petits pas, dans les combles de l'hôtel Palm. Nous arrivons à un réduit, sombre, large de quelques pas et guère plus long. Il m'y enferme, sans un mot. Quelques instants plus tard, la porte s'entrouvre. Il murmure :

– A quoi bon vous enfermer, vous êtes ici de votre plein gré, n'est-ce pas?

Il disparaît sans bruit.

Je me retrouve recroquevillée sur une méchante paillasse, dans cette mansarde déserte et poussiéreuse qu'éclaire une minuscule lucarne. Rien ne rend une demoiselle plus vulnérable que de la faire attendre dans une pièce qui ne possède pas d'autre mobilier qu'un châlit.

Je connais, hélas! les méthodes expéditives de la Polizei-Hofstelle et la réputation sinistre des cachots de Mongatz passe celle des Plombs de Venise ou de la Conciergerie. A Paris, les

Jacobins ne laissaient pas croupir longtemps leurs victimes au fond d'une cellule.

A l'inverse, le baron Hager vous enferme et puis il vous oublie sans même prendre la peine de vous condamner. Coupable? Innocent? Ce sont des mots que l'on ignore dans ces prisons où les prévenus font souvent de plus longs séjours que les condamnés.

Mon imprudence est d'autant plus coupable que la princesse Bagration m'avait mise en garde, il y a quelques semaines. A quoi bon se lamenter? Les heures passent, interminables.

Soudain la porte s'entrouvre et Döbling se faufile dans la pénombre jusqu'à moi. Jugeant la lumière insuffisante pour les exercices auxquels il entend s'adonner, le nabot sort de la pièce et revient, quelques instants plus tard, avec une mine triomphante. Il brandit un flambeau à cinq branches qu'il pose à terre.

Je n'en dirai pas davantage sur les privautés auxquelles il crut bon de se livrer : disons que, si ma vertu ne risquait nullement d'être menacée par cet enfant, les jeux auxquels il me demanda de participer ne m'en parurent que plus répugnants.

Quand il fut un peu apaisé, il me réclama de l'argent en échange du cahier rouge; beaucoup d'argent.

Je tentai de lui expliquer que je n'en possédais pas et que je ne disposais d'aucune garantie – ni famille ni patrimoine – me permettant d'en emprunter. Il fut intraitable. Nous discutâmes jusqu'à une heure avancée de la nuit. J'acceptai de lui offrir une certaine somme que je pouvais monnayer en échange de certains colifichets de prix accrochés à mon charivari.

En revanche, j'exigeai qu'il me rendît, sur-le-champ, mon cahier; je ne voulais à aucun prix passer une nouvelle nuit d'angoisse avant de m'être libérée de ma dette. Il refusa. A mon tour, je fus intraitable. Il finit par me proposer le compromis absurde auquel j'ai dû me résoudre : rédiger, sous sa dictée, un document « compromettant » en échange duquel il me restituerait mon bien.

Que faire?

J'ai accepté et il m'a rendu mes œuvres. Je viens de m'enfermer à clé dans ma chambre. J'ai, tout d'abord, dissimulé le fameux cahier dans la cache ménagée par M. de La Tour du Pin : celui-ci, du moins, ne risque pas de me trahir; j'y placerai ces quelques feuilles dès que j'aurai achevé de les rédiger.

J'ai eu un moment la tentation de tout brûler. Sans doute eût-il été plus raisonnable de le faire, mais je ne m'y suis pas résignée. Cela m'a paru pire qu'une capitulation et il n'est pas dans ma nature de rendre les armes sans avoir combattu. Et puis, les heures que je passe à consigner ces souvenirs me sont souvent plus précieuses que les aventures mêmes dont je donne le récit.

Demain matin j'irai chez Koref mettre en gage la montre en or incrustée de rubis que m'avait offerte, il y a quelques mois, le prince de Gotha. C'est un superbe bijou dont la perte me navre. Mais je n'ai pas d'autre issue.

Quant à tirer vengeance de Döbling, ce serait mon vœu le plus cher. Hélas! l'estime que lui porte le baron Hager le rend invulnérable. Il faudrait que je l'écrase comme un crapaud. Je n'en vois pas le moyen; ou plutôt, je n'ose pas : si je le manque, son venin sera mortel. Mieux vaut mettre tout cela dans ma poche et mon mouchoir par-dessus.

V

« A seize ans, lorsque j'ai commencé de porter les armes, je me sentais pareil au fils de Clinias à qui Socrate disait en dérision : " Tu es beau, Alcibiade; tu es grand, Alcibiade; tu es noble; ton père était noble; tu es riche, mais ce n'est pas là ton orgueil; ton tuteur se nomme Périclès. Dis-moi, que préférerais-tu : continuer de vivre en jouissant de tous les biens que tu possèdes, ou bien mourir sur-le-champ, s'il t'était interdit de jamais rien acquérir de plus? " et Alcibiade de répondre :

– Mourir.

– Mais si on t'offrait de devenir le maître de la Grèce en t'interdisant de devenir le maître du monde, que préférerais-tu, Alcibiade?

– Mourir.

Comme Alcibiade, je ne savais pas encore ce que c'était que la mort et c'était mon moindre souci. »

Le jeune major von Clam-Martinitz, doré sur tranche comme un elzévir, son dolman à brandebourgs flottant au vent sur ses épaules, un plumet de coq au shako, caracole gaillardement dans les allées du Prater au côté de Mme de Périgord qui mène son cheval en amazone d'une main légère.

Fixant la jeune femme droit dans les yeux, il vient de débiter sa prétentieuse tirade avec une fatuité extraordinaire. Je chevauche à petite distance et observe la scène sans perdre une bribe de leur conversation, tout en demeurant suffisamment éloignée des deux cavaliers pour qu'ils oublient ma présence. Sous son petit chapeau de feutre vert-de-gris, Dorothée garde un visage immobile; le regard vague, perdu dans le ciel, elle réplique sur un ton moqueur :

– Et aujourd'hui, messire, que diriez-vous?

– La même chose! Exactement la même chose, mais seulement si on prétendait m'interdire de devenir le...

Le major tourne vers la comtesse de Périgord un visage épanoui dont le sourire possessif me paraît tout à fait niais; elle n'en pense pas moins car elle pique des deux sans répondre.

Il prend le galop pour la rejoindre.

Quand l'un et l'autre sont hors de vue, je fais faire un brusque tête-à-queue à mon petit cheval pour regagner le palais Palm où mon élève Clémentine m'attend sans impatience. Un léger frisson : mieux vaut retrouver Mlle Bagration que Döbling; hier soir, tout s'est réglé rapidement avec cet horrible satyre; n'y pensons plus.

D'un revers de ma cravache, je cingle la tête d'un cytise qui barre le sentier de son plumet fané. Ce major, quel enfant! Il se prenait hier pour Lauzun; il se prend aujourd'hui pour Alcibiade; demain, il se prendra pour Mahomet et il se vantera d'être venu au monde circoncis.

Tel qu'il est en tout cas, il plaît infiniment aux femmes. A Dorothée en particulier. Elle ne cesse de le provoquer. Il ne la quitte plus d'une semelle. Bizarre, bizarre. Je croyais que la dernière des Courlande ne tolérait pas, chez les hommes, ce mélange de jeunesse et de présomption dont elle fait si souvent grief à son Périgord de mari : elle lui en veut d'avoir la moitié de l'âge de son oncle et d'être infiniment plus vaniteux que lui, sans avoir rien fait.

A moins qu'elle ne joue la comédie et que le prince l'ait envoyée en mission diplomatique auprès de ce heiduque de Metternich. J'en doute. Le vieux diplomate n'aurait point pris ce risque. Même s'il avait espéré ainsi faire oublier Czartoryski à sa nièce. Décidément, la vie des jeunes femmes à Vienne est encore plus difficile à débrouiller que les écheveaux de leurs grand-mères.

Pourquoi Dorothée écoute-t-elle ce freluquet avec autant d'attention, sinon d'intérêt? Je m'interroge depuis quelques jours, sans trouver de réponse satisfaisante. Pendant ce temps il se rengorge comme un pigeon de printemps; il roucoule de façon indécente.

Von Clam m'a déjà oubliée; Dorothée m'ignore; je suis seule, comme une anguille au fond d'un fossé dont le courant s'est détourné.

Nous vivons dans un monde peuplé d'anguilles qui errent sans retrouver leur bassin : la ronde des anguilles. Pour les faire ramper plus vite, on a glissé parmi elles quelques serpents.

Clément de Metternich aime la duchesse de Sagan; Wilhelmine ne songe qu'à séduire le tsar; Alexandre n'a d'yeux que pour la princesse Bagration; Catherine voudrait plaire au chancelier d'Autriche... Tourne la ronde des anguilles et se nouent les serpents.

A Vienne, seul lord Castlereagh aime sa femme; mais, s'il ne l'aimait pas, qui donc la trouverait aimable?

Je mets ma jument au galop; le poney sauvage que j'ai emprunté aux écuries de l'hôtel Palm part comme une flèche. Des branches cinglent mes oreilles. Le sentier se fait plus étroit. L'air froid me mord le visage. Les troncs des arbres qu'on vient d'élaguer à ma hauteur défilent, aigus et dangereux comme des épieux.

Le galop s'accélère. A peine appuyée sur le trusquin de ma selle et simplement retenue par la corne d'arçon, je suis ballottée comme un esquif au gré des longues vagues du galop. Cette forte houle me donne la nausée.

La course se précipite et m'emporte dans une griserie mortelle qui va me délivrer pour toujours de mes soucis. Le froid me gagne et me paralyse; un froid mortel; les pensées défilent de plus en plus doucement dans ma tête. Le cheval a-t-il pris le mors aux dents? Il ne répond plus aux sollicitations des rênes. Je suis une médiocre cavalière et il le sent. J'ai peur, une peur atroce. Mais je n'ai pas encore perdu le goût de vivre et, avec mes faibles moyens, j'essaie de lutter contre lui.

Posée sur son dos comme sur la paume d'une main, je m'épuise et oscille pareille à une toupie en fin de course.

Au bout d'un temps infini, j'aperçois enfin la tête de mon cheval qui encense : il répond de nouveau à mes efforts désespérés pour faire tourner son cou. Petit à petit, il cède et ralentit son allure. Je sens mon front moite qui se rafraîchit au grand vent. Lentement, mon cœur, emballé lui aussi, s'apaise au fond de moi.

Ouf! Mes jours ne sont plus en danger.

– Et tes nuits? me crie la voix sourde, aigre, amère de Döbling que je ne parviens pas à faire taire.

Personne ne m'obéit aujourd'hui; je me sens plus solitaire que jamais, moi qui ne parviens même plus à commander à mes songes.

J'ai repris mon souffle. Autour de moi, le paysage a retrouvé sa beauté qui, lentement, achève de dissiper ma peur.

Je traverse une haute futaie de hêtres. Le feuillage multicolore, teint par l'automne, laisse s'échapper des zones claires de soleil qui défilent sous les sabots de mon cheval comme les cases blanches d'un damier. Je mets l'animal au pas. Il marche l'amble, d'une tache l'autre. Échec au roi, échec à la reine.

J'emprunte au hasard une allée qui part en diagonale et ruisselle de soleil. Complètement éblouie, je me lance à nouveau dans un galop échevelé. Je poursuis la peur à travers la diagonale du feu, la diagonale du fou. Alerte au feu. Échec au fou, au fou noir. Échec à la tour, à la tour blanche. Je chante à tue-tête une vieille rengaine dont la mélodie monte à mes lèvres comme autrefois, chez les augustines de Klagenfurt : la la la, la la la, la...

La duchesse de Courlande aime Talleyrand; le ministre aime sa fille; non, il aime sa nièce; peu importe! La fille de l'une est la nièce de l'autre; mais Dorothée n'aime personne, Dorothée n'aime personne.

Elle n'a jamais aimé, elle n'aimera jamais qu'un prince : Czartoryski. C'est pour le rencontrer qu'elle est venue jusqu'à Vienne, pour lui seul. Et c'est pour l'oublier qu'elle écoute les vantardises de Clam.

Pauvre Clam!

L'autre jour au pied du fort,
Un serpent piqua un major,
Que pensez-vous qu'il arriva?
Ce fut von Clam qui creva.

Mais non, ce fut le serpent qui creva. Eh bien, qu'ils crèvent tous les deux et qu'on n'en parle plus. L'allée se fait plus étroite; je me griffe au feuillage; puis de nouveau le soleil m'aveugle et la colère aussi; le vent m'emporte et j'atteins bientôt la rive du Danube.

Devant moi, calme et majestueux, coule le temps : l'ordre du monde est immuable que tente en vain de troubler le désordre de nos cœurs; l'eau du fleuve est noire et lisse comme une tombe de marbre, zébrée çà et là de l'éclair blanc d'un oiseau migrateur qui file vers le sud.

L'automne s'est installé; déjà le soleil bas décline; voilà des mois, voilà des années qu'il ne parvient plus à monter jusqu'au solstice absolu des étés triomphants d'autrefois, quand j'avais quinze ans, au fond des montagnes de Carinthie, et quand tout me paraissait possible.

Je descends de cheval afin de faire quelques pas dans l'herbe. Paisible, l'animal se met à brouter.

Je pose la main sur son épaule dont le poil frissonne en

rapides vaguelettes. « Porter de la paille au bœuf, étriller l'âne », répétait mon confesseur quand j'étais une gamine. Tâches ingrates, tâches de tous les jours, tâches qui donnent la paix. Moi, j'avais envie de me glisser dans la crèche, à la place du mouton noir, un affreux mouton à la mine ancillaire qui ne méritait pas cet excès d'honneur. Je rêvais de me nicher dans la paille, auprès du Seigneur, ou bien de me ranger parmi les anges plantés dans les nuages; ils se penchaient sur la crèche; au ciel, un ange gardien est une petite fille comme une autre, délivrée de toutes ses peines.

Durant le sermon, le prêtre tonnait contre le riche pharisien de l'Évangile et je ne comprenais pas pourquoi; jamais je n'ai envié le sort du publicain qui avait une vie pareille à la mienne.

Pendant quelques instants, l'horrible figure de Döbling surgit, malgré moi, dans mon esprit; mais je m'empresse de la chasser de mes souvenirs. Définitivement.

J'ai obtenu de Koref une somme un peu plus élevée que je ne l'escomptais : le nain blanc m'aura dérobé une montre de prix; mais il m'aura offert un châle dans lequel je m'enveloppe, car le soir commence à tomber. Tout le reste est oublié, ou bien si profondément enfoui au fond de moi que je ne l'évoquerais pour rien au monde, devant qui que ce soit.

La lumière change plus vite que les choses, plus vite que la vie. Les heures ont tourné. Vers l'ouest, le ciel constellé de nuages pâles se reflète en longues traînées blanches sur le fleuve miroitant.

Je longe un chemin de halage, tenant mon cheval par la bride; il hoche son crâne bosselé avec un air plein de compréhension et de sagesse inutiles. Devant nous, le soleil plonge vers l'horizon. Il se creuse un nid chatoyant dans un buisson d'aulnes. Ses rayons bas irisent les saules blancs du rivage. Je tourne vers lui mon visage. Ses feux sont apaisés. Ce soir, Apollon s'est fait Abailard. Que n'ai-je la plume d'une *Nouvelle Héloïse* pour conter sur ce cahier ma peine; pour écrire des injures à Döbling. Mieux encore, que n'ai-je son poignard!

Ce soir, le soleil se couche à l'ouest, sur la France, la chère France qui, de longtemps, n'avait point paru aussi proche et aussi lointaine, aussi douce et aussi amère, à mon cœur en exil.

III

Décembre 1814

Querelles de femmes

« C'est à Vienne que j'ai débuté dans cette célébrité fâcheuse quoique enivrante qui me persécute bien plus qu'elle ne me flatte. Je me suis prodigieusement amusée ici. J'y ai abondamment pleuré. Ma vie s'y est compliquée. Je suis entrée dans les orages qui ont si longtemps grondé autour de moi. »

Souvenirs de Dorothée de Courlande,
comtesse de Périgord,
puis duchesse de Dino.

1

Redoute masquée

I

Parmi les fêtes où la cour d'Autriche déploie tous ses fastes, les plus éclatantes sont, sans contredit, les grandes redoutes données au palais impérial de la Hofburg. Celle de ce jeudi, précédée d'un fameux carrousel, restera, dans les annales, comme l'une des plus prestigieuses.

D'habitude, les petites redoutes sont masquées. Dans ces réunions, les souverains peuvent dérober leur visage à la foule et profiter des agréments de l'incognito comme le commun des mortels. Dans les grandes redoutes au contraire, ils paraissent revêtus de tous les attributs de leur souveraineté.

Ce soir, par exception, seules les femmes seront méconnaissables; les hommes, et en particulier les princes qui nous gouvernent, pourront ainsi arborer, que dis-je? exhiber, étaler, comparer leurs plaques ou leurs décorations. Sitôt arrivés à Vienne, le premier souci des souverains fut d'échanger les grands cordons de leurs ordres. En quelques semaines, on vit s'épanouir une incroyable floraison de médailles d'or, de fer ou d'argent, une moisson de colliers, de rubans, de toisons. Comme au printemps la ramure des jeunes arbres se pare de bourgeons, les habits ont disparu, cet hiver, sous les insignes et les croix.

A la Hofburg, les médailles sont cotées comme les valeurs à la Bourse. On offre un Saint-Sépulcre pour deux Saint-Esprit, une Élisabeth d'Autriche pour un Compagnon de l'honneur britannique ou un Éléphant danois pour deux Aigles prussiens; mais on est sûr d'obtenir trois ou quatre Couronnes de Wurtemberg pour une seule Étoile polaire, très recherchée parce que, en l'absence de son souverain, le ministre de Suède la décerne avec parcimonie; il sait faire monter les enchères.

La remise de chacune de ces décorations a donné lieu à une cérémonie; c'est dire si les souverains, les ministres et les diplomates qui les escortent ont eu un emploi du temps chargé au cours de ces dernières semaines. Cela explique les retards infinis qu'ont pris les réunions de travail et la façon pitoyable dont sont traitées les affaires de l'Europe.

II

Avant la redoute masquée, un carrousel est prévu dans le manège de Charles V, un monument de proportions parfaites : une carrière de sable blond ceinte d'un large balcon circulaire supporté par vingt-quatre colonnes corinthiennes. Cette nef impériale est décorée à profusion de stucs blancs que trois rangées de lustres d'argent, garnis de plus de dix mille bougies, font miroiter comme un château de neige.

En compagnie de mes deux mentors habituels, les cariatides sur lesquelles je me repose, Séraphin de La Tour du Pin et Charles de Dalberg, nous arpentons les galeries du manège à la recherche de nos places. Bien que mon œil soit rassasié de fêtes superbes, je suis éblouie par le luxe et la richesse du spectacle qui s'offre à nos yeux : une décoration fastueuse, un peu trop exubérante, dont le style emprunté à Versailles me paraît avoir oublié les vertus du classicisme. Dalberg, qui connaît bien l'architecture des palais de France, prétend qu'en abusant des ornements, on a composé ici un décor en vers de treize ou quatorze pieds.

Deux tribunes, garnies de velours rouge, ont été dressées à chaque extrémité de l'arène : princes et souverains en exercice étincellent de broderies d'or et d'argent, comme autant de rois Murat. En face ont pris place vingt-quatre dames de beauté pour qui autant de paladins vont s'affronter; ce ne sont point, hélas, des chevaliers errants en quête de prouesses héroïques, mais de gentils sires qui viennent cueillir nos applaudissements.

Costumés en preux de la Renaissance, ils ont revêtu des

pourpoints noirs, lacés dans le dos et décorés de larges manches à gigot de satin blanc. Leurs tenues sont identiques : hauts-de-chausses collants et demi-bottes jaunes garnies d'éperons d'or, avec des gantelets brodés et des chapeaux à large panache, retapés à la façon de Henri IV au soir d'Ivry.

Tandis que M. de La Tour du Pin s'éloigne, avec une discrétion un peu appuyée pour mon goût, je reste seule en compagnie de Dalberg : un curieux personnage, original, attachant, beaucoup plus séduisant qu'il ne m'avait paru au premier abord. Il passe pour avoir autant de désordre dans le cerveau qu'une bibliothèque renversée. Grand adversaire de la philosophie, il a connu les gens les plus éclairés d'Europe et fréquenté les plus scandaleux; il se targue d'avoir été lié d'amitié, dans sa jeunesse, avec Casanova de Seingalt et Beaumarchais; sans doute cela est-il vrai.

D'un tempérament excessif, indépendant à l'excès, ce prodige d'orgueil, de volubilité et d'entêtement dit tout ce qui lui passe par la tête sans jamais s'attirer d'ennuis. Hier encore, il ne ménageait pas même Napoléon; à Varsovie, il traita celui-ci de tyran et d'usurpateur; quelques mois plus tard l'empereur le fera duc et conseiller d'État.

Parmi les membres de la légation de France, Dalberg est le seul à connaître par le menu les arcanes des petites cours germaniques et les liens très complexes qui unissent la Maison d'Autriche et l'Empire allemand. Il dispose, grâce à sa famille, à ses alliances, à ses relations, d'une position très forte à Vienne. C'est la raison pour laquelle M. de Talleyrand lui a demandé de l'accompagner ici.

De surcroît, c'est un personnage fort agréable : grand, maigre, un visage osseux que surmonte une forêt de cheveux hirsutes – ni gris ni bruns. Sans doute n'est-il point jeune mais il a gardé un visage lisse et des dents superbes; une mâchoire de gladiateur dans une bouche qui fait rire; beaucoup de drôlerie, sinon d'esprit :

– Le prince voudrait attirer quantité de monde à l'ambassade de France : il compte sur son cuisinier Carême pour les faire venir, sur moi pour les distraire et sur son chef de musique, Neukomm, pour les endormir.

– Ainsi que sur Dorothée pour les séduire.

– Mme de Périgord a charge de les écouter, juste avant qu'ils ne s'endorment; elle a l'ouïe très fine, n'est-ce pas?

A ces mots, un vacarme étourdissant retentit : les trompettes de la Renommée sonnent la venue des gentes dames pour qui le carrousel est donné : les plus illustres damoiselles de Vienne sont rassemblées sur cette estrade. Je reconnais tour à tour Marie de Metternich, Catherine Zichy, Clémence Esterhazy et combien d'autres... De cette lente procession de vestales, chacune se détache comme un pétale pour gagner sa place avec un sérieux, une majesté que n'oblitère aucun sourire, aucune fantaisie. A Vienne, même les fêtes les plus joyeuses sont ordonnées comme des cérémonies religieuses.

Lors donc, ces vingt-quatre reines, dissimulées sous d'immenses voiles de tulle blanc broché de feuilles d'or, forment quatre ensembles reconnaissables à la couleur de leurs bijoux : rubis, saphir, émeraude et diamant. Sous le crêpe, chaque quadrille porte l'un des costumes nationaux d'Autriche : les longues tuniques hongroises de velours vert aux brandebourgs de perles ou les larges robes rouges des Polonaises, bordées d'hermine, contrastent avec les étroits dolmans bleus de Bohême aux larges franges de soie multicolores ou avec les robes fourreaux des Autrichiennes, si richement pailletées d'or qu'elles feraient la fortune d'une armée de parfileuses.

Quant aux jeunes cavaliers qui caracolent maintenant dans l'arène et viennent à la rencontre de leurs dames, ils chevauchent de superbes montures noires richement caparaçonnées. Tous portent, sans trop d'embarras, leur longue lance appuyée sur le genou; ils sont escortés d'autant de pages qui déploient des bannières aux couleurs de leurs belles.

Aux accents cinglants des cuivres, chacun vient déposer, du bout de sa lance, un gage de respect et d'amour aux pieds de la créature de rêve qu'il a élue. Du haut de sa tribune, celle-ci lui rend son salut avec un mouvement plein d'élan et parfois de grâce. En gage de soumission, la servante du Seigneur noue à la hampe de la lance un foulard à sa marque; puis, rejetant avec majesté son voile de gaze et d'or, l'esclave devenue reine offre aux vivats du public son étincelante vénusté sertie dans une gangue de satin ou de velours broché de pierreries.

Alors seulement peuvent débuter les assauts entre chevaliers : la lice est ouverte.

Sous la tribune impériale est installé un jeu de bagues : par groupes de six, lancés au grand galop, les champions, escortés de leur page et de leurs écuyers, enfilent les anneaux à la pointe de leur lance : chaque trophée donnera droit à une perle ajoutée au collier de sa dame – et sans doute à un gage dont le contenu est gardé secret tant qu'il n'est pas exécuté.

Ensuite, chacun doit affronter, au javelot, des mannequins enturbannés placés devant chaque pilier :

– Observez, Aurore, qu'un Turc embroché vaut deux Maures; ainsi maintient-on la cote d'ennemis désormais bien déchus..., ironise Dalberg. Il y a quelques années à peine, les lanciers du général Nansouty affrontaient victorieusement uhlans et cuirassiers autrichiens dans la plaine de Wagram; aujourd'hui, ces jeunes gens jouent au cerceau...

– Dieu veuille que ce soit là leur seule auréole!

Foin de nos gloires passées! Les chevaliers ont dégainé leurs sabres; les têtes brunes volent avec entrain et se vident dans les paniers de son. Ayant ainsi mis en goût les spectateurs qui ne ménagent pas leurs bravos, les cavaliers simulent ensuite une véritable rencontre. L'escrime au sabre est un exercice qui suscite si bien l'enthousiasme du public que des hérauts d'armes sont obligés de refréner les élans un peu trop vifs de certains; les plus emportés des chevaliers cèdent bientôt la place – et la victoire – aux plus prudents. Seul le prince de Lichtenstein reste sans connaissance après avoir perdu l'équilibre et mordu la poussière. Pour la beauté de la parade, il est emporté sur une civière dans un grand silence et sous une haie de lances formant voûte; quelques heures plus tard, il dansera d'un bon pied.

Dès la fin du spectacle, les souverains se lèvent pour se rendre en cortège à la salle des redoutes; peu après les chevaliers réapparaissent dans la tribune des dames afin de les conduire au bal masqué par lequel doit se conclure cette soirée de fête. En compagnie du duc de Dalberg, je prends le même chemin.

III

Plusieurs salons d'apparat que l'on atteignait par une large galerie avaient été ouverts de chaque côté de la salle des redoutes. Toutes ces pièces, qui constituaient une immense enfilade, avaient été garnies de buffets en pyramide qui offraient une infinie variété de plats multicolores. Mais ce soir, l'œil était davantage encore frappé par la profusion de roses et de plantes exotiques qui décoraient les galeries du palais.

Entre les caisses d'arbustes, des statues de bronze doré brandissaient haut des candélabres chargés de bougies, dont la lumière rivalise avec celle que renvoient les cristaux des lustres. Même au Vatican, Jules II n'a jamais gaspillé autant de cierges. Une avenue d'orangers chargés de fruits conduisait à la petite salle des redoutes, tapissée de feuillage comme un nid d'hirondelle l'est de brindilles. Çà et là, plusieurs orchestres dissimulés dans les fleurs répandaient des flots d'harmonie. Bref, un spectacle à tourner les têtes, déjà fortement ébranlées par le carrousel, avant que les accords de la valse n'aient fini de chavirer les cœurs.

Pendant que M. de La Tour du Pin papillonne, j'écoute pérorer Dalberg que l'infinie variété des parures et des travestis qui nous entourent a mis en verve :

– Parmi les femmes, la tenue la plus prisée, sans doute parce qu'elle est encore la plus seyante, est la robe à paniers; connaissant tous les dessous de la ville, je vais vous apprendre à distinguer une gourgandine et un boute-en-train, à ne pas confondre un tâtez-y et une culbute.

Après cette agréable leçon de choses, nous faisons quelques pas et nous apercevons deux amies – ou deux sœurs – qui ont revêtu la même robe d'organdi de soie dont le jaune canari éclatant est rehaussé par des flots de rubans multicolores. Malgré le masque qui couvre étroitement leur visage et assourdit leurs propos, je crois reconnaître des voix aux consonances italiennes qui me sont familières. Dalberg me confirme à l'oreille :

– Avez-vous entendu vos amies Courlande? Observez la taille de la princesse Pignatelli; c'est la plus déliée de la ville, après la vôtre naturellement.

Jeanne a la démarche aérienne et pleine de grâce d'une danseuse et son aisance fait ressortir l'austérité et la tournure un peu trop serrée de sa sœur Pauline – parce qu'elles se sentent lacées de près, beaucoup de femmes s'imaginent être de belle taille. Il est curieux de voir, toujours ensemble, deux sœurs si mal appariées; pourtant elles sont inséparables.

– Du moins, elles ne sont point rivales : cette bonne Mme de Hohenzollern aura toujours l'air d'une chanoinesse, même sous la tunique d'Aphrodite.

– Sa sœur Jeanne a la grâce de Vénus, même sous une robe de bure; et elle n'est point née dans un bénitier. Malgré le masque, vous observerez son œil qui, sans cesse, palpite en coulisse vers une glace.

– Le miroir est à la femme ce que la baïonnette est au grenadier.

– Ou, plutôt, le fusil au charcutier : il lui sert à aiguiser ses armes.

Bien vu. Bien dit. Par curiosité, j'ajoute à mi-voix :

– Son mari lui laisse une certaine liberté. Pensez-vous qu'il ait raison d'avoir autant de confiance en elle?

– Vous voulez dire que sa tranquillité est fondée sur l'opinion qu'il en a. Il n'est plus très ingambe et, à son âge, mieux vaut s'accommoder de ce qu'on ne peut éviter.

– Les princesses de Courlande ont décidément du goût pour les vieillards. Chacun sait que Dorothée était éprise, avant son mariage, d'un vieux prince polonais...

– Czartoryski? Un drôle d'oiseau! Mais la dernière des Courlande est une macreuse et le...

– Une macreuse, qu'est-ce à dire?

– Une sorte de canard qui vient des régions arctiques et qui vit sur les côtes de l'Europe septentrionale : la comtesse de Périgord passe pour fort timide en matière de coquetterie. Le sentiment qu'elle éprouve pour ce prince polonais s'est d'autant mieux ancré dans son cœur qu'elle n'a guère eu l'occasion de le mettre à l'épreuve.

» Son oncle veille sur elle, savez-vous? De près. De beaucoup plus près qu'il n'y paraît. Croyez-moi, il ne défend pas seulement l'honneur de sa famille. Au fait, connaissez-vous l'histoire de sa sœur, la princesse Jeanne Pignatelli, qui a jeté son bonnet par-dessus les moulins à un âge candide...?

De façon amusante, Dalberg me narre la série d'aventures picaresques qui fit échouer cette enfant, un peu trop précoce, dans les bras d'un vieux prince napolitain de la grande maison de Pignatelli-Belmonte : enlevée par un joueur de flûte, la demoiselle fut reconduite au bercail par l'oncle de Charles, l'évêque de Mayence.

Pendant que Dalberg me faisait ce récit, les quatre princesses de Courlande s'étaient réunies à quelques pas de nous.

Assises sur un canapé, elles formaient une grappe d'un jaune de chrome éclatant, rehaussé d'un flot de rubans multicolores. Embusquée derrière son éventail, Dorothée me fit un signe de connivence. Je la vis échanger quelques mots avec Wilhelmine, puis elle vint me rejoindre et me prit tendrement par le bras comme si elle avait quelque chose à se faire pardonner.

Le duc de Dalberg s'effaça sans mot dire.

IV

La comtesse de Périgord s'enquit avec émotion de la raison pour laquelle je n'étais point passée par le palais Kaunitz – ainsi que nous en étions convenues – afin de me rendre en sa compagnie à la grande redoute de l'empereur. Je sentis comme un ton de reproche dans sa voix.

Je restai muette.

Pour rien au monde, je n'aurais évoqué notre randonnée équestre dans les sentiers du Prater, les cajoleries du major Clam-Martinitz, et leur brutale disparition au bout d'une allée cavalière. J'eus beau rester impassible, Dorothée devina sans grand mal les raisons de mon silence, trop obstiné pour être honnête. Elle me regarda avec une mine apitoyée, posa ses deux mains sur mes épaules et me chuchota tendrement à l'oreille :

– Aurore, ma chérie, vous êtes impardonnable de vous être mise dans la peine pour rien du tout. Je dis bien pour rien du tout. Vous savez pourquoi je suis à Vienne, et je ne vais pas vous répéter ce que je vous ai raconté avant-hier. L'auriez-vous déjà oublié?

Elle me regardait avec reproche :

– Je suis venue à Vienne pour vous voir, vous et Czartoryski. Depuis cinq ans, je n'ai jamais eu l'occasion de retrouver le prince. Depuis Mitau. Je veux savoir ce qu'il en est de ce prétendu mariage avec Mlle Matuschewitz qui était sur le point de se nouer lorsque j'ai été contrainte d'épouser le comte de Périgord.

» C'est pour vous que je suis venue à Vienne. Pour vous deux. Cela faisait le jeu de mon oncle, sans quoi il ne m'aurait point emmenée avec lui. Mais, si cela lui convenait, c'est parce que cela me plaisait aussi.

J'acquiesçai en faisant une grimace pour empêcher une larme de filtrer au coin de ma paupière. Dorothée poursuivit sans y prêter garde :

– Si je tenais à quitter Paris c'est parce que je voulais voir du monde et oublier.

– J'ignore ce que vous désiriez oublier.

– Ce n'est pas parce que je ne parle jamais de la mort de ma petite fille Charlotte, qui a été emportée par la rougeole il y a moins de six mois, que je l'ai oubliée. Je garde le silence sur ce sujet douloureux entre tous car je déteste par avance les consolations que l'on pourrait me proposer. Il y a des chagrins qu'il faut donner au temps le soin d'atténuer. Mais ils ne s'effaceront jamais de nos mémoires.

Je cachai ma tête dans mes mains et demeurai silencieuse tandis que Dorothée poursuivait d'une voix blanche :

– Depuis deux semaines qu'il est arrivé à Vienne, mon oncle Talleyrand a essuyé de nombreuses rebuffades. A son arrivée il a été traité comme un paria. On lui a fait goûter davantage de couleuvres que de petits fours. Il m'avait proposé de venir ici pour l'aider à accueillir ses hôtes. Il comptait recevoir beaucoup de monde. Vous connaissez la réputation de sa table et celle de son chef. Vous connaissez mieux encore la réputation du prince. Il peut séduire qui il veut, quand il le veut.

» Il ne redoutait qu'une chose : se faire accompagner ici par son épouse. Vous avez connu, il y a quelques années, Mme Grant. Depuis son mariage, elle a beaucoup changé. Elle est devenue méconnaissable, boursouflée, énorme. Sa personne est aujourd'hui tout à fait disgraciée. Son peu d'usages et la médiocrité de ses origines – sans oublier les liens du mariage qui l'unissent à celui qui fut l'évêque d'Autun – tout cela aurait suffi à détourner beaucoup de bonnes âmes des salons dorés de l'hôtel Kaunitz. M. de Talleyrand l'a priée de rester à Paris et il m'a demandé de venir à sa place. Voilà, vous savez tout.

Je hochai la tête; il me parut que Dorothée avait un peu perdu la sienne, tant elle mettait de violence dans son propos et d'obstination à me convaincre.

Je ne dis mot. Elle poursuivit :

– Depuis mon arrivée ici, je me heurte à une foule de difficultés. Vous connaissez la position de la France. En ce moment, mon oncle s'oppose avec violence au tsar. Une médiocre querelle de personnes, qui vient s'ajouter à une grande querelle d'intérêt national. A ce propos, M. de La Tour du Pin vous a demandé, je crois, d'espionner un peu ma sœur...

Dorothée fit, en me disant cela, un drôle de clin d'œil en direction du bouquet de fleurs jaunes qui, à quelques pas de nous, bruissait comme un buisson couvert d'abeilles – et de quelques guêpes. Détendue, elle poursuivit :

– Mon oncle ne souhaite pas que je revoie le prince Czartoryski. Pourquoi? Je l'ignore. Inutile d'entrer en discussion avec lui sur le sujet. Est-ce parce qu'il n'est pas très fier du rôle qu'il a joué au moment de mon mariage? Est-ce en raison de la position politique du prince Czartoryski, premier conseiller du tsar, fervent patriote polonais et premier suppôt d'une politique que combat la France? Je l'imagine, mais je n'en sais rien.

La comtesse de Périgord, visiblement émue par le flot de confidences qu'elle venait de déverser à voix basse, se tut pendant quelques instants.

Perfidement, je lui demandai :

– Si le prince de Talleyrand vous interdit de rencontrer ce Polonais, ne serait-ce pas pour vous mettre à l'épreuve?

– Me mettre à l'épreuve, à quelle épreuve? fit-elle avec une moue indignée.

– N'avez-vous pas le sentiment que ce n'est pas seulement pour vous faire tenir un rôle de maîtresse de maison que le ministre vous a fait venir ici?

– Et pour quelle autre raison, s'il vous plaît?

– Même à Vienne, à cinq cents lieues de Paris, chacun sait que les liens privilégiés du prince et de Mme votre mère sont aujourd'hui distendus. En revanche...

– En revanche... en revanche, tout cela n'a aucun sens, ma pauvre Aurore. Von Clam vous aurait-il tourné la tête à ce point? C'est à peine croyable. Le prince de Talleyrand est mon oncle, vous entendez bien, mon oncle!

Ces mots, chuchotés d'une voix sifflante, étaient prononcés sur un ton de colère folle, excessive. J'observai avec surprise le visage bouleversé de Dorothée. Était-ce parce que j'avais maladroitement évoqué devant elle la liaison de la duchesse de Courlande avec Talleyrand? Ou pour une tout autre raison?

Je me gardai de la provoquer davantage. Elle poursuivit :

– Voilà, Aurore, ce que je tenais à vous dire avant de vous demander... avant de vous demander de me rendre un service.

Dorothée se tut pendant un long moment; elle parut hésiter, puis débita son propos en une seule tirade :

– Les choses auraient été beaucoup plus simples si vous étiez passée, comme je vous en avais priée, au palais Kaunitz avant de venir ici. Mais peu importe! Il n'est pas trop tard. M. de Talleyrand n'est pas encore arrivé; il n'a pas pu voir votre domino bleu ciel. Accepteriez-vous de me le prêter? Sur-le-champ. En échange, je vous donnerai ma robe... et vous pourrez danser autant que vous voudrez avec le major Clam. Il est assez beau garçon. Il monte bien à cheval. Quant à moi, méconnaissable sous votre domino, je rencontrerai le prince Adam Czartoryski sans que M. de Talleyrand, qui va me surveiller de près, y trouve à redire.

– Si je comprends bien votre projet, nous gagnons toutes

deux au change – ou à l'échange. Alors ne perdons pas de temps. Suivez-moi. Je connais infiniment mieux que vous le dédale des corridors de la Hofburg.

V

Après avoir quitté mon domino pour la robe jaune et le masque vénitien des Courlande, qui ne laisse voir que la couleur de vos yeux, je regagne la salle des redoutes. A ce moment retentissent les accents glorieux d'une fanfare provenant de la galerie qui rejoint les salons privés de la Hofburg : une théorie de souverains, d'impératrices et de reines s'avance, marchant à pas comptés vers une estrade dressée pour les accueillir.

Parmi les spectateurs, je cherche en vain une silhouette bleue surmontée d'un capuchon de martre. Pour moi, je me tiens à l'écart d'un bouquet de soucis d'où s'échappe un babillage de caillettes et des mains qui me font de grands signes. Je garde les yeux fixés sur l'estrade et je reste coite.

L'impératrice d'Autriche ouvre le défilé : Maria-Ludovica, princesse issue de la famille d'Este-Malaspina, est la dernière épouse de François Ier; son sourire pâle et ses joues empourprées trahissent une phtisie galopante. Ludovica cache sa beauté perdue derrière un éventail. Goethe l'a chantée; Napoléon a tenté de la séduire; en vain. Je doute que l'irrésistible M. de Talleyrand y parvienne jamais. Elle déteste la France et tout ce qui est français. Elle n'aime que le tsar.

Cambré afin de ne pas perdre un demi-pouce de sa taille, celui-ci jette sur la foule qui se presse devant lui pour le saluer un regard de cafetier émerveillé par l'abondance de sa pratique. Il est suivi de près par sa sœur trop aimée, la grande-duchesse d'Oldenbourg, dont la ressemblance avec son frère est surprenante.

Ce soir, il est difficile de reconnaître les femmes célèbres de Vienne; certaines ont déjà retiré leur masque. J'aperçois l'Anglaise Castlereagh toute en dents; l'Allemande Thurn und Taxis toute en morgue et en hauteur; la Hongroise Esterhazy, toute en largeur et en simplicité; la Polonaise Zamoïska, toute en charme et en rondeurs; et puis, parmi les Autrichiennes, la princesse Sapieha qui a la langue aussi bien pendue qu'un parpaillot et ne cesse de chanter pouilles de ses rivales. Plus loin, la comtesse Apponyi, enduite d'onguent céleste, s'entretient avec la jeune princesse Colloredo qui s'asperge d'eau merveilleuse comme une chanoinesse mais qui a un teint de moniale, un col et des épaules admirables.

Parmi les femmes masquées, j'en reconnais une, grâce à sa taille de moineau et à ses boucles d'oreilles en forme de cœur oblique : la princesse Bagration ne quitte pas le tsar des yeux; ce soir, elle couve son souverain d'un regard apaisé : ne lui a-t-il pas promis qu'il ouvrirait le bal à son bras?

Les trompettes se sont tues et, après un dernier accent triomphant, elles ont laissé la place à un orchestre; celui-ci se met en place dans un bruissement de crécelle. Je m'approche d'un groupe d'idéologues qui entourent le tsar. Czartoryski n'est pas encore là. A quelques pas de moi, M. de La Harpe, le fidèle disciple de Rousseau, conseiller le plus écouté sinon le plus avisé, est en grande discussion avec mon ami Dalberg.

Je n'ai pas le temps de me mêler à leur conversation, une main ferme m'empoigne le bras dans un cercle de fer, me fait pirouetter et m'entraîne à sa suite claudicante : c'est le prince de Talleyrand, que je n'avais ni vu ni entendu venir.

Il me jette sinon dans les bras, à tout le moins aux pieds... du tsar qui n'en peut mais et à qui il lance, de sa voix traînante :

– Sire, depuis qu'elle est à Vienne, ma nièce Dorothée de Périgord me presse de trouver une occasion pour qu'elle puisse enfin remercier Votre Majesté d'avoir si bien contribué à faire son bonheur.

La tête me tourne. Que faire? J'ai dîné avec l'empereur à l'hôtel Palm, mais la table était nombreuse et, sous mon déguisement, il ne peut me reconnaître. Avant de m'incliner devant Sa Majesté, je jette un regard de détresse à M. de Talleyrand qui, lui, me connaît de longue date et m'observe fixement : j'ai la taille aussi bien prise que Dorothée, mais ses yeux sont d'un bleu ardoise et les miens, très clairs, tirent plutôt sur le mauve, comme des améthystes.

Sans rien perdre de son sang-froid habituel, le prince prend un air étonné; sa mâchoire de reptile s'entrebâille à peine; son fameux sourire d'hypnotiseur s'est effacé; il ne dit rien.

A cet instant éclate un fracassant envoi de grosse caisse. C'est le début du bal et de l'imprévu. Les violons lancent les premières notes d'une valse au lieu de la polonaise attendue. Saisissant l'occasion, non par les cheveux mais par la taille, l'empereur de toutes les Russies me tend les bras en me déclarant avec un frais sourire :

– M. de Périgord n'est pas seulement le neveu du premier diplomate français. Il a la chance d'être l'époux de la plus jolie femme d'un pays justement réputé pour la tournure admirable de ses enfants.

Je rougis sous mon masque : ce souverain me paraît sur-le-champ avoir l'esprit le plus vif, le plus distingué, le plus enjoué, le plus remarquable de la planète.

Je le lui dis. En toute simplicité. Et il m'écoute. Avec bienveillance. Je lui demande ensuite s'il préfère la valse autrichienne ou la polonaise et il me répond avec un parfait à-propos : « Peu importe, si je suis entre les bras d'une Française. »

Je lui proposerais volontiers d'y rester toute la soirée. Devant moi, je devine que la princesse Bagration porte une mine déconfite. Ciel, ma pension!

Elle me prend heureusement pour une des sœurs Courlande.

Au bras du tsar, un merveilleux *conductatore,* je glisse sur un nuage et, soudain, je me trouve... face à von Clam. Il fait un signe de tête aimable dans notre direction. Je le toise avec toute la morgue d'une comtesse de Talleyrand. Au lieu de disparaître sous terre, il s'épanouit et m'adresse un sourire. Sous mon masque, je ne peux lui répondre par une odieuse grimace mais, dans quelques instants, j'irai le remettre à sa place.

En attendant, le souverain me reconduit galamment jusqu'à la mienne, s'incline bas et me quitte.

Dès que la musique s'interrompt, je me retourne et j'aperçois le major Clam embusqué près d'une colonne. Il est en grande conversation avec... une de mes sœurs. Aussitôt, il la quitte et s'approche de moi en se dandinant. Comme tous les officiers allemands, il paraît beaucoup moins à son aise sur le plancher de la Hofburg que dans les allées du Prater. Peut-être hésite-t-il avant de reconnaître « Dorothée »? Dans le doute, il se répand en compliments directs.

Je l'écoute avec indifférence, les yeux baissés, puis le toise avec une suffisance exécrable et lui lance – en imitant de mon mieux la façon de parler de Mme de Périgord qui a une pointe d'accent balte :

– Les femmes préféreront toujours les hommes qui savent les distraire sans les aimer à ceux qui prétendent les adorer mais ne savent point les divertir.

Cela dit, je m'incline devant lui avec une grâce et une mesure parfaites de politesse et je m'éloigne en faisant tinter mes boucles d'oreilles à plaquettes comme des grelots. Pas assez vite, toutefois, pour ne pas entendre le major murmurer entre ses dents, dans un mauvais allemand de corps de garde : « Une sotte qui a un moment d'esprit étonne comme le spectacle d'une jument qui tire son fiacre au galop! »

Je songe que, dans ces duels à fleurets plus ou moins mouchetés, au cours desquels s'affrontent les gens d'esprit, les femmes n'ont pas une position agréable. N'ayant pas la possibilité de confier à une épée ou à un pistolet le soin d'arbitrer un échange d'aménités ou de venger un affront, elles doivent se fier entièrement à leur sens de la repartie. Ce n'est pas chose aisée que de trouver, séance tenante, une réplique piquante à une observation pointue, et nombre d'entre nous trébuchent en courant sur de hauts talons après un mot d'esprit. Surtout pour celles qui ont, comme moi, l'esprit de l'escalier.

Combien il est plus facile, et plus agréable, de se donner le beau rôle en racontant une histoire, ainsi que je le fais en ce moment!

VI

Une heure plus tard, Dorothée vient me proposer de me rendre mon domino bleu.

Dans le cabinet où nous échangeons nos vêtements, je lui

narre, un peu embarrassée, les échanges d'aménités que je viens d'avoir avec Clam : elle paraît s'en amuser et me demande force détails; quand j'ai achevé de me confesser, elle m'avoue :

– J'ai aperçu Clam peu avant de vous retrouver : il interrogeait ma sœur Wilhelmine à propos de Jeanne qui lui avait tenu des propos incongrus, désobligeants et parfaitement gratuits dont il n'arrivait pas à comprendre le pourquoi.

Nous en faisons des gorges chaudes. Dorothée me fait un récit très succinct de son entrevue avec Czartoryski. Après avoir ri comme une folle l'instant auparavant, son visage s'est assombri d'un seul coup. Elle paraît bouleversée et son récit est haché de sanglots.

Depuis cinq ans, elle tenait à éclaircir ce qui s'était passé à Löbikau avec le prince Adam. Celui-ci, ayant appris que le tsar envisageait une autre union pour la dernière des Courlande, avait écrit à son précepteur Piattoli. Ses lettres arrivèrent au lendemain de la mort de l'abbé. Czartoryski se flattait d'avoir vaincu les répugnances de sa propre mère : la vieille princesse s'était longtemps opposée au mariage de son fils avec une Courlande.

Fort de ce consentement, le prince termina ses arrangements et se rendit à Löbikau. Il se hâta si bien qu'il y parvint en avril, la semaine où les noces de Dorothée étaient célébrées à Francfort-sur-le-Main. Après ces événements, Czartoryski ne s'était point marié, malgré son âge avancé et les occasions sans nombre qui s'étaient présentées à lui.

Avec une curiosité maladroite, je demande :

– Après cinq ans, comment le prince Adam vous a-t-il trouvée?

Dorothée me répond, avec un filet d'amertume dans la voix :

– Au moment où je m'apprêtais à le quitter, il m'a demandé de retirer mon domino; puis il m'a regardée sans grande émotion et a déclaré, de sa voix métallique, que je ne m'étais « pas encore beaucoup remplumée mais que, cependant, j'avais toujours aussi grand air ». Au bout d'un moment, il a ajouté : « Vos yeux me disent que vous n'êtes pas heureuse. » Voilà! C'est tout. La vie a passé sur nous et je crois que nous ne nous sommes point reconnus – ni l'un ni l'autre. Encore un monde qui s'évanouit. Aurore, je vous quitte.

La comtesse de Périgord m'a tourné le dos avec brusquerie. J'ai regagné le palais Palm, heureuse de braver une bourrasque de neige, dont la violence n'est point parvenue à dissiper l'accès de mélancolie engendré par cette lamentable soirée.

Je jette un œil par la fenêtre : les flocons ont cessé de tomber. Dieu, que la ville est belle quand elle est immaculée!

2

Lamento

I

De tous les bonheurs que j'ai perdus depuis quelques semaines, celui que je regrette le plus est le sommeil dont l'absence m'incite à écrire ces lignes qui ne le valent pas.

J'ai toujours eu plus d'esprit que de sentiment, plus de sentiment que de vertu et plus de vertu que de religion; et j'ai, depuis bien longtemps, souscrit au fameux aphorisme : *Le Paradis me plairait pour le climat et l'Enfer pour la société.* Hélas, je ne trouve guère de consolation dans la piété qui permet à tant de femmes d'oublier les fautes qu'elles n'ont point commises; je ne saurais davantage me contenter de verser ces torrents de larmes et ces flots d'encre grâce auxquels nombre de mes sœurs se consolent aujourd'hui des tentations auxquelles elles ont succombé hier.

Qu'est-ce qui me tourmente? J'ignore si je suis amoureuse; dans le doute – ou dans l'espoir de le devenir – je passe des heures à ausculter mes sentiments, à les retourner en tous sens, comme un sauvage observe avec étonnement les fruits de la civilisation.

Rien n'y fait.

L'amour est pareil à la médecine qui nous propose beaucoup de drogues, mais nous offre peu de remèdes et ne connaît point de spécifiques. On pourrait dire cela aussi de la philosophie qui nous inflige beaucoup de discours, mais ne nous donne guère de réconfort et jamais de certitude. Chaque matin, je m'interroge pour savoir si j'aurai la force – ou plutôt l'envie – de mener encore une journée jusqu'à son terme.

Une chose me console : je suis jeune encore; cet avantage vaut bien tout ce qu'on peut acquérir en le perdant; mais cela ne suffit pas à me donner du courage. Ce n'est ni le goût de l'amusement ni l'ennui, et pas davantage la cupidité ou l'ambition, qui me pousse à agir. Je ne souhaite point de réussir, ni d'occuper une position sociale. Je suis lasse de vivre dans une mansarde, de n'avoir personne sur qui compter, de n'avoir aucun bras sur lequel m'appuyer. Il me semble que je me reposerais plus facilement sur le sein d'une amie; j'imagine que se confier à un homme est difficile, quels que soient les sentiments qu'il vous inspire.

II

Confortablement installée au fond d'une de ces carrioles vertes que le généreux empereur Franz met à notre disposition, je déambule en compagnie du duc de Dalberg qui mène notre attelage au petit trot à travers les rues tortueuses de la cité. Nous n'allons nulle part : ni fête, ni défilé, ni spectacle. Rien, sinon le plaisir de se promener au gré de notre fantaisie pour humer l'air. Un air frais.

Humons.

– Ce qui frappe les voyageurs quand ils découvrent cette ville, observe Dalberg, ce n'est pas tant la beauté des églises que la surprenante floraison des palais.

– Vienne est davantage une ville baroque qu'une ville gothique.

– Après un long séjour en France, je suis frappé par une chose : rien de ce qui constituerait là-bas un contresens architectural n'effraie ici les architectes. On rencontre partout des frontispices brisés qui paraissent sur le point de s'effondrer...

– Observez, sur cette façade, des colonnes massives qui ne soutiennent rien d'autre que leur propre gloire...

– Et ces cariatides, drapées de la façon la plus théâtrale, qui se penchent sur le vide.

Au pas, nos deux chevaux pie remontent tranquillement la rue des Boulangers, bordée de maisons séculaires. Elle dessine avec la rue Sommenfels la figure d'un diapason dont la petite place de Lugeck forme la tige. Débouchant de la rue des Juifs, nous longeons le Haut-Marché en direction de la Salvatorgasse. Puis nous quittons la voiture pour grimper quelques marches et gagner le porche de Maria am Gestade – cette église Sainte-Notre-Dame-du-Rivage provoque un nouvel accès d'éloquence de mon compagnon : sa tour géante et sa flèche ajourée prolongent une nef gothique qui symbolise, par ses hautes proportions, l'envol de l'âme.

Le nez en l'air, je regarde la croisée du transept, percée de vitraux; elle tourbillonne de plus en plus vite au-dessus de ma tête comme les ailes ajourées d'un fabuleux moulin renversé.

Dans l'air frais du matin, j'ai le cœur qui chavire et je me raccroche au bras de mon compagnon :

– Si ces rosaces de lumière pouvaient nous parler, nous serions tous ivres de foi, comme au Moyen Age.

Mais au lieu de saisir la main frêle du grand Dalberg, j'agrippe un poignet robuste et velu. Je pousse un cri d'orfraie auquel répond, comme en écho, celui de Dorothée. Entre nous se dresse l'épaisse silhouette du major von Clam.

D'un coup, je redescends sur la terre. A ras du sol, le duc pérore, ravi d'avoir rencontré le factotum de Metternich.

Les oreilles bourdonnantes, je saisis quelques bribes d'une conversation qui me paraît se dérouler à mille lieues de moi. Pour éblouir la comtesse de Périgord, les deux hommes font assaut d'érudition : « *Fischer von Erlach... Jakob Prandtauer... Lukas von Hildebrandt... l'église Saint-Charles... le palais de Schönbrunn... le palais Schönborn* dont la façade fleurie est plus sévère que celle du palais Kinsky qui lui fait pendant de l'autre côté de la Freyung... »

Le palais Kinsky, Kinsky, Kinsky... Par-devers moi, je songe au jeune hussard de Kinsky, à ses joyeuses mésaventures avec la vieille Mme Zachy et à la façon stupide dont j'ai accueilli son récit, l'autre jour, il y a une semaine, il y a une éternité... Ce jour-là, je me suis conduite comme une godiche, comme une petite arpette grincheuse qui ne voulait pas s'en laisser conter...

– Vous connaissez le Belvédère de Lukas von Hildebrandt?

La symétrie de son parc, tiré au cordeau, pareil à un tableau de David, me donne cette impression de solitude effrayante qui émane de toute géométrie.

– Le Belvédère? Avez-vous déjà observé la vue que l'on a depuis la terrasse nord? On embrasse à peu près toute la cité à l'intérieur des remparts. Par-delà la déclivité des jardins et des terrasses, on aperçoit la ligne des plus beaux édifices de la ville : les clochers familiers des Augustins et de Saint-Michel, ainsi que la flèche trapue de Saint-Étienne. A l'ouest, en fond de tableau, les collines du Wiernerwald couvertes de vignes.

– Permettez à un amateur de saluer vos excellents crus de Grinzing, de Sievering...

– Sans oublier les coteaux de Gumpolkirchen juste à côté de Baden.

– Et de ses sources nauséeuses.

J'ai lancé ce mot, absurde, sur un ton si courroucé et avec un tel élan de colère mal contenue qu'il paralyse, d'un coup, la conversation. Un silence. Nous nous retrouvons tous les quatre, face à face, muets et immobiles comme des pieds de table. Planté dans ses bottes noires, son shako sur sa tête de pioche, je regarde le grand von Clam : debout, il a l'air d'un épouvantail, d'un fléau dressé, d'un cataclysme vertical. Il garde un visage impassible, puis se casse en deux. Penché vers Dorothée il lui murmure un mot affectueux, comme on tend un loukoum à un enfant.

Hors de moi, je m'éloigne à grands pas, sans rien ajouter. Je dévale l'escalier qui descend jusqu'à la Salvatorgasse où nous attend notre carriole. Je saute dans la voiture, saisis les guides et lance les chevaux au grand trot, sans me retourner pour ne pas voir la mine ahurie de Charles de Dalberg. Pendant ma fuite éperdue, je l'entendais trottiner bruyamment derrière moi, à une distance respectueuse; il s'est bien gardé de me héler ou de me rattraper, le traître; eh bien, qu'il coure, maintenant!

Le vent froid remet un peu d'ordre dans mon esprit sans parvenir à sécher mes larmes. Dans la cour de l'hôtel Palm, j'abandonne la voiture à un palefrenier de rencontre qui me tend un mouchoir de coton immaculé avec un sourire plein de compassion et d'ironie. Je monte quatre à quatre les escaliers en sanglotant; je n'ai qu'une idée en tête : retrouver ma chambre, me jeter sur mon lit et enfouir enfin mon crâne sous le mol oreiller qui a tant de fois étanché mes pleurs et assourdi mes plaintes ou mes gémissements.

III

Une heure plus tard, je suis assise derrière ma table de travail; je relis ce cahier, une fois encore, comme s'il recelait une vertu sédative ou hypnotique qui me délivrerait de ma peine. Hélas, je ne découvre rien d'autre dans ces pages que ce que j'y ai mis moi-même. Ce miroir complaisant est pipé; il ne donne pas d'Aurore de Marassé une image qui puisse me satisfaire.

Comment tourner le destin en ma faveur? Après avoir longuement épilogué et, à défaut d'une meilleure solution, je décide de recourir à de vieux sortilèges. Pourquoi ne pas essayer de mettre en pratique les admirables secrets et les savantes recettes que contient *Le Grand Albert* – un traité de magie naturelle et cabalistique que j'ai déniché hier soir, nullement par hasard, dans la bibliothèque infernale de Mme de Sagan?

J'ouvre avec respect cet in-folio aux tranches dorées, relié de cuir noir, dont les feuilles épaisses, les illustrations cabalistiques et la typographie minuscule inspirent confiance. Avec délices, je me plonge dans cet ouvrage satanique, mis par le Saint-Siège en tête de son récent *Index* des livres proscrits aux chrétiens. C'est la panacée; on y découvre le secret de toutes choses et comment se guérir de n'importe quoi, en particulier de l'adversité.

Dans mon cas, le remède est simple, l'effet magique et le bonheur à la portée de ma main : il me suffit de piler ensemble l'ortie et l'herbe de grattefeuille pendant trois nuits, d'y ajouter de l'eau de joubarbe et du suc de marjolaine, de saupoudrer le tout avec du zimat, du salpêtre et du poivre long. Ensuite? Eh bien, ensuite, je n'aurai qu'à me procurer une once de graisse de pendu, de la cire vierge et du sésame de Laponie en vue de confectionner une chandelle capable de brûler onze jours. A sa lueur, je ferai un onguent avec du fiel de chat persan, de la cervelle de corbeau enrhumé, sept graines de soufre mélangées à de la pierre d'aimant en quantité pareille. Ce remède, que j'assaisonnerai avec ce qu'il convient de poudre de sympathie est, nous dit *Le Grand Albert,* absolument souverain... *pour nouer les aiguillettes.*

Inutile de me procurer ces ingrédients. Ce n'est pas cette horrible mixture qui calmera mes appétits, mes appétits de vengeance, naturellement, car je suis en proie à une colère folle, noire, bleue, verte, arc-en-ciel, une furie contre l'univers entier dont la terre n'est qu'un modeste faubourg au milieu duquel trône l'hôtel Palm.

Le carillon de midi égrène son tintement monotone au beffroi – l'antique horloge de Saint-Étienne sonne lentement, beaucoup plus lentement qu'en France où l'on précipite tout.

Je compte à haute voix les douze coups et voilà qu'un treizième est frappé à ma porte – celui de la chance, sans doute. Je ferme le livre après avoir baisé du bout des lèvres les flammes de cuir repoussé qui ornent sa couverture. D'un bond je quitte ma chaise et j'ouvre tout grand mon huis.

Dorothée s'ébroue. Plongée dans ma lecture, je n'avais pas entendu tomber l'averse. Avant d'entrer dans mon capharnaüm, elle se débarrasse de son surtout de toile gommée. Le visage dégoulinant de pluie, elle me lance un clin d'œil narquois :

– Qu'avez-vous raconté au tsar Alexandre, l'autre soir? Depuis que vous l'avez serré dans *mes* bras, il ne jure plus que par vous... enfin par moi?

– Vous-même, qu'avez-vous fait au major von Clam pour qu'il vous conduise, ce matin, jusqu'au pied de l'autel de Maria-am-Gestade?

– Et vous donc, qu'avez-vous accordé à M. de Dalberg pour qu'il accepte de s'y rendre en votre compagnie de si bonne heure, au moment où j'avais décidé de venir accomplir certaines dévotions?

– Comme c'est bizarre, n'est-ce pas? Où donc est Clam?

Dorothée part d'un grand rire et lance :

– Il donne à boire aux chevaux.

D'un geste las, elle désigne la fenêtre. Un coup d'œil me

montre le major von Clam en grande conversation avec un nain vêtu de blanc qui l'écoute avec intérêt, pendant qu'un valet d'écurie de la duchesse de Sagan donne un seau d'eau et un picotin à son équipage.

Von Clam sera toujours le même; ce grand naïf ne se doutera jamais de rien et il mourra de bon matin, la tête emportée par un boulet ramé, sans avoir songé à se demander avec qui et contre qui il se bat. Je souris enfin et je tombe dans les bras de Dorothée.

Le dialogue qui suit, je veux le noter tout de suite car j'ai parlé sans réfléchir, une fois de plus, et je voudrais le relire tout à l'heure, à tête reposée.

Dorothée me fait mille cajoleries. Puis, soudain, elle s'éloigne de quelques pas et me questionne, avec une impudeur qui me laisse pantoise :

– Aurore, aimez-vous Clam?

– Oui; c'est-à-dire non.

– Oui ou non?

– Oui et non!

– Prêtez-le-moi, pour quelques heures, pour quelques jours, pour quelques semaines, je ne sais pas encore; mais j'ai besoin que vous me le prêtiez.

– Il n'est pas à moi. Il n'est pas à louer, que je sache.

– Mais je ne vous offre rien en échange. Prêtez-le-moi, un point c'est tout.

– Je vous ai dit qu'il n'était pas à moi.

– Pas encore ou pas du tout?

– Pas maintenant.

– Alors je le prends, et je vous signe une reconnaissance de dette de cœur : mettez dessus ce que vous voudrez.

– Je voudrais dîner avec votre oncle.

Dorothée me regarde, interloquée :

– Avec le prince de Talleyrand?

Elle rougit, balbutie, hésite un instant en revêtant sa houppelande dégoulinante de pluie et achève sa phrase d'une voix triomphante :

– Entendu. Je vous rends Clam à la fin de l'année; ou bien je l'épouse! Au revoir, Aurore.

– Au revoir, Dorothée. Ne faites pas comme votre sœur Wilhelmine qui prend sa mairie pour une maison de rendez-vous.

Elle a quitté la pièce.

D'un coup, j'ai fondu en larmes. Une débâcle. Une cataracte. Mes yeux ne voyaient plus rien puisqu'il n'y avait plus personne à voir. J'étais incapable de parler puisque personne ne pouvait m'entendre. Il me semblait que le fil de mes pensées avait été rompu; la procession d'images qui fait la trame de nos réflexions s'était immobilisée d'un coup, comme un métier à tisser s'arrête quand l'eau de la rivière se tarit.

Pour la première fois de ma vie, je succombe à un accès de désespoir; il est dû à la lassitude autant qu'à la jalousie; et, aussi bien, à la confusion qu'engendre l'humiliation. Mais cela n'explique pas tout. Jusqu'à présent, les sentiments que j'avais nourris pour von Clam m'avaient paru sans danger car ils me paraissaient sans retour. A l'inverse, ceux que j'éprouvais pour Dorothée me semblaient partagés.

Et puis voilà! Je n'étais plus rien pour personne. C'est comme si j'avais cessé tout à coup d'exister. La vie allait continuer de se jouer devant moi, entre les autres, entre elle et lui. Le loup et l'agneau; l'agneau et le loup. Une cataracte de suie m'obscurcissait l'esprit. J'avais beau tenter de réfléchir, je comprenais de plus en plus mal les sentiments contradictoires entre lesquels je me débattais et qui me paralysaient entièrement.

Pour retrouver l'usage de mon corps, j'ai fait l'effort de prendre ma plume et mon cahier; d'un trait, j'ai écrit les lignes qui précèdent.

Depuis que mon encrier est à moitié vide, il me semble que j'ai un peu moins de chagrin. Mais j'ai si grand-peur d'avoir mal de nouveau que je n'ose pas me lever, que je ne veux pas quitter ma table. Si dans une semaine je suis encore là, on me retrouvera morte de soif : il ne me reste plus à boire que la moitié de mon encrier.

3

Soirée à l'ambassade de France

I

Sade, dans le vieux langage, signifiait agréable et *mau* était utilisé dans le sens de mal; ainsi est né « maussade »; ainsi va mon humeur. Voilà des jours et des jours que je n'ai point quitté le palais Palm qui est un chaudron sur le point d'exploser.

Ce matin, je croise dans la cour la duchesse de Sagan en grand équipage. La porte de son carrosse est encore ouverte. Elle m'aperçoit, tire deux fois le cordon pour prévenir son cocher de ne pas se mettre en route et, tendant à demi son bras dans ma direction, me fait signe du bout de ses doigts joints.

J'hésite à obtempérer à cette injonction, comme une servante; au fond de moi, je fulmine. A regret, je viens prendre place à côté d'elle. Wilhelmine me couvre les genoux d'une lourde couverture de fourrure et m'interroge avec une mine cafarde :

– Étiez-vous hier soir chez la Bagration? Je ne vous ai point vue. Vous n'avez rien manqué; on a joué aux petits papiers; une soirée monotone. Tout à coup, le Château d'eau – il s'agit du prince de Stahrenberg qu'on a surnommé ainsi car c'est un grand distributeur d'eau bénite de cour – s'aperçoit que sa fille Élisabeth a disparu. Une enfant à peine plus âgée que votre élève Clémentine, et tout à fait dévoyée, comme sont les demoiselles aujourd'hui.

» Après une demi-heure de recherches infructueuses dans les appartements de la princesse, poursuit Mme de Sagan, on l'a retrouvée dans un salon éloigné où elle s'était enfermée à clé.

Stahrenberg a enfoncé la porte. Bien entendu, elle n'était pas seule. En compagnie de qui se trouvait-elle, à votre avis? Impossible de le savoir. Peut-être était-elle avec votre ami Clam?

– Plutôt avec lord Stewart!

La duchesse hausse les épaules et ajoute :

– La maison de Bagration est un... et l'on s'étonne de voir des parents y conduire leur fille.

Si cela pouvait être vrai, ce serait un remède aux soucis financiers de la malheureuse Catherine qui sont inextricables; et peut-être aussi aux miens. Quant à la maison de Wilhelmine, je sais désormais qu'elle ne vaut guère mieux : j'ai grande envie de l'interroger sur les mœurs de son factotum Döbling. Malgré mes efforts, je ne parviens point à chasser ce souvenir *maussade* et, chaque fois que je me penche pour ouvrir la trappe qui dissimule mon cahier rouge, c'est avec un aigre pincement de cœur. Je demeure persuadée que le nain blanc n'a pas joué sa dernière carte et qu'il me réserve un tour à sa façon.

Je narre ce navrant épisode parce qu'il montre bien à quel degré d'exaspération en sont venues les deux princesses. Les câlineries qu'Alexandre distille un jour à l'une et le lendemain à l'autre les mettent dans une ébullition perpétuelle.

Chacun sait que Catherine Bagration est entièrement dévouée au tsar; en revanche, Wilhelmine de Sagan préfère répartir son jeu; jusqu'ici elle appartenait au clan allemand; il semble qu'elle ait décidé, désormais, de faire des levées dans chaque camp et de ne plus favoriser aucun des quatre alliés.

Elle dispose de cartes de toutes les couleurs : outre ses démêlés violents avec Metternich, elle est en coquetterie marquée avec l'écervelé qui sert de frère à Castlereagh : lord Stewart; la Minoritenplatz lui sert provisoirement d'asile, mais cet exhibitionniste finira tôt ou tard aux Petites Maisons : Vienne est une ville renommée pour la qualité des soins que l'on y prodigue aux déséquilibrés; on y soigne plus de trois cents fous par le régime de l'abstinence et, chaque année, près de la moitié en sort guérie; un résultat dont aucune autre faculté de médecine, au monde, ne peut se glorifier.

Chez les Français, la duchesse ne manque pas non plus

d'atouts. Piqué par la curiosité, l'esprit de famille, l'envie de me revoir, ou toute autre raison de moindre intérêt, le prince de Talleyrand vient chaque jour à l'hôtel Palm. Du côté de chez Sagan, il est sûr d'être bien accueilli : outre sa réputation personnelle, il porte avec lui ce léger piment d'inceste que lui donne sa liaison avec Dorothée. Rien ne pourrait plaire davantage à la duchesse que de prendre sur l'épaule du prince la place de *la jolie tête de serpent,* c'est ainsi qu'elle a dénommé sa sœur cadette.

Enfin, le tsar lui-même honore désormais l'aînée des Courlande de ses visites. Au cours d'une réception donnée, la semaine dernière, par le prince de Metternich, Wilhelmine a réclamé, d'une voix claironnante, à Alexandre, la faveur d'une audience.

– Il ne saurait être question d'une audience, répondit galamment l'empereur, je prendrai le déjeuner chez vous demain, à onze heures, à l'hôtel Palm.

Onze heures, quel affront! C'est l'heure où le chancelier a coutume de se rendre – avec un succès inégal – chez la duchesse de Sagan. Après avoir été ainsi bafoué chez lui et en public, Metternich a reçu un message dont le scriban de Wilhelmine m'a révélé la teneur et qui se termine par une phrase particulièrement cruelle :

« ... Ce qui arrive aurait pu être évité si, au lieu de tant de passion, j'avais trouvé un peu plus d'art ».

Catherine Bagration prétendait qu'Alexandre a le *sang froid* et que Talleyrand manque de *fortiter in re;* et voilà qu'aujourd'hui Wilhelmine regrette que Metternich ne soit pas un *artiste.*

Décidément, la condition masculine n'est guère enviable.

II

Encore une soirée manquée.

Dorothée a tenu parole. Je suis assise dans le salon bleu de l'hôtel Kaunitz. Une alcôve, quelques chaises, un petit lustre de tôle peinte qui laisse couler une lumière tremblotante et discrète. Dans la pénombre, le prince de Talleyrand, le duc de Dalberg et moi.

J'ai beaucoup bu, ce soir, de ce vin de Bude qui fait danser les chèvres. Je flotte avec béatitude. Le monde est composé de deux hémisphères qui s'emboîtent merveilleusement l'un dans l'autre et Vienne leur sert de charnière. Mes soucis se sont envolés. Je pérore :

– En France, les principes de gouvernement varient avec les ministres : Richelieu avait pour maxime de tout abattre, Mazarin de tout corrompre, Fleury de tout faire attendre, Brienne de tout hasarder et vous, Excellence, de tout concilier. En face du tsar Alexandre, c'est ce qui vous a permis, n'est-ce pas, de démêler tant de nœuds gordiens sans les trancher.

Le prince de Talleyrand m'observe d'un œil amusé et répond :

– Vous me mettez sur le même pied que des ministres qui sont loin d'avoir eu des mérites comparables. Je tiens que Brienne n'avait aucune connaissance des affaires.

– Il est vrai que son impéritie n'avait d'égale que son impertinence.

– Il y a en France une tradition bien établie de l'impertinence des cardinaux. Elle va crescendo en raison inverse de leur capacité : Mazarin passait Richelieu; Dubois puis Fleury les passeront l'un et l'autre.

– Et Brienne les passera tous. Remercions Dieu que le roi Louis XVI ne vous ait pas fait porter le chapeau!

Le prince sourit à peine. Avant que n'arrivent les invités qu'il a conviés, ce soir, pour le souper, il entreprend de me consulter – c'est la raison de notre aparté – sur un sujet qui le préoccupe en ce moment et pour lequel il m'a fait venir au palais Kaunitz :

– Que pensez-vous de la duchesse de Sagan?

Surprise par la question, posée à brûle-pourpoint et sans préambule, je lance, un peu au hasard, comme on fait rouler une paire de dés sur une table de trictrac :

– Vous voulez connaître mon opinion sur Wilhelmine? Eh bien, pour moi, c'est un volcan qui lance des glaçons.

– Sans doute! Depuis votre pigeonnier de l'hôtel Palm, qui

doit être un piquant observatoire, vous êtes bien placée pour la voir souffler le chaud et le froid sur ce pauvre Metternich.

– Il fait petite mine à force de se voir bafouer.

– La duchesse a ce talent propre aux femmes du Nord d'allier une vie très libre avec les formes les plus décentes.

– Le feu sous la cendre.

– Mme de Sagan a le malheur de désirer, que dis-je? de vouloir toujours ce qu'elle n'a pas; du coup, elle s'oblige à faire ce qu'elle ne veut pas, à dire le contraire de ce qu'elle pense, n'est-ce pas mademoiselle?

Le prince attend avec curiosité une réponse que je ne trouve pas; je bredouille.

– Je ne sais au juste ce qu'elle pense mais je constate, avec vous, qu'elle ne fait que des bêtises.

– Disons qu'elle en fait beaucoup.

Étourdiment, je renchéris :

– Elle aime comme on dîne et elle a grand appétit.

– Le prince de Metternich a tort de vouloir rendre raisonnable un être aussi insaisissable.

– On a toujours tort de s'entêter. Mais je suis convaincue qu'en plus de cela, le chancelier souffre. C'est un être plus fragile que son apparence triomphante le laisserait supposer.

– Ne vous laissez pas duper par ce comédien, mademoiselle. Croyez-moi : il sera ridicule. Ses gestes lui feront plus de tort que ses paroles. Il ne se méfie pas assez. La duchesse de Sagan est une femme dangereuse pour un homme qui occupe sa position.

Satisfait de m'avoir entendue confirmer ce qu'il pensait par-devers lui, le prince de Talleyrand se lève et, avec un air faussement détaché, demande :

– Ma nièce Dorothée vous a-t-elle indiqué dans quelle maison elle comptait se montrer, ce soir? Je m'étonne de ne pas la voir ici.

– Avant de venir à l'hôtel Kaunitz, j'ai aperçu la comtesse de Périgord chez sa sœur, la princesse Pignatelli.

– Seule?

– Elle s'y trouvait en compagnie du maréchal Trautmansdorff et de lord Stewart.

– Joyeuse compagnie! La duchesse de Sagan ne devait pas être bien loin.

Le prince s'éloigne avec une mine enchantée.

III

J'ai menti comme un cosaque : chacun sait que le grand chambellan du Trône, Trautmansdorff, voue à Dorothée une adoration platonique. Quant à lord Charles, il brûle effectivement d'une ardeur beaucoup moins hellénique pour Wilhelmine; mais cette passion n'afflige que M. de Metternich.

De toute façon, c'est sans importance : chez sa sœur Jeanne, Dorothée ne se trouvait ni avec l'un, ni avec l'autre.

L'avouerai-je? Non seulement elle profitait de la permission qu'elle m'a extorquée dans ma chambre, mais encore elle en abusait : elle était en pleine épiphanie avec le major von Clam qui la couvait des yeux – comme les Rois mages jetaient leur regard extasié sur la crèche, le jour de la Nativité. Mme de Périgord n'aime rien tant que se faire adorer : l'encens pour la vanité, la myrrhe pour la beauté, l'or pour la pureté et la mairie pour les derniers sacrements.

Dorothée a été longtemps réputée femme fidèle; je crois qu'avant de venir à Vienne elle n'avait jamais trompé son mari – autrement qu'en pensée avec Czartoryski. Pécher par omission avec un Polonais, il y faut de la vertu.

Sans doute menait-elle une vie retirée; le défaut d'occasions est le meilleur rempart contre les tentations. Elle a eu trois enfants en peu d'années. La surveillance de son oncle était-elle étroite? Je ne sais. Cette vie ne pouvait pas durer. L'oiseau a quitté sa cage; envolée la macreuse; envolée par-dessus les moulins de Pologne ou de Poméranie. Je sens ma colère qui monte et me fait écrire des bêtises.

Avant de me rendre à l'hôtel Kaunitz, j'étais donc passée chez la princesse Pignatelli. Sitôt arrivé, von Clam m'aperçoit. En se cachant de Dorothée, il me fait signe de m'approcher. Une fois de plus, j'obéis; une fois de trop : j'acquiesce par curiosité, par désœuvrement, par lâcheté. Je vais le rejoindre tout en sachant que j'aurais mieux fait de l'ignorer. Je n'ai pas cessé de le regretter depuis.

Le major semble ne m'avoir pas gardé rancune des propos que j'ai tenus à la Hofburg; sans doute les attribue-t-il encore à Jeanne Pignatelli; Dorothée ne lui a pas dévoilé pourquoi elle m'avait prêté sa robe jaune et emprunté mon domino.

Il n'a d'yeux que pour elle.

En séducteur chevronné, ce laborieux disciple de Lauzun met en pratique les excellents principes du chevalier de Seingalt : ne jamais attaquer une femme dépourvue d'expérience autrement que dans la société d'une autre femme; de préférence, devant une amie. C'est pourquoi il m'a fait signe. Le major sent bien qu'une novice comme Dorothée manquera toujours de courage pour se résigner à l'irréparable : se trouver en bonne compagnie lui donnera les forces qui lui manquent pour succomber.

Sachant qu'il ne m'est pas indifférent, von Clam espère que le sentiment qu'il me prête sera contagieux; peut-être ranimera-t-il celui que la comtesse de Périgord semble lui manifester avec parcimonie... En revanche, si le major imagine que je vais prendre devant elle une mine jalouse ou enamourée, il se leurre. Ce bon Allemand candide est maladroit; ne sachant pas cacher son jeu, il m'accueille par un compliment banal et le lance d'une façon trop appuyée :

– Je vous trouve un teint superbe; vous êtes ravissante, fraîche comme une rose du Bengale!

Depuis qu'elle m'a aperçue, Dorothée a pris un visage de colère. Elle ne supporte pas que je vienne surveiller l'usage qu'elle fait de *mon* major; ou peut-être s'est-elle souvenue des préceptes de Casanova?

D'une voix furieuse elle lance :

– Oh! M. de Seingalt le disait déjà : à Vienne, les jolies filles sont si communes que leur beauté les laisse dans la misère.

La phrase a claqué comme une gifle. Je sursaute. Des larmes me montent aux yeux. Au lieu de répondre, je me répète à voix basse le mot de Rivarol : « Il faut s'être aimés bien peu pour rester encore amis quand on s'est aimés beaucoup. » Dorothée m'a-t-elle jamais aimée beaucoup?

Pour faire bonne contenance et dissimuler mes sanglots muets, je joue les coquettes endurcies derrière mon éventail. Quelques coups de poignet suffisent, accompagnés de quelques œillades. Cela exaspère Dorothée bien au-delà de ce que j'avais imaginé; Mme de Périgord considère qu'elle a, seule, le privilège de cultiver le mépris; elle n'admet ni qu'on la contredise ni qu'on l'ignore; à fortiori qu'on l'oublie. Hier, l'indifférence du prince Adam l'a brûlée comme un acide alors qu'elle s'apprêtait à l'aimer avec passion; depuis le jour de ses noces, chaque soir, elle se répétait : *invitus invitam,* malgré lui, malgré moi...

D'un coup, le château de cartes s'est effondré sur sa tête; elle ne parvient plus à dissimuler sa déception; même sa voix chaude est devenue aigre comme de la bière blanche.

Cherchant à me provoquer, elle pose la main sur l'épaule de von Clam qui fait le faraud; puis elle me jette de son haut un regard inquisiteur, un regard d'Inquisiteur. Depuis toujours elle se plaît à sonder les reins et les cœurs; les reins plus que les cœurs. Elle n'aime rien tant que se consoler d'un échec en immolant, au hasard, une quelconque victime. Pourquoi m'en vouloir à ce point? Que dissimule cet accès de colère?

Je sais Dorothée déçue par l'indifférence de Czartoryski; mais je n'imaginais pas que sa déception prendrait une pareille forme. Sans doute a-t-elle décidé de se venger sur le genre humain dans son entier; et moi, je suis le bouc émissaire de toutes les rancœurs accumulées depuis si longtemps.

Je ne suis ni en position ni en humeur de me défendre; à l'abri de mon éventail, je me contente de fixer sur elle des yeux vides, étonnés. Embarrassé, le major assiste à cette scène muette, qui se déroule en l'espace de quelques secondes. Il est bien loin d'en soupçonner la violence. Avec son exaspérante bonhomie, il tente d'apaiser ces deux furies qui s'affrontent silencieusement pour des raisons qui lui échappent. Faute de mieux, il lance avec une fausse jovialité :

– Voyons, Aurore, n'écoutez pas Dorothée; elle parle par antiphrases; hier encore elle me disait combien elle vous trouvait d'esprit, combien elle admirait votre éclat...

– Vous l'avez déjà dit : cette enfant a de l'esprit comme une rose... comme une rose de Noël, veux-je dire.

Chacun sait que l'ellébore noir, ou rose de Noël, est une plante vivace dont les propriétés purgatives et vermifuges sont fameuses et qui passe de surcroît pour guérir différentes formes de folie. Je ne demande pas mon reste. Inutile de faire un esclandre; je ne suis pas en mesure de provoquer la nièce de l'ambassadeur de France et le factotum du Premier ministre d'Autriche. Alors je m'incline, pas trop bas, et me sauve en bafouillant :

– Je ne veux pas arriver en retard à l'hôtel Kaunitz; votre oncle m'y attend.

Tout en remâchant ma rancune comme un brin de ciguë que l'on suce en prenant bien garde à ne point l'avaler, j'esquisse une révérence moqueuse : d'une main, je relève ma jupe afin de montrer à cette mégère que, si j'ai mauvaise mine, j'ai aussi la cheville parfaitement fine; de l'autre, j'adresse un salut goguenard au major. Médiocre botaniste, il n'a rien compris à l'intermède.

IV

Avec mélancolie, je songe à tout cela – qui s'est passé il y a moins d'une heure – tandis que le prince de Talleyrand s'éloigne de l'alcôve où nous nous tenions pour accueillir les nouveaux venus qui se pressent en foule. Trois mois se sont écoulés depuis le début du Congrès : il est loin le temps où il était de bon ton de mépriser les soirées de l'ambassade de France.

Les compliments que Charles de Dalberg continue de me prodiguer avec délicatesse ne parviennent pas, hélas! à chasser mes mauvais souvenirs. En vain je ratiocine, retournant la scène que je viens de décrire sous tous ses angles, comme on fait avec un kaléidoscope, afin de trouver la clé du comportement de Dorothée.

Pour me changer les idées, je me tourne vers mon chevalier servant qui n'est jamais à court d'inspiration. Nous parlons de choses et d'autres : de Paris, de théâtre : du Burgtheater, du Kärntnertor Theater...

Transmission de pensée : Mlle Bigottini entre en scène; elle pénètre dans la pièce avec superbe, comme si les salons de l'ambassade étaient une annexe de l'Opéra de Paris. La comédienne porte une robe extraordinaire qui fait penser aux toilettes d'il y a vingt ans : un pierrot de mousseline blanche, vaporeuse, et une jupe à triple falbala, mise sous un transparent bleu d'outremer...

Dalberg en perd le souffle :

– Elle me fait penser, dit-il, à Mlle George; vous savez, cette comédienne qui accorda autrefois ses faveurs au prince de Talleyrand; elle avait pris celui-ci pour protecteur, en place du Premier consul; quand on lui demandait pourquoi Bonaparte l'avait délaissée, la fameuse actrice répondait avec désinvolture : « Bonaparte? Oh, vous savez, nous sommes encore du dernier bien; seulement voilà! il m'a quittée pour se faire empereur. »

– Avouez que vous me quitteriez volontiers pour vous faire la Bigottini!

Je ne sais dans quel sens Dalberg entendit la phrase qui m'avait échappé; ou plutôt je le devine sans grand mal; toujours est-il qu'il éclata de rire à perdre haleine et me quitta sur-le-champ afin de rejoindre cette créature.

Demeurée seule pendant quelques minutes, je songeai, une fois encore, à Dorothée : sans doute reproche-t-elle au prince Adam de l'avoir oubliée pour se faire roi de Pologne et, davantage encore, de n'y être point parvenu. Elle n'admet pas qu'il l'ait négligée pour caresser une chimère – la seule rivale qu'aucune femme ne tolère, car c'est la seule dont un homme ne se lasse jamais.

Quant à moi, elle m'en veut d'avoir été sa complice et le premier témoin de son échec; elle m'en veut de lui avoir prêté une oreille attentive, dans un cabinet du Burg, le soir de la grande redoute masquée; elle m'en veut de lui avoir cédé von Clam sans même réclamer, en échange, un plat de lentilles; elle m'en veut; et moi j'ai de la peine, mais je ne lui en veux pas; et c'est aussi pour cela qu'elle m'en veut.

De loin, j'observe avec envie la Bigottini qui ne veut que

passer de bras en bras, sinon de main en main, comme le furet du bois joli... Et le fidèle Dalberg me revient, l'oreille basse, l'œil préoccupé; pour masquer son échec, il entreprend de parler politique; sachant que je suis en odeur de sainteté dans les couloirs de l'ambassade, il me fait ses confidences.

Avec un sourire narquois, j'observe ce bavard intarissable, dont les cheveux poivre et sel, plantés en désordre, partent dans tous les sens comme sa conversation – il y a un lien étroit entre les façons de se coiffer et de s'exprimer : ceux qui ont les cheveux longs et calamistrés tiennent le plus souvent des propos plats et filandreux; ceux qui ont le cheveu court et raide sont silencieux et compassés comme des officiers prussiens; ceux qui portent une toison bouclée de mouton s'expriment comme de bons enfants, ainsi le major von Clam; enfin ceux qui portent une perruque soigneusement frisée au fer sont de parfaits comédiens qui dissimulent le fond de leur pensée, ainsi le prince de Talleyrand.

A Vienne, Dalberg est le collaborateur préféré du ministre : sans doute est-il moins sérieux que La Tour du Pin et moins actif que La Besnardière – le scribe de l'ambassade – mais il est infiniment plus fantaisiste.

Avec l'apparence d'un grand échalas, le duc de Dalberg est un homme aux traits aigus, mal dessinés, comme un brouillon : un homme du premier jet, volubile et désordonné. Il me fait un récit coloré des dernières séances entre les délégués des puissances alliées à la Ballhausplatz et parvient – presque – à me faire oublier mes soucis.

V

Aujourd'hui les alliés sont au nombre de cinq : la suffisance et l'insuffisance de Labrador – sur qui Talleyrand s'était appuyé le temps de grimper sur l'estrade – l'ont fait disparaître de l'arène et il se contente de jouer les picadors en coulisse.

Du coup, la France a pris la place de l'Espagne à la table des négociations; joli tour de passe-passe diplomatique. Vendredi, Talleyrand reçoit un billet de Metternich qui le prie de passer chez lui *avant* la conférence prévue pour huit heures : il désire l'entretenir d'objets importants – les Français disent habituellement *des sujets importants* mais les Allemands, qui déclinent leurs compléments, ne commettent pas cette faute.

A sept heures précises, le premier plénipotentiaire français se fait annoncer. Le ministre d'Autriche évoque tout d'abord un projet de déclaration qu'il vient de rédiger et qui serait très proche de nos positions; Talleyrand le réclame; Metternich n'en dispose pas :

– Probablement est-il en communication chez les alliés? interroge le Français.

– Ne parlez donc pas d'alliés; il n'y en a plus!

Talleyrand, jamais content décidément, rétorque :

– Il y a ici des gens qui devraient l'être, en ce sens qu'ils devraient penser de la même façon et vouloir les mêmes choses. Pour moi, je ne négocie qu'avec des principes. Voici du papier et une plume; voulez-vous écrire que la France ne demande rien et n'accepterait rien? Je suis prêt à le signer.

– Vous avez Naples : l'affaire Murat est proprement la vôtre.

– C'est l'affaire de tout le monde! Je vous le répète : ce n'est pour moi qu'une affaire de principe. Je demande que ce qui doit être à Naples soit à Naples, et rien de plus. Qu'on suive les principes, on me trouvera facile pour tout. Telle est ma position.

» Pour le reste, je ne consentirai pas à ce que la Russie passe la Vistule et je n'accepterai pas qu'elle ait ses frontières sur l'Oder; mais si le Luxembourg est donné à la Hollande et Mayence à la Bavière – et non à la Prusse –, si le roi et le royaume de Saxe sont conservés, je n'aurai point d'objection à faire pour cette partie de l'Europe. Vous conviendrez avec moi que c'est celle qui nous cause le plus de soucis.

– Savez-vous ce qu'il en advint, Aurore? poursuit Dalberg. Eh bien, M. de Metternich s'est levé brusquement et il a tendu la main vers le prince. Non, non, pas pour échanger avec lui des croquignoles. Avec le sourire, il a déclaré : « Nous sommes beaucoup moins éloignés de vous que vous ne pensez. » A ce moment, mon vieil ami, M. de Gentz, le secrétaire du Congrès, est entré dans le bureau du Premier ministre pour prévenir les deux hommes que les autres délégués étaient réunis. Tous trois se rendirent d'un même pas à la salle de conférence.

Je résume les propos de Dalberg : après avoir exposé le projet français, Metternich lit son propre texte : dans celui-ci, qui était destiné au public, il se bornait à ajourner, une fois de plus, l'ouverture officielle du Congrès sans rien dire de neuf.

Comme les anciennes prétentions de tout faire régler par les quatre alliés étaient abandonnées, Talleyrand consent à l'adoption de ce texte sous réserve qu'on y ajoute : la convocation du Congrès sera faite conformément aux principes du droit public.

A peine a-t-il fait cette observation qu'un grand tumulte s'élève dans la salle; on pourrait croire que le ministre français vient de proférer une véritable obscénité. Le représentant de la Prusse, Hardenberg, debout, les poings sur la table, criant comme il est habituel à ceux qui sont affligés de la même infirmité que lui, tient des propos incohérents :

– Non, monsieur; le droit public? C'est inutile. Pourquoi dire que nous agirons selon le droit public? A quoi bon! Cela va sans dire.

– Cela ira encore mieux en le disant, rétorque l'ambassadeur de France, impassible.

Le Prussien, voyant qu'autour de lui chacun baisse les yeux pour ne pas sourire, lance avec fureur :

– Qu'avez-vous à me considérer?

– Je ne vous considère pas, monsieur, je vous regarde.

Ignorant la nuance, M. de Humboldt qui, lui, n'est point sourd lance en martelant ses mots :

– Nous vous demandons une chose : répondez-nous. Que fait donc ici le droit public? et Talleyrand de répliquer :

– Il fait que vous y êtes!

La discussion se poursuit durant un moment; M. de Gentz tient d'abord un long conciliabule avec Castlereagh; puis il s'approche du prince de Metternich et lui représente qu'on ne peut refuser de parler du droit public dans un acte de cette nature. On finit donc par consentir, une fois de plus, à ce que demandait la France.

En conclusion, le duc de Dalberg ajoute, mi-figue mi-raisin :

– M. de Gentz est un ami de toujours; il a de gros besoins

financiers en ce moment. Ce jour-là, il lui fallait, de toute urgence, dix mille florins qu'il venait de perdre à une table de creps ou de reversi. Fouché nous avait expédié de Paris quelques pontes, vous comprenez?

Si je recevais autant de guldens que nos ministres se partagent de florins, je serais prête à beaucoup de choses.

4

Les funérailles du prince de Ligne

I

Un comte suisse, grand chasseur devant l'Éternel, rencontre au cours d'une excursion un pauvre prêtre qui allait administrer les sacrements à ses paroissiens et qui était arrêté dans sa marche par un gué infranchissable. Le jeune seigneur saute de sa selle sitôt qu'il aperçoit l'ecclésiastique en difficulté, échange avec lui quelques pieuses considérations et lui offre respectueusement son cheval.

Le lendemain, au messager qui vient la lui restituer, il déclare : « Dieu me garde de reprendre cette monture! Elle appartient désormais à l'Église et à son ministre. »

Quelques mois passent.

Le prêtre, devenu chapelain et confident de l'Électeur de Mayence, obtient assez d'influence sur le père spirituel de l'Allemagne pour le convaincre de proposer aux électeurs assemblés son généreux donateur comme candidat à l'Empire.

Renommé pour sa valeur militaire et, dans le même temps, trop peu puissant pour exciter la jalousie, il fut accepté. C'est ainsi que Rodolphe de Habsbourg devint le premier monarque de la chrétienté.

L'Autriche ne tient que par les Habsbourg, comme un sac de billes ne tient que par la ficelle qui empêche son contenu de se répandre dans toutes les directions. Ce n'est pas un pays; ce n'est pas une nation; ce n'est pas un peuple, c'est un conglomérat. En Europe, on trouve des Italiens, des Slaves, des Allemands, des Hongrois. Quand on les réunit, on a l'Empire d'Autriche.

Si cet Empire n'existait pas, il faudrait l'inventer : il est nécessaire à l'équilibre de l'Europe; hier, il l'a protégée de la domination française; aujourd'hui, il sert d'écran contre la domination russe; demain, il sera un rempart contre la domination prussienne. Si, par malheur, un conquérant glorieux mais borné le faisait disparaître, c'en serait fini de l'Europe; elle entrerait alors dans des convulsions permanentes.

Comment donc ont procédé les Habsbourg pour former cet empire protéiforme?

Moins par les armes que par les femmes. La politique matrimoniale de cette famille est exemplaire : on trouve ses filles à Vienne, à Naples, à Munich, à Versailles, à Parme, à Fontainebleau... partout :

Bella gerant alii, tu felix Austra nube.

Heureuse Autriche : les autres font la guerre et toi, l'amour!

Après la défaite de Wagram, l'empereur François Ier fut contraint de livrer sa fille Marie-Louise au *Minotaure;* une alliance entre Napoléon et la sœur du tsar, la grande-duchesse Anne, menaçait tout bonnement l'Autriche de disparition : l'Europe aurait été mise sous tutelle par ces deux puissances. Alexandre ne parvient pas à l'oublier aujourd'hui et cela le fait rêver. D'autant que Robinson Crusoé régnant désormais sur les Elbiens, le tsar estime qu'il n'a plus besoin de partager le continent avec quiconque.

Metternich, qui fut l'artisan de cette politique matrimoniale, est maintenant bien décrié :

– Ce qui manque au cabinet autrichien, me disait hier encore Charles de Dalberg – venu me rendre visite dans ma chambre sous un prétexte qui n'en était pas un et, je le crois, pour le simple plaisir de converser avec moi – ce qui manque au cabinet autrichien, c'est un système, de la suite, du caractère et des principes.

Difficile de faire un constat plus sévère. Si Metternich s'allie franchement avec la France et l'Angleterre, la Prusse devra céder et nous rétablirons la Saxe en la dotant d'un nombre d'âmes raisonnable, pour parler comme la Commission des statistiques.

Sinon, je crois fermement qu'on va à la guerre. A Vienne, c'est le point de vue le plus couramment répandu.

Quand la situation est critique, personne n'accepte que celui qui reçoit toute l'Europe à la Ballhausplatz, se montre aussi léger : du Congrès, il est à la fois le président, le maître des cérémonies et l'ordonnateur des travaux. Ses commis, son bureau, ses appartements privés se trouvent sous le même toit; mais son cœur est ailleurs.

On ne lui pardonne pas ses atermoiements devant les rebuffades que lui prodigue la duchesse de Sagan. A la demande de l'ambassade de France, j'en ai, au début du Congrès, amplifié les échos; ils ont fait scandale dans toutes les sociétés et amélioré d'autant la position du prince de Talleyrand.

M. de Dalberg m'a félicitée de ma diligence; c'est dire que j'ai un peu d'argent de poche; je n'en suis pas plus fière. Recevoir de l'argent de M. de La Tour du Pin ne me gênait pas; j'avais l'impression qu'il me versait des appointements; hélas, il était ras comme un velours de prie-Dieu. Dalberg est plus généreux, mais il a moins de discrétion; il pose son obole sur ma table de nuit comme un appeau et j'ai toujours l'impression qu'il attend de moi quelque cajolerie en retour. Pourtant, ses enveloppes me paraissent fort maigres. On ne vaut pas grand-chose lorsqu'on se considère, beaucoup quand on se compare; c'est bien connu. Pour moi, je me comparerais volontiers à M. de Gentz dont les mœurs sont moins respectables que les miennes; il a tellement le goût du jeu que, désormais, il passe partout pour faire double jeu. Contrairement à ceux qu'il reçoit, les *bakchiches* que m'octroie l'ambassade ne risquent pas de compromettre les finances du baron Louis.

Cela me permet à peine de renouveler un trousseau qui a bien du mal à suivre le train d'enfer de la mode d'aujourd'hui. Par bonheur, chacun sait que j'ai des grâces qui transparaissent sans qu'il soit besoin, pour les mettre en valeur, d'user d'un quelconque artifice. Chacun le sait, mais Dalberg le remarque plus souvent que les autres, et il a le bon goût de me faire part de ses observations; je me contente, ici, de répéter ses propos.

Pour en revenir à Metternich, on accuse donc le diplomate autrichien de passivité, de fourberie, de mauvaise foi – quand ce n'est pas de mauvaises mœurs.

Il est le jouet des intrigues qu'il croit mener, il perd la route des plus habiles et il désespère ses soutiens les plus loyaux; même les Anglais en disent pis que pendre.

Le ministre Humboldt voit en lui quelqu'un d'entraîné aux tours de passe-passe politiques. J'ai entendu ce Prussien bavarder avec Pauline de Hohenzollern à qui il disait : « ... le chancelier est faible et inconséquent et n'a pas de vue personnelle; il accapare toutes les affaires mais, dès que la chance l'abandonne, il fait montre du plus grand embarras ».

Metternich s'imagine avoir résolu un problème quand il en a traité par oral ou par écrit; sa faconde est intarissable, sa plume inusable, mais il s'emberlificote si bien dans ses filets qu'il finit par être la dupe de ses propres mensonges.

Les dissensions qui opposent Alexandre et Metternich sont la clé de voûte de tous les événements du Congrès.

La jalousie du ministre autrichien envers le tsar est absurde. Alexandre cherche à se faire admirer non par une mais par toutes les femmes; il veut absolument leur plaire, mais il ne risque guère de les corrompre; les bonnes paroles et les regards enflammés lui suffisent; ainsi, il adore Dorothée de Courlande depuis que nous avons dansé ensemble à la Hofburg. Ce que souhaite l'empereur de Russie, c'est de disposer d'armes qui favorisent sa politique. La princesse Bagration a été la première à lui faire des confidences sur le Premier ministre autrichien; ensuite Wilhelmine de Sagan lui a communiqué sa correspondance, dont j'ai donné ici quelques échos – tant de gens l'ont déjà eue entre les mains que, demain, on en fera un ouvrage; son succès me paraît assuré!

Fort de ces médiocres secrets d'alcôve, Alexandre a un peu perdu la tête. Devant Metternich, il a lancé d'une voix de stentor : « Nous autres soldats! », pour l'humilier.

Le lendemain, il s'est écrié :

– Je déteste les scribes. Je suis militaire. Je n'aime que les militaires.

Comme Metternich se défendait maladroitement de ses attaques, il s'est exclamé :

– Vous êtes le seul en Autriche qui osiez prendre vis-à-vis de moi ce ton de révolte!

Le ton a monté.

Dans un accès de colère, le tsar a jeté son épée sur la table et traité le prince de rebelle avant de le provoquer en duel; oui! je dis bien : le provoquer en duel!

Je tiens de Dalberg que le chancelier autrichien était dans un état où les personnes de son intimité ne l'avaient jamais vu :

– Entrant dans son bureau de la Ballhausplatz, me dit-il, Metternich convoque votre ami von Clam; celui-ci ayant tenté, une fois de plus, de se faire remarquer par quelque jobardise, le ministre le congédie brutalement en lui criant : *Allez vous faire foutre!*

Je rétorque avec une voix sucrée :

– J'entends bien. Mais j'entendrais mieux encore si, à la façon de Mme de Sévigné, vous aviez dit F et passé outre.

– Bref, Metternich a recouvré son calme; il a fourni des explications embarrassées à l'empereur; celui-ci les a prises pour des excuses et tous deux se sont quittés passablement.

Chaque fois qu'il en trouve l'occasion, Alexandre se gausse des armements de l'Autriche et lance des menaces à peine voilées :

– On verra bien qui, de moi ou de Schwarzenberg, était le plus grand capitaine, dans les dernières campagnes.

On parle de plus en plus ouvertement de remettre M. de Stadion aux affaires, ce qui serait une bénédiction pour la France, car celui-ci n'a point peur de la Prusse et il ne cherchera à ménager ni Robinson Crusoé ni sa sœur Murat. Il n'y a plus que l'empereur François pour défendre son ministre en qui il a une confiance absolue; les banquiers de la place ne partagent pas son point de vue : le papier-monnaie se dégrade chaque jour d'une façon effrayante. On me dit que les florins de Vienne seront bientôt comme les assignats du Directoire.

Wellington va remplacer Castlereagh et on parle aussi de remplacer Schwarzenberg par Humboldt et Nesselrode par Razoumoffski.

Seul le prince de Talleyrand est irremplaçable.

II

Une autre personne, à Vienne, ne sera jamais remplacée; hélas, elle vient de nous quitter!

A force de reprendre à son compte le mot de Montesquieu : « On meurt à Vienne comme ailleurs, mais on n'y vieillit jamais », le prince de Ligne, se sentant envahi par une certaine lassitude, a préféré mourir plutôt que de faire mentir le philosophe.

La ville est en deuil; que dis-je, la ville? le pays, l'Empire... L'Europe entière pleurera demain ce moraliste aimable; il proclamait bien haut que la galanterie épure les mœurs au lieu de les corrompre; les siennes furent toujours irréprochables au sein d'une société et, en particulier, d'une armée où la grâce n'était point seulement le privilège des femmes.

Ce valeureux soldat, qui joua sa vie comme une marche militaire, a fait de sa mort un morceau de bravoure.

La semaine dernière, il était venu déjeuner chez la princesse Pignatelli. Là, devant un parterre de dames qui haussaient précieusement le col pour l'écouter, il a joué, une dernière fois, les beaux esprits; c'est un rôle qu'il connaît bien et pour lequel il ne manque pas de moyens.

– Vous me demandez de vous conter des souvenirs du passé... J'ai vu tant de choses... Que vous dire? Eh bien, j'ai vu Louis XV avec un air de grandeur digne de Louis XIV. J'ai vu les dernières magnificences de l'Europe : des fêtes enchanteresses où, dans un climat glacé, Catherine II avait réuni le luxe asiatique avec celui de Versailles, de Rome et des *Mille et Une Nuits*. J'ai vu les délices du Petit Trianon, les musiques de l'Orangerie, les chasses de Saint-Hubert. J'ai vu les derniers beaux jours de la Lorraine... Et puis, j'ai vu tout cela diminuer et périr tout à fait.

La vieille princesse Colloredo, que tout homme du *bel-air* avait sur sa liste, sous le règne de Joseph II, est toujours la même : ajustée et coiffée en petite mignonne; elle zézaye en parlant pour se *zazeunir* et accuse le prince avec drôlerie de s'être vanté, en public, d'avoir eu ses faveurs; il rétorque :

– Madame, ze l'ai peut-être dit, au siècle dernier, mais ze ne m'en suis sûrement pas vanté!

Et il éclate de rire comme un jeune homme. Puis, faisant miroiter sa célèbre tabatière à médaillon, cadeau de l'impératrice de Russie, il lance à la cantonade :

– Attendez encore un peu et je vous offrirai quelque chose de très intéressant à regarder...

Un charmant tohu-bohu : une douzaine de visages lèvent vers lui qui un front pensif, qui un nez tordu en point d'interrogation, qui une oreille frémissante ou un sourcil racoleur. Rassuré par tant de curiosité il ajoute, bon prince :

– Un très beau spectacle, auquel vous me permettrez de participer sans y assister : un enterrement de feld-maréchal!

Ce galant homme tiendra parole : dans la semaine qui suivit, il se donnera la peine de mourir.

J'ai quitté le salon de la sœur de Dorothée en même temps que lui. Ce jour-là, il a regagné son pigeonnier tout seul, à petits pas, cheminant en zigzag pour ne pas manquer les flaques de soleil.

Craignant que les forces ne viennent à lui manquer, je l'ai suivi jusque chez lui, sans qu'il me voie. Il faisait un temps glacial; le vent d'est soufflait par rafales, chassant des nuages sombres qui tanguaient à travers le ciel pâle. La ville était balayée par une lumière qui s'effaçait brusquement pour reparaître quelques instants plus tard, émaillée de flocons; le pavé, luisant de neige à demi fondue, était dangereusement glissant.

Devant le Stock-im-Eisen – ce vieux tronc d'arbre à deux branches, dernier vestige du Wienerwald qui couvrait autrefois le site de la ville – une vieille femme, brèche-dent et l'air souffreteux, porte sur son dos une fontaine de fer-blanc. Elle interpelle les passants pour leur proposer un verre de café à deux guldens.

J'observe le prince : malgré le froid, il s'arrête avec un sourire de gandin et jabote durant un moment avec la commère. Puis il boit son mauvais café dans un gobelet de fer, du bout des lèvres, à très petites lampées comme un oiseau.

De l'autre côté de la place, un colleur d'affiches presque aussi long que son échelle, s'affaire à couvrir un mur de prospectus multicolores : encore une fête; sans doute la première à laquelle le prince n'assistera pas. Il s'arrête pour déchiffrer la réclame qu'il lit avec peine, en plissant les yeux. Le vent aigre soulève autour de sa tête un pitoyable halo de cheveux blancs; Ligne n'a jamais porté de perruque.

La rue serpente jusqu'au Bastion – à Vienne, les vents soufflent en permanence; les rues étroites et tortueuses permettent aux passants de s'en protéger, tout comme le dédale des médinas barbaresques abrite les bédouins du soleil.

La démarche du prince est incertaine; son pas tapant ne sonne plus en mesure comme autrefois. Il oscille, pareil au mât d'une antique caravelle, qui craque et gémit pour son dernier voyage. Par petites étapes, entrecoupées de longues pauses, il regagne sa maison rococo, badigeonnée de rose comme son visage, comme sa livrée, son parler, son personnage.

Au moment où je m'apprête à m'éloigner, il se retourne d'une pièce et, avec un sourire ironique qui plisse ses lèvres sèches, il me lance :

– Pour bien jouir de mon enterrement, je vous conseille de prendre place à côté d'ici, sur le balcon de cette grande maison que vous voyez là : vous me verrez sortir.

Puis il s'incline, aussi bas que les ans le lui permettent, et disparaît, me laissant à ma confusion. Je me console en songeant que je suis, sans doute, la dernière jolie femme qui l'aura suivi dans la rue et dont il emportera le visage dans sa tombe.

Aujourd'hui le Congrès ne danse pas, il marche derrière son cercueil; je ne suis pas seule pour l'accompagner à sa dernière demeure : le cortège funèbre se compose de huit mille hommes d'infanterie, de plusieurs escadrons de hussards et de quatre batteries d'artillerie.

Sa compagnie des trabans entoure le char. Un officier à cheval, revêtu d'une armure noire et ceint d'une écharpe de crêpe, suit le cercueil son épée nue à la main, la pointe dirigée vers le sol. Vient ensuite un cheval de bataille, caparaçonné d'un voile noir semé d'étoiles d'argent.

Derrière la famille, se presse tout ce que la ville de Vienne compte de princes et d'ambassadeurs, tout ce que l'Empire d'Autriche compte de maréchaux, d'amiraux, de généraux, qui ont eux aussi l'épée nue à la main.

Bien entendu le corps diplomatique est ici au grand complet : le cardinal Consalvi, délégué du Vatican, emboîte le pas du prince de Metternich – hier encore il menaçait de l'excommunier car le prince refuse absolument d'agrandir le royaume de Dieu de quelques arpents. Derrière les diplomates autrichiens, j'aperçois le baron Armstein, le premier baron juif – en Autriche, l'homme commence au baron – celui qu'Adrien de Laval appelle drôlement « le Montmorency des Hébreux ».

Ce qu'il y a de plus remarquable, c'est de voir rassemblées ici tout ce que l'Europe compte de jolies femmes éplorées : la princesse d'Auersperg, surnommée *la beauté parfaite,* depuis que le tsar lui a décerné ce titre; la comtesse Julie Zichy, *la beauté sentimentale,* qui ne peut faire un pas sans tomber sur le roi de Prusse. A côté d'elle, sa belle-sœur Sophie, que l'on a baptisée, je ne sais pourquoi, *la beauté envieuse;* peut-être parce qu'elle abuse volontiers du vin de Pest.

Je ne donnerai pas une liste complète de toutes celles qui se pressent en foule : disons que les grandes capitales s'étant vidées de leurs égéries pour les envoyer à Vienne à l'occasion du Congrès, on trouve ici toutes les psychés et toutes les aspasies de France, les senoritas de Navarre, les bas-bleus d'Angleterre, les princesses russes, les amazones de Hongrie, comtessas italiennes, divas polonaises et quelques autres qui me pardonneront de ne pas les citer.

Elles se sont donné rendez-vous ce matin à l'église paroissiale des Écossais qui n'a jamais été à pareille fête. A la fin de la cérémonie, j'aperçois Dalberg qui me glisse affectueusement un bras sous le coude et me répète ce mot que lui a dit ce matin Trautmansdorff, quand il est arrivé devant la cathédrale :

– Votre délégation défilera par l'allée centrale. En traversant le chœur vous pouvez vous incliner plus bas devant le Saint-Sacrement que devant l'empereur; en revanche vous demeurerez plus longtemps incliné devant Sa Majesté.

Après le service, le cortège traverse la moitié de la ville pour se rendre au Kahlenberg où le feld-maréchal désirait être inhumé. Les soldats marchaient d'un pas lent de cérémonie, l'arme renversée, leurs fanions en berne, aux sons d'une musique funèbre : le martèlement sourd des tambours rappelait à tous les Viennois que le roi perdait un ami, l'Autriche un héros, la Cour un modèle et les pauvres un généreux bienfaiteur.

J'imagine que, sur sa tombe, il aurait aimé qu'on gravât la fameuse épitaphe qu'avait composée pour lui son ami, le marquis de Bonnay :

Ci-gît le prince de Ligne :
Il est de tout son long couché.
Jadis, il a beaucoup péché,
Mais ce n'était point à la ligne.

5

La Saint-Sylvestre

I

Dans trois heures, les hommes fêteront la fin de l'année 1814 qui a vu s'effondrer un si grand empire et naître l'espoir d'une paix que l'on n'a jamais été aussi près d'enterrer qu'aujourd'hui.

Comme il se doit, ces funérailles seront accompagnées d'une fête somptueuse. L'année 1815 commencera par un bal chez le prince Razoumoffski, dans la plus riche, la plus fastueuse, la plus féerique des résidences de Vienne. Cette demeure a été construite en dehors de la capitale. Comme le prince n'a jamais pu supporter de reposer ses yeux ailleurs que sur des maisons qui lui appartiennent, le palais est presque une ville. Quand il parle de Razoumoffski, François Ier l'appelle *le roi d'un de mes faubourgs.*

Malgré les sourires et les ronds de jambe du duc de Dalberg, je me sens condamnée à la solitude, comme une moniale est condamnée au silence. Ce n'est point la suite d'un vœu quelconque que j'aurais fait, mais le résultat d'une fatalité dont je suis le jouet depuis mon enfance.

N'ayant jamais eu de foyer ni de famille établie, j'ai toujours été ballottée par les flots, au gré du hasard. Je suis pareille à ces navires que les hommes construisaient autrefois et qu'ils ne savaient pas manœuvrer pour les faire remonter au vent. Emportés par les alizés, ils étaient inexorablement condamnés à poursuivre leur route vers le large sans jamais toucher au rivage. Du jour où l'homme a inventé la caravelle qui pouvait contrarier les assauts de la brise en louvoyant pour tracer sa route, il a découvert le monde et colonisé l'Amérique.

Hélas, je n'ai ni compas, ni sextant, ni gouvernail, et je vogue comme une galère dont les rameurs sont ivres : au hasard du ciel et de l'eau, au gré des tempêtes, des vagues et des courants, sans jamais parvenir à asservir personne.

Il m'est impossible de retourner en France : je ne saurais où aller. Le palais Palm est l'ancre de miséricorde à laquelle je m'accroche désespérément pour ne pas partir à la dérive.

Dans quelques semaines, quelques mois au plus tard, les feux du Congrès seront éteints. L'ambassade de France reprendra sa vie routinière; la duchesse de Sagan roulera carrosse sur les grands chemins, entre Berlin et Paris; quant à la princesse Bagration, elle devra sans doute retourner à Saint-Pétersbourg pour y rétablir une situation financière plus compromise encore que celle de l'Autriche.

Que vais-je devenir? A l'époque où nous vivons, une jeune femme sans fortune est condamnée à s'enfermer, tôt ou tard, dans un couvent – le plus tard sera le mieux.

Peu après avoir quitté les bras du tsar, lors de la grande redoute masquée de l'empereur, j'ai surpris une conversation, en allemand, entre deux officiers :

– Vous connaissez la jeune comtesse de Marassé : ravissante n'est-ce pas? elle a le plus petit pied de Vienne et des épaules de reine.

– Une reine de Cythère.

– Qui sait? J'ai l'habitude de parler à ce genre de femmes comme si je croyais en leur vertu et d'agir avec elles comme si je n'y croyais pas...

– Vous n'avez pas eu besoin d'être bavard.

– Elle a eu la bonté de m'accorder un rendez-vous au Prater et l'inhumanité d'y manquer.

– Coquette?

– C'est ce que j'ai imaginé, ce soir-là; et puis, le lendemain, je l'ai retrouvée à l'hôtel Palm, chez la princesse Bagration...

– Chez qui elle fait office de dame de compagnie.

– Pas exactement; la princesse Catherine la considère comme

une amie. Elle enseigne le piano à sa fille, sans grand succès, et elle tient ses livres de comptes, une tâche plus ingrate encore. Il y faudrait toute la science de ces messieurs de Rothschild.

– Comment vous a-t-elle traité?

– Avec une affabilité charmante et une étonnante indifférence. Elle s'est répandue en excuses et elle m'a planté là pour accueillir une des sœurs Courlande avec qui elle a passé la soirée.

– Que concluez-vous de tout cela?

– Je ne l'ai jamais revue. Je n'ai pas même cherché à la revoir. Ici personne ne sait qui elle est, d'où elle vient; personne ne sait rien sur elle.

Le jeune homme réfléchit un moment, puis il ajouta :

– Pour moi, elle n'a ni les charmes de l'innocence, ni les grâces du péché.

J'écoutais, médusée, cet officier allemand avec qui j'avais dansé pendant une soirée chez la princesse Pignatelli; il m'avait paru assez insignifiant, tout à fait pareil à ses camarades.

Sa dernière phrase m'est tombée sur la tête comme un baquet d'eau froide : *ni les charmes de l'innocence, ni les grâces du péché.* A Vienne, une jeune fille sans origine sociale reconnue ne peut être qu'une aventurière : tenancière de maison de rendez-vous ou bien mère supérieure dans un couvent qui n'exige pas trop de quartiers, c'est le seul avenir que me propose la société dans laquelle je vis.

Depuis que j'ai ouvert ce cahier, j'éprouvais le besoin de me lamenter. Voilà qui est fait. Avant de poursuivre ma narration, je pense qu'il est temps de faire comprendre à mon lecteur pourquoi et comment j'en suis arrivée là. Le plus souvent, on trouve dans les errements de notre passé les raisons de nos échecs d'aujourd'hui; l'enfance est la clé de la vie. La mienne ne fut ni heureuse ni laborieuse, mais elle se déroula entièrement hors des sentiers battus.

Depuis longtemps j'ai envie d'en faire le récit; cette parenthèse va meubler mes dernières heures de 1814, en attendant que Dalberg vienne me chercher pour nous rendre au palais Razoumoffski.

II

Ma prime enfance s'est passée dans une propriété gothique, ceinte de tours délabrées et dominée par un solide donjon carré de trente pieds de côté qui servait de pigeonnier aux volailles égarées dans le voisinage. Même les canards pouvaient y trouver un asile à leur goût car, chaque année au moment de la fonte des neiges, l'eau des douves envahissait les salons du rez-de-chaussée et menaçait de tout submerger.

Dans cette grande bâtisse crénelée, ouverte à tous les vents et à tous les orages, j'ai vécu seule en compagnie de mes grands-parents.

Mon grand-père, César de Marassé, habitait donc cette demeure perdue où il accueillait plus souvent des huissiers que des visiteurs. Il recevait les uns et les autres de la même voix de portefaix qu'il avait adoptée une fois pour toutes à l'intention de son entourage. Méprisant sa belle-famille – « Ils sont juste assez bons gentilshommes pour ne pas être pendus » –, ignorant son entourage, César entretenait autour de lui une redoutable meute de mâtins composée de dogues et de bouviers de la pire espèce, qui faisaient le vide autour de la maison et dont il s'occupait lui-même. C'est ainsi qu'il avait chassé la dernière femme de chambre de ma grand-mère au prétexte qu'elle donnait des puces à ses chiens; voilà pourquoi sa craintive épouse n'était plus servie que par une horde de valets de ferme.

Quelques années auparavant, au lendemain de ses noces, César avait entrepris de faire abattre le manoir familial, situé à quelques lieues de notre maison, en amont de la rivière. Il était en piteux état. Aussi décida-t-il de faire fortune dans le commerce des tuiles et du bois de charpente. Pour ne pas déroger, il y renonça bientôt. Peu après, il avait acquis le domaine de La Maronne, sans même en faire le tour, mais à seule fin de s'enorgueillir d'un titre de marquis qui s'y trouvait attaché – et que sa femme et son fils refusèrent toujours de porter.

Pas un instant, il n'avait songé qu'il lui faudrait, un jour, payer les billets qu'il avait souscrits avec la plus parfaite légèreté. Tous les droits de ses seigneureries familiales furent engagés pour quatre-vingt-dix-neuf ans et il ne conserva, par-devers lui, que le pain bénit pour se rassasier, l'encens pour s'honorer et les prières nominales pour se ménager l'au-delà.

La famille Marassé, composée de ce vieil ermite, de sa modeste épouse et d'une petite fille sauvage, végétait ainsi de pitoyable façon dans un repaire austère et glacial qui menaçait de s'effondrer de toutes parts. A l'âge où mes compagnes étaient enfermées dans des pensions pour recevoir une éducation convenable, je déambulais en liberté dans les escaliers de pierre du donjon.

J'avais appris à ne craindre ni les couleuvres qui se coulaient le long de mes chevilles ni le contact gluant des crapauds noirâtres que mon grand-père César glissait entre mes doigts pour le plaisir de me voir tressaillir et, soi-disant, pour m'endurcir. Je prenais si fort sur moi, en ce temps-là, que je parvenais même à ne point hurler lorsqu'une aile de chauve-souris venait, le soir, s'accrocher dans ma chevelure ébouriffée.

Ces années de jeunesse passées au plein soleil m'ont fait goûter sa chaleur d'une façon immodérée. J'aime sentir l'odeur succulente qu'il donne à ma peau.

Quand je me remémore mon enfance, je n'ai que des souvenirs tristes. Vivre aussi longtemps dans une campagne perdue fut une rude école qui trempa mon caractère avant les épreuves que la Révolution fit déferler sur ma tête. Cette existence m'inspira une saine terreur de la misère dont je ne devais jamais me départir par la suite, même si je ne suis pas encore parvenue, aujourd'hui, à m'en délivrer tout à fait.

Afin d'échapper, tout comme mon père, le soldat, aux rigueurs de l'hiver limousin, et davantage encore aux menaces pressantes de ses créanciers, le marquis quitta un beau jour notre grande demeure féodale. Il avait formé le projet de gagner les Isles.

Un matin, il nous annonça qu'il avait décidé d'y faire fortune, puisque son fils ne se montrait point capable de restaurer l'ancienne prospérité familiale. Il me confia donc à la garde de mon indulgente grand-mère. Tout au long de ma vie, je n'ai jamais cessé d'être abandonnée, par les uns et par les autres – jusqu'à ce jour où, n'étant plus liée avec quiconque, je ne crains point de me voir délaissée par qui que ce soit.

En partant, mon grand-père envisageait de réussir rapidement dans ses entreprises.

Il se contenta de le prétendre : très vite il regretta la fraîcheur limousine et il s'aperçut qu'il ne pourrait jamais s'acclimater aux torpeurs de l'été tropical, plus déclinantes encore que le froid le plus sévère. De surcroît, il était assailli par un essaim bourdonnant de nouveaux créanciers qu'il était parvenu à abuser grâce à sa faconde intarissable – et il n'avait même plus ses chiens pour s'en défendre.

N'étant point d'un naturel obstiné, le marquis jugea préférable de prendre la fuite. Il renonça sans regret à transformer en or le sirop de calebasse et la rosée du matin. Un beau jour, il quitta sans bruit son lit de palmes, comme il avait déserté, à la cloche de bois, son lit à colonnes. Moins de cinq mois après son arrivée fracassante à Saint-Domingue, il s'embarquait sur la première frégate en partance pour l'Angleterre.

La Révolution avait commencé son chemin. Quand il apprit à Londres, de la bouche de quelques émigrés grincheux, la tournure qu'avaient prise les événements, de l'autre côté de la Manche, il décida de surseoir à son retour.

En son absence, le château déjà désolé était encore plus triste et plus silencieux.

Pour me divertir, pour faire du bruit, j'appris un peu de musique. Mes talents dans cet art devinrent si éclatants que je parviendrai, quelques années plus tard, à éblouir les Viennois eux-mêmes. Ma grand-mère me servait de professeur. Elle possédait une voix de contralto superbe. Passionnée par le solfège, elle accepta d'acheter le dictionnaire de musique que Jean-Jacques Rousseau venait de publier – c'est le seul ouvrage récent que j'ai jamais vu à la maison.

Depuis sa plus tendre enfance, ma grand-mère taquinait clavecin, musette, harpe et tympanon, chaque fois qu'elle en avait l'occasion. C'était un merveilleux professeur d'une patience éprouvée et d'une sensibilité très vive. Je me montrai une élève aussi douée qu'attentive, montrant pour les instruments à cordes, en particulier, un goût prodigieux. Bientôt j'exécutai les difficiles sonates de Clementi avec une netteté, une vigueur sans pareille et déployai, à l'occasion, une virtuosité digne d'un Viotti.

Au bout de quelques mois, nous fûmes contraintes de déserter notre grand château de La Maronne. Un beau soir, le plancher de la chambre de l'évêque, la seule qui eut encore un plafond, se déroba sous le poids de notre dernier domestique. Sans plus personne pour nous servir, il fallut quitter la maison. Nous désertâmes la région et même la province. Ce n'est pas sans effroi que je suivis ma grand-mère chez de lointains cousins qui demeuraient dans la capitale.

Paris était alors la proie d'une agitation extraordinaire et, plus que jamais, le centre de l'univers. Je soupçonne que la curiosité de ma grand-mère fut la véritable raison d'un aussi lointain périple.

Hélas, faute de relations, nous menions une vie retirée, dans un appartement niché sous les combles, où ne parvenaient guère les échos de la vie en société. Pour être reçues dans quelques soirées, je fus contrainte de payer notre écot en faisant montre de mes talents de musicienne; je devrais dire plutôt : mes talents de comédienne. C'est ainsi que, dès l'âge le plus tendre, j'appris à m'exhiber dans les soupers du grand air où je tympanisais avec ardeur un public moqueur et depuis longtemps blasé. Je suppose que les spectateurs étaient beaucoup moins désireux d'ouïr mes arpèges que friands de se gausser de mes inimitables contorsions de singe savant.

Pour prendre patience en attendant le retour du grand-père prodigue et les rares visites de mon père, le soir, seule dans ma chambre, je répétais avec émotion les morceaux que j'avais interprétés durant le jour. Ensuite, je prenais ma plume, comme je le fais en ce moment, pour décrire les heurs et les malheurs de ma vie quotidienne.

Je ne devais jamais revoir César de Marassé. Quand il se décida enfin à rentrer en France, il n'eut pas plus tôt mis le pied sur le sol natal qu'il fut incarcéré.

Fut-il enfermé à Saint-Lazare, la prison pour dettes, comme le prétendait ma grand-mère? Ou bien fut-il détenu pour des motifs plus louables, à une époque où il suffisait de si peu de chose pour se retrouver derrière des barreaux? Nul ne le sait. Toujours est-il que ce grand amoureux de la liberté ne supporta pas de se trouver engeôlé, sitôt de retour dans son ingrate patrie; il se pendit dans son cachot.

Plus affectée qu'elle ne voulait l'avouer, ma grand-mère ne survécut guère à son mari. Depuis quelques années déjà, elle se comportait comme la duchesse de Longueville : ses chagrins et ses deuils lui avaient aigri l'esprit au point que, lorsqu'elle récitait le Pater, elle passait l'article du pardon sans le dire.

Elle devait mourir quelques semaines plus tard, sans faire de bruit, rendue muette par ce funeste coup du sort et achevée par une fièvre maligne qui la terrassa en trois jours.

J'étais encore sous le choc de cette cascade de disparitions dramatiques lorsque mon père fut prévenu des mesures que le parti jacobin s'apprêtait à prendre à l'encontre des derniers orléanistes. De mauvais gré, il fut contraint de quitter la France et de m'emmener avec lui.

Un beau soir d'avril 1793, un vieux cabriolet escorté par deux cavaliers de son régiment vint me chercher à Paris. Après avoir erré durant quelques mois à travers l'Allemagne, mon père me confia aux bons soins de Mme de Saint-Chamond qui n'eut rien de plus pressé que de m'enfermer dans un couvent.

J'ai gardé peu de souvenirs de cette maritorne au visage sévère, au teint coloré et au dos courbé comme la crosse d'un évêque. Elle avait, certes, beaucoup de religion mais peu d'indulgence. Je ne l'aimais guère; cependant je ne saurais oublier la reconnaissance que je lui dois. Que serais-je devenue si elle ne s'était pas trouvée sur ma route? Servante d'auberge au Prater, première femme de chambre d'une margravine de Gotha ou, sans doute, misérable hôtesse dans une maison de rendez-vous de Marienbad ou de Mitau...

Sans elle je ne serais jamais parvenue à m'infiltrer dans les arcanes de la société autrichienne, l'une des plus fermées du monde. Néanmoins, j'ai gardé l'impression que ma vie a commencé du jour où je l'ai quittée; plus exactement, du jour où je me suis installée au palais Palm, après le départ de ma première protectrice pour la France.

Sur le moment je crus avoir échangé la férule de cette sévère matrone contre une baguette magique, tant la volubilité de la princesse Bagration ou les discours fantaisistes de la duchesse de Sagan me paraissaient étonnants.

Je me souviens : chaque matin je partais en promenade au Prater avec la jeune Clémentine, dans une voiture élégante attelée de deux chevaux hongrois pommelés qui avaient fière allure.

Nous étions accompagnées par une gouvernante allemande bien parée et bien busquée, qui ne cessait de nous vanter, avec des trémolos dans la voix, les mérites de sa précédente maison : la princesse de Zichy-Ferraris était d'une hauteur extrême et sa vertu si parfaite que, durant les soixante années de sa vie, elle n'avait pas une seule fois adressé la parole à un Français! Pourtant, elle s'exprimait dans cette langue avec une élégance qu'on ne trouve plus nulle part, *même à Paris.* Cela nous faisait rire à en perdre le souffle.

Et puis le temps passa; les princesses Bagration, mère et fille, quittèrent Vienne pour la France où elles séjournèrent de longs mois et je fus confiée à la duchesse de Sagan dont j'étais le moindre souci.

Mais, quoi qu'il m'arrive désormais, je garderai toujours, niché au fond de mon cœur, le souvenir du jour où je dus quitter la France, séance tenante, entre deux soldats, sans autre avoir que ce que j'avais glissé dans le réticule de filoselle de bonne-maman : une bourse tout à fait plate – que j'ai vainement cherché à garnir depuis – et un mouchoir de batiste qui m'a fait beaucoup plus d'usage.

IV

De janvier à mars 1815

Compté, pesé, divisé

« Mane, Thecel, Phares – Compté, pesé, divisé ; menace prophétique qu'une main invisible écrivit sur les murs de la salle dans laquelle Balthazar se livrait à sa dernière orgie, au moment où Cyrus s'apprêtait à pénétrer dans Babylone. »

Livre de Daniel, V, 26-27.

1

Juliette de Krüdener

I

L'année commence dans les angoisses. Après Moscou qui a brûlé en 1812, voici que le palais Razoumoffski a été la proie des flammes. L'incendie s'est déclaré peu après l'arrivée de l'empereur de Russie qui était venu honorer le bal de sa présence. On incrimine un système moderne de chauffage central. Alexandre a failli perdre la vie et il a entièrement perdu la tête : il accuse non pas le nouveau calorifère mais les puissances infernales d'avoir provoqué le drame. Dieu seul sait quelles complications diplomatiques vont surgir de ce mystérieux incendie fomenté depuis l'au-delà.

D'autant qu'hier, en fin d'après-midi, le tsar s'était livré à un nouvel éclat en présence de Metternich. Cette dispute avait été, m'assure Dalberg, plus violente encore que les précédentes. En quittant la Hofburg, le Premier ministre autrichien déclara à von Clam, d'une voix haletante, qu'il avait été un moment dans le doute pour savoir *s'il passerait par la porte ou par la fenêtre.*

Les plus grandes inquiétudes sont de mise. Si la tension persiste, comment vont se comporter les ministres et les généraux? Pour ma part, je n'ai aucune peine à garder mon sang-froid, étant donné la température arctique qui règne dans ma mansarde.

Avant de retourner chez le malheureux Razoumoffski pour lui porter les condoléances de l'ambassade, Charles de Dalberg me raconte les débuts du sinistre. Sa chevelure grise de cendres, son front noir de suie et son visage pâle mettent du vrai, sinon de la couleur, dans son récit. Il n'en perd pas pour autant le ton désinvolte qui lui est habituel pour me décrire ces circonstances dramatiques :

– Afin de venir vous chercher chez vous, j'étais passé faire un tour chez Razoumoffski pour y dénicher une calèche de l'ambassade – un soir comme aujourd'hui, je n'avais pu en trouver aucune qui fût libre au palais Kaunitz.

» En l'attendant, j'ai arpenté ce palais immense comme celui de Sardanapale : plus de vingt salons se succèdent au rez-de-chaussée. Chacun est décoré de motifs différents et de gerbes de roses savamment disposées autour des glaces; tous sont pourvus de cheminées de marbre, au lieu de ces poêles de faïence que l'on voit partout à Vienne et qui donnent mal à la tête.

» Près de deux mille personnes ont été invitées : 1815 exactement, prétend Razoumoffski. Dans chaque salon, un nouvel orchestre poursuivait la mélodie qu'interprétait le précédent, en sorte que l'on pouvait passer d'une pièce à l'autre en continuant de danser sur le même rythme. J'imagine que Frédéric-Guillaume aurait pu y faire cinq lieues, au bras de la Zichy, sans s'interrompre un seul instant.

» J'étais fasciné par la somptuosité des lieux, par la richesse du décor de fleurs en plein mois de décembre, par la magnificence des tableaux innombrables qui couvraient les murs : des toiles de Fragonard et du Titien, des dessins de Claude Lorrain; presque tous allaient disparaître irrémédiablement, quelques minutes plus tard.

» Tout en contemplant ces trésors et en attendant ma calèche avec l'impatience que vous devinez, je trompais mon ennui en dansant une anglaise avec une Polonaise – ou l'inverse, je ne sais plus. Les yeux baissés, je comptais les lattes du parquet de fine marqueterie d'acajou et d'oranger, lorsque soudain ma cavalière – ce devait être une de ces Anglaises en redingote rouge qui vont au bal comme on se rend au manège – poussa un hennissement épouvantable : le feu avait pris à une draperie, au fond du grand salon à colonnes où nous nous trouvions.

» Quelques instants auparavant, le tsar qui voulait faire

honneur à son hôte était arrivé parmi les premiers invités. Il était occupé à passer en revue les dames qui ne dansaient pas; si bien que celle que je tenais par la main m'aurait volontiers lâché pour se mettre dans la file de ses admiratrices. J'aperçus le prince Gagarine qui, impassible, venait avertir l'empereur que le feu avait gagné les salons. Comme cinq ou six personnes de service étaient occupées à l'éteindre, Alexandre garda le plus grand calme et continua de badiner avec ses interlocutrices.

» Peu après, Gagarine revint l'aviser que l'on ne parvenait plus à maîtriser les flammes qui étaient sur le point d'envahir le salon voisin. L'empereur mit son chapeau sur sa tête, s'approcha de l'impératrice, la prit par le bras et s'achemina avec beaucoup de majesté vers une porte-fenêtre qui donnait sur le parc.

» Malgré le danger qui croissait de seconde en seconde, il n'y eut point de presse, la foule s'écarta et l'empereur put sortir presque aussi aisément qu'à l'ordinaire. Aussitôt après son départ, des cris de frayeur commencèrent à résonner dans toutes les langues – la peur efface aussi vite les usages que le langage de la courtoisie. Ce fut un sauve-qui-peut général.

» En quelques secondes, les fenêtres volèrent en éclats. Je sortis en enveloppant ma cavalière et sa redingote dans un morceau arraché à une tenture. Je ne me souviens pas d'avoir serré d'aussi près une inconnue depuis l'âge de dix-sept ans; elle s'agrippa si bien à moi que j'en porte encore les marques; désirez-vous les voir?

Dalberg poursuivit son discours après m'avoir fait ouvrir une bouteille de ce vin de Champagne de couleur rose qui est, prétend-il, si bien assorti à mon teint :

– Malgré le froid qui régnait au-dehors, nous avons quitté le salon et nous avons fort bien fait. A peine étions-nous sortis que, dans un grand fracas, les lustres se décrochèrent et tombèrent dans la salle vide. Le feu ravageait le premier étage et, par les orifices béants des fenêtres, les flammes grimpaient jusqu'au toit comme des torchères géantes qui éclairaient un spectacle de désolation.

» La foule n'était pas très nombreuse puisque la majorité des invités n'était point encore arrivée. Mais dans les cours, l'embarras des voitures était indescriptible et vous imaginez qu'il ne m'a pas été facile de satisfaire mon unique désir : trouver une calèche pour venir vous retrouver.

» Le ronflement des flammes, le vacarme des charpentes qui s'effondraient, l'explosion des vitres qui dégringolaient en cascades dans le brasier, les cris apeurés de quelques femmes craintives, les ordres confus des majordomes, les hennissements des chevaux et les hurlements des cochers, tout cela faisait, à la lueur de l'incendie, un désolant mais superbe spectacle.

» Au bout d'un moment, constatant que je ne pouvais porter secours à quiconque, je finis par mettre la main sur une des voitures vertes de la Hofburg et me voici.

Je quittai mon fauteuil et, m'approchant de la fenêtre de ma mansarde, j'observai une immense lueur rouge qui embrasait un coin du ciel, comme l'Etna en colère.

Voilà tout ce qui reste des vingt-cinq années que Razoumoffski avait consacrées à édifier cette demeure princière. C'est dans ces galeries qu'Alexandre avait réuni, autour d'une table de sept cents couverts, les plus jolies femmes de l'Europe et leur escorte habituelle de princes, de ministres et de feld-maréchaux. C'est là qu'il avait célébré, il y a moins de trois semaines, l'anniversaire de sa sœur la grande-duchesse d'Oldenbourg en conviant dans un même salon tous les natifs du Sagittaire de Vienne. C'était là enfin que le prince Razoumoffski avait rassemblé une bibliothèque unique au monde par la rareté des livres précieux et des manuscrits qu'elle contenait.

Cette année qui commence dans les cendres finira-t-elle dans les larmes, qui sait?

II

Du jour au lendemain, de grands changements se préparent. Ils surviennent en même temps que la nouvelle année. 1815 pourrait bouleverser les choses d'une manière imprévisible – pour qui n'est pas familier avec le zodiaque. Il ne s'agit point d'élucubrations mais de faits. Les voici.

Le tsar a été prodigieusement impressionné par le spectacle

de l'incendie du palais Razoumoffski. Il s'est cru la proie des flammes. Non qu'il ait craint pour sa vie. Ce qui lui arrive est pire. Peu après être sorti calmement du grand salon à colonnes, au bras de l'impératrice, Alexandre s'est mis à divaguer. Il a commencé de battre la campagne en invoquant tous les démons de la Sainte Russie; et Dieu sait si, à l'Ermitage, on dispose d'une grande variété de spécimens de cette espèce.

Par bonheur, au milieu du tumulte et de la confusion générale, personne n'y a pris garde. Seul à s'en être aperçu, son conseiller Capo d'Istria a pu le maîtriser – oui, le maîtriser, ce sont les propres termes de la princesse Bagration –, lui parler, le rassurer, lui faire retrouver ses esprits et lui rendre son calme.

Au lendemain de cette funeste soirée, sa crise de folie a été suivie d'une période d'abattement extrême; puis celle-ci s'est transformée en un accès de mysticisme sauvage. Une épithète qui ne paraît guère s'associer à cette disposition particulière de l'esprit, mais qui traduit bien son état : un curieux mélange d'exaltation et de remords, de surexcitation et de léthargie, assaisonné de divagations théologiques incohérentes.

La piété grandissante d'Alexandre inquiète bien davantage la belle Catherine que n'importe quelle rivale :

– Après avoir erré longtemps au milieu des sauveteurs, le tsar, suivi de Capo qui ne le lâche plus, a quitté les débris du palais avec un visage noir de fumée, les sourcils roussis et, dans son regard éperdu, un reflet des flammes de l'enfer, me raconte Catherine avec une voix bouleversée d'émotion.

Sitôt arrivé à la Hofburg, il s'est précipité chez l'impératrice pour lui déclarer :

– Souvenez-vous : j'avais décidé de quitter le palais de l'empereur d'Autriche, il y a quelques semaines, afin de m'installer, avec vous, chez Razoumoffski. Le prince m'avait offert une aile de sa demeure. C'est vous, Élisabeth, et ma sœur, la grande-duchesse d'Oldenbourg qui m'avez dissuadé de le faire. Or ce sont, justement, ces appartements qui ont été entièrement consumés ce soir. La malédiction est sur moi! C'est un signe du Ciel!

Je résume la suite : Alexandre s'est jeté aux pieds de son épouse et il a imploré son pardon. Elle le lui aurait accordé bien volontiers mais il avait une mine défaite, les yeux exorbités et semblait avoir déjà oublié l'objet de sa supplique. Après un temps de silence assez long, il s'est relevé en réclamant d'une voix implorante : « Une Bible! » Élisabeth, qui ne cherche jamais à sonder ses caprices, lui a remis sa traduction française de la Vulgate imprimée à Cologne. Le tsar s'est enfermé à double crochet dans sa chambre. Plongé dans cette lecture depuis une semaine, il ne veut plus voir ni recevoir personne, sauf pour les nécessités de sa charge. Il ne fréquente que quelques amis intimes, Catherine Bagration, en particulier, chez qui il s'est rendu à plusieurs reprises. Il éprouve pour la princesse, dont l'esprit est toujours en mouvement, une vive affection, que nulle once de sentiment amoureux ne vient troubler mais qui repose sur une entente parfaite.

Lorsqu'Alexandre se rend au palais Palm, il se conduit désormais comme un pénitent en carême et se repent d'avoir mené jusqu'à présent une vie inutile et vide : « Dans tous ces salons, j'aperçois des gens qui vont et qui viennent comme dans un moulin : j'entends le bruit de la meule, mais je ne vois pas la farine. »

Trop imbu de lui-même pour prendre la responsabilité de ses errements, il accuse les autres et en premier lieu ses ancêtres de l'avoir mis sur la mauvaise voie. Il taxe sa grand-mère Catherine d'indifférence à son endroit et se considère comme la seconde victime de sa propre mère, Dorothée de Wurtemberg-Montbéliard – une princesse dont la vie fut pourtant un modèle de bonté et de dignité. Chacun sait aujourd'hui qu'elle supporta, avec une patience extrême, les dérèglements de son époux, le tsar Paul. Il fut assassiné par le comte Panine qui craignait que ses troubles mentaux ne s'aggravassent davantage.

Quoi qu'il en soit, Alexandre refuse absolument d'être le fils d'un fou; et c'est cela sans aucun doute qui est à l'origine de tous ses troubles.

III

– Mais je ne vous ai pas encore raconté l'événement le plus étonnant, me chuchote à l'oreille Catherine Bagration avec une mine émoustillée.

Nous sommes installées dans la salle de musique de l'hôtel Palm. Mon élève Clémentine, que notre conversation intéresse, tapote sur son pianoforte en sourdine; elle prête une oreille attentive à nos propos; lorsque la voix de sa mère baisse d'un ton, l'instrument s'arrête tout à fait; puis la mélodie reprend et nous accompagne, dès que nous reprenons notre conversation dans un registre plus élevé :

– Connaissez-vous, Aurore, une certaine baronne de Krüdener?

– Julie de Vietinghoff, celle qu'on appelait à Paris *la sibylle de Livonie?*

– Exactement.

– Je sais fort peu de chose à son propos, si ce n'est qu'elle était la femme d'un modeste ambassadeur au service de la Russie. On a parlé d'elle aux quatre coins de l'Europe, il y a quelques années, n'est-ce pas?

– Elle a sévi tout d'abord en Allemagne puis en Italie vers la fin du siècle dernier. Elle se prenait alors pour la Vénus de Toscane : « A Florence, racontait-elle, on m'a entièrement mesurée au compas; savez-vous qu'on m'a trouvée, en tous points, semblable à l'Aphrodite de Cnide? »

Après avoir beaucoup rôti le balai à Venise, puis en France, sous le Directoire, Juliette de Krüdener s'est convertie au catholicisme. Elle passe aujourd'hui, dans les cercles initiés d'Europe, chez les martinistes comme chez les mesméristes ou auprès des élus cohens, pour une espèce de sorcière mystique.

Il est vrai qu'à Vienne le mysticisme prospère en ce moment sous des formes les plus étranges, et les plus étrangères à la religion traditionnelle :

– La folie religieuse s'est emparée d'elle à un certain âge, comme la folie des grandeurs s'empare des petits esprits ou la folie des femmes possède les petites natures.

– Ne dites pas de mal devant moi, Aurore, du prince de Metternich qui vous aime beaucoup.

– Je n'en dirai plus, si vous-même cessez d'en penser.

– Je pense que toutes les religions suscitent une même folie, chez leurs adeptes et chez leurs détracteurs. Les convulsionnaires se recrutent aussi bien dans les monastères que chez les défroqués; parmi cent exemples, souvenez-vous de ce capucin qui déclara à Paris, devant votre Convention, un jour où l'on traitait de la suppression du clergé régulier : « Ne serait-il pas utile de conserver et de perpétuer un seul moine de chaque espèce, pour laisser aux artistes un modèle, et aux races futures un exemple du délire des siècles d'ignorance et de barbarie? »

– A elle seule, Mme de Krüdener illustre ce délire à merveille!

– Juliette a donc regagné Paris au début de l'année dernière, au mois de mai, je crois. Dès son arrivée dans la capitale, elle a été fêtée dans les salons de la nouvelle société. Le vicomte de Chateaubriand, lui-même, s'est entiché de ce qu'il appelle ses *sorcelleries célestes.*

– La malheureuse!

– Pire : le duc de Wellington a voulu disputer à René le privilège de participer à ses séances de dévotion. Il a écrit à la belle Juliette un billet dont elle s'est vantée et qui a fait le tour de Paris : « Chaque fois que je vous vois, je vous quitte plus pénétré de vos agréments et moins disposé à donner mon attention à la politique... Je passerai chez vous demain, malgré l'effet que ces visites dangereuses produisent sur moi! »

– Il faut que vous racontiez cela à lord Castlereagh; il n'en croira pas ses oreilles; il attend, avant de retourner en Angleterre, l'arrivée du duc qui doit le remplacer. Mais, dites-moi, madame, quel aspect présente cette sorcière?

– Je l'ai rencontrée à Paris. Elle fait bonne impression. Un visage émacié, des yeux profondément enfoncés dans leurs orbites, une voix sonore et flexible, au timbre attachant; des cheveux gris coiffés à plat, partagés au milieu du front et mis en ordre avec soin. Beaucoup de décence dans le maintien mais aucune humilité dans le ton.

– Au fait, vous ne m'avez pas encore dit la raison pour laquelle vous désiriez m'entretenir de cette étonnante créature.

– J'y viens. Figurez-vous, ma petite Aurore, que le mois dernier, la baronne de Krüdener a jugé bon d'écrire au tsar une longue lettre. Elle la lui a fait parvenir par l'intermédiaire de la dame de compagnie de l'impératrice, Mlle Stourdza, dont elle est l'amie intime.

» Sur le moment, l'empereur avait négligé d'en prendre connaissance. Or il vient de la retrouver : *Miracolo!* Elle était placée, bien en évidence, dans le premier tiroir de son bureau. Je soupçonne fort Capo d'Istria d'être à l'origine de ce miracle-là. Vous comprendrez pourquoi un peu plus tard. Ne mélangeons pas nos affaires, n'est-ce pas? Voyons! laissez-moi parler pendant une minute sans donner de signes d'impatience!

» Je disais donc ceci : Alexandre a pris connaissance de cette lettre; dès qu'il a commencé de la lire, il a été frappé par la foudre. Il prétend avoir reconnu, dans cet appel, les intonations d'un prophète. Aussitôt, il a demandé à Capo, qui se tenait embusqué comme par hasard à l'orée de son cabinet, de lui faire rencontrer cette vieille folle.

– Une vieille folle, comme vous y allez!

– Elle ne paraît ni vieille ni folle mais elle n'est plus jeune et elle a perdu l'usage d'une bonne part de sa raison.

– Où l'a-t-il donc retrouvée?

– Elle déambulait à travers les provinces allemandes en brandissant la croix d'une main et l'Évangile de l'autre. Capo vient de mettre la main dessus... disons, de rétrouver sa trace. Elle lui a fait dire qu'elle avait *reçu l'ordre, par Révélation, d'aller...*

– Juliette est comme Jeanne d'Arc, elle entend des voix!

– Exactement! Mais au lieu de lui commander de se rendre à Bourges pour rencontrer Charles VII, sa voix lui a ordonné de s'enfermer dans un moulin situé près de Scentikern, dans la Hesse électorale, jusqu'au moment où elle sera appelée à rencontrer le tsar.

– Et à moudre pour lui quelques boisseaux de songes creux

ou de prophéties bien senties. Si je vous ai suivie, ce moment est donc venu.

– Vous êtes conviée, chère comtesse, à venir assister à cette rencontre.

– Qui aura lieu, en public, devant dix mille élus cohens, dans le manège impérial ou plutôt dans la salle des redoutes. Ludwig van Beethoven improvisera au piano.

– Mais non, voyons! Elle aura lieu dans la grande nef de la cathédrale Saint-Étienne! Le docteur Franz Mesmer se tiendra près d'un de ses baquets qui fera office de bénitier... Soyez sérieuse pendant une minute, Aurore! Tout cela est d'une importance extrême. Je vous disais, il y a un instant, que la baronne de Krüdener est une prophétesse inspirée; disons, de grand talent.

– Tout comme il y a des joueurs de whist qui sont imbattables.

– Elle prétend avoir des révélations capitales à faire à l'empereur. Nous parlions de Jeanne d'Arc à Bourges. Eh bien, elle aussi désire que ce soit en présence de témoins, bien choisis. C'est pourquoi Capo d'Istria a organisé la réunion secrète – je dis *secrète* – dont je vous parle et à laquelle sont conviées quelques personnes de confiance représentant les esprits les plus éclairés des différents pays qui ont une ambassade à Vienne.

J'écoute la princesse avec un mélange de stupeur et de contentement naïf. Mais la vanité a tôt fait de l'emporter sur l'incrédulité. Pourquoi donc ai-je été désignée? Je ne connais Capo d'Istria que de vue. Sans doute mes liens étroits avec l'ambassade de France sont-ils moins cachés qu'il ne faudrait.

Cependant, tout cela ressemble à une scène de comédie, presque à une farce. Que penser?

A plusieurs reprises, j'ai observé que l'entourage du tsar est composé d'hommes, des Russes en particulier, qui sont à la fois crédules et fanfarons; il n'est guère étonnant que ces gens-là soient, dans le même temps, sensibles au merveilleux et à la superstition.

La princesse Bagration fouille dans un sac de tapisserie et, après de longues recherches, en tire une enveloppe qu'elle me tend : il s'agit d'une copie de la lettre que Juliette de Krüdener adressait à Mlle Stourdza. Je la lis et la relis avec stupeur. J'en cite ici, de mémoire, quelques passages qui en font entendre le ton prophétique et incantatoire :

« ... L'ange, qui doit nous sauver, passe et personne ne le reconnaît. Pendant que vous vous agitez sur un volcan, il compte les têtes... »

Sans doute, songeai-je aussitôt, est-il embusqué au sein de la fameuse Commission des statistiques qui propose, pour remettre en ordre le fouillis des souverainetés européennes, un système de compensation en fonction du *nombre d'âmes par lieue carrée :* je le verrais bien sous les traits de Gentz, en ange joufflu et noceur; ou bien, avec le visage horrible du Prussien Hoffman, l'ange exterminateur qui domine la Commission par la terreur.

« L'homme que l'Éternel a désigné dans sa grande sagesse – Alexandre, cela va de soi – l'homme qui est notre souverain portera la paix... La Sublime Porte s'est refermée sur ses esclaves qui gémissent dans les fers... Des peuples entiers qui ont longtemps détenu les clés de la connaissance du nombre gémissent sous le joug... Les lys que l'Éternel avait conservés ont paru pour disparaître... Frémissons à l'approche de ces temps redoutables... »

Pendant que la jeune Clémentine, prise à son tour d'un accès de ferveur mystique, interprète avec sa fougue habituelle quelque mélodieuse antienne, je discute avec sa mère, Catherine, pour tenter de décrypter ce méchant tissu de formules creuses.

Qu'y a-t-il dans le contenu de cette confuse épistole qui ait pu frapper de si foudroyante façon l'esprit du tsar?

IV

Il y a quinze ans, Alexandre commença brillamment son règne, auréolé de victoires.

Il prêta tout d'abord une oreille attentive aux utopies matérialistes et démocratiques que lui soufflaient les La Harpe, les Czartoryski et leur clan; et puis maintenant voici qu'il se préoccupe de l'état de son âme, qu'il prône la suprématie de celle-ci sur le corps et sur les instincts qui étaient chez lui d'une espèce particulièrement vivace.

Comment expliquer ce revirement soudain? J'opine pour l'explication la plus simple : saturé de fêtes, tympanisé par les compliments, épuisé par ses succès faciles auprès des plus jolies femmes de son temps, ayant triomphé de son rival Metternich, l'empereur Alexandre me paraît la victime d'un grand accès de lassitude.

L'incendie du palais Razoumoffski aura agi comme un détonateur sur ce corps affaibli, sur cet esprit sans défense. Il aura provoqué des fièvres accompagnées d'une forte crise de mysticisme.

Sans contredire ce que je viens d'expliquer, la princesse Bagration propose une explication d'une autre nature : elle imagine, avec quelque raison, que la lettre de la baronne n'est pas tombée « par hasard » entre les mains du tsar. Quelqu'un la lui a fait découvrir. Qui donc? Un de ses conseillers : celui dont le poids n'a cessé d'augmenter depuis qu'il est arrivé à Vienne : Capo d'Istria.

Mme de Krüdener, prétend Catherine, ne serait qu'un instrument entre les mains de celui-ci. A tout le moins, Capo disposerait de certains moyens pour la faire agir dans le sens qui lui convient.

Il nous faut remonter quelques années en arrière pour découvrir les clés de l'affaire : le conseiller du tsar est un très ancien disciple du plus célèbre docteur en médecine de l'université de Vienne, Franz Mesmer, celui-là même qui fit à Paris la fortune que l'on sait, peu d'années avant la Révolution.

Capo a été lié avec Mesmer – qui est aujourd'hui en Allemagne – mais aussi avec Saint-Martin, le célèbre disciple de Martinez de Pasqually, l'apôtre du martinisme. Lui aussi connut une grande vogue dans toutes les sociétés, vers la fin du siècle dernier. Enfin, Capo passe pour avoir été l'ami de l'avocat Bergasse – celui qui donna au mesmérisme son contenu religieux; celui qui en propagea la doctrine; celui-là même qui, selon Catherine, « évangélisa » la baronne de Krüdener.

Dès lors, tout se tient étroitement dans cette affaire. Mais quel en est le ressort? Quelle est donc l'idée qui fait aller Capo d'Istria?

Celui-ci est un Corfiote : il n'a qu'une idée en tête, l'indépendance des Hellènes. Depuis des années il s'oppose, par tous les moyens, aux ambitions polonaises d'Alexandre. Il n'a pas de pire ennemi que La Harpe et Czartoryski car il estime que, au XIXe siècle, le développement naturel de la Russie doit se faire non pas vers l'ouest, mais vers le sud, en direction de la mer Noire et au détriment de l'Empire turc.

Il n'a pas tout à fait tort. Loin d'être le rêve d'un fou ou le fruit des élucubrations d'un dangereux utopiste, cette politique est soutenue, à Pétersbourg, par une large fraction de l'opinion.

Capo pose en principe que l'existence d'un Empire islamique est une honte pour l'Europe chrétienne. Il presse le tsar de tourner ses forces non plus contre l'Occident mais dans cette direction : ainsi pourra-t-il rejeter en Asie « une horde de barbares, puissante autrefois et aujourd'hui odieuse »; ce sont ses propres termes.

Elle est passée pour toujours l'époque où Kara Mustapha venait mettre le siège devant Vienne avec une armée innombrable, campée sous vingt-cinq mille tentes. En ce temps-là, *l'ombre de Dieu sur la terre* était capable d'abriter – et de satisfaire – mille cinq cents concubines placées sous la garde de trois mille eunuques noirs.

Aujourd'hui, cette monarchie est définitivement déchue et ridicule.

Le point le plus fort de ce raisonnement me paraît celui-ci : sans l'expulsion des Turcs, il n'y aura jamais rien de définitif dans un remaniement de la carte de l'Europe. En revanche, les bouches du Danube et de nombreuses provinces, la Bosnie, la Moldavie, la Dalmatie, peuvent servir de compensations légitimes en vue de la mise en place d'un nouvel équilibre européen.

Bien entendu, la Grèce – patrie de Capo – devrait, à la faveur de ces campagnes, retrouver son indépendance.

La princesse Bagration expose ce grand projet, qui n'est pas dépourvu de sens, avec flamme. Si je comprends bien l'arrangement de cette machination, la baronne de Krüdener aurait été déléguée par Capo vers Alexandre afin de le détourner de ses visées territoriales en direction de l'Occident et de le pousser à la guerre sainte en direction de l'Orient. Juliette inspiratrice de la neuvième croisade, pourquoi pas?

Il est sûr que le prince de Talleyrand, s'il n'est point encore averti de cette affaire, sera fort intéressé – en tout cas amusé – par les détails de cette combinaison machiavélique. Plus que jamais, je me sens naviguer dans les zones souterraines où se trament les grandes intrigues qui font basculer les empires.

Le temps d'arranger l'affaire et, dans une semaine environ, un beau soir à la tombée de la nuit, Perrette avec son baquet d'eau magnétique sur la tête a rendez-vous avec la pythie Krüdener.

Le Dieu des croyants l'ait en sa sainte garde!

2

Traité secret

I

– L'esprit de la coalition qui avait triomphé de l'empereur Napoléon a survécu, par la suite, au traité de Paris qui a mis fin aux hostilités entre la France et les puissances alliées.

» Si les projets que ceux-ci avaient formés avant mon arrivée à Vienne eussent été exécutés, la France se fût trouvée isolée en Europe pour un demi-siècle. Veuillez m'en croire, cet isolement eût été sans remède. Depuis trois mois, tous mes efforts ont tendu à prévenir un tel malheur. Hélas, dans la situation où la défaite nous avait laissés, devant les embûches qui se multipliaient sous mes pas, face à l'accueil glacial que me réservèrent les souverains et certains de leurs ministres, je n'imaginais point y réussir complètement.

» Aujourd'hui, la coalition est dissoute et elle l'est pour toujours.

Le prince de Talleyrand interrompt pendant quelques instants son discours afin de prêter l'oreille au murmure de complicité et d'approbation qui monte du petit groupe de privilégiés conviés à venir l'entendre.

Pour me « consoler » d'avoir manqué le bal Razoumoffski, le duc de Dalberg a fait, ce matin, un crochet par le palais Palm afin de m'enlever et de me conduire jusque dans le bureau du prince, à l'ambassade de France :

– M. de Talleyrand nous a promis pour ce matin à l'aube une déclaration importante et confidentielle. Apprêtez-vous, Aurore, aussi vite que vous le pourrez. Nous ne pouvons point être en retard.

Un coup d'œil sur une montre me rassure : il n'est point encore dix heures. Connaissant les habitudes du prince dont le lever est aussi long et solennel que celui de Louis XIV, cela me laisse le loisir de me parer de pied en cap.

Lorsque nous entrons dans le cabinet de travail de l'ambassadeur, nous apercevons *une jeune poulette* qui sortait en hâte de son appartement; elle n'avait point encore eu le loisir de refaire sa toilette :

– Vous reconnaissez sous ces voiles Émélie Bigottini que vous avez déjà entrevue aux réceptions de l'ambassade, chuchote Dalberg d'une voix gourmande. Pendant son séjour à Paris, l'empereur d'Autriche a fait demander à l'Opéra qu'elle se rende à Vienne pour *embellir les fêtes du Congrès!* A l'occasion, elle contribue aussi à embellir les loisirs du prince.

Bien que je n'aie fait qu'entrevoir les formes de la jeune Émélie – le temps qu'elle fasse le tour de la fameuse table ronde où se tiennent les plus austères délibérations de l'ambassade de France –, elles me parurent dignes d'embellir aussi les soirées du duc de Dalberg; je me gardai bien de le lui dire. Mlle Bigottini est tout ce qu'on peut voir de plus joli; elle a une grâce, une légèreté, une séduction incroyables, avec le corps le plus svelte et les épaules les mieux placées que j'aie jamais rencontrés.

Nous nous installons les premiers. Le va-et-vient incessant de valets de chambre qui participent à la toilette de Monseigneur se prolonge pendant une demi-heure. Celui-ci ne paraît jamais en public qu'en tenue d'ambassadeur avec tous ses ordres.

L'un après l'autre viennent nous rejoindre, M. de Noailles et M. de La Tour du Pin qui sont, avec Dalberg, les délégués en titre au Congrès. Un peu plus tard, arrive la comtesse de Périgord, affligée d'un fort rhume de cerveau et emmitouflée dans des fourrures qui ne laissent passer que la pointe de ses cils.

Un léger battement de ceux-ci est le seul signe de reconnaissance dont elle nous gratifie. Sans doute est-elle irritée de la présence en ces lieux de la jeune demoiselle Bigottini; celle-ci étant venue à la demande expresse de l'empereur d'Autriche, il me paraît normal que le prince cherche à s'enquérir de ses vues et, le cas échéant, à les infléchir dans la bonne voie.

Enfin, le comte de La Besnardière qui est partout et toujours le dernier, surgit avec sa mine ahurie.

M. de Talleyrand entre dans son bureau, le visage détendu et l'air joyeux; du coup, il ne boite plus. Après nous avoir salués courtoisement – j'observe avec plaisir le geste amical qu'il m'adresse –, il prend place autour de la table et poursuit le discours dont j'ai déjà donné le préambule. Un parfait silence s'établit que seul vient troubler le grincement pressé de la plume de son premier secrétaire.

Une satisfaction intense se lit sur le visage du ministre, tourné vers celui de sa nièce; il quête visiblement une approbation plus marquée que celle dont elle a bien voulu le gratifier jusqu'à présent. Dorothée garde, sous sa montagne de fourrure, un silence obstiné et un maintien impassible.

Mais rendons la parole au prince :

– La coalition, disais-je, est dissoute et elle l'est pour toujours. Non seulement la France n'est plus isolée en Europe mais elle dispose d'un système avantageux et tel que cinquante années de négociations ne sembleraient pas pouvoir le lui donner. Désormais, elle marche de concert avec deux des plus grandes puissances (l'Autriche et l'Angleterre, bien entendu). Un changement si grand et si heureux ne saurait être attribué qu'à la protection de la Providence – après Dieu, les causes efficientes de ce changement ont été...

Je jette un regard dans le miroir placé derrière le bureau du prince et aperçois le visage de Dorothée qui se tourne ostensiblement vers le mien. Sans nul doute mon action à l'hôtel Palm a-t-elle été jugée assez *efficiente* pour être louée publiquement par le prince qui poursuit de sa voix traînante :

– ... Tout d'abord mes lettres à Metternich et à lord Castlereagh et la forte impression qu'elles ont faite (impression renforcée par quelques exclamations bien venues, qui s'échappent de la bouche complaisante de M. de Noailles). Ensuite, la paix entre l'Angleterre et les États-Unis d'Amérique, qui a rendu à Castlereagh une pleine liberté d'action. Enfin, les prétentions excessives de la Russie et de la Prusse. Le ton du projet russe par lequel le tsar Alexandre semblait vouloir imposer sa loi à l'Angleterre était inacceptable; ce pays n'a jamais été disposé à l'accepter de personne.

Le premier secrétaire s'esquiva pour mettre la dernière main à la rédaction des dépêches destinées à Paris et, d'une voix détendue, le prince de Talleyrand nous déclara, en conclusion :

– Nos affaires deviennent chaque jour plus fortes et, par conséquent, plus près de leur dénouement. Quand celles de Pologne et de Saxe seront finies par un bon compromis, les autres marcheront. Nous sommes dorénavant bien posés et je suis heureux d'avoir pu mettre la France sur un si beau terrain, à la tête des pays qui veulent détruire l'esprit révolutionnaire...

En achevant cette phrase, le prince avait une expression à peindre; mais c'est avec le plus grand sérieux qu'il leva le verre que M. Carême, en personne, était venu nous apporter, pour saluer le retour de la France dans le concert des nations européennes.

Dorothée et son influenza ayant suivi M. de La Besnardière, nous nous retrouvâmes à quatre – comme les alliés avant l'arrivée de Talleyrand – autour de la table ronde de l'ambassade pour nous congratuler d'un succès diplomatique aussi brillant qu'inattendu.

II

En me reconduisant en calèche jusque dans la cour de l'hôtel Palm, Dalberg évoque, de nouveau, les charmes de la ballerine que nous avons vue s'échapper en trois entrechats des appartements du prince de Talleyrand. Il ne tarit pas de compliments directs, qui me paraissent bien enthousiastes, sur ses mérites :

– Lorsqu'elle danse, la Bigottini ne retombe point : elle descend, pareille à un flocon de neige, tant l'air est son élément naturel.

– Je ne sais si Dorothée de Périgord l'a vue jouer ce matin *la fille de l'air*... mais elle m'a paru d'humeur chagrine.

– On parle beaucoup trop, pour son goût, de cette demoiselle. Vous connaissez le cailletage des ambassades, n'est-ce pas?

Vous savez mieux que personne de quel tempérament jaloux est affligée la nièce de l'ambassadeur. Elle se dit indisposée. Avez-vous remarqué sa mine revêche et son teint boursouflé? On prétend qu'elle a une ébullition...

– Si toute sa jalousie doit sortir par là, son ébullition passera les cent degrés centigrades.

– Pour ma part, Aurore, je ne connais personne qui soit d'un naturel aussi envieux que votre amie Dorothée. Je sais que le premier mouvement des gens qui ont de l'esprit et par conséquent de la vanité, c'est de ne pas supporter qu'on leur préfère quelqu'un d'autre – fût-ce pour un instant. Mais, chez Mme de Périgord, ce n'est pas un premier pas, c'est une longue marche.

» Votre amie est toujours sur le qui-vive. Elle est jalouse de trente-six personnes à la fois. L'envie est un état endémique, chez elle : dans le même temps, elle se mettra en fureur contre son oncle à cause de la Bigottini, contre Czartoryski à cause de la Pologne et contre vous à cause de ce grand niais de Clam!

– Jalouse de moi, Dorothée? Comme vous y allez. Qu'est-ce qui vous fait dire cela?

Je sentis une vague de chaleur monter depuis mon cœur, s'enfler dans ma gorge, déferler sur mes joues et jusqu'à la pointe de mes oreilles que je secouai vivement de droite et de gauche, autant pour les rafraîchir que pour dénier tout sens à l'assertion de Dalberg.

– Tout le monde sait cela, Aurore. La comtesse de Périgord ne voulait pas se contenter des assiduités du vieux Trautmansdorff pour piquer la jalousie de son oncle. Czartoryski l'a déçue lors de la grande redoute masquée de l'empereur. Peu après, elle a jeté son dévolu sur le major Clam. Hélas! celui-ci était follement amoureux de vous...

– De moi?

– Ne faites pas l'innocente, Aurore. Vous ne me direz pas que vous ne vous en étiez point aperçue. Mauvaise chance : le prince de Metternich, qui vous tient à l'œil depuis belle lurette, a exigé que le major vous délaisse sur-le-champ pour se consacrer à la nièce de Talleyrand : une proie beaucoup plus fructueuse.

– Le prince de Metternich?

– Lui-même; ou son porte-parole; sans doute a-t-il chargé son ami Friedrich von Gentz, le secrétaire du Congrès, de cette délicate mission; c'est tout au moins ce que celui-ci m'a fait comprendre récemment. Auriez-vous préféré qu'il en laisse le soin au baron Hager, puisque après tout il s'agit d'une affaire de simple police.

– Comment savez-vous cela? Qui vous l'a dit? En êtes-vous sûr?

Ne parvenant point à dissimuler mon émotion, je bredouille de plus en plus maladroitement, si bien que Dalberg, qui m'avait d'abord regardée avec un peu de pitié, finit par éclater de rire :

– Ne faites pas cette drôle de mine, Aurore! Je suppose que je ne vous apprends rien, à vous qui êtes, depuis longtemps, une *aficionada* de la Polizei-Hofstelle!

Je compris, à son ton de voix hésitant, que Charles de Dalberg n'en savait guère plus long que ce qu'il avait hasardé devant moi. Il feignait de savoir avec autorité, afin de mieux dissimuler son ignorance sous ses affirmations. En vérité, il cherchait à obtenir de moi, par surprise, une confession; à tout le moins, un indice – à propos de mes sentiments envers Clam ou au sujet de mes liens avec Hager.

D'une voix neutre, je répondis :

– Dorothée est toujours mécontente de son sort : elle craint autant d'être ignorée que d'être adulée. C'est une enfant gâtée qui se plaint parce qu'on la bouscule et qui se croit seule dès qu'elle n'est plus dans la presse.

Nous nous séparâmes.

Le premier mouvement de ceux qui ont de l'esprit n'est pas toujours un mouvement de vanité, comme le prétend Dalberg, mais de méfiance et d'incrédulité. Je traversai la cour comme une somnambule. Au fond de moi, j'étais fort maussade et en colère contre moi-même. Qui croire?

Cependant, ce qui irrite les sentiments ne les affaiblit pas, bien au contraire. Je grimpai quatre à quatre le grand escalier de pierre de l'hôtel Palm, en relevant ma jupe d'une main tremblante et en murmurant : il ne faut point me désespérer;

l'avenir n'est jamais à l'image de ce que nous croyons; quant à nos passions, elles dureront tant que nous serons encore capables d'étonnement.

III

Cette nuit, une forte bourrasque de neige a tapissé la ville d'une parure boréale; elle fait ressortir la noirceur des silhouettes qui se pressent dans les rues et la candeur du décor que celles-ci foulent aux pieds. Le prince de Talleyrand illustre à merveille ce contraste : la fugue de Dorothée l'a plongé au fond du désespoir au moment où la signature du traité avec l'Autriche l'avait hissé au pinacle du succès.

J'ai déjà relaté dans quels termes le ministre s'était targué de sa réussite diplomatique; et voici que, à l'instant, je viens d'apprendre son infortune quasi conjugale de la bouche de sa presque belle-sœur, la duchesse de Sagan.

Wilhelmine m'a fait venir dans un boudoir où trois femmes œuvraient à sa toilette; elles étaient en train d'élaborer la tenue Louis XV que la duchesse portera jeudi, au bal paré de sa sœur Pignatelli.

Contemplant avec une mine désabusée son miroir, elle dirige la mise en plis d'une coiffure semblable à ces édifices rocambolesques qu'on portait au milieu du siècle dernier – en ce temps lointain où l'extravagance de la mode précéda celle des idées.

D'un œil curieux, je vois la duchesse, que je n'imaginais pas aussi adroite et attentive, édifier avec soin un jardin potager; il s'élève si haut qu'elle aura quelque peine à passer sous les portes; sans nul doute, elle devra faire retirer les banquettes de son carrosse et accepter, pour y prendre place, de se poser sur des coussins guère plus épais qu'un sachet de Montpellier.

Après un long moment consacré à ce grand œuvre botanique, la duchesse de Sagan en détruit soudain l'ordonnance d'un revers de main. D'une voix rude, elle éloigne ses servantes qui ramassent champignons de verre et radis de bois aux quatre coins de la pièce. Puis elle se tourne vers moi avec un air mystérieux pour m'annoncer la nouvelle, la grande nouvelle, en ayant soin de l'enrober de beaucoup d'artifices afin de piquer ma curiosité :

– Aurore, vous connaissez peut-être Samuel Foote, un célèbre comédien anglais du siècle dernier... celui que l'on avait surnommé l'*Aristophane britannique* à cause de son esprit de repartie. Pendant longtemps, il a poursuivi de son humour féroce le comte de Sandwich. Excédé, celui-ci l'apostropha, un beau jour, en ces termes : Répondez-moi donc sur-le-champ, espèce de maraud : lequel de ces deux maux attraperez-vous en premier, sera-ce la vérole ou bien la potence? – Milord, déclara l'acteur, cela dépendra de qui j'embrasserai d'abord : de votre maîtresse ou bien de vos principes.

» Eh bien, Aurore, voilà exactement la leçon que le prince de Metternich, qui est lui aussi un comédien remarquable, vient d'infliger à votre présomptueux ministre. Depuis son arrivée à Vienne, Talleyrand n'a cessé de l'humilier en invoquant à tout propos *ses grands principes;* l'Autrichien s'en est vengé sur sa maîtresse.

» Après avoir été contraint de signer un traité d'alliance – dont tout le monde chuchote qu'il est confidentiel –, un traité qui le ralliait aux idées du Français, Metternich a confié à son *drogman,* von Clam, le soin d'enlever sa nièce.

– Le soin d'enlever Dorothée?

– Disons de partir en voyage avec elle. Ma sœur n'est plus sous la tutelle de son oncle, que diable! Et je ne sache pas que celui-ci soit bien placé pour réclamer à notre mère, la duchesse de Courlande, ou à son neveu Périgord, d'intervenir de quelque façon dans cette affaire.

– Dans quelle affaire?

Les bras m'en tombent si bien que je regarde le bout de mes doigts, étonnée de les voir là.

Tout à l'heure, j'étais assise devant la grande table de conférence en noyer de l'ambassade de France. Dorothée était en face de moi, victime de maux de tête incoercibles qui lui mettaient le crâne en ébullition; à aucun moment, elle ne m'a paru au point de faire ses malles.

Deux heures ont passé et maintenant je suis assise près de

la duchesse qui officie avec sérénité devant sa table de toilette – une table de marbre, longue comme un autel, au milieu duquel un miroir carré tiendrait lieu de tabernacle. Et voilà que Wilhelmine me récite une étrange messe basse; elle murmure :

– Ma sœur Périgord vient de passer chez moi pour me dire au revoir. Ne le racontez à personne. (Sous entendu : répétez-le au plus vite au palais Kaunitz.) Elle quitte Vienne pour l'Italie, pour Venise je crois.

– Seule?

– Vous rêvez, mon enfant. Dorothée part avec le major. Avec son major. Enfin, avec votre major. Celui-là même qui prétendait vous aimer si fort. L'autre soir, il est encore venu pleurer dans mon giron parce que vous le traitiez avec une désinvolture incroyable. Il est parti parce qu'il était jaloux de Dalberg.

Aujourd'hui, je vais d'étonnement en surprise, de surprise en stupéfaction, de stupéfaction en stupeur, au point d'en rester muette. Ayant déjà perdu le toucher et la parole – non seulement les bras m'en sont tombés mais aussi la langue –, il ne me reste plus que mes yeux pour pleurer et mes oreilles pour écouter les perfides câlineries de la duchesse :

– C'est le prince de Talleyrand qui prétendait hier soir, ici même, que le Dieu des chrétiens, votre Dieu et le mien, faisait davantage de cas de ses pommes que de ses enfants. Voici, Aurore, la punition qu'Il inflige aux innocentes qui veulent siffler plus vite que le serpent.

Je lance à la duchesse de Sagan un regard empli d'un tel désarroi qu'elle me tend ses bras. Je m'y blottis en sanglotant. Très doucement, elle me console. Elle s'apitoie sur moi d'autant plus volontiers qu'elle a, sans nul doute, prémédité l'effet de ses révélations.

Mais peu importe! Nous restons silencieuses. Un ange passe, suivi d'une légion d'anges et de quelques démons familiers – appartenant à la famille des succubes, je suppose.

Wilhelmine me caresse le visage et me serre doucement contre elle. Mes lèvres tremblent, mes mains s'accrochent à ses épaules. Dans l'état où je suis, il me faut un refuge où poser ma tête et son sein généreux fait fort bien l'affaire.

Si bien, même, que je me retrouve, quelques instants plus tard, étendue sur un divan sans autre parure que mes cadenettes du matin, emmêlant mes tresses, courtes et raides comme des baguettes, à ses longues mèches de crin.

Depuis le couvent où, parfois, je m'abandonnais ainsi en cachette, il ne m'est plus jamais arrivé de me livrer au plaisir; ou, plutôt, de le partager avec une autre; à tout le moins d'essayer.

Sans succès : Wilhelmine me chuchote à l'oreille des mots qui me laissent indifférente; je me sens maladroite, puis résignée et bientôt hostile. Son impudeur m'embarrasse; sa violence m'étouffe. Je perçois son souffle tiède qui me fait l'effet d'un pénible halètement. Elle me chuchote à l'oreille des phrases que je feins de ne pas entendre. Il lui faut des extravagances. Je refuse de m'y prêter. Elle devient brusque. Son parfum de musc m'entête. Devant son visage bouleversé, je n'éprouve aucune émotion mais plutôt une impression de dégoût.

Bref, sa science et tous ses sortilèges ne parviennent ni à me troubler ni à me faire oublier ma courte honte et mon chagrin. Mes oreilles bourdonnent; je suis une coquille vide que la mer a oubliée sur la grève.

En écrivant ces lignes, je ne puis m'empêcher d'évoquer l'ombre du méphisto de Sagan : Döbling. Pour ne pas être marquée d'un sceau infâme, il ne suffit plus que mes confessions échappent aux doigts crochus des sbires de la Polizei-Hofstelle; il faut que personne n'en ait jamais connaissance. Je les brûlerai en holocauste à mes mauvaises pensées et à toutes mes bonnes actions. Quand cela? Disons, le premier anniversaire du jour qui marquera la fin du Congrès.

3

Perplexités

I

Pour me changer les idées, à défaut de me divertir, je me suis plongée dans une tâche aride : mettre de l'ordre dans les livres de la princesse Catherine. C'est un casse-tête épouvantable. Qui a dit : les mystères de la comptabilité d'une femme sont aussi impénétrables que les mystères de la religion? Sans doute le général Bagration.

J'ai fait un décompte exact des dettes de sa veuve : 218 000 ducats, un peu plus de 17 000 florins et 300 000 francs. Pour faire face aux créances les plus urgentes, il a fallu mettre en dépôt tout ce qui représentait une valeur marchande : nippes, fourrures et bijoux, sans que la belle Catherine, qui est complètement abattue, accepte d'y fourrer le bout de son nez. On va tenter, une fois encore, de tirer des lettres de change sur son beau-père, le comte Litta, à Saint-Pétersbourg : celui-ci a déjà fait vendre la majeure part des terres de la princesse pour se rembourser de l'argent qu'elle lui doit. Si ces billets sont acceptés, on se tirera d'affaire, sans quoi la princesse dont toutes les ressources sont épuisées ira en prison...

Tel est l'état sincère et véritable des finances de cette malheureuse écervelée chez qui tout le monde accourait hier encore, quand elle avait les faveurs du tsar, et de qui on se détourne aujourd'hui qu'elle est en détresse. Pour tenter de la consoler, je lui ai déclaré :

– Rassurez-vous, madame. A Vienne, une comtesse pauvre et jolie n'est qu'une pauvre comtesse, tandis qu'une princesse pauvre et jolie sera toujours une jolie princesse.

La malheureuse ne m'écoute pas; elle pleure toute la journée. Il en est des larmes comme de la pluie : sept années diluviennes succèdent, sans qu'on sache pourquoi, à sept années de prospérité.

Depuis qu'elle sent la tempête qui s'approche et sa barque qui menace de chavirer, Catherine est devenue tout à fait sage; du matin au soir, elle parodie les mômeries de son empereur; désormais, elle n'a plus d'autre ambition que de servir la Haute Science et d'obéir au Grand Architecte de l'Univers – curieux langage qu'elle a puisé je ne sais où; dans la correspondance de Mme de Krüdener, sans doute.

II

Les sentiments ne sont pas éternels; bien souvent ils ne résistent pas à la clarté et se dissipent en même temps que la pénombre dans laquelle ils s'étaient épanouis. L'amour peut naître de la contrariété et disparaître avec elle; celui que je croyais éprouver pour von Clam s'était nourri de son indifférence; il ne se prolongeait que grâce à ma jalousie; il s'est évanoui sitôt que j'ai appris qu'il était partagé.

Est-il vrai que le major était amoureux de moi? Je n'en suis pas si sûre. Cette affirmation, que vient de lancer la duchesse de Sagan, est sujette à caution; tout comme les propos qu'avait tenus le duc de Dalberg quelques heures plus tôt. L'un comme l'autre ont de grandes et bonnes raisons pour se tromper; et qui plus est, pour me tromper.

Étourdi et léger, le ministre est une tête de linotte; ou plutôt une tête de mouette. Il tournoie dans les salons, toujours en quête de confidences dont il puisse se rassasier. Bien souvent, je l'ai surpris en train de lancer des affirmations au hasard, comme le pêcheur sa madrague, pour observer sur le vif les réactions de son interlocuteur et picorer ce qui se prend dans ses mailles. C'est un homme séduisant, très séduisant, trop séduisant, mais il ne faut pas prendre ses déclarations au pied de la lettre.

Quant à Wilhelmine, son témoignage me paraît tout aussi

suspect. Par des révélations lancées à bon escient, sinon préméditées, elle est parvenue à me troubler au point que j'ai dit; un médiocre succès qui ne prêche pas en faveur de sa sincérité : certes, le plaisir partagé est un grand révélateur d'innocence qui embellit nos fautes et nous délivre du remords; en revanche, le dégoût qu'engendre une étreinte forcée étouffe pour longtemps tout autre sentiment. Curieusement, en sortant des bras de la duchesse de Sagan, je me suis sentie délivrée, comme par ricochet, d'une passion qui m'accablait et dont j'avais été trop longtemps prisonnière : enterré M. von Clam!

Pendant quelques heures, je fus soulagée de retrouver une solitude dépeuplée de ses fantômes et de ses illusions. Pas pour longtemps, hélas! Lorsque le bonheur passe à notre portée, ce n'est jamais celui que notre petite musique personnelle nous avait fait espérer. Délivrée du major, je continue de ressentir une espèce de jalousie vis-à-vis de Dorothée. Pourquoi diable Mme de Périgord est-elle partie avec von Clam? Par dépit? Par amour? Par goût de la provocation? Un peu de tout cela, sans doute. L'aime-t-elle vraiment? Voilà la question qui me harcèle, qui nous harcèle, le prince de Talleyrand et moi-même; lui, enfermé au fond de l'hôtel Kaunitz et moi, juchée sur mon perchoir de l'hôtel Palm.

Je me sens des affinités de plus en plus profondes avec ce vieil homme qui a connu tant de choses et moi si peu, avec ce personnage illustre qui a laissé une empreinte profonde sur tant d'événements et sur tant de gens. M. de Talleyrand m'est apparu sensible, fragile, mystérieux – alors qu'aux yeux du monde il passe pour invulnérable et tout à fait indifférent.

Dans l'hypothèse où Dorothée n'aimerait guère le major, ce qui est vraisemblable, quel événement a pu dicter ce geste que rien ne laissait prévoir? Pourquoi afficher une liaison qui n'est point si glorieuse, au lieu de la poursuivre éventuellement en catimini? Sans doute faut-il incriminer la jalousie avec tous ses apanages; c'est la seule explication plausible : Dorothée serait partie pour susciter la jalousie de quelqu'un; mais de qui donc?

Le prince Adam? C'est peu probable : un homme qui vous trompe avec sa patrie, on ne peut guère songer à l'émouvoir en partant avec un autre homme – fût-il un soldat comme von Clam; il aurait fallu choisir un adversaire délibéré de la cause de l'unité polonaise; non, cela ne me paraît pas avoir de sens.

Qui d'autre? Parmi les jeunes gens qui faisaient leur cour à la comtesse, ou parmi les moins jeunes, on ne peut attacher d'importance, ni à ce bon Trautmansdorff, si gros et si respectueux, ni à Frédéric von Gentz, si assidu qu'il ait été auprès de Dorothée. Sans doute le séduisant secrétaire du Congrès la jugeait-il – ce sont ses propres termes – « aussi remarquable par la subtilité de son esprit que par la dépravation de son cœur »; mais il n'a jamais eu de goût pour elle. S'il avait eu un choix à faire, ce n'est sûrement pas avec Mme de Périgord qu'il serait parti. Plutôt avec von Clam.

Qui encore? Lord Charles Stewart? Pendant quelques jours, cet original a témoigné de l'intérêt pour la nièce du ministre et il l'a fait avec son ostentation habituelle. Cela s'est passé peu après son arrivée à Vienne. Mais, du jour où il a rencontré sa sœur Wilhelmine, il a, sans coup férir, abandonné la cadette pour sa flamboyante aînée.

En revanche, la duchesse de Sagan – qui ne répugne pas à mener plusieurs affaires à la fois – oubliait volontiers son excentrique Anglais pour l'oncle de Dorothée... Nous y voilà! La comtesse de Périgord n'a pas supporté que le prince la délaisse. Inutile de chercher davantage. Inutile de se cacher derrière des hypothèses compliquées ou absurdes. Ma conviction est établie. Au fond de moi, je me refusais à l'admettre. Je ne voulais pas regarder la vérité en face, mais je savais bien que – depuis des années, sans doute – sa nièce était follement éprise du prince de Talleyrand. Pendant longtemps, elle a fait ce qu'elle pouvait pour ne pas le reconnaître; pour ne pas se l'avouer à elle-même : à aucun prix, cette âme puritaine ne voulait s'éprendre de l'oncle de son mari; ni marcher sur les brisées de sa mère, Anne-Charlotte; pour finir, elle est partie avec von Clam afin de ne pas voir son oncle tomber dans les bras de sa sœur!

Pourquoi donc, depuis des années, Dorothée reprochait-elle, en termes si vifs, à sa mère de l'avoir éloignée de Czartoryski? Ce n'est point à cause des sentiments qu'elle feignait d'éprouver pour le prince Adam : une amourette d'enfance; c'était pour dissimuler ceux que lui inspirait son oncle, le prince Charles-Maurice de Talleyrand.

Comme sa sœur Wilhelmine, dix ans plus tôt, voici que la comtesse de Périgord est tombée amoureuse de l'amant de sa mère.

Je me souviens d'une conversation que j'ai eue à ce propos, il y a deux ou trois ans, avec Casimir de Montrond, le plus vieil ami de Talleyrand, ou son meilleur ennemi, comme on voudra; celui-ci passe depuis belle lurette pour être *l'âme damnée* du prince. Il me disait, un jour qu'il était de passage à Vienne : « Savez-vous que Charles-Maurice est tombé violemment amoureux de la mère de sa nièce, votre amie Dorothée de Périgord? Aujourd'hui, rien ne semble le captiver autant que la vieillesse, car toutes ses amours sont de véritables antiquités. »

La duchesse de Courlande est une antiquité comme l'Aphrodite de Praxitèle en était une : une superbe pièce; et qui plus est, follement éprise, elle aussi, du prince de Talleyrand; elle l'adore avec cette sombre ardeur dont s'enfièvre une femme qui sait qu'elle aime pour la dernière fois.

Dorothée de Périgord a refusé de suivre les traces de Wilhelmine : à Löbikau, dans leur propriété de Saxe, durant tout un hiver, la duchesse de Sagan avait été, sous l'œil navré de sa jeune sœur, la rivale heureuse de leur mère auprès du séduisant baron d'Amfeldt – une petite fille naquit de cette liaison, qui est morte depuis. Le souvenir de cette période sinistre est enfoui au fond de la mémoire de Dorothée; elle n'en parle jamais.

Sitôt après son mariage, la comtesse de Périgord s'installa à Paris. Le pénible séjour de six mois à Löbikau, entre sa mère et sa sœur, lui avait fait détester la campagne : elle ne supportait plus les arbres autrement qu'en dessus-de-porte ou dans les pages de *La Nouvelle Héloïse*. Elle ne trouva aucune consolation auprès de son mari : Edmond de Périgord se révéla un homme en dessous du médiocre; il n'a jamais eu de goût que pour les tables de jeu et le libertinage. En revanche, Dorothée voyait souvent son oncle et l'admirait follement; le Grand Électeur était un grand séducteur; tout auréolé du prestige de sa récente disgrâce, c'était encore un personnage considérable. Il s'enveloppait dans le mystère des mille et un complots qu'il tramait contre Napoléon.

A l'époque, Talleyrand prêta peu d'attention à une toute jeune nièce qu'il jugeait, m'a-t-elle avoué, maigre et chétive. Dès lors, la jeune femme se réfugia dans le sentiment qu'elle avait éprouvé, autrefois, pour Czartoryski. Les mois passèrent; trois enfants naquirent; et puis, il y eut l'annonce inopinée de ce voyage à Vienne – divine surprise! Dorothée partait, en compagnie de son oncle, sans son mari et sans la duchesse de Courlande, pour une ville où se trouvait le prince Adam.

Première alerte : son époux, Edmond, vint la surprendre, à l'improviste, vers la fin du mois d'octobre. Mais il ne demeura à ses côtés que durant fort peu de jours. Le prince de Talleyrand lui confia bientôt une fonction de courrier de cabinet et le réexpédia, dare-dare, sur les Tuileries.

Le bonheur dura quelques semaines, émaillé de toutes les rencontres que j'ai évoquées dans les pages de ce carnet : lord Stewart, puis le prince Adam, le comte Trautmansdorff; le major von Clam enfin... Malgré des succès triomphants qui lui faisaient tourner la tête, Dorothée n'était point heureuse car elle ne parvenait point à provoquer la jalousie de son oncle.

Celui-ci semblait se préoccuper bien davantage de l'Europe que de sa nièce. Pas une seconde, celle-ci n'a su lire dans les traits immobiles du vieil ambassadeur pour y découvrir les secrets de son cœur : ce fieffé comédien était venu à Vienne pour faire triompher une politique; il n'entendait point y mêler, en public, des affaires de sentiments.

En réfléchissant à tout cela, je comprends mieux, maintenant, pourquoi Dorothée m'a fait un récit aussi long, aussi minutieux, de ses aventures de jeunesse... Devant l'apparente indifférence de son oncle, la comtesse de Périgord s'est jetée dans les bras du premier venu. Au bout de quelques semaines, elle s'est aperçue que le prince de Talleyrand venait de plus en plus régulièrement au palais Palm.

Ce n'était point pour l'y retrouver.

Alors, elle a compris que non seulement elle était la rivale de sa mère, à qui Charles-Maurice écrit tous les jours, mais que sa sœur Wilhelmine – qui ne s'embarrasse sûrement pas de ce genre de scrupules – attirait, avec succès, le prince dans ses filets.

Comment expliquer le comportement du ministre? C'est un homme d'expérience. Il a laissé les choses se faire. Sans doute s'est-il plu, s'est-il amusé, à provoquer la jalousie de Dorothée.

L'imprudent aime aussi se faire cajoler; et puis Wilhelmine est auréolée d'une réputation de séduction qui n'est point usurpée. Il n'était point dit que le tsar serait le seul à remporter la victoire de Sagan. Il n'était pas désagréable, non plus, de marcher sur les brisées, encore vertes, du Premier ministre d'Autriche.

Et voici la pauvre comtesse de Périgord oubliée par le prince Adam, délaissée par le prince de Talleyrand, jalouse de sa mère et bafouée par sa sœur. Alors elle court se jeter dans les bras de von Clam, après être venue m'en demander, piteusement, la permission sous un déluge de pluie et, comme cela ne suffit pas à émouvoir son oncle, elle part en Italie!

Quel superbe gâchis!

Enfermée dans mes intrigues, aveuglée par mes propres sentiments, je n'ai rien compris à la complexité et à la profondeur des siens.

J'arpente ma cellule de long en large et j'ai envie de me frapper la tête contre le mur blanc tant le monde est stupide, tant le destin est cruel : après la ruine de Catherine, la détresse de Dorothée. Je n'ai même plus le temps de m'apitoyer sur mon propre compte.

Malgré l'heure tardive, je continue à marcher à grands pas, dans une course absurde et sans fin. De temps en temps, je m'arrête devant ma table et, faisant grincer ma plume, je griffonne quelques lignes. Lorsque les sanglots m'étouffent, je reprends ma promenade au bras de mes souvenirs, piétinant l'ombre allongée sur le sol qu'un flambeau fait vaciller devant moi.

III

– Depuis longtemps Paris était devenu une ville où les hommes ne croyaient plus en l'homme, ni les femmes en la vertu. C'était une capitale qui avait encore de vieilles mœurs et qui se découvrait de folles passions... La plus violente d'entre elles était, bien entendu, la politique qui prit bientôt, dans le cœur de chacun, la place qu'occupaient autrefois les manœuvres de la galanterie. L'impiété triomphait, mes frères...

Aujourd'hui 21 janvier, pour commémorer dignement l'assassinat de Louis XVI, époux de l'archiduchesse Marie-Antoinette – leur mémoire n'avait jamais reçu l'expiation d'un deuil solennel et public – l'ambassade de France a organisé un service solennel dans la cathédrale Saint-Étienne.

Les souverains qui sont rassemblés à Vienne sont tous venus, ce matin, afin de prier ensemble; cette Sainte-Alliance, dont tout le monde parle en ce moment, se trouve ainsi réalisée autour d'un catafalque.

La parure de l'église a été dessinée par le peintre Isabey et les frais de la cérémonie sont supportés par le trésor impérial d'Autriche. Placée au milieu de la nef centrale, une décoration majestueuse s'élève jusqu'aux voûtes; un baldaquin immense, plus de soixante pieds de haut, est entouré de quatre statues colossales et proportionnées au chagrin que chacun doit ressentir dans son cœur : la France en pleurs et l'Europe en larmes escortent l'Espérance; celle-ci guide l'âme du souverain vers son immortelle demeure, sous les auspices de la religion qui a toujours conduit ses pas.

La nef, entièrement tapissée de tentures noires brodées d'argent aux armes de la Maison de France, est illuminée par des milliers de cierges. Toute l'aristocratie autrichienne se trouve rassemblée dans le chœur autour de la tribune de velours ras réservée aux souverains : au premier rang, les chevaliers de la Toison d'or; derrière eux une meute d'ambassadeurs et de princes qui jappent sans vergogne pour se faire entendre de leurs femmes qui sont entièrement recouvertes d'un voile noir descendant jusqu'à terre : ce voile est d'étiquette; presque aussi large que long il est fermé sur le haut de la tête comme un sac.

Un détachement de la garde noble hongroise fait le service autour du catafalque comme pour des funérailles impériales. La musique est belle et sombre : un *Requiem,* composé par Neukomm, le chef de musique de l'ambassade, et dirigé par Salieri, le maître de chapelle de l'empereur.

Malgré ses quatre-vingt-quatre ans, le vénérable archevêque de Vienne, prince de Hohenwarth, a voulu officier. Monseigneur de Talleyrand, à qui tout ce faste devait faire songer aux beaux jours de juillet 1790 où il célébrait la messe de la fête de la Fédération devant cinq cent mille fidèles, montrait un visage particulièrement recueilli.

Hélas! le sermon avait été confié, par mégarde, au curé de Sainte-Anne-de-Vienne, l'abbé Zaigrelin, un pauvre Alsacien qui ne parle correctement ni l'allemand ni le français.

Après avoir évoqué la gloire de la monarchie capétienne qui remonte à mille ans, il s'étendit non moins longuement sur les talents de ce bon Louis XVI... en matière de serrurerie – les seuls que personne n'ait jamais contestés. Juché au sommet d'une chaire étroite et ridicule, il parlait en hochant la tête, comme s'il était sur le point de s'endormir lui-même :

– Regardez-le tout là-haut, Aurore! chuchota dans mon voile ce diable de Dalberg. Ce malheureux à moitié assoupi ressemble à un vieux Chinois dans son encrier.

En sortant de l'office, plusieurs personnes prétendirent que M. de Talleyrand avait personnellement mis la main à ce prône : je pense qu'on ne pouvait guère lui décerner de plus venimeux compliment.

Le soir il y eut cercle à l'ambassade de France :

– Cette cérémonie était édifiante, émouvante, imposante, déclara l'ambassadeur de France, et pourtant, quelle leçon pour les rois et quelle leçon pour tous les hommes!

Que pouvait-il dire de plus ou de mieux?

4

Chez la princesse Pauline de Hohenzollern

Malgré tout, la fête continue, sans trêve et sans repos : ce soir, souper chez la sœur puînée de Dorothée, la comtesse Pauline de Hohenzollern.

Dans cette maison, restée absolument allemande, la roideur et l'étiquette sont incroyables. Ici, les hommes demeurent enfermés entre eux comme les momies des Égyptiens debout dans leur pyramide. Quant aux femmes, elles n'ont point de plus glorieux ornement que la modestie, ni de meilleur attrait que l'honnêteté; si bien qu'elles paraissent accablées de vertu; je comprends pourquoi leurs maris ont l'air de momies.

Malgré l'heure tardive, la soirée commence à peine.

J'accompagne la duchesse de Sagan; elle est venue ici non pour s'amuser mais pour rencontrer... pour rencontrer qui, au fait? Sûrement pas lord Stewart. Dans cette maison, on ne le laisserait même pas passer le seuil de l'écurie. Le tsar Alexandre? Sans doute; ou bien Metternich, ou bien Talleyrand, ou bien, ou bien...

Après avoir franchi un mur de livrées, serré comme un carré d'infanterie teutonique et à peine plus accueillant, nous sommes salués sèchement par le nain de la famille – un accessoire le plus souvent vêtu de blanc et aussi indispensable, dans une grande maison viennoise, que le perroquet dans sa cage dorée. Je me détourne de celui-ci qui ressemble comme un frère à celui de la duchesse de Sagan.

Au fond du vestibule, une haute porte à glace ouvre sur un flot de lumières. Devant nous s'étend à perte de vue, grâce à un savant jeu de miroirs, une enfilade de salons entourés d'un péristyle sans fin; le premier est formé d'une multitude de pilastres corinthiens en marbre clair, surmontés de chapiteaux noirs : un décor d'une grande majesté dont les ors rouges et jaunes scintillent à la lumière de superbes lustres russes qui mêlent leurs pendeloques multicolores aux cristaux de Bohême.

Dans cette pièce règne un silence consternant. Les conversations sont rares, et les propos s'échangent sur le ton feutré en usage dans n'importe quelle église de Bohême ou de Carinthie. En marchant, je fais tinter mon réticule; des têtes se tournent; sans doute croit-on que je passe pour faire la quête.

Deux canapés très longs se font face. Devant celui de la princesse, une double rangée de hauts tabourets, chichement rembourrés, sur lesquels ont pris place quelques jeunes femmes de mon âge qui se tiennent assises, roides comme des cariatides. Au fond de la pièce, j'aperçois la bibliothèque où des hommes en habit noir devisent debout, plantés comme des cierges funèbres au pied d'un portrait d'aïeul.

Sur le premier canapé, les places proches de la maîtresse de céans sont occupées par les personnes de rang ou de dignité supérieurs dont le degré est calculé en fonction de la date d'admission de leurs ancêtres à la diète de Ratisbonne. Cela n'entraîne aucune confusion car, ici, toute la société se connaît et les prétentions sont en grand ridicule. Il reste que la morgue des familles françaises les plus huppées est sans commune mesure avec celle de ces vieilles maisons germaniques.

Je vais saluer la princesse Pauline. Aujourd'hui, elle se montre assez affable avec moi puisque je suis venue en compagnie de sa sœur; demain, si je la croise dans une embrasure de porte, elle ne me reconnaîtra pas.

Cette princesse de Hohenzollern ne ressemble pas aux dévotes de son espèce; elle ne montre de curiosité pour rien du tout. D'habitude, ces prudes se dédommagent des péchés qu'elles n'ont pas commis en glanant, au hasard d'un cabinet ou derrière un pilier, les aventures qui sont survenues à d'autres. Pauline s'en moque. Je suppose que les tribulations de sa propre famille suffisent à faire son bonheur.

Devant moi, la rangée des tabourets réservés aux jeunes

femmes. Elles sont posées là, comme des petites cuillères bien astiquées dans leur écrin de feutre, toutes pareilles dans leur robe claire, avec leurs joues pâles, leur mine triste et leur nez luisant.

Je m'enfuis comme on s'échappe d'un lazaret et me dirige résolument vers la bibliothèque où m'accueille un de mes plus fidèles courtisans, le plus prolixe et, sans aucun doute, le plus inoffensif : le vieux général de Rantzau – il a eu tant de chevaux tués sous lui à la bataille de Rossbach que, depuis, il n'ose plus s'asseoir à califourchon.

Ulrich von Brockdorff-Rantzau est un descendant direct du maréchal Josias de Rantzau. Son aïeul, né dans le Holstein il y a environ deux cents ans, passait pour le meilleur preneur de places fortes de son temps; sa vie durant, il fit don de son incomparable expérience aux plus offrants. C'est ainsi qu'il perdit un œil au service de la France, durant le siège de Dole, puis une jambe en combattant avec les Danois et enfin une main qu'il avait tendue à la Suède.

A quarante ans, fait prisonnier par les Français, il fut accueilli à bras ouverts. Peu après, Mazarin lui donna un bâton de maréchal qu'il avait amplement mérité : fut-ce pour le remercier d'avoir contribué à la victoire de Rocroi? ou bien, serait-ce parce qu'il était devenu, entre-temps, l'amant d'Anne d'Autriche et le père présumé de Louis XIV? Qui sait?

Comme je questionne son arrière-petit-fils sur cette épineuse question, il me répond avec le plus grand naturel :

– Oh, cela, madame, je l'ignore. Mais je puis vous affirmer que, dans ma famille, nous considérons tous ces Bourbons comme de simples bâtards des Rantzau.

Nous échangeons quelques propos et la conversation vient sur le fameux prince Eugène de Savoie dont les palais sont des merveilles d'art baroque qui font aujourd'hui la gloire de la ville. La tête ailleurs, j'écoute avec indifférence ce vieux traîneur de sabre discourir de tout et surtout de rien. Sans s'éloigner d'un pouce, il salue avec complaisance maintes figures de connaissance qui emplissent, peu à peu, les salons; puis il se lamente de rencontrer toujours les mêmes gens :

– En Europe aujourd'hui, règne l'ennui; le désœuvrement

établit une certaine circulation de voyageurs. On les retrouve partout : dans les salons des grandes capitales; dans les maisons de qualité, à Coppet, à Sagan ou à Belœil; autour des lacs ou sur les montagnes de la Suisse; à Castellamare, à Naples ou pire, quand l'âge est venu, aux eaux. Hélas! ce sont toujours les mêmes têtes et la même monotonie.

Pendant un temps infini, le général m'entretient sur les mérites des eaux de Plombières ou de Baden qui ne sont plus, hélas! aussi pures qu'elles l'étaient dans le passé – tout comme les jeunes filles. La pureté est une essence fragile qui ne se conserve intacte que dans la mémoire des hommes et se ternit comme un miroir au moindre souffle de vie.

Malgré son grand âge, celui de Rantzau est inépuisable et il poursuit son monologue avec la calme indifférence des vieillards :

– Ces petites villes sont devenues de grands entrepôts d'ennuyés, des casernes pour gens du monde et, bien souvent, de vrais repaires d'aventurières.

En disant cela, mon interlocuteur jette sur moi un œil complice qui m'exaspère. Je porte ostensiblement ma main devant mes lèvres entrouvertes et lance :

– Veuillez m'excuser, général, si je bâille ce n'est point que je sois mal élevée, c'est seulement parce que je m'ennuie.

Nullement fâché, il me sourit et m'approuve. Enfin, voici qu'il se détourne pour saluer la vieille comtesse de Fürstenberg qui s'approche de nous, tout de noir vêtue. Une curieuse silhouette, tordue, mal apprêtée, endimanchée, ficelée comme une carotte de tabac, avec le nez pareil la peau comme une râpe à muscade, la lèvre un peu trop fournie et le sourcil pas assez; bref une sorcière, mais amusante et gaie.

Elle donne le bras à la duchesse de Sagan, droite comme un lys dans sa corolle de satin blanc, et le contraste est étonnant entre les âges de la vie. Ensemble, elles tiennent une conversation animée. Mine de rien je m'approche. Je les entends évoquer les liens sacrés du mariage. Intéressant pour une demoiselle. Je prête l'oreille :

– Le mariage? Une malédiction! s'exclame l'égérie du palais

Palm, au grand dam de son interlocutrice qui rétorque avec fougue :

– Comment pouvez-vous dire cela, Wilhelmine? Vous avez le tiers de mon âge et vous vous êtes mariée au moins trois fois – si j'ai bonne mémoire.

– Votre mémoire est excellente mais je ne me suis mariée que deux fois, seulement; en revanche je dois bien être quatre fois moins âgée que vous! Rassurez-vous, je ne me remarierai point. Jamais plus je ne me passerai une pareille fantaisie. Rohan quand j'avais dix-huit ans; Troubetzkoï à vingt : cela est grandement suffisant. Aujourd'hui, je me ruine en maris. Vous n'imaginez pas ce que cela coûte!

Plût au ciel que, moi aussi, je me ruine en maris! Au fond de moi, je n'en suis pas si sûre. Vaut-il mieux subir le même partenaire non seulement sa vie durant, mais pour l'éternité? Sans être une théologienne avertie, j'imagine que la résurrection des corps ne séparera pas ce que Dieu a uni. Quelle tristesse pour un homme d'esprit de partager aussi longtemps l'intimité d'une femme qui n'en a guère! L'intelligence n'est pas, comme la noblesse, une maladie vénérienne; j'entends une maladie qui se transmet par l'amour : un Marassé fait une Marassé; un prince fait une princesse; un homme d'esprit n'a jamais fait une femme d'esprit, disait déjà M. de Rivarol.

Je suis d'une humeur de dogue et, plantant là mon vieux général caliborgnon et punais, je pars en chasse, le museau en avant.

Devant une cheminée, ornée d'un immense miroir aux moulures tarabiscotées comme une pièce en sucre, la princesse Pignatelli se pavane face à don Pedro Labrador. Juché sur ses hautes pattes de lévrier, celui-ci paraît en arrêt devant elle. Je l'observe : son crâne dégarni passe par toutes les couleurs – M. de Talleyrand prétend qu'il lit sur sa tête comme sur un baromètre et qu'il peut ainsi prévoir parfaitement ses colères.

Je ne sais si cette femme espiègle y découvre aussi facilement la température de ses sentiments, mais je constate que le visage du noble señor s'empourpre de timidité chaque fois qu'il lui adresse la parole.

Contrairement à sa sœur Pauline, la princesse Jeanne use

avec les hommes d'une liberté qui me sidère et obtient des succès que j'envie. Pourtant, sa conversation est celle d'une sotte. Tout comme sa grande amie Caroline Murat, la reine de Naples, elle est aussi ignorante qu'une femme peut l'être; je veux dire, qu'une femme pouvait l'être au siècle dernier. Jeanne parle rarement de sujets sérieux; lorsque, par hasard, elle s'y hasarde c'est avec la gravité d'un conseiller aulique et la naïveté d'une enfant.

En revanche, quand elle s'attache à quelqu'un, la princesse déploie un art consommé. Méfiant, son dadais de mari ne se poste jamais très loin.

On le reconnaît sans peine à sa tournure tout à fait démodée. Ayant contracté dans son jeune âge l'habitude de porter l'uniforme, il se coiffe d'un vieux tricorne à plumet, retapé de telle sorte que la corne de devant tombe très bas, suivant un usage qui devait se pratiquer à Naples vers la fin du siècle dernier. Sans en avoir l'air, ce curieux personnage au teint mat, dont aucune émotion n'altère jamais la carnation, surveille sa femme de fort près. Il se garde du dernier venu à l'aide de tous les autres, fussent-ils en soutane, ce qui met sa femme hors d'elle. Ainsi, pour se parer du trop entreprenant Labrador, il est allé chercher le cardinal Consalvi qui était en grande conversation avec M. de Metternich.

Apercevant la princesse Jeanne, le légat du pape s'est enfui comme si on lui avait mis devant les yeux le diable en personne; le prince de Metternich a pris à partie le ministre d'Espagne pour l'emmener traiter de haute politique dans une embrasure de fenêtre. Il semble que le destin de son pays soit, pour l'instant, le cadet des soucis de don Pedro – si j'en juge par l'œil éploré qu'il jette en direction de la princesse Pignatelli. A moins qu'il ne craigne ce tête-à-tête avec le ministre d'Autriche, au cours duquel il va se faire traiter de transfuge pour avoir soutenu le camp français. Je doute qu'il change, pour autant, de position, car nul ne connaît un animal plus têtu que ce Labrador.

Il est venu à Vienne avec un seul objectif : obtenir que le roi Murat soit chassé et que le trône de Naples revienne aux Bourbons. Sachant que, pour défendre cette cause, il ne peut guère compter sur Metternich, c'est avec une petite mine que je le vois s'éloigner en compagnie du ministre d'Autriche.

Les regards de tous les invités convergent vers un nouvel arrivant.

M. de Talleyrand traverse lentement la pièce avec l'allure d'un diplomate-roi. Il salue, à droite et à gauche, quelques hauts personnages, sur un ton d'une courtoisie lointaine et appuyée. Penchant la tête vers le petit La Tour du Pin qui l'escorte en sautillant, il murmure, de sa fameuse voix traînante :

– Ce salon, noir de fracs et de noms de gazette, me fait penser à la première page du *Moniteur*.

Puis il s'approche de moi, s'incline et me chuchote à l'oreille :

– En vous voyant madame, j'aurais plutôt pensé au *Wiener Modezeitung* – un journal hebdomadaire consacré à la mode.

J'arbore, pour la première fois, un nouveau chapeau qui arrive droit de Paris – les courriers de l'ambassade ne transportent pas seulement des dépêches; cette charlotte, fabriquée à grand renfort de satin et de paillettes, enveloppe si bien le visage qu'elle vous enlève l'ouïe et la vue : le bonheur des laides, a-t-on coutume de dire.

Le prince ne me verra pas rougir; Dalberg qui le suit, en compagnie du marquis de La Tour du Pin, non plus. Tant mieux!

5

Le Grand Cophte

I

Au début du XIXe siècle, les Français passaient, en Europe, pour avoir l'esprit sec à force de s'adonner à la philosophie de Descartes.

A Prague ou à Vienne, vieilles cités baroques, médiévales, rococo, on se gaussait volontiers de ce peuple féru d'encyclopédisme et de progrès, bouffi de prétentions, enivré par l'esprit de conquête mais qui n'entendait rien à la musique, fort peu à la poésie et dont on avait fini par triompher avec l'aide des alliés.

Contrairement à Paris, la capitale de l'Autriche est une cité où les lumières de la philosophie ne sont point répandues et où règne une grande confusion dans les cervelles : la pensée comme l'art y sont inspirés par une tendresse universelle, pleine de naïveté et d'indulgence; la musique fait prime sur le verbe et seules les harmonies du violon sont prisées par tous.

Pour qui connaît un peu la ville, une chose est frappante : en marge des concerts, du théâtre ou de l'université, mille disciplines étranges, qui bannissent entièrement la raison, y prospèrent de la plus étonnante façon. Dans toutes les sociétés, l'astrologie judiciaire ou babylonienne, la médecine universelle, l'alchimie de Paracelse ou la cabale hébraïque recrutent un nombre considérable d'adeptes.

En Allemagne triomphe aujourd'hui une curieuse religiosité; ici ou là, théosophes et thaumaturges convient les catholiques de stricte obédience à se réunir avec eux au pied de la croix pour discourir sur un christianisme vague qui permet d'échapper à la ferme discipline de l'Église, jugée trop impérieuse.

Un peu partout, il n'est bruit que de miracles et d'apparitions : hier encore, le prince de Hohenlohe guérissait la princesse de Schwarzenberg, paralysée depuis des lustres, et rendait l'ouïe au prince de Bavière – leurs invocations ne sont cependant pas venues à bout de la surdité du ministre de Prusse.

Mais le plus fameux de tous nos sorciers est sans conteste Franz Mesmer.

Il y a un demi-siècle, le bon docteur Mesmer avait découvert, après de médiocres études de médecine à la faculté de Vienne, les propriétés thérapeutiques du magnétisme; elles lui valurent cette renommée universelle dont il bénéficie encore aujourd'hui.

Au début de sa carrière, les patients qu'il tenta de guérir dans les hôpitaux de la capitale montrèrent peu de bonne volonté : ils préféraient mourir de maladie plutôt que de guérir d'une fausse science. Il a suffi à M. Mesmer d'émigrer au paradis du scepticisme et de la raison discursive pour que ses connaissances et son talent fussent l'objet d'une admiration sans limites. Changement complet : à Paris, au lieu de se pencher sur la clientèle misérable qui fréquente les hospices, le docteur recruta ses patients, qui devinrent bientôt ses fidèles, dans la meilleure société. Du jour où il les reçut dans son cabinet, il ne cessa de procéder à des cures miraculeuses.

Par le moyen d'un baquet de chêne cerclé de cuivre, qui ressemblait à une grosse caisse, et à l'aide de baguettes métalliques pareilles à celles qu'utilisent les chefs d'orchestre, il entreprit de guérir les maladies nerveuses, les accès de langueur et les crises de mélancolie qui sont particulièrement fréquents chez les gens fortunés.

Il obtint des succès foudroyants sur la clientèle féminine qui faisait le siège de son cabinet; un siège qui se terminait le plus souvent par une capitulation.

Non seulement il guérissait le cerveau embrumé et le corps parfumé de ses belles clientes au moyen de quelques passes, mais ensuite il parvenait à leur extorquer de fructueuses rançons par l'effet de la transmission de pensée ou de tout autre artifice.

Les autorités, ayant reçu des plaintes, mirent en garde les Parisiens contre de possibles abus.

Ces avertissements n'éloignèrent que les femmes mariées les plus dociles et quelques duègnes. La pratique du docteur Franz continua de se multiplier de façon exponentielle, suivant une *progression magnétique,* disait-il. Elle se composait de créatures chaque jour plus jeunes et plus huppées; il n'auscultait que les plus jolies. Les présumant, à juste titre, d'un esprit fragile, le lieutenant de police s'en émut : mécontent de voir ses paternels conseils ignorés et son autorité bafouée, il fit condamner Mesmer par une Commission royale. Le magnétisme animal fut jugé *hérétique et dangereux.*

Accusé de fausse science par les moralistes et taxé de mœurs douteuses par les savants, le docteur Mesmer quitta la patrie de *L'Encyclopédie* pour fréquenter des pays plus éclairés. Dans les années qui suivirent, les Sociétés pour l'harmonie universelle connurent un grand succès à Vienne et, de là, se mirent à infester l'Europe entière.

Afin de rendre hommage à la baguette magique qui fut à l'origine de sa fortune, Mesmer, qui possède dans le faubourg de la capitale d'admirables jardins, y donne régulièrement des concerts : c'est dans son théâtre de verdure que fut créé *Bastien et Bastienne* de Wolfgang Mozart.

En vérité, la capitale de l'Autriche est en ce moment, plus qu'à n'importe quelle autre époque dans son histoire, livrée aux spirites, aux théosophes et aux faux prophètes de toute espèce, que la venue d'une importante société attire dans ses murs comme l'aimant capte la limaille de fer.

Une foule de mages bavards, de faux argus et de vrais tire-laine, de violoneux, d'hommes-orchestres et autres croque-notes de trottoir a envahi les rues et les cafés, peuplés d'individus louches ou extravagants. Tout est sujet de discussion en ces jours où les esprits et les cœurs sont échauffés comme l'air des premières montgolfières.

Suivant la main qui le brandit, l'étendard de la connaissance peut cacher un glorieux porte-drapeau ou un cornette ridicule. A la Hofburg, le tsar passait, au milieu de souverains ignares, pour un véritable thaumaturge; il s'était, de longue date, intéressé à cette passion nouvelle qui fleurissait partout : l'occultisme. Ce goût pour le mystère et les sciences traditionnelles, il l'avait en commun avec plusieurs de ses conseillers, en particulier avec Capo d'Istria. Bien entendu il le partageait aussi avec les femmes qu'il courtisait et, en premier lieu, avec la princesse Bagration – non que celle-ci entendît goutte aux grands mystères de la Cabale ou aux arcanes du tarot, mais elle s'était initiée, pour lui plaire, à cette nouvelle discipline; et puis, elle n'avait pas renoncé au vieux rêve alchimique de transformer en or tout ce qu'elle touchait – ce qui aurait constitué un excellent remède à une situation financière désespérée.

Alexandre était, comme l'avait pressenti Capo, un être assez crédule; il se laissait volontiers impressionner par les rites ésotériques ou par les séances d'initiation qui rassemblaient la meilleure société aux quatre coins de l'Empire ou dans la capitale. Il n'aimait rien tant que de se rendre, en compagnie de Catherine Bagration, de Jeanne Pignatelli et de quelques autres, dans la petite maison que le prince Razoumoffski possédait aux barrières, près d'un faubourg situé à l'opposé du Prater et de son somptueux palais. A plusieurs reprises, je fis partie de leur compagnie.

Avec le secours de quelques amis, magyars ou bohémiens, Alexandre se livrait à des tentatives de décryptement de la Cabale, à l'aide du comput hébraïque, qui endormaient ses belles compagnes; ou bien, il tentait de pratiquer des expériences de spiritisme qui, m'avoua piteusement la princesse Bagration, échouaient le plus souvent d'une façon lamentable.

Bref, il s'agissait plutôt d'une espèce inédite de jeu de société que d'une nouvelle forme de connaissance. Ni les uns ni les autres ne semblaient avoir le moindre don pour apprivoiser les fantômes. Si le tsar cueillait à foison les serments égarés des belles mortelles, il se heurtait toujours au silence obstiné des âmes immortelles.

Aussi accueillit-il avec joie la proposition que lui fit Capo d'Istria de participer à une séance organisée par un disciple de l'illustrissime comte de Cagliostro, qui séjournait en secret dans la capitale. A la fin de cette réunion, la baronne de Krüdener, en personne, viendrait vaticiner sur l'avenir de l'Europe et délivrer le message secret dont elle souhaitait réserver la primeur au tsar Alexandre.

II

Le rendez-vous me fut fixé par la princesse Bagration le dernier samedi de janvier. J'étais fort heureuse de trouver un dérivatif à mes soucis. Je suis d'un naturel assez crédule, quoique je parle volontiers des mystères de la religion avec forfanterie, et ce n'est pas sans appréhension que j'attendais cette soirée.

Comme je m'apprêtais à quérir un fiacre pour me rendre à cette séance tardive – comment qualifier cette réunion qui n'était ni un spectacle, ni une cérémonie, ni tout à fait une réunion mondaine? –, j'eus la surprise d'apercevoir, en embuscade devant la porte cochère du palais Palm, le duc de Dalberg qui m'attendait et me lança, avec sa jovialité coutumière :

– Vous faites partie des heureux privilégiés qui vont se faire initier aux mystères du martinisme. Ils valent bien, croyez-moi, ceux du martinitzme.

Cette fine allusion au nom du major Clam-Martinitz me laissa de glace et Dalberg poursuivit sans s'émouvoir :

– Je vous emmène avec moi pour écouter la parole du Grand Cophte. Vous me permettrez de vous tenir compagnie. Ces réunions sont parfois amusantes mais le plus souvent trop longues et fort lugubres. Vous êtes moins ignorante de ces choses que beaucoup d'autres; cependant, je vous en crois assez détachée pour que nous puissions échanger ensemble quelques bonnes paroles et quelques mauvaises pensées, n'est-ce pas, Aurore?

J'acquiesçai avec enthousiasme et m'accrochai au bras de Dalberg comme à une bouée.

Le duc jeta un œil approbateur sur ma silhouette, bien dessinée par une redingote de velours rouge bordée de la même loutre de Sibérie que ma chapska. Il ne me souffla mot ni de la présence éventuelle du tsar ni de celle de Juliette de Krüdener, et je n'en parlai pas davantage.

Je sautai dans sa carriole et nous partîmes, bon trot, jusque derrière la Josefsbrünnen, la fontaine où se trouvait le rendez-vous.

Le Grand Cophte nous y attendait. Il était entouré d'une douzaine de silhouettes fantomatiques qui se dissimulaient, dans la pénombre, sous leur bonnet ou sous le capuchon de leur domino. Parmi celles-ci, je reconnus la voix de Catherine Bagration qui bavardait avec Jeanne Pignatelli; mais je ne leur adressai aucun signe. Sitôt notre arrivée, tout le monde se serra dans deux carrosses. Les voitures demeurèrent immobiles jusqu'à la venue d'une calèche renfermant un important personnage qui devait fermer le cortège.

Qui d'entre nous n'a entendu parler, ici ou là, de Joseph Balsamo, comte de Cagliostro?

Il connut une grande vogue dans la société parisienne au début du règne de Louis XVI. Ayant été directement impliqué dans l'affaire du Collier de la reine, il fut embastillé, puis exilé. Quelques années plus tard, il sera arrêté à Rome et condamné à la prison perpétuelle par le dernier tribunal de l'Inquisition, pour escroquerie et appartenance à la franc-maçonnerie. Il mourut il y a une vingtaine d'années dans sa geôle vaticane.

Son disciple, le Grand Cophte, était venu nous accueillir, en compagnie d'une jeune femme.

Il était vêtu d'une sorte de grand surtout pareil à une robe de moine franciscain, le visage à découvert : une figure ascétique, entièrement glabre, sans un cheveu; ce qui ne l'empêchait pas d'être fort loquace. Pendant que la voiture demeurait immobile, en attendant les derniers participants, il se présenta à nous comme le restaurateur de la franc-maçonnerie traditionnelle d'obédience égyptienne.

C'était un personnage étrange et séduisant, qui alliait l'impudence d'un charlatan et la passion d'un fanatique aux connaissances d'un demi-savant. Il s'exprimait avec une grande facilité sur un ton qui n'était pas dénué d'autorité.

De surcroît, la beauté de sa compagne faisait autant pour son succès que ses meilleurs discours. Cette marquise génoise

– *dixit* Dalberg, qui ne semblait pas insensible à des charmes fort peu dissimulés – avait la taille svelte, l'œil ardent, la gorge mystérieuse.

– Je connais Sylvia depuis longtemps, me glissa le duc à l'oreille. C'est une excellente calculatrice sous les dehors de l'étourderie. Elle entre pour une part importante dans le crédit que son mari est parvenu à acquérir dans la bonne société allemande. Mais surtout, elle excelle à transformer ce crédit en monnaie sonnante et trébuchante.

III

Enfin le cortège fut au complet. L'épouse du Grand Cophte descendit de notre carrosse et alla prendre place dans un phaéton aux volets hermétiquement clos qui fermait le cortège. Les voitures se mirent en route et prirent la direction du faubourg de Leopoldstadt. Puis nous nous dirigeâmes, à l'ouest, vers la Taborstrasse, un quartier voisin de celui où se trouve le ghetto.

– C'est ici, nous indiqua notre guide, c'est dans ce quartier que se retirent les alchimistes. Les uns fabriquent de l'or potable. Les autres fixent le mercure. Ceux-ci soufflent et doublent la grosseur des diamants. Ceux-là composent des élixirs qui prolongent indéfiniment la vie. Les uns mélangent des poudres, les autres distillent des eaux.

» Tous ces gens, qui possèdent des trésors inouïs, meurent de faim. Leur langage est absolument inintelligible et leur extérieur misérable. A leurs adeptes, ils montrent toujours les plus heureux commencements... Ils promettent qu'à la troisième lune on verra.

» *Voir* est le mot clé de leur art qui, à lui seul, dit cent fois plus qu'un livre entier ne peut exprimer. Mais, à la vérité, ils ne présentent jamais rien de probant.

Les discours du Grand Cophte étaient construits de façon à jeter la suspicion sur les travaux de ses rivaux qui, tous, se trouvaient être des « charlatans très ordinaires ». En revanche, il savait à merveille mettre en valeur ses propres talents.

Le trajet nous parut interminable. Une fine couche de neige

amortissait les sons et les cahots. Nous glissions dans un silence de mort, que seule venait troubler la voix grave du Maître. Même Dalberg avait renoncé à ses pitreries habituelles. La voiture était éclairée par un pâle lumignon. Chacun de nous, engoncé sous son bonnet ou dans son capuchon de fourrure, constituait un entier mystère pour tous les autres. De qui se composait la société dans laquelle nous nous trouvions? A l'exception de Catherine et de Jeanne, il m'était impossible de répondre pour l'instant.

Au-dehors, l'éclairage public se faisait de plus en plus rare et celui des maisons de plus en plus modeste. La voiture, conduite par un cocher expérimenté, se faufilait dans un dédale inextricable de voies très étroites, de masures sordides et de sinistres palissades. Nous arrivâmes enfin devant une grande maison de pierre, dont la façade était signalée par un simple fanal. On ne pouvait y pénétrer qu'en se glissant dans une ouverture minuscule, située en contrebas de cinq marches; la porte étroite de la connaissance, sans doute.

Sylvia, la séduisante épouse du Grand Cophte, ouvrait le chemin. Elle nous accueillit gracieusement à l'entrée d'un vaste hall, éclairé par quelques torchères.

La lumière étant plus vive, je pus la détailler à loisir, sinon avec autant d'appétit que mon ami Dalberg. Celui-ci, ayant rabattu sa capuche, dévorait des yeux la jeune femme avec une gloutonnerie d'enfant de chœur. Sylvia était serrée dans un étui de poult-de-soie violet, glacé de vert, étroitement lacé par un cordonnet noir qui zigzaguait depuis son col jusqu'à sa taille, à travers le fjord profond de son décolleté.

Les hommes formèrent un premier groupe qui s'éloigna de quelques pas à la suite du Grand Cophte. Aux femmes qui l'entouraient, frileuses, inquiètes, Sylvia rappela discrètement que leur présence n'était tolérée en ce lieu que sous condition. Avant de s'éloigner, Dalberg se tourna vers moi et murmura, d'une voix assez haute pour que la jeune femme puisse l'entendre :

Si le sexe est banni, qu'il n'en prenne point alarme,
Ce n'est point un outrage à sa fidélité,

Mais je connais l'amour et je crains que ses charmes
Ne produisent l'oubli de la fraternité.

Cette fraternité avait un parfum maçonnique qui eut l'air d'enchanter Sylvia. Elle adressa à mon compagnon un sourire complice.

Puis, d'une voix de mijaurée, elle nous expliqua que chacune d'entre nous devait, avant toute chose, mettre mille florins dans une caisse. Comme les femmes, à Vienne, n'ont jamais un sou vaillant, cette première clause est souvent difficile à remplir. Mais, ce soir, la générosité de l'occupant du phaéton y pourvut largement.

Il fallait, en second lieu, que chacune d'entre nous acceptât de s'abstenir de tout contact humain durant neuf jours :

– Un engagement, nous glissa-t-elle habilement, bien difficile à obtenir lorsqu'on se trouve à Naples ou à Vienne, mais qui suscite peu de réticences à Paris où les femmes ont infiniment plus de dissipation que de tempérament.

Aucune participante ne formula la moindre réserve; Jeanne Pignatelli – flattée d'être à la fois napolitaine et viennoise – donna l'exemple en opinant dans un grand éclat de rire, sous son épais capuchon de lapin bleu.

Enfin, Sylvia exigea, avec un sérieux imperturbable, que nous fissions le serment de nous soumettre à *tout* ce qui serait prescrit, même si l'ordre semblait avoir contre lui les apparences de la bienséance ou de la moralité. Cette condition n'avait d'autre objet que de jeter le trouble dans les esprits et de mettre les fidèles dans d'heureuses dispositions. Elle remplit son office.

IV

Avant de pénétrer dans le labyrinthe secret qui conduisait au temple, chacune d'entre nous dut quitter, outre sa robe et son domino, qui sa bouffante, qui ses soutiens, son corps ou son faux chignon.

Nous revêtîmes une simple lévite de lin blanche, nouée par une ceinture de couleur assortie au voile de batiste qui fut distribué à toutes les postulantes. Quelques-unes, habituées à se confier aux soins d'une servante pour se dévêtir, eurent beaucoup de peine à se livrer à ce simple exercice et ce spectacle comique me fit rêver, une nouvelle fois, aux grands dortoirs du couvent de mon enfance.

Quand nous fûmes enfin prêtes, une porte de fer s'ouvrit à grand fracas.

Guidées par sept laquais de haute taille, qui avaient le crâne enfoui sous des tricornes à lampion, pareils à ceux que portaient les valets de l'ancienne comédie, nous rejoignîmes enfin les hommes. Ceux-ci étaient rassemblés depuis belle lurette, dans une vaste salle, éclairée *a giorno* par d'innombrables candélabres.

Au milieu de la voûte était suspendu un miroir rond, immense, autour duquel était écrit en lettres noires : *Dépôt des âmes errantes.*

Une fois cet espace franchi, le groupe s'engagea dans une suite interminable de couloirs à peine éclairés. Ce labyrinthe débouchait sur une dernière cave en forme d'ellipse dont le foyer le plus éloigné était occupé par une estrade. Au pied de celle-ci, deux ministres en aube violette balançaient des cassolettes d'or d'où s'échappaient les volutes d'un parfum fortement aromatisé.

Sylvia s'était fardé le visage et les seins de poudre de talc afin de les rendre absolument blancs; ses lourdes tresses de cheveux étaient dénouées et retombaient en nappe sombre sur ses épaules. Avec beaucoup de majesté, elle pénétra sur l'estrade par une porte en ogive qui en était l'unique accès. S'étant inclinée devant la vingtaine de personnes qui étaient rassemblées au pied de l'estrade, elle s'écria d'une voix rauque :

– Celui que vous allez entendre est le premier disciple du grand Cagliostro, sorti du sein d'Abraham sans avoir été conçu, dépositaire de tout ce qui a été, de tout ce qui est et sera connu sur cette Terre.

Puis elle leva ses mains jointes vers les cieux. Deux ou trois minutes plus tard, le Grand Cophte apparut, drapé dans les plis d'une ample lévite de templier de couleur puce, brodée de motifs géométriques en fil d'argent. Il tendit le bras gauche vers l'assistance, esquissa un geste de bénédiction, et demeura un moment recueilli et silencieux.

Autour de moi, la majorité des invités faisait bonne contenance.

A ma droite, le duc de Dalberg portait, inscrit sur ses lèvres, le sourire indéfinissable de celui qui craint par-dessus tout de passer pour dupe de ce qu'il ne comprend pas. Pour lui, la science ultime est la physique et il n'existe aucun phénomène qui trouve son explication hors des lois de la nature.

Un peu plus loin, Capo d'Istria et Razoumoffski paraissaient rongés d'inquiétude; mais sans doute l'étaient-ils pour des raisons diamétralement opposées : Capo redoutait tout simplement de voir sa machination avorter, tandis que Razoumoffski, d'un naturel ingénu et fort craintif, présentait un visage qui respirait la terreur.

De même, la frayeur qui se lisait sur la figure livide de la princesse Pignatelli n'était nullement feinte : elle avait les mains tremblantes, la mine épouvantée et des yeux révulsés, comme si elle venait d'entendre quelqu'un marcher sur sa tombe. A deux pas, le regard pétillant de la princesse Bagration montrait, à l'évidence, que celle-ci faisait de grands efforts pour garder son sérieux.

Quant au tsar, il avait renoncé à protéger son anonymat. A son habitude, il paraissait s'ennuyer; sans doute estimait-il que d'aussi longs préliminaires étaient fastidieux. Il attendait la suite des événements en se dandinant d'un pied sur l'autre et en observant les façons des autres invités.

Avec calme et assurance, le Grand Cophte récita d'une voix forte :

– J'invoque le Dieu des croyants, Fils de la nature et Père de la vérité, et le requiers de me dévoiler un des onze mille secrets qu'il porte. Je viens me faire son esclave, son apôtre et son martyr.

D'un geste, le récitant commanda au public de répéter en même temps que lui :

– *... son esclave, son apôtre et son martyr.*

J'observai le visage du tsar qui répétait la formule avec un étonnement amusé. Peu après, le Maître se retira. Les candélabres qui éclairaient l'estrade furent emportés par les deux desservants et une obscurité presque complète succéda à la pénombre. Une voix basse, qui paraissait sortir de la voûte, psalmodia en plain-chant des malédictions contre ceux qui ne pourraient supporter *la redoutable épreuve de la Vérité.*

Le Grand Cophte apparut de nouveau, un bref instant, sur l'estrade, tenant à la main un flambeau et entouré de volutes de fumées odoriférantes.

La voix reprit :

– Pourquoi êtes-vous ici?

– Pour obéir et pour servir!

Le Maître braqua son regard dominateur sur l'assistance, qui entonna en chœur : « Pour obéir et pour servir! »

Puis, d'une voix gutturale, il lança une dernière invocation avant de disparaître :

– Souvenez-vous que la chimère des mortels est l'immortalité. Malheur à ceux qui veulent, à tout prix, connaître l'avenir, alors même qu'ils ignorent le présent!

Avant de quitter définitivement l'estrade, le mage ficha soigneusement son flambeau dans un orifice du mur; puis il versa le contenu d'une fiole minuscule dans une coupe de cristal posée sur la table qui servait d'autel, au plein milieu de l'estrade. Aussitôt, des vapeurs méphitiques s'élevèrent au-dessus du bocal.

Peut-être le Grand Cophte prétendait-il, à l'instar du fameux minéralogiste Saige, aider les morts à se réincarner grâce à l'alcali volatil? Toujours est-il qu'il parvint, sans mal, à faire pleurer l'assemblée. Quand le nuage nauséeux fut dissipé, il en balaya les dernières traces d'un large geste et ordonna à ses fidèles, qui toussotaient à fendre l'âme, de se mettre à genoux.

Le Maître disparut et un silence sépulcral se fit dans la pénombre.

V

Après une longue attente, on vit enfin paraître, au fond de l'estrade, l'épouse du Grand Cophte. Elle tenait une longue feuille de papier à la main et annonça d'une voix forte :

– Notre sœur Juliette de Krüdener n'a pu se rendre parmi nous à Vienne aujourd'hui.

Un vif mouvement de déception se manifesta dans la salle, mais d'un geste, l'oratrice ramena le calme et poursuivit :

– Elle nous a transmis un message, entièrement rédigé de sa main, dont elle souhaite que soit faite une lecture publique avant qu'il soit remis à Celui... – elle inclina fort bas sa tête vers la partie droite de l'auditoire – Celui d'entre vous auquel il est destiné. Le voici : « Mes amis, je vous parle avec force car je vis aux pieds de la Croix. Il n'est plus temps de balancer. Que le peuple des vertiges s'amuse : il n'a que de tristes plaisirs qui le déshonorent tandis que les chrétiens veillent et prient. »

Le discours fut interrompu pendant quelques instants par une forte quinte de toux. Personne n'osa se retourner pour observer le tsar; ressentait-il encore les effets nauséeux de l'alcali ou bien était-il victime d'un vertige contracté durant une soirée de plaisir? Quand l'accès se fut apaisé, l'oratrice reprit sa lecture d'une voix métallique :

– « L'ange qui marquait du sang préservateur les portes des élus passe. Le monde ne le voit pas. Il compte les têtes. Le Jugement s'avance. Il est près d'ici et l'on s'agite sur un volcan. »

Un curieux phénomène d'écho venu du fond de la salle se produisit alors répétant certains mots avec un léger décalage, qui me parut artificiel tant la lectrice eut soin de le rendre perceptible :

– « ...sur un volcan. Nous allons voir la coupable France ...pable France, qui selon les décrets de l'Éternel devait être épargnée, par la croix qui l'avait soumise, nous allons la voir châtiée.

« Des chrétiens ne devraient pas punir et l'homme que l'Éternel avait choisi et béni, l'homme que nous sommes heureux de vénérer comme notre souverain, ne peut porter que la Paix.

« Mais l'orage s'avance ...age s'avance. Ces lys de France que l'Éternel avait restaurés, cet emblème d'une fleur pure et fragile qui brisa un sceptre de fer parce que l'Éternel l'avait voulu ainsi, ces lys qui nous appelaient vers Dieu ont paru pour disparaître ...ru pour disparaître. La leçon est donnée et les hommes, plus endurcis que jamais, ne rêvent que de tumulte. »

Un claquement de porte retentit au fond de la salle. Du coup, tout le monde se retourna. J'imaginais que Robinson Crusoé en personne allait surgir avec la tête coiffée de son chapeau pointu; ou plutôt de son fameux tricorne. En vain. Personne ne se manifesta. Dès que le silence fut rétabli l'oratrice poursuivit son monologue :

– « Ah, plaignons ces hommes; ils sont dans d'arides déserts. Peut-on danser et se vêtir de riches draperies, quand des millions de gens gémissent, quand de sombres haines déchirent le genre humain? Voici qu'approchent ces temps redoutables, dont chacun a le pressentiment sinon la certitude. Ces fêtes audacieuses qui sortent du deuil des nations entières et les y replongent, ne vous épouvanteront-elles jamais?

« L'an XV sera mémorable; les guerres et les désordres qui nous menacent seront terribles. La paix ne pourra s'arranger et l'on voit bien que ce ne sont pas les hommes qui ont le pouvoir de le faire.

« Je sais beaucoup de choses sur les grandes et profondes beautés de l'âme de l'empereur; j'ai encore d'immenses choses à lui dire car j'ai beaucoup éprouvé à son sujet. Le Seigneur seul peut préparer son cœur à les recevoir.

« Que l'Éternel dirige et bénisse celui qui est appelé à une si grande mission.

« Quant à l'indigne servante du Seigneur qui vous parle, elle ne demande rien pour elle. Seule la gloire du Christ la guide. »

Le silence qui succéda à ce discours – dont je rapporte ici l'esprit, sinon la lettre – me parut peser plus lourd que des boisseaux de plomb. Le tsar, suivi de Capo d'Istria, s'éloigna du groupe à grands pas fermes et mesurés. Dalberg me prit par le bras et chuchota à mon oreille :

– Que pensez-vous de tout cela?

– Il semble que cette femme soit instruite d'avance de grands événements qui sont en train de se préparer. Curieuse manipulation que cette voix qui répétait en écho : « Les lys de France ont paru pour disparaître. » Notre roi Louis XVIII serait-il menacé? Quel bonapartiste va brandir, demain, le glaive de Ravaillac?

– Ou quel révolutionnaire le poignard du jacobin Jacques Clément? Croyez-moi, aucun. En revanche, dites-moi plutôt qui a dit et répété, dans maintes occasions, l'aphorisme suivant : « Le monde est si bête! Seul le charlatanisme vous met en évidence »?

Je ne répondis rien.

– Eh bien, même si cela vous étonne, le mot est de Juliette de Krüdener, en personne. Elle l'a prononcé en Italie, il y a quelques années.

– Il est possible que cette créature ait l'esprit dérangé; il est fort probable qu'elle cherche désespérément le moyen de fixer sur elle l'attention de l'empereur Alexandre...

– ... dont l'esprit est également vacillant, vous en conviendrez volontiers, Aurore.

– Pourquoi pas? Cela est plausible. Mais, malgré moi, je n'arrive point à m'en convaincre. Je pense que les inquiétudes du prince de Talleyrand sont justifiées. Je crois, tout comme lui, que la pension de deux millions de francs que le gouvernement français refuse de verser au souverain de l'île d'Elbe risque de coûter fort cher.

– Vous avez sans doute raison. N'oublions pas que l'île d'Elbe est plus proche de la France que le port d'Alexandrie – celui-là même dont Bonaparte s'est échappé, en narguant la croisière anglaise, pour venir faire à Paris le coup d'État de Brumaire.

– Et les marins anglais ne sont pas plus adroits aujourd'hui qu'hier, cela est exact.

– Nous avons appris, poursuivit Dalberg, que le roi Murat ne cesse d'envoyer des appels au secours tout en renforçant son armée. La collusion est évidente : si Bonaparte quitte demain l'île d'Elbe, ce sera pour gagner le royaume de Naples et soulever l'Italie. Mais tout cela, ma chère Aurore, est bien éloigné des divagations étranges et laborieuses que nous venons d'entendre.

– Mme de Krüdener est si fortement imprégnée des idées que répandaient des esprits forts comme Martinez de Pasqually ou le comte de Cagliostro qu'elle vit toujours dans un rêve mystique et religieux : elle croit à la réalité d'un monde peuplé d'esprits grâce auxquels l'inconnu lui-même devient déchiffrable.

– Ces songes creux ne mènent à rien.

– Qui sait ce que nous réserve le combat avec *l'ange qui marquait du sang préservateur la porte des élus?*

Dalberg parut fort étonné du sérieux avec lequel j'avais lancé cette interrogation et, bien qu'il eût appuyé fortement le dos de sa main sur ses lèvres, il ne put s'empêcher de pouffer dans un énorme éclat de rire.

Deux ou trois mines réprobatrices se tournèrent vers nous et nous rejoignîmes avec componction le groupe des invités pour échanger quelques formules de politesse avant de regagner chacun nos pénates.

Apercevant Capo d'Istria, je ne pus me retenir de lui lancer, sous l'œil furibond de Catherine Bagration :

– Quand donc votre *ange exterminateur* va-t-il déclencher la guerre sainte?

– Peut-être plus tôt que vous ne l'imaginez! me répondit-il en partant du même rire que Dalberg.

Pendant un instant, je les ai crus complices.

V

De mars à juin 1815

Le retour de Robinson Crusoé

« Le Congrès est dissous ! »

Napoléon débarquant à Golfe-Juan,
le 1er mars 1815.

1

Nemrod

I

Depuis que la princesse Bagration m'a confié le soin de négocier une remise de dettes avec son beau-père, le comte Litta, elle me fuit comme si je ne pouvais plus lui apporter que de mauvaises nouvelles.

Elle ne m'a communiqué aucun écho des divagations de Juliette de Krüdener. Quant à Charles de Dalberg, il s'est amusé du spectacle organisé par Capo mais il n'attache aucune espèce d'intérêt aux vues prophétiques de la pythie du congrès de Vienne. Comme je lui demande s'il craint que les *lys de France* soient piétinés par les sabots d'un nouvel Attila, il se contente de me répondre : « La monarchie n'a pas besoin de thaumaturges, elle a besoin de savants. » Puis il me révèle que le tsar a demandé à Capo d'Istria de lui ménager une entrevue avec la sibylle.

Celui-ci a dépêché des courriers un peu partout en Allemagne pour retrouver sa trace. Cette mystérieuse créature se cache Dieu seul sait où – et encore... Peut-être se trouve-t-elle à Heidelberg, en compagnie de son disciple préféré, M. de Berkheim, dont le frère est ministre de la Police du prince de Bade. Tiens, tiens!

C'est tout le génie des femmes, qu'elles soient enchantantes ou enchanteresses, de savoir se faire prier.

Le roi Murat vient de commettre un nouvel impair : il a fait remettre à l'empereur François une note comminatoire dans laquelle il se plaint de Talleyrand – et ce, juste au moment où l'Autriche vient de faire alliance avec la France. Le mari de

Caroline s'est ainsi mis à dos son dernier soutien; même les Anglais, qui craignent désormais une collusion avec *Robinson Crusoé,* ne veulent plus entendre parler de lui.

La délégation britannique, si *stiff,* si comme il faut, si bien-pensante, est fort embarrassée par la présence à Vienne de lord Stewart et, plus encore, par celle de l'amiral Sydney Smith, le héros de Saint-Jean-d'Acre à côté de qui j'ai eu l'honneur de souper, il y a quelques semaines.

L'amiral a organisé, pour fêter le Mardi gras un dîner pique-nique à l'Augarten, qui a fait rire les délégations.

Deux mille personnes venues de divers horizons étaient conviées; moins de deux cents – presque tous des compatriotes – s'y sont rendues, dont une dizaine de femmes au plus : j'étais donc le point de mire de toute l'Angleterre.

Il faut dire que le repas, modeste, était servi en contrepartie d'une rétribution fort conséquente aux œuvres philanthropiques de l'amiral Sydney. Pour moi, cette invitation était bienvenue car elle m'a donné l'occasion de mettre à l'épreuve – avec succès – la générosité du duc de Dalberg.

Sydney Smith s'est fait nommer par on ne sait qui, et sans doute par lui-même, Grand Maître des Chevaliers libérateurs des esclaves blancs d'Afrique. Il entretient une correspondance assidue avec les consuls auprès des régences barbaresques. On se souvient du mot de Bonaparte à quelqu'un qui disait du héros de Saint-Jean-d'Acre : « Cet homme a failli vous faire manquer votre fortune », il répondit : « En vérité, c'est l'inverse; j'ai fait la sienne! »

Le produit de la souscription organisée par l'amiral n'est point destiné à racheter quelques esclaves chrétiens sur le marché de Bagdad, mais à faire fondre une lampe d'argent à neuf mèches. Celle-ci servira à éclairer le Saint-Sépulcre de Jérusalem et, au préalable, l'esprit des souverains auxquels Smith propose d'organiser une expédition maritime en vue « d'anéantir les puissances barbaresques, de mettre un terme à leur brigandage et au trafic des esclaves ».

Bien entendu, l'amiral prendrait lui-même le commandement de cette flotte : en attendant de sauver des galériens et de faire fondre sa lampe à huile, Sydney Smith demande à chacun de ses hôtes de payer son écot pour acheter une barrique de vin de Samos : cette contribution philanthropique a été fixée à trois ducats de Hollande pour le repas et à dix florins pour le bal qui doit suivre.

Au départ, la plupart des souverains s'étaient fait un devoir de répondre favorablement à cette collecte. Pour les accueillir avec éclat, Sydney Smith a donc fait disposer, le long de la grande allée qui conduit au palais de l'Augarten, des hommes à cheval. Placés de distance en distance, ils devaient saluer à grand son de trompe l'arrivée des rois. Les monarques ayant renoncé pour la plupart à se rendre à la fête, la fanfare a sonné pour un simple particulier avec autant de lustre que s'il s'était agi d'un prince.

– Les trompettes de la renommée pour trois ducats, quelle aubaine! observe Dalberg.

Ce sera la seule de la soirée. Après le repas de cabaret qui fut servi en un tournemain, il nous fallut subir en guise d'entremets l'interminable discours du héros de Saint-Jean-d'Acre – que le prince de Ligne avait surnommé *Long-Acre,* du nom de la plus longue rue de Londres. Quant au bal qui suivit, il a eu moins de succès encore auprès d'un public excédé de fêtes et il a fait le désespoir de toutes les perrettes de Vienne qui avaient compté sur cette soirée philanthropique pour valser avec un ambassadeur ou danser une polonaise au bras d'une altesse.

Ces pitreries sont bien loin des savants calculs de Capo d'Istria, mais elles montrent combien le destin de l'Empire turc préoccupe les esprits. M. de La Tour du Pin me faisait observer avec beaucoup de justesse, à l'issue de ce pique-nique de charité :

– Avec les débris de l'Empire ottoman, dont une coalition européenne appuyant les soldats russes viendrait facilement à bout, il serait possible de rendre aux souverainetés chrétiennes l'équivalent de ce qu'elles ont perdu depuis un siècle. Lorsqu'il aura restitué à chaque peuple ce qui lui appartient, le congrès de Vienne pourra se targuer d'avoir fait une œuvre séculaire et rétabli l'équilibre européen pour des générations comme le fit, en son temps, le congrès de Westphalie.

Vue profonde : faire de Constantinople une ville libre et du Bosphore une mer neutre, distribuer équitablement ce qui reste des conquêtes turques en Europe, voilà, sans aucun doute, la clé des problèmes avec lesquels chacun s'empoigne ici sans leur apporter de solution. Si l'obscur message de Mme de Krüdener pouvait contribuer à lancer le principe d'une alliance entre les souverains en vue d'atteindre ce grand objet, alors la paix du monde serait assurée pour les temps futurs – mais voici que je vaticine comme Juliette.

II

Ce sont là des vœux pieux – c'est le cas de le dire. Pendant ce temps, le Congrès se traîne, les monarques s'irritent, les peuples s'impatientent. Que fait Metternich? Au lieu d'occuper le devant de la scène, de proposer de grandes initiatives, de présider les conférences et d'animer les commissions, il est entièrement occupé de ses dévorantes amours.

Depuis qu'il a observé les visites quasi quotidiennes de son rival, Talleyrand, à l'hôtel Palm, il néglige la duchesse de Sagan à qui il avait fait parvenir, il y a une semaine, un vase de faïence blanche – une espèce d'amphore de médiocre facture, accompagnée de ce mot : « J'ai vécu en deux années de tourment, de peine et de chagrin, plus que vingt années d'une vie douce telles qu'elles échoient à l'immense majorité des humains. Tu n'as pas usé seulement les dernières facultés de mon cœur, tu les as brisées toutes... »

Il y a quelques jours, un matin après l'office des Cendres, je me trouvais dans la bibliothèque de Wilhelmine occupée à ranger quelques volumes. Soudain, elle fait irruption dans la pièce comme une furie, le front barré d'une croix noire. D'une main, elle me tend le billet que je viens de citer; de l'autre, elle brandit son vase d'un air vengeur en s'écriant :

– Regardez ce pot, Aurore! Il est affreux. C'est une urne cinéraire que ce paltoquet m'envoie là! Aujourd'hui, mercredi des Cendres, il tombe à pic!

Un grand fracas retentit et, à mes pieds, le parquet est jonché de débris.

Dès qu'il apprend le sort fait à son modeste envoi, Metternich, ivre de colère et de vengeance, offre *les dernières facultés de son cœur,* brisé lui aussi, à une Autrichienne de pur sang : Julie Zichy. Il prétend faire échapper cette frêle et charmante enfant aux assiduités ridicules du roi Frédéric-Guillaume de Prusse; sans doute ferait-il mieux de soustraire quelques arpents de Saxe à la voracité du souverain.

En vérité, Julie aime le chancelier en cachette depuis toujours et il le sait. Hélas, dévoilant ses batteries sans aucun artifice, il se conduit comme un sous-lieutenant. Elle feint de s'en offusquer : épouse fidèle, elle fait semblant de résister aux avances de Clément. Aussitôt, le chancelier prend feu. Pour de bon. A son tour, il arpente les plus longs salons de la ville en dansant des polonaises au bras de Julie, infatigable. Tout Vienne en fait des gorges chaudes.

Cependant, à l'hôtel Palm, la duchesse de Sagan apprend son infortune. Elle se désole. Talleyrand et Stewart la consolent. Elle est au point de devenir folle. Nous sommes en plein carnaval. Entre une visite du prince et un rendez-vous avec le lord, Wilhelmine ne cesse de se lamenter. Dans les bras de l'un, elle se plaint à l'autre d'être abandonnée par le troisième. Elle pleurote. Elle parlote. Elle sanglote. Sans succès. Alors elle se désespère pour de bon, vocifère et menace de se tuer. Avec un canif, sans doute : cela menace d'être long.

Dès qu'il l'apprend, Metternich revient à ses premières amours. Il délaisse sa Zichy comme une vieille dette. Julie peut verser des torrents de larmes, il s'en lave les mains et annonce qu'il sera au palais Palm à onze heures – *son heure* – comme à l'habitude.

Le temps qu'il y parvienne, Wilhelmine a replacé le canif dans son tiroir. Elle est de nouveau dans les bras du lord cocher dont le carrosse trône devant sa porte. Quand Metternich l'aperçoit, il ordonne piteusement à son automédon de retourner chez la Zichy.

Ces scènes de vaudeville, dont j'abrège autant que possible le pitoyable récit, font dire à Dalberg qui m'écoute, bouche bée devant un pareil flot d'inconséquences : « Qu'attendre d'un ministre qui, dans la situation la plus solennelle où puisse se trouver un homme, ne sait employer son temps qu'à des niaiseries? »

III

Au début du mois de février, un froid très vif a sévi qui m'a détournée de prendre la plume. J'aurais eu peu de chose à raconter. En cette morte-saison, les coups de feu prennent le pas sur les coups de cœur et les parties de chasse absorbent la majorité des loisirs qu'impose le carême.

Les battues se font dans des traîneaux richement décorés dont les chevaux sont couverts de housses brodées, garnies de grelots et de plumes. Au retour, d'innombrables porteurs de torches les accompagnent à grande allure en glissant sur des patins de bois; le soir, je vais assister au défilé des souverains déguisés en Nemrod; ils ont le regard modeste mais victorieux. Éclaboussés de neige, enivrés par les accents d'une musique triomphante et suivis par une cohorte de piqueurs richement harnachés, ils ont beaucoup plus d'allure que les soldats de la Grande Armée à la fin de la campagne de Russie.

Pour accueillir ces valeureux chasseurs, un portique de lumière a été dressé devant la Hofburg. Il représente un arc-en-ciel en verre de couleur surmonté d'un aigle royal aux ailes déployées, pareil à ces aigles de mer qui tournoient au-dessus des eaux du Danube.

Ce cortège royal et impérial était sur le point de s'engouffrer sous le porche du château lorsque est arrivée sur la place, lancée à une allure folle, une berline à quatre chevaux dont l'apparition a arrêté net tous les traîneaux. Un murmure d'indignation s'éleva aussitôt de la foule des spectateurs : quel insolent osait jeter ainsi le trouble dans la cohorte des souverains?

Quelques cosaques appartenant à l'escorte du tsar se précipitèrent en voltige pour arrêter la voiture et l'éloigner. Bien sûr, c'était lord Stewart, le noble lord cocher, qui tenait les rênes. Avec lui avaient pris place le beau Windischgraetz et l'aînée des Courlande. Tous trois disparurent dans un tourbillon de neige poudreuse.

Le tableau des trophées était impressionnant, le roi de Wurtemberg ayant abattu, à lui seul, quarante-deux sangliers et le roi de Bavière trente-quatre. Il faut dire que la chasse elle-même ressemble davantage à un massacre d'Indiens à la mode espagnole ou à une partie d'équarrissage à la sauce jacobine qu'à une véritable chasse à courre.

Depuis plusieurs semaines, une série de battues organisées dans l'immense forêt qui cerne la ville ont permis de rassembler dans un enclos plusieurs centaines d'animaux. Les monarques et quelques ministres, qui avaient eu le privilège de se joindre à eux, furent disposés le long d'une large avenue, sur une distance de trois ou quatre cents pas.

De temps en temps, les piqueux lâchaient avec un grand *Hourra!* une petite harde de quatre ou cinq bêtes qui se trouvaient forcées de passer devant les souverains, comme pour un défilé de bestiaux lors des comices villageois. Si les empereurs les manquaient, les sangliers tombaient sous le feu des rois; les quelques rescapés du massacre étaient abandonnés aux princes, aux ministres ou aux feld-maréchaux postés en dernier échelon.

On se débarrasse plus facilement d'un troupeau de bêtes sauvages que d'une horde de soucis. Dalberg, qui avait escorté la chasse royale et que je croise, par un merveilleux hasard, dans la foule – mais était-ce bien le hasard? – me raccompagne à pied jusqu'à la Johannesgasse.

Il me paraît d'une humeur joyeuse; pourtant il aurait de fortes raisons d'être inquiet : il doit se battre en duel au pistolet, demain, avec un grand escogriffe d'officier autrichien. Pour une vétille, bien entendu.

Je fais appel à toute ma force de caractère pour ne pas lui montrer combien je suis inquiète. Quant à lui, il s'afflige bien davantage de l'heure indue fixée pour la rencontre – huit heures, dans une allée perdue du Prater – que de son objet. Je l'imagine volontiers courageux mais cependant son insouciance ou sa témérité m'étonne :

– Vous êtes sans doute un tireur infaillible.

– Médiocre, pour ne pas dire nul. Mais peu importe! Cette

méchante habitude de se battre en duel ne fait plus de mal à personne, sinon qu'il est désagréable de se lever à la même heure que le soleil et de traverser la ville dans le brouillard. Quant à la cérémonie elle-même, cela ne vaut pas la peine d'en parler...

– Parce que cela ressemble à la battue dont nous venons de voir les héros.

Dalberg fait une drôle de grimace :

– C'est à peu près cela. Seulement voilà : aujourd'hui, on est raisonnable, n'est-ce pas? On se place à quinze pas. Celui qui vient d'être manqué tire son coup en l'air par politesse... et la politesse de manquer est devenue la règle. Que d'embarras pour rien ou pour si peu de chose qu'une balle perdue! Pas de nouvelles de nos amis?

– Vous me rassurez sur votre sort. Sur le leur, rien. La poste marche assez mal en Autriche, c'est sans doute pour cela que je n'ai reçu ni billet du major ni lettre de Dorothée.

– Soyons sérieux! N'avez-vous point entendu parler d'elle par sa sœur Wilhelmine? Le prince de Talleyrand qui va moins souvent à l'hôtel Palm depuis la fuite de sa nièce s'inquiète. Chaque soir, La Tour du Pin ou moi-même devons faire la tournée des trois sœurs Courlande pour tenter d'obtenir des nouvelles de la quatrième.

– Heureusement que von Clam est fils unique.

– Juste! Cela me laisse le loisir de me trouver ici. Mais savez-vous que la détresse de l'ambassadeur m'inquiète. Au moment où nos affaires vont au mieux, lui est au plus mal. Il semble que le tsar soit en train de devenir raisonnable sur le partage de la Pologne.

– A ce propos, Capo d'Istria a-t-il pu ménager son entrevue avec la belle Mme de Krüdener?

– Point encore, à ma connaissance; mais elle lui a fait parvenir un nouveau message; elle lui répète que « par la faute du nouvel Attila, de terribles désastres vont frapper la France si coupable ».

– Si coupable de quoi?

– Comment le savoir? Ne soyez pas si cartésienne. Pour moi, je suis comme feu le prince de Ligne : j'éprouve infiniment de plaisir à demeurer superstitieux. J'attache beaucoup de crédit aux boniments des tsiganes, des bohémiennes et de toutes ces vendeuses d'orviétan – qu'elles soient ou non baronnes!

– Le Grand Cophte et cette vieille femme qui l'accompagne...

– Qui donc?

– ... cette créature dont vous prétendiez qu'elle est une marquise génoise, les connaissiez-vous avant de m'accompagner à leur rendez-vous?

– Guère. Je me suis rendu une fois chez Sylvia... enfin, chez eux. Leur maison regorge d'empiriques; elle est pleine d'ouvrages de Paracelse, de Raymond Lulle, d'Arnaud de Villeneuve... Quant au mari, il passe ses nuits derrière un athanor à concocter le Grand Œuvre à l'aide d'eau régale et de poudre de projection.

Je me gardai bien de demander à Charles ce que, pendant ce temps-là, lui-même avait concocté avec son épouse. Nous reprîmes notre conversation :

– Et le roi de Saxe, son sort est-il fixé?

– Il sera maintenu sur le trône. C'est un fait acquis. Il reste à décider combien on lui offrira d'âmes et d'arpents. Voilà du travail pour ces messieurs de la Commission des statistiques.

– Une estimation difficile, j'imagine.

– Peuh! Ces commis sont exactement pareils aux chiens qui animent les tournebroches : il suffit qu'ils agitent leurs bouliers; peu importe dans quel sens, ils produisent des chiffres dont personne ne peut, ou ne souhaite, vérifier la qualité.

– Quel sera le sort du Saint Empire romain germanique? Vous passez pour être ici le seul à connaître ce sujet dans tous ses détails.

– C'est le dernier problème à résoudre. Quel sera demain le sort de ma patrie? Je l'ignore. François Ier a définitivement renoncé à la suzeraineté artificielle que lui conférait le titre d'empereur d'Allemagne et, dans le même temps, à toutes les charges qu'elle occasionnait sans engendrer nul profit pour ses sujets. Cela crée un grand vide qui va attirer les Prussiens. En attendant, un projet de Confédération germanique est en discussion. Mais l'impuissance de la diète de Francfort est telle que cette construction ne sera pas durable. Elle ne correspond en rien aux espoirs qu'avaient mis en elle les sociétés secrètes de la Tügen-Bund qui voulaient un véritable Parlement – sur le modèle de ces assemblées de Germains dont parle Tacite.

– A propos de Romains, quid du roi Murat?

Charles de Dalberg resta silencieux quelques instants. Je m'étonnai. Ce n'était pas son habitude. Je le regardai. Il sourit. Puis il se pencha vers moi et, dans la pénombre, sa bouche se plissa aux commissures, dessinant une patte d'oie sur laquelle j'eus envie d'appuyer mes lèvres. Je me dressai sur la pointe des pieds. Il m'épargna l'autre moitié du chemin.

Nous arpentions un tapis de neige tassé. Je manquai de glisser et de tomber à terre. Peut-être même favorisai-je un peu ma chute. Mon compagnon me saisit par le bras. J'étais couverte d'une mince redingote qui n'était guère un vêtement de saison. Il s'en assura avec une dextérité dont je ne m'offensai point.

Charles m'enveloppa alors dans sa cape de fourrure avec un empressement qui ne me laissait pas la moindre chance de lui échapper. Je n'avais, d'ailleurs, nulle envie d'essayer. Par jeu, je feignis de me débattre. Il m'immobilisa si bien les poignets que je dus me rendre à sa merci. Emmitouflée dans sa pelisse, entraînée mais pas contrainte, je regagnai le palais Palm. Sous le porche, j'échappai en courant à une étreinte qui se faisait de plus en plus indiscrète.

Je profitai de la pénombre pour prendre quelques longueurs d'avance. Je grimpai le grand escalier de pierre en courant aussi vite que si j'avais été poursuivie par une meute de fauves. En quelques enjambées, Dalberg m'eut rattrapée; mais il préférait me traquer sans chercher à me forcer tout à fait. Je l'entendais respirer, un peu plus vite, un peu plus fort que de coutume. En arrivant sur mon palier, je sentis son souffle tiède caresser ma nuque. Il se garda bien de rien entreprendre avant que ma porte fût grande ouverte.

La curée eut lieu dans ma chambre.

L'air était tiède; des bûches achevaient de se consumer dans ma cheminée. Sans hâte, je quittai mon manteau pour me réchauffer devant les braises. Dalberg s'empressa de m'en délivrer. Le foyer exhalait une chaleur apaisée.

Des doigts, qui ne l'étaient pas, défirent la dégringolade de boutons qui tenaient mon étroite robe de velours rouge serrée contre mon sein. Je défendis chaque boutonnière, chaque agrafe, l'une après l'autre, sans grande conviction; puis je cédai sur toute la ligne. Je sentis mon corsage s'épanouir sous ses caresses, depuis le col jusqu'à la taille, comme s'entrouvre une tulipe.

Des mains roides et rugueuses dont le contact me fit tressaillir – de surprise, d'appréhension, de satisfaction aussi – glissèrent sur mes épaules, enveloppèrent ma gorge et descendirent, très lentement, le long de mon corps. Nos lèvres se joignirent. Je chuchotai mes premiers mots d'amoureuse. Charles murmurait les paroles que je mourais d'entendre.

Je me livrai à son plaisir sans transport excessif mais sans retenue. J'étais fort innocente, mais cependant capable de faire la différence entre une femme qui se donne et une femme qui s'abandonne. Je me laissai aller à un caprice qui m'en fit oublier d'autres, de sinistre mémoire. Le duc était adroit et il était patient. J'avais médité de lui offrir, ce soir, tout ce que von Clam avait été assez sot pour ne pas prendre. Il me fit don de sa douceur, qui n'est pas si fréquente dans ces moments-là.

Mon angoisse s'évanouit; je fis comme elle. Tout était pour le mieux.

IV

Je repris conscience au lever du soleil qui, en cette saison, n'est pas très matinal.

Le feu brûlait joyeusement. Devant la cheminée, Charles s'affaira pendant un temps qui me parut très long. De temps en temps il jetait un coup d'œil dans ma direction et poursuivait son grand œuvre. Curieux préparatifs : une odeur de cire fondue et de métal chaud régnait dans la pièce.

Enfin il eut terminé et s'approcha de moi. Avec un peu de nervosité, il serrait fort contre lui un grand coffret à pistolets, en bois ciré. Au-dessus de sa lèvre mal rasée, une goutte de sang perlait que j'effaçai avec ma joue :

– Il faut que je parte.

– Attendez-moi!

D'un bond, je traversai la pièce, enveloppée dans la courtepointe, et me réfugiai quelques instants dans le cabinet de bain où je serrai ma garde-robe. Tandis que je m'apprêtai en hâte, Charles se rendit dans les écuries de la duchesse de Sagan pour faire atteler son tilbury.

Le froid vif du matin acheva de me réveiller. Nous traversions au grand trot la ville enveloppée de brume. Le seul bruit qui parvenait à mes oreilles était le martèlement sonore des sabots du cheval, plus rapide que le tocsin, moins vif que l'angélus. Au fond de moi, je sentais mon cœur battre au même rythme saccadé. Pour une fois, Dalberg le bavard intarissable se tenait coi, enfermé dans sa lourde pèlerine de fourrure.

Entre la cité et le faubourg qui la cerne, il y a une distance d'un demi-mille, au pied des remparts que Napoléon a fait détruire en partie. Ce terrain vague est parcouru par de nombreuses allées de lanternes qui rayonnent jusqu'à l'horizon. Notre équipage ferré à glace prit le galop et je voyais défiler les hauts fûts serrés des peupliers qui montaient silencieusement la garde, de chaque côté du chemin. Malgré les propos rassurants de Charles, je ne me sentais pas tranquille. Cependant, depuis que nous approchions du lieu du rendez-vous, son visage dégageait une impression de sérénité qui me parut de bon aloi. Pour faire diversion, je le questionnai :

– Charles, connaissiez-vous déjà le lieu fixé pour le rendez-vous?

– C'est moi qui l'ai choisi. Voilà : c'est ici! Derrière ce grand mur blanc. Surtout, n'ayez aucune inquiétude. Le lieutenant Friedrich Jaeger tire encore plus mal que moi. De plus, il est fort superstitieux. Je lui ai préparé un tour à ma façon; un tour que m'avait enseigné Casimir de Montrond, autrefois. Vous allez voir : il va se trouver mal; mais c'est tout ce qu'il risque.

– Comment cela?

– C'est une simple formalité, vous dis-je.

La cérémonie – il ne s'agissait nullement d'un règlement de compte entre deux adversaires, mais bien d'un rituel à la liturgie parfaitement ordonnée – se déroula sans le moindre incident. Nous étions en retard, par ma faute. Comme on ne pouvait se passer de Charles, on me pardonna. Le comte de Viel-Castel et un premier secrétaire de l'ambassade que je ne connaissais pas lui servaient de témoins.

Dalberg ne quitta pas de l'œil son coffret qui contenait une paire de superbes pistolets anglais : chacun prit le sien et Charles alla, aussitôt, prendre sa place, le dos au mur. Sans un mot, son adversaire se mit en position de tir à quinze pas. L'un et l'autre se dévêtirent pour s'affronter, comme le veut la règle, en bras de chemise.

L'arbitre du duel, après avoir eu un bref entretien d'étiquette avec les témoins, commanda le feu. Je ne respirais plus depuis un moment et je sentis couler, le long d'une de mes joues, une larme tiède et bientôt glacée : les détonations avaient retenti, presque ensemble. Le lieutenant Jaeger tira le premier, sans autre résultat que de faire sauter un peu de chaux à un bon pied au-dessus de la tête de Dalberg; celui-ci fit feu à son tour et une minuscule étoile rouge fleurit aussitôt au milieu de la poitrine de son adversaire.

Je poussai un cri. Charles restait immobile. Curieusement, l'Autrichien ne bougeait pas davantage.

Le médecin se précipita, suivi de l'arbitre du tournoi. Ils arrachèrent la chemise du lieutenant, chacun agrippant une manche : l'officier ne présentait aucune blessure apparente. Sans doute la balle avait-elle ricoché sur l'épaisse médaille de Sainte Gauburge qu'il portait en sautoir.

En apercevant sa chemise tachée de sang à la hauteur du cœur, il défaillit.

Le docteur le ranima avec quelques grognements et un bon cordial, tandis que Dalberg se rhabillait en sifflotant et en échangeant des gamineries en allemand avec les témoins de son adversaire. Moins de cinq minutes plus tard nous avions repris, dans notre tilbury, le chemin de la capitale.

Autant Charles avait été silencieux pendant le trajet d'aller, autant il fut loquace pendant le retour :

– Le pistolet de mon adversaire était chargé d'une balle, comme d'habitude; mais, même à dix pas, il ne ferait pas de mal au roi de Wurtemberg – la plus belle cible que puisse espérer affronter un duelliste. Quant à mon arme, je l'avais chargée avec une balle faite avec la cire d'une de vos bougies que j'ai moulée ce matin et noircie à la fumée. C'était une balle creuse et j'y avais fait couler quelques gouttes de mon sang; histoire d'effaroucher un peu ce jeune homme et de lui donner quelque chose à raconter à sa femme et à ses enfants.

Je ne pus m'empêcher de sursauter en songeant que Dalberg avait, lui aussi, une famille qui l'attendait paisiblement en France ou en Allemagne. Je l'avais interrogé à plusieurs reprises sur ce sujet; il ne s'était guère montré prolixe. Ce n'était pas le moment de l'évoquer et la bonne humeur du duc était, ce matin, si contagieuse que je n'eus point le temps de succomber à une crise de jalousie.

Nous nous arrêtâmes au café Hugelmann, tout près du pont qui fait communiquer la ville et le faubourg de Leopoldstadt; malgré l'heure matinale, il était très fréquenté, car c'est une tradition pour tous ceux qui se rendent au Prater de s'y arrêter. C'est aussi l'académie de billard la plus en vogue de la ville.

Quelques minutes après notre arrivée nous fûmes rejoints, autour de la table, par nos témoins et nos adversaires. Charles et Friedrich firent une partie de carambolage comme les plus vieux amis du monde; en bras de chemise, le lieutenant Jaeger arborait fièrement la mystérieuse étoile rouge dont Dalberg l'avait décoré.

2

Bureaux d'esprit viennois

I

Nouvelles complications diplomatiques, plus délicates encore que celles dont je parlais dans les chapitres précédents : il s'agit cette fois d'Isabey. M. de Talleyrand a fait venir de Paris ce peintre miniaturiste pour immortaliser, sur un même dessin, les principaux artisans du Congrès réunis en conférence – étant entendu que lui-même occuperait le centre du tableau.

Naturellement, le prince de Metternich et le général anglais Wellington – qui vient d'arriver dans la capitale autrichienne pour prendre la tête de l'ambassade d'Angleterre – revendiquent le même traitement. Chacun déclare : si je n'occupe pas la première place dans cette composition, je refuse d'y figurer.

Jean-Baptiste Isabey est un homme disert et fort adroit. Il a pris une méthode très sûre pour avoir la vogue et la garder dans la postérité : sachant que ce sont les femmes qui font et défont les réputations, il flatte excessivement celles dont il trace le portrait. Il n'y en a aucune que son crayon ne fasse aussi jolie qu'une Courlande, que son pinceau ne rende aussi svelte que la Bagration.

On sait que les opinions politiques d'un peintre sont ordinairement de la même teinte que sa palette sur laquelle se trouvent rassemblées toutes les couleurs. Le centre du tableau étant déjà dessiné, la venue tardive de Wellington posait un difficile problème de composition diplomatique. L'artiste, courtisan habile, est parvenu à persuader le général qu'il lui avait réservé la meilleure place : celui-ci entre dans la salle de réunion du Congrès et on le voit de profil. « Ainsi, vous êtes encore plus séduisant, vous ressemblez, peuh! ... à Henri IV » – de France, d'Allemagne, d'Angleterre? Peu importe! Le général anglais a été si bien flatté par cette auguste comparaison qu'il a acheté l'esquisse du tableau.

En me racontant l'anecdote, le jeune peintre se tordait de rire et il a ajouté :

– J'ai dû retourner plusieurs fois à la Minoritenplatz pour parvenir à croquer cet animal; il est si bavard qu'il bouge sans arrêt; en vrai, c'est un merle de la Tamise qui se prend pour un aigle du Danube. Il se croit superbe; mais moi je lui trouve le cheveu roux, le front court et le teint de la couleur d'un artichaut à la barigoule.

Wellington est venu à Vienne pour signer les accords que son prédécesseur a négociés. Il en tire une vanité incroyable et se promène partout, le nez au vent, avec l'air suffisant d'un chat qui a mangé trop de mou. Ses succès en Espagne lui sont montés à la tête. Pourtant, M. de Labrador lui-même reconnaît que si les Français ont été chassés de son pays, c'est par suite de sottes querelles entre Soult, Ney et Masséna et non par la science de l'Anglais.

En définitive, sur le tableau d'Isabey, le prince de Talleyrand aura le privilège d'être assis, comme un souverain, et Metternich sera debout, de face; que n'exigerait-on pas pour ne pas la perdre?

Avec les délégués de moindre importance, les choses ont été faciles; l'artiste n'a eu aucun mal à les convaincre de venir poser; et chacun de s'empresser dans l'atelier du peintre qui a, comme je l'ai dit, la réputation de montrer le meilleur côté de ses modèles. Tous, sauf le fameux baron de Humboldt, dont le nom mérite plus d'éloges que la figure : ce gros homme a des traits épais, le front trop haut et le menton trop court, des sourcils en peau de taupe et le visage de la couleur du papier brouillard avec lequel il se fait confectionner des papillotes. Avec une étonnante modestie il a confié à l'artiste :

– Vous conviendrez, monsieur, que la nature m'a fait si laid que je me suis fait une règle de ne jamais dépenser un florin pour conserver une image de moi à la postérité.

– Je ne demande pas à Votre Excellence une séance, mais

seulement de me permettre de venir causer avec elle durant une petite heure, demain matin.

– Après tout, pourquoi pas? a répondu le ministre en s'esclaffant, mais je refuse de poser et je refuse de payer.

Quand il vit le dessin, Humboldt déclara : « Ce diable s'est bien vengé de moi; il m'a fait parfaitement ressemblant. »

II

– L'abondance d'eau noyant les viscères prépare un mauvais chyle, cause des malaises et porte aux membranes affaiblies de la cervelle cette humeur tenace et mordicante qui fait que les femmes qui ne boivent que de l'eau sont, en général, criardes, entêtées et revêches!

Charles de Dalberg a lancé sa tirade *recto tono* comme on récite une litanie, d'un trait et sans reprendre son souffle. En achevant sa période, il a pris soin de la ponctuer d'un clin d'œil de connivence en direction de la princesse Pignatelli. La sœur de Dorothée, un verre de vin de tokay à la main, paraît aussi à son aise qu'une marchande de bonheur du Prater.

Ce soir, jour de la mi-carême, elle tient la haute main sur l'un des salons les mieux achalandés de la capitale. Ici les conversations sur les sujets de politique sont proscrites; en revanche, on côtoie dans ces murs les personnages les plus austères aussi bien que les plus mauvaises langues de Vienne. A trois pas du duc se tient, silencieuse et discrète comme une ombre, Pauline de Hohenzollern.

Celle-ci ne trempe jamais ses lèvres minces et transparentes, pareilles à celles d'une murène, dans un autre breuvage que l'eau de mélisse des Carmes. Ayant écouté la tirade de Dalberg, Pauline hoche la tête avec dédain, sans déranger pour autant l'ordonnance parfaite de sa chevelure de bronze. Elle hésite pendant un moment, puis s'approche avec circonspection d'un petit groupe au milieu duquel pérore son plus séduisant ennemi.

Elle s'avance avec lenteur et majesté, serrée dans un fourreau de soie mauve garni d'une ample broderie de fleurs de capucine en grandeur naturelle, sans aucun falbala de dentelle. Elle porte une coiffure ordinaire à deux boucles, avec un chignon relevé très haut pour dégager son col.

Le duc de Dalberg, qui est un peu son cousin – à quelle famille n'est-il pas apparenté dans cette Allemagne où ses ancêtres avaient élu domicile il y a une quinzaine de siècles? –, lui tend un verre de vin de Champagne en s'inclinant bas :

– Voulez-vous, chère cousine, goûter ce breuvage pétillant qui vous fera oublier, sans mal, votre ratafia de grenouille habituel?

– Merci infiniment, monsieur, mais je n'ai pas soif, répond la princesse de Hohenzollern qui ponctue sa phrase d'un sec coup d'éventail.

Dalberg feint de parer son geste en se penchant, de façon exagérée, vers son plus proche voisin, le petit marquis de La Tour du Pin, à qui il lance d'une voix haute :

– Dites-moi donc, l'ami, en quoi l'homme se distingue-t-il de l'animal s'il ne boit que lorsqu'il a soif?

Je crains que ce pauvre Charles n'ait un peu abusé, ce soir, de toutes sortes de vins. A peine a-t-il prononcé sa phrase en bégayant légèrement qu'il vide à nouveau sa flûte d'un trait.

– Tiens, tiens! Vous ne buvez pas dans vos bottes, ce soir! s'exclame Pauline avec, sur son visage, un faux air de surprise, à peindre.

Quelques années plus tôt, au lendemain de Wagram, Dalberg trinquait dans la grande salle des redoutes de la Hofburg avec une escouade de grenadiers. L'un d'eux ayant fait cul sec avec un verre de vin d'une demi-pinte, le duc, qui ne voulait pas s'en laisser conter par un soldat, français de surcroît, retira sa botte séance tenante, la remplit d'une pinte de vin et en fit autant.

Qu'au lendemain d'une défaite allemande Dalberg se comportât ainsi avait fait un petit scandale dont on avait beaucoup parlé, à l'époque.

– Ah! charmante Cendrillon, quand j'ai bu je vous adore. Si vous me le permettiez, je boirais avec joie dans votre pantoufle de vair, s'écrie le duc en désignant d'un doigt un peu tremblant les pieds de la princesse chaussés d'escarpins de soie noire, ornés d'une houppette de petit-gris ou d'une fourrure approchante.

– Si vous êtes obligé de boire pour me supporter, permettez-moi de vous dire, monsieur, que quand vous avez bu, je ne vous supporte plus.

Cela envoyé avec un sourire plein de grâce et d'affabilité, Mme de Hohenzollern se dirigea vers un groupe d'officiers prussiens aux uniformes chamarrés.

Je m'approche de Charles qui titube un peu. Glissant discrètement mon bras sous son coude, je le conduis dans un boudoir éloigné du trajet habituel des laquais chargés de plateaux et de bouteilles. Je lui demande :

– Le prince de Talleyrand viendra-t-il ce soir?

– Oui, sans doute. Mais je bénis le ciel qu'il ne soit point encore arrivé, car il n'aurait guère apprécié mon algarade de tout à l'heure.

– Je croyais que notre ambassadeur n'acceptait de se rendre dans cette citadelle de la convention que pour scandaliser les dévotes qui hantent ces lieux.

– Talleyrand n'a jamais fréquenté la Convention. Et je doute, étant donné les responsabilités qu'il détient dans le gouvernement de Sa Majesté Louis XVIII, qu'il se livre, ce soir, aux aimables facéties qu'affectionnait autrefois le ci-devant abbé de Périgord. Et puis, détrompez-vous, le salon de Jeanne est fréquenté par des gens d'esprit.

J'eus le bon goût de ne rien ajouter.

Au milieu de ses invités, Jeanne, la princesse Pignatelli, paraissait rayonnante. Elle recevait ses hôtes comme si elle les accueillait chez elle pour la première fois, distribuant à chacun de bonnes paroles comme on offre une obole, avec autant de grâce que de retenue.

De loin, je vis s'approcher d'elle une femme assez âgée, au visage revêche, tout de noir vêtue, qui portait ostensiblement, en sautoir, une miniature représentant le pape Pie VII. Après avoir échangé quelques mots avec cette vieille chanoinesse, Jeanne la prit par le bras et vint dans notre direction, visiblement heureuse de s'en délivrer. Avec la voix pleine d'un lâche soulagement, elle lança :

– Voici Aurore de Marassé en compagnie du duc de Dalberg. Je ne vous présente pas à Mme La Boutiquière de Saint-Mars...

– Mme La Bou-te-tière de Saint-Mars, baronne du Montet, ânonna d'une voix aiguë son interlocutrice.

– Mme du Montet arrive de Paris. C'est une proche cousine de votre ci-devant tutrice, Mme de Saint-Chamond. Elle meurt d'envie de faire votre connaissance.

Jeanne n'en dit pas davantage. Elle pirouetta avec la grâce de Mlle Bigottini et disparut corps et biens dans le flot de ses invités, nous livrant, Charles et moi, à la compagnie de cette vieille pie.

Celle-ci contemplait Dalberg avec une mine gourmande, le bec entrouvert; elle siffla aussitôt :

– Seriez-vous, par hasard, un cousin de Monseigneur de Dalberg qui fut archevêque de Mayence et prince-primat de la Confédération du Rhin?

– Hélas, madame, mon pauvre oncle Emerik vient de mourir. Dieu ait son âme! bien qu'elle se soit échappée sans les secours des sacrements de notre mère l'Église, lui répondit Charles avec un air pénétré de chagrin.

Je le regardai avec stupeur, sachant l'archevêque en parfaite santé; le visage de Dalberg demeura immobile.

– Triste nouvelle. Vous avez dû en être tout retourné.

– D'autant que, sachant Monseigneur sur le point de mourir, je m'étais rendu à son chevet, dans sa propriété d'Herrenshein au bord du Rhin, en compagnie d'un prêtre afin de lui faire donner le viatique.

– Était-ce bien nécessaire? ne put s'empêcher d'ajouter maladroitement la baronne du Montet qui s'attira aussitôt un grand geste d'acquiescement de Dalberg.

Et celui-ci d'ajouter avec un air navré :

– Ô, combien! Figurez-vous qu'en accueillant ce bon pasteur, mon oncle l'archevêque s'est contenté de nous déclarer : « J'aimerais beaucoup vous faire plaisir, mon père, mais figurez-vous que mon médecin m'interdit absolument les farineux. »

Mme de La Boutetière faillit en avaler son Saint-Mars; mais elle n'eut pas le bon esprit de s'éloigner; Dalberg, qui était décidément en pointe de vin, poursuivit son oraison funèbre d'une voix sépulcrale :

– Le lendemain soir, peu avant d'expirer, mon bon oncle se tourna vers le très saint prêtre qui était resté à son chevet toute la nuit, comme on reste à l'affût pour guetter une ultime conversion : « Ne comptez pas, l'abbé, que je cède à vos objurgations et que je renoue avec le Seigneur. Il y a rupture complète entre nous. Je vous rends lettres et portraits. » Sur ce, il lui tendit son bréviaire et son crucifix, ferma les yeux et expira.

Ayant dit, Charles de Dalberg baissa les paupières, tendit son verre vide à la baronne du Montet, comme on fait avec une servante, et quitta le boudoir en titubant sur ses longues jambes. Lâchement, je dois avouer que j'en avais fait autant quelques secondes plus tôt.

Comme je m'indignais de sa conduite, Dalberg me répondit qu'un pareil ton de dérision était monnaie courante dans le salon des Pignatelli où l'on faisait volontiers fi de la piété excessive qu'affichait, en public, la sœur de la maîtresse de maison. Jeanne ne s'en formaliserait guère; elle se souvenait avec un brin de nostalgie de son excursion à travers l'Allemagne en compagnie de son flûtiste – et des secours que lui avait offerts l'oncle Dalberg.

C'est tout au moins ce dont Charles tenta de me persuader.

– Quant au prince Pignatelli, soyez sans inquiétude, Aurore : en bon Italien, il préfère cent fois que l'on médise de la dévotion de sa femme plutôt que de sa vertu.

Dalberg avait sans doute raison. Au fond d'elle-même, Jeanne, qui est une vraie Courlande, se réjouissait que son salon fût réputé le plus frondeur de Vienne.

Quelques minutes plus tard survint la duchesse de Sagan, en compagnie d'un groupe d'Anglais; à leur tête paradaient sir Sydney Smith et lord Stewart. Le frère de ce dernier, lord Castlereagh, avait quitté Vienne pour regagner Londres et l'ambassade était confiée aux bons soins du duc de Wellington, qui n'était pas venu ce soir étaler sa suffisance.

Dalberg n'aimait pas les Anglais; il ne ménagea point le turbulent amant de la duchesse de Sagan :

– Regardez, Aurore, le spectacle que vous offre ce Stewart :

cet homme, gros et rouge, a la démarche courte et sautillante d'un rongeur avec les yeux plombés et le teint bilieux d'un amateur de porto. Avec cela, écoutez-le vociférer. Il a le verbe haut mais l'organe faible, le geste nul et, greffé sur le tout, un air hautain et méprisant qui a impressionné l'ignorante Wilhelmine.

Il est vrai qu'à quarante ans, Stewart est déjà vieux et laid, mais il a encore le talent de séduire les femmes éprises de ce genre d'individu qui respire la force brutale et tout l'esprit d'un gladiateur :

– Nul ne sait comment ce don Juan parvient à leur plaire, poursuivit Dalberg qui avait retrouvé son sens de l'observation habituel, mais ce n'est sûrement pas en lançant des œillades à ses victimes. Regardez-le bien : il a, niché sous une forêt de cils rebelles plantés au bout d'une paupière flasque, un œil qui ressemble à un morceau de charbon de bois au milieu d'une omelette.

Le trait était bien planté.

Nous nous approchâmes du groupe qui entourait les nouveaux arrivants.

Une conversation assez vive avait été lancée par l'amiral Sydney Smith qui exhibait, avec sa modestie coutumière, le grand reliquaire du roi Richard. Bien entendu, on traitait de l'abolition de l'esclavage, une idée à laquelle tous ces Anglais sont particulièrement attachés et dont on a, maintes et une fois, débattu dans les commissions du Congrès.

Comme l'amiral prenait vivement le parti des Noirs en suggérant que le préjudice infligé aux riches propriétaires par la suppression de la traite représenterait peu de chose, j'aperçus soudain la baronne du Montet, qui se trouvait au premier rang de ses interlocuteurs, rétorquer de sa voix pointue :

– Il n'appartient guère à quelqu'un comme vous, monsieur, qui êtes connu pour n'avoir que des dettes, de prendre la parole sur un pareil sujet. Laissez parler vos créanciers!

Un éclat de rire général étant venu soutenir cette observation, la vertueuse Mme de Saint-Mars poursuivit son oraison sur un ton fanfaron :

– En vérité, l'idée d'égalité, dont vous nous rebattez les

oreilles depuis un moment, n'existe nulle part dans la nature et sûrement pas dans la race ou dans l'individu. Souvenez-vous, monsieur, de ces Nègres que vous avez connus dans les colonies où vous avez sans doute fait campagne autrefois. Ils se ressemblent si fort entre eux qu'ils sont obligés de se faire des crans à la joue pour se reconnaître. Eh bien, malgré tout, l'un se goinfre de miel et reste un échalas alors que l'autre se repaît de charognes et se porte à merveille...

Un brouhaha confus accueillit cette tirade imbécile. Sir Sydney Smith et lord Stewart pensèrent étouffer d'indignation. A côté de moi, Dalberg préféra éclater de rire.

Avec son nez crochu et ses lèvres rouges, la vieille baronne du Montet ressemblait à un perroquet en train de picorer une cerise. Elle agita furieusement le plumet dont elle était coiffée puis, ne voulant pas faire tourner la soirée en dispute, abandonna la discussion. Wilhelmine de Sagan, qui brûlait de se faire remarquer à son tour, fit habilement passer la conversation des chaînes de l'esclavage à celles du mariage. L'affrontement des points de vue sur le divorce sépara bientôt le groupe d'invités en deux clans.

Autour de Pauline de Hohenzollern et de la baronne du Montet, se rangèrent tous ceux qui considéraient le mariage comme un sacrement indissoluble – il n'y avait pas à sortir de là. A l'autre extrémité du salon, les esprits plus libres se regroupèrent auprès de Charles de Dalberg et de Wilhelmine de Sagan. Dès lors, la conversation tourna en mauvaise galanterie. Tous deux firent assaut de propositions pittoresques et quelque peu rebattues sur un sujet dont ils étaient particulièrement avertis :

– Les chaînes du mariage sont si lourdes qu'il faut bien souvent se mettre à deux pour les porter...

– Et parfois trois.

– C'est pourquoi, Dalberg, lorsque votre femme reviendra d'Italie et vous demandera : « Charles, m'avez-vous été fidèle? » vous répondrez : « Souvent! »

Cela fit rire modérément quelques personnes et moi pas du tout. Je m'efforçai d'oublier cette boutade mais j'eus beaucoup de mal à y parvenir. Peut-être en serai-je délivrée maintenant que je l'ai confiée à ce cahier. Pour ne pas rester sur cette note grise, je décernerai la palme de la soirée au comte Sobieski qui proposa que, dans ses Instructions, la commission *ad hoc* du Congrès préconise contre l'adultère le même traitement que celui qu'on appliquait autrefois dans son pays, en Pologne, où le coupable est, affirma-t-il, puni par l'endroit même où il a péché :

– Chez nous, un homme surpris en train de jouer à cache-cache Nicolas avec une femme mariée est aussitôt cloué au pilori avec un rasoir à portée de la main. Dès lors, il ne dispose que d'un moyen pour s'en délivrer, c'est de se rendre eunuque.

Charles de Dalberg approuva chaleureusement cette proposition et me suggéra à l'oreille de partir en Pologne avec von Clam; il se chargerait du reste.

Un pareil moment de détente où, dans le cercle, chacun rivalisait d'esprit plutôt que de chercher à s'affronter, ne s'était pas trouvé à Vienne depuis de longues semaines.

3

L'envol de l'Aigle

I

Le comte Litta vient de m'adresser – en mon nom propre – une lettre qu'il a, sans nul doute, fait rédiger par son intendant et dans laquelle il m'avise avec sérénité, sans détours et sans circonlocution aucune, qu'il refuse de s'occuper plus longtemps des affaires de sa belle-fille, la princesse Bagration. Il transmet ma correspondance, avec les billets qui l'accompagnent, au prince Alexis Kourakine, procureur général de l'Empire.

Seul un tremblement de terre pourrait sauver la princesse; ou un raz de marée qui engloutirait Saint-Pétersbourg.

Quant à moi, si je ne finis pas mes jours dans les fossés de la Hofburg, j'irai moisir dans les geôles du tsar en compagnie de ma charmante amie – à moins que je ne sois condamnée, ce qui serait mille fois pire, à donner jusqu'à la fin de ma vie des leçons de solfège à Clémentine.

II

Hier soir, j'appelais de mes vœux un tremblement de terre ou un raz de marée; ce matin, Vienne ressemble à Pompéi au lendemain de l'éruption du Vésuve. La ville est plongée dans le silence.

Ses habitants et leurs hôtes éprouvent la même stupeur que les Parisiens, il y a trois ans, lorsque l'apothéose de Napoléon s'étant transformée d'un seul coup en catastrophe, la lecture du XXIXe Bulletin plongea la France dans le désespoir. En apprenant la débâcle de la Berezina, le prince de Talleyrand s'était écrié :

– C'est le commencement de la fin.

Qu'a-t-il bien pu ressentir ce matin, en découvrant que Robinson Crusoé s'est échappé de l'île d'Elbe?

Une fuite que chacun pressentait depuis de longs mois et qui était l'un des sujets de plaisanterie favoris des gens qui aiment à se faire peur.

Voici qu'une fois de plus les pessimistes triomphent. Mme de Krüdener avait vu juste. Nul ne sait ce qui va se passer demain. Mais tout le monde s'interroge : que s'est-il passé hier? A qui profite le crime? Qui donc avait un intérêt à voir Napoléon s'échapper de son île?

A priori, personne.

Pourtant, quand on y réfléchit avec un peu d'attention, la liste est longue des complices présumés auxquels on pourrait imputer la fuite de l'empereur. En voici quelques échantillons, fruits de mes réflexions ou bien glanés en écoutant des conversations de trottoir et des discours saisis entre deux portes.

Ils sont classés par le hasard qui les a fait naître sous ma plume :

Louis XVIII : Supposition absurde, dira-t-on. Pas tant qu'on ne l'imagine. L'ombre du commandeur Bonaparte a pesé plus qu'on le croit souvent sur les pas de ce régime que personne n'aime et que nul ne soutient. La capture de l'empereur serait une bonne affaire pour le roi Louis et la possibilité d'asseoir, enfin, son régime dans la durée.

Pourquoi le gouvernement de la France aurait-il refusé de verser au souverain de l'île d'Elbe la rente de deux millions qui était inscrite dans les traités, sinon pour le pousser à bout et le conduire à la folie qu'il vient de commettre?

Metternich : Les succès de son premier, de son seul rival, le prince de Talleyrand, lui ont fait tourner la tête. Tout le monde en convient. Il ne songe qu'à une chose : « Comment parviendrai-je à m'en débarrasser? Comment éviter que Talleyrand ne devienne, au retour de Vienne, le Premier ministre de la France avant que, moi-même, je sois nommé officiellement chancelier d'Autriche? Le seul moyen d'éliminer ce maudit évêque de la scène politique, de me venger de l'humiliation profonde que sa liaison avec Wilhelmine de Sagan m'a infligée, n'est-il pas le retour sur le trône de la famille Bonaparte? »

Pourquoi, avec l'aide de son ami le tout-puissant baron Hager, n'aurait-il pas imaginé de pousser le diable à sortir de sa boîte – sachant bien que les puissances européennes ne consentiraient point à le voir régner personnellement, mais qu'elles ne seraient pas mécontentes de faire la paix en échange d'une démission de Napoléon au profit de son fils – sous les auspices d'une régence conduite par la fille de François Ier, l'impératrice Marie-Louise?

Alexandre : Pas plus que François Ier, le tsar n'était un chaud partisan du retour sur le trône de France de la branche aînée des Bourbons. Pourquoi pas les Orléans? lui soufflait, en bon démocrate, son précepteur La Harpe.

Juliette de Krüdener, en lui annonçant que *les lys avaient paru pour disparaître* a fait de lui *l'ange blanc;* celui qui doit faire triompher les forces du bien sur *l'ange noir,* incarnation des forces du mal. Pour que la prophétie s'accomplisse, il faut et il suffit que, d'une façon ou de l'autre, Napoléon s'échappe de l'île d'Elbe.

A cette idée, j'imagine que Wilhelmine de Sagan, qui est un peu sujette du tsar, jubile : elle n'aime guère notre pays dont elle a épuisé l'un des plus nobles rejetons, son premier mari le prince de Rohan, en moins de six mois. Vive le changement et en route pour de nouvelles conquêtes!

Frédéric-Guillaume : Le roi de Prusse, quant à lui, déteste la France; il se souvient de Iéna et de la chute de Berlin comme si c'était hier. Blücher jouerait bien Paris à la roulette, comme Brunswick à Valmy : le joueur le plus expérimenté d'Europe est certain de ne pas perdre.

A Vienne, le prince de Hardenberg a échoué dans toutes ses tentatives pour dépecer la France et s'emparer de la Saxe : alors, chacun reprend ses levées et on recommence à battre la campagne. Les Prussiens ont lâché l'Aigle comme on lâche les chiens : pour se battre, pour le battre et pour dépecer sa patrie.

Quant à la vertueuse Pauline de Hohenzollern, elle ne peut qu'appuyer de toute son influence, de tous ses sourires, de tout son poids, cette campagne de salubrité publique : la France qui est, depuis 1789, la fille aînée de Satan doit disparaître.

Talleyrand : Bien sûr, c'est à lui que tout le monde pense sans que personne ose le dire. Qui ne connaît le machiavélisme du vieux sorcier? S'il veut s'imposer, demain, comme Premier ministre de la France et gouverner tranquillement, il faut que l'hypothèque bonapartiste soit levée, une fois pour toutes. Alors, il attire Napoléon en Italie, où l'opinion populaire le réclame, tout en persuadant Metternich de mettre en place des moyens militaires suffisants pour le réduire.

Ses agents ont fort bien pu suggérer à Bonaparte de braver la croisière anglaise pour se rendre à Naples où règne son beau-frère Murat, son plus vieux frère d'armes – Vendémiaire n'est pas si loin, que diable! – voilà une opération autrement moins risquée que de débarquer en France, dans une Provence royaliste, sinon ultra. Pourquoi Napoléon prendrait-il des risques inutiles?

Et puis aussi, et puis surtout, songe Talleyrand, comment faire revenir Dorothée d'Italie – sinon en faisant rappeler d'urgence von Clam sur des champs de bataille où sa vie sera en danger. Talleyrand se souvient de Joubert : un aide de camp est autrement vulnérable qu'un général en chef, n'est-ce pas? Pour cela, il suffit d'une bataille; que dis-je, d'un simple combat...

Voilà un lot de spéculations un peu folles; bien qu'elles soient contradictoires, elles ne sont pas, cependant, dépourvues de fondement. Parmi tous ces complices présumés, quel est donc le véritable coupable?

Et pourquoi pas Napoléon Bonaparte?

III

Il y a des jours de gros temps où l'on voudrait fermer tous les sabords pour empêcher les contrariétés qui vous accablent, de vous submerger : le mardi 7 mars 1815, la tempête a soufflé sur les ambassades de Vienne. Au palais Palm, j'ai essuyé plus de rafales que n'importe qui.

Dans le corps diplomatique, les hypothèses les plus dramatiques qui sont les plus probables fleurissent partout. Les hostilités vont-elles reprendre demain? Pour combien de temps? On calcule qu'elles n'ont pour ainsi dire pas cessé depuis que, le 20 avril 1792, le roi Louis XVI avait accepté de se rendre au manège, devant le Corps législatif, afin de déclarer solennellement la guerre à son beau-frère l'empereur Léopold. Tout le monde s'inquiète et fait grise mine; tout le monde sauf le prince de Talleyrand qui a reçu la nouvelle avec le calme d'un vieil oiseau désabusé, perché depuis des lustres sur l'épaule de la misanthropie.

Dalberg vient de me raconter la scène :

– Ce matin, le ministre est arrivé le premier à la Ballhausplatz, pour une réunion convoquée d'urgence par le chancelier de Metternich. L'Autrichien sortait de la Hofburg où il venait de rendre compte de la nouvelle à l'empereur. Avec un sourire crispé, il tendit une dépêche à Talleyrand; sa mine était pareille à celle d'un joueur qui vient de prendre une paire de deux à l'écarté.

» Ce pli lui avait été transmis par lord Stewart qui le tenait du consul anglais à Livourne – ce qui était fort humiliant pour la si encombrante Polizei-Hofstelle. Il portait le message suivant : le commissaire anglais Campbell, chargé de la surveillance de l'empereur, informe le Consulat que Napoléon Bonaparte aurait quitté l'île d'Elbe. Campbell poursuit ses recherches en direction de Capreira.

» Sur le coup, M. de Talleyrand ne manifesta aucune émotion. Il jeta un regard froid et désabusé vers les instruments nautiques, les longues-vues et les chronomètres qui encombraient le bureau du ministre autrichien, tout aussi féru de calculs astronomiques que politiques ou sentimentaux. Puis il l'interrogea, d'une voix posée :

« Savez-vous où va Napoléon?

– La dépêche ne le précise pas.

– Il va débarquer quelque part sur la côte italienne...

– Non, il ira droit sur Paris. »

» Les *paris* sont ouverts, conclut Dalberg. Mais, quel que soit le lieu où Bonaparte compte se rendre pour fomenter des troubles, Talleyrand est décidé à tout faire pour provoquer une réaction unanime des alliés afin de l'empêcher de préparer de nouveaux désastres en Europe.

Nous discutâmes sur les différentes issues possibles de cette aventure et épiloguâmes plus longtemps encore sur ses causes. Charles exerçait, une fois encore, son esprit caustique aux dépens du Premier ministre d'Autriche :

– La coquetterie diplomatique de Metternich qui n'a cessé de tergiverser sur le sort qui convenait le mieux à Bonaparte – parce qu'il était le gendre de François Ier et le frère de Caroline – voilà la véritable raison de la situation dans laquelle nous nous débattons aujourd'hui. Le chancelier est incapable de voir à distance; il a l'esprit comme un obélisque : plus il s'élève et plus il rétrécit.

Tout cela est bien connu; en revanche, la conclusion de Charles me plongea dans le désarroi :

– Voilà qui va ramener les oiseaux au nid et sans doute verrons-nous bientôt réunies sur le même perchoir les cinq dames de Courlande.

– Les cinq, ciel! comme vous y allez; il n'y a pourtant pas d'héritière sous roche, apparemment.

– Non, certes! C'est à Madame mère que je songe. La duchesse de Courlande se meurt de jalousie depuis que le prince de Talleyrand est parti avec sa nièce en oubliant sa femme à Paris. Elle languit depuis six mois, sans se contenter des lettres que lui envoie le ministre avec régularité – cette régularité même doit lui paraître un mauvais signe. On ne peut pas lui donner tort. Je la connais depuis dix ans. Elle va se ruer sur l'occasion pour venir se réfugier à l'ambassade. Je pense qu'elle arrivera de Paris en même temps que sa fille sera de retour d'Italie.

– En même temps que sa fille? En même temps que quelle fille?

Placé le dos à la porte, Dalberg bondit de sa chaise. Jeanne Pignatelli vient d'entrer sans bruit, légère comme les oiseaux dont parlait Dalberg. Elle a surgi par la porte dérobée qui donne accès à la bibliothèque de la duchesse de Sagan – où nous poursuivions notre conversation pendant que je classais distraitement quelques ouvrages sur les rayons.

Sans perdre son sang-froid, le duc répond :

– Quelle fille? Devinez! Il s'agit de celle d'entre vous quatre qui est réputée faire essayer ses robes et ses confesseurs par sa femme de chambre avant que d'en changer.

– Dans ce cas ce n'est sûrement pas de moi que vous parliez. Je n'ai aucune femme de chambre assez âgée pour avoir pu connaître mon dernier confesseur.

– Jeanne, vous êtes au courant de la nouvelle, j'imagine. Nous pensions, le duc de Dalberg et moi-même, que madame votre mère se mettrait en route pour Vienne dès qu'elle l'apprendra.

– Pourquoi pas? Ce qui est sûr, c'est que le jour où elle saura que Napoléon marche sur Paris, elle partira.

Bien entendu! La vieille amie de Talleyrand est mêlée à toutes les intrigues, à tous les complots qui ont été menés contre l'empereur. Demain, elle peut être obligée de s'enfuir; encore faut-il que Napoléon ait mis le cap sur la France et non sur la péninsule italienne – qui est à moins de trois lieues de Porto-Ferrajo.

– N'y comptez pas, ma bonne Aurore, me répond Jeanne Pignatelli sur un ton péremptoire. Je doute fort que ce diable de Bonaparte ait débarqué à Naples : il connaît sa sœur Caroline aussi bien que moi et il sait qu'elle serait capable de faire comme la Grande Mademoiselle et de l'accueillir à coups de canon – tant elle craint une quelconque entreprise de restauration qui pourrait mettre son trône en péril. Ce trône, c'est ce qu'elle a de plus précieux et elle s'y agrippera jusqu'à la fin, comme un naufragé à son radeau.

Je la regarde avec surprise : j'étais persuadée de la complicité de Murat et de son beau-frère. Mais, si rien n'a été arrangé entre eux, Metternich doit avoir raison : Bonaparte va prendre le chemin de Paris et la duchesse de Courlande celui de Vienne.

– Heureusement que ma sœur Dorothée a quitté la ville.

– Pas pour longtemps, intervient Dalberg, mine de rien, tout en me jetant un regard en coulisse. Le major von Clam ne saurait rester éloigné de la capitale et de son mentor, le prince de Metternich, durant ces heures dramatiques. Vous allez voir cet heureux couple débarquer, sous peu de jours, à l'hôtel Kaunitz ou à la Ballhausplatz.

A cet instant, la duchesse de Sagan pénètre dans sa bibliothèque avec beaucoup moins de discrétion que sa jeune sœur. Jeanne salue sa venue par ces mots :

– Il ne manquerait plus que le comte de Périgord arrive à Vienne à son tour et nous pourrions organiser une partie de whist.

D'habitude, les femmes ont de l'à-propos quand elles disent du mal de leur mari; mais Jeanne n'est jamais aussi gaie que lorsqu'elle parle avec ses sœurs. Toutes les deux partent d'un grand éclat de rire qui leur fait hocher drôlement la tête, surmontée du même chignon, tout en hauteur : l'une et l'autre sont coiffées d'un enroulement de cheveux si serrés qu'il évoque un nœud de couleuvres.

Les intérêts qui viennent de se mettre en mouvement sont tellement disproportionnés par rapport à nos petites intrigues familiales que cela prête à rire. Hier, les bons citoyens de Vienne ne lisaient que les affiches du théâtre de Gasper ou le programme des Festoieries du Congrès; aujourd'hui, fini les cabrioles, ils réclament des gazettes; demain ils attendront en silence le communiqué de l'état-major.

4

La fin de Sagan

I

– Elle a voulu de moi pour amant. Je n'en ai pas voulu. Après trois ans passés à l'entendre gémir, je l'ai prise comme on prend ce qu'on n'aime pas. Vous me dites qu'elle a beaucoup d'esprit. Eh bien! elle ne fait que des bêtises. Elle pèche sept fois par jour. Elle déraisonne et elle aime comme on dîne. J'ai entrepris la besogne sans amour...

Dans le grand salon désert de l'ambassade de France, le prince de Metternich fait le beau. Appuyé contre le tablier de la cheminée, les mains aussi disertes que la langue, il s'exprime avec une fatuité qui le met sur le pied d'un expéditionnaire de deuxième classe de son ministère. Du fond d'un canapé où elle s'alanguit à force de l'admirer, la ravissante Julie Zichy, l'ange du congrès de Vienne, jette un regard vide, comme celui de ces statues antiques dont les yeux d'obsidienne se sont perdus.

Hier, la jeune femme ne parvenait point à échapper au roi de Prusse Frédéric-Guillaume; aujourd'hui elle savoure le retour de Clément. Elle qui a tant souffert des cajoleries que le prince de Metternich prodiguait à l'aînée des Courlande, n'en revient pas d'avoir retrouvé les faveurs du chancelier. Silencieusement comme à l'habitude, elle l'écoute, elle l'approuve, elle le couve.

Quant à lui, indifférent à la personne avec laquelle il parle, indifférent à moi aussi qui, à trois pas, mine de rien, tisonne un feu à demi éteint, indifférent à tout ce qui n'est pas son discours, il poursuit son monologue :

– ... J'avais fait la connaissance de Wilhelmine à Dresde, il y a dix ans. Elle était mariée, elle n'a plus voulu l'être. Elle a voulu de moi comme amant, je n'ai pas voulu. Elle s'est liée avec un ennuyé. Au bout de peu de mois, elle n'a plus voulu de lui et elle a de nouveau voulu de moi. J'ai refusé une fois encore, puis j'ai fini par accepter. Elle m'aimait parce que je ne l'aimais pas. Quant à moi, je n'aimais que le soin que je donnais à l'entreprise.

» L'été dernier, je lui ai demandé six mois de fidélité. Je croyais ainsi lui faire du bien en lui procurant du repos. J'ai fait banqueroute. Je me suis entêté comme il arrive dans les mauvaises affaires. J'ai usé cinq ou six mois, en patience, en remontrances et en sermons. J'ai rompu. Le lendemain, elle a voulu se tuer. J'ai tenu bon. Elle ne s'est pas tuée. Voilà toute mon histoire avec elle.

Metternich se tourne vers la cheminée, s'empare des pincettes que je viens d'abandonner et fouaille les entrailles rougeoyantes du feu avec une nervosité qu'il ne parvient guère à dissimuler. Quelques étincelles fusent et s'éteignent aussitôt. Soudain il se redresse et, avec un pâle sourire, conclut :

– En vérité, j'avais entrepris la besogne sans amour; j'ai poussé l'entreprise par entêtement; quand j'ai eu fait le plein de rancune contre moi-même, je me suis trouvé si sot que je me suis fait pitié.

Il n'est pas de ministre qui ne finisse par éprouver un sentiment humain.

Metternich vient tout juste de quitter sa voiture : il arrive de Presbourg, en compagnie de Talleyrand; c'est pourquoi il est venu souper à l'hôtel Kaunitz.

Nullement fatigué, il arpente le salon désert avec une mine de vainqueur. Singulier triomphe, en vérité : en compagnie de Wellington et de l'ambassadeur de France, il est allé notifier au vieux roi de Saxe les conditions que lui impose le Congrès : elles réduisent son royaume à la taille d'un électorat et mettent le souverain à la portion congrue. Le chancelier craignait que, dans les circonstances actuelles, le monarque dépité se décide soudain à rallier Napoléon auquel il avait attaché sa fortune.

Talleyrand avait accompagné les deux ministres moins pour des raisons politiques que pour se rendre au chevet de la princesse de Brionne; sa plus vieille amie est au point de recevoir les derniers sacrements. Il y a un demi-siècle, elle avait aimé l'abbé de Périgord de toute son âme. Je doute qu'aujourd'hui cette pieuse créature ait réclamé sa venue pour lui demander l'extrême-onction.

La princesse émigra dès le lendemain du 14 Juillet; depuis, elle n'a jamais pardonné sa conduite au ci-devant évêque d'Autun. Il y a dix ans, m'a raconté Dalberg, au lendemain d'Austerlitz, Talleyrand se trouvait en Autriche avec les armées triomphantes. Il vint lui rendre visite au château de Linz. Le prince avait annoncé sa venue par un long billet qu'il avait rédigé en usant de tous ses talents de diplomate; bien qu'il fût alors ministre des Relations extérieures de l'empereur, il était venu en petit équipage pour frapper à l'huis du château. En guise de réponse, un laquais lui avait remis une enveloppe dans laquelle il découvrit sa lettre qui n'avait pas été décachetée.

A la veille de sa mort, la princesse a formé le vœu de se réconcilier avec lui. A l'inverse du chancelier autrichien que la présence de sa Julie rend fringant, le prince de Talleyrand paraît prostré. Assis, solitaire, dans un grand canapé, il est au comble de l'abattement. Autant, si ce n'est plus, que le retour de Bonaparte, il craint la venue de la duchesse de Courlande et redoute le regard méprisant de Dorothée. Alors il se penche sur son passé et s'apitoie sur lui-même.

Il me fait signe de prendre place à son côté :

– Aurore, connaissiez-vous la duchesse de Brionne? C'était une de mes plus anciennes amies et celle à laquelle j'étais le plus attaché. Elle est, hélas! sur le point de mourir à quatre-vingts ans passés.

– Je l'ai rencontrée une seule fois, il y a quelques mois qui me paraissent autant de siècles, chez le prince de Ligne.

– J'arrive de Presbourg où je lui ai rendu une dernière visite. Lorsque vous l'avez vue, sans doute avez-vous observé qu'elle avait gardé, dans son exil, des parures à la mode d'autrefois. Pour me recevoir, elle a recouvert ses épaules de l'étroit fichu que portait Marie-Antoinette à la prison du Temple.

Le ministre se plongea dans une méditation profonde et j'observai combien sa mine était altérée par le chagrin : « Ah si vous saviez, Mme de Brionne...! » La voix du prince se brisa tout à fait; il me sembla que cet homme, qui n'avait jamais pleuré de sa vie, retenait un sanglot.

– Mme de Brionne qui avait eu pour moi, pendant tant d'années, toute l'affection que l'on porte à un de ses enfants et qui me croyait des torts envers elle... Il faut, quelquefois, que la politique attende. Dès mon arrivée à Presbourg, je courus me jeter à ses pieds.

« Vous voilà enfin! me dit-elle. J'ai toujours cru que je vous reverrais. J'ai pu être mécontente de vous, mais je n'ai pas cessé un moment de vous aimer. Mon intérêt vous a suivi partout... »

» L'impression que je ressentis, poursuivit le prince d'une voix blanche, était si vive que je dus m'absenter quelques instants. J'allai prendre l'air sur le bord du Danube...

Talleyrand, la tête un peu penchée, resta silencieux un long moment, puis il m'interrogea du regard et je balbutiai :

– Non, je n'ai reçu aucune nouvelle de Dorothée.

Il hocha la tête avec une mine résignée et poursuivit, à mi-voix, avec une brusquerie qui m'étonna :

– Il faut que sa mère se rende au palais Palm quand elle arrivera à Vienne. Je ne veux pas la voir à l'ambassade!

Pendant un bref instant, il usa d'une voix sifflante qui dénotait une irritation profonde; il se reprit très vite et poursuivit, de sa voix traînante habituelle :

– La duchesse de Courlande vient ici pour voir ses quatre filles. Le mieux est qu'elle s'installe avec l'aînée. Veuillez en faire la demande expresse, de ma part, à la duchesse de Sagan. Allez, mon enfant, ne restez pas ici dans ce salon lugubre et glacial. Faites ce que je viens de vous dire. Ensuite, vous irez à votre tour prendre l'air sur le bord du Danube et vous penserez à moi. Je me fatigue la tête. On ne peut pas résister à six mois de tourmentes continuelles. Les jeux de l'intrigue qui sont venus s'ajouter au travail de cabinet ont usé toutes mes facultés.

Il me prit la main qu'il serra furtivement mais avec une chaleur et une affection qui me touchèrent aux larmes; puis il me congédia d'un geste. Je quittai avec joie ces lieux lugubres;

ils sont devenu tels du jour au lendemain, depuis que la France est, à nouveau, au ban des nations.

II

En pénétrant dans la cour de l'hôtel Palm, je rencontrai la duchesse de Sagan en compagnie de lord Stewart.

Leur liaison avait pris un caractère scandaleux qui effarouchait la bonne société; elle avait chassé de leurs soirées les gens de qualité. La politique n'y faisait plus recette et seuls quelques joueurs acharnés ou des ivrognes invétérés s'y retrouvaient encore, autour d'un buffet de brandy ou d'une table de reversi.

Je fus frappée de constater qu'aucune calèche ne stationnait dans la cour.

En quelques semaines, la faillite de la princesse Bagration et les désordres de la duchesse de Sagan ont fait de l'hôtel le plus couru de Vienne la demeure de la Belle au Bois dormant. La roue de la Fortune est comme celle des carrosses qui tombent plus aisément au creux d'une ornière qu'elles ne s'en sortent.

Sans évoquer, bien entendu, le nom du prince de Talleyrand, je fis part de son souhait à Wilhelmine qui me chargea d'y veiller avec une complète indifférence :

– Depuis que l'Ogre a chaussé ses bottes, Vienne est devenue une ville sinistre. Je vais partir à Löbikau. Vous ferez le nécessaire pour que *notre* mère – elle en parlait toujours au pluriel, comme si le fait que sa mère soit aussi celle de sa plus jeune sœur la rajeunissait d'autant – s'installe dans un appartement convenable.

» Elle préférerait disposer d'une chambre à l'ambassade de France, n'est-ce pas? Mais sans doute M. de Talleyrand prépare-t-il le retour de l'enfant prodigue au bercail. Pas de nouvelles de Dorothée? De son côté, le prince de Metternich doit attendre, lui aussi, le retour de von Clam : voilà qui va vous faire plaisir!

Pendant cette longue tirade, lord Stewart me détaillait du regard avec la délicatesse d'un maquignon; il ne me demanda pas d'ouvrir la bouche pour observer mes dents.

Je me gardai bien de le faire pour formuler une quelconque

réponse. Nous nous séparâmes froidement; la duchesse ne m'embrassa pas; je frissonnai en me souvenant que je m'étais laissé séduire, il y a si peu de temps, par ce grand oiseau de proie. « Je n'aime pas les femmes triomphantes », murmurai-je sur un ton de voix désabusé, en grimpant l'interminable escalier qui conduit à ma chambre. « Mais je n'aime pas davantage les gens désabusés. A vingt ans, passe encore! C'est un âge où on attend beaucoup de choses de la vie. Mais à trente ans, cela veut dire qu'elle ne vous les a pas données. »

J'ouvris ma porte. Dalberg m'attendait pour me les offrir. Je ne me fis point prier. On dit parfois que les femmes épuisent toute leur modestie dès le soir de leurs noces; et les hommes tout leur amour. Dieu soit loué, nous ne sommes pas mariés! Il me reste encore autant de bonheurs à découvrir que Dalberg paraît éprouver de joie à me les enseigner.

III

Toute la société de Vienne se trouvait réunie chez le prince de Metternich lorsqu'on apprit la nouvelle : Napoléon n'a point quitté l'île d'Elbe pour faire un séjour de plaisance dans l'île de Capreira, comme le laissait entendre le commissaire anglais Campbell. Il n'a pas non plus formé le projet de révolutionner l'Italie et sa sœur Caroline. Tout simplement, en débarquant à Golfe-Juan, il a clamé : « Le Congrès est dissous! »

Puis il a entrepris de regagner Paris et, demain, il va prendre la place de Louis XVIII au palais des Tuileries; personne n'en doute.

Cette annonce, pourtant attendue, se propagea dans les salons avec la vélocité de l'étincelle électrique : la valse s'arrêta d'un coup, laissant les danseuses suspendues, immobiles, au col de leur partenaire, bien que l'orchestre poursuivît son mouvement.

– On se croirait chez le prince Razoumoffski le soir de l'incendie, dans l'instant qui suivit le départ de l'empereur, me glisse à l'oreille le duc de Dalberg, mais celui qui a débarqué en France l'autre matin, risque de rallumer un brasier autrement difficile à éteindre.

Alexandre s'approche du prince de Talleyrand et lui murmure quelques mots en aparté; l'un et l'autre emboîtent le pas de M. de Metternich qui vient d'annoncer la nouvelle à l'empereur François. Peu après, le roi de Prusse sort du salon par la même porte, suivi par le duc de Wellington qui ferme la marche avec un air guilleret et fanfaron.

En quelques instants, les salons se sont vidés. Dans la cour du palais, un grand embarras de voitures s'étant formé, nous demeurons les derniers à évoquer nos plus étincelants souvenirs du Congrès en compagnie de la princesse de Lichtenstein que les discours des augures de Chancellerie n'ont jamais intéressée d'aucune manière, et de la duchesse de Sagan qui part, demain à l'aube, pour la Saxe. Et chacun d'entre nous d'évoquer les grands moments de la saison dont le souvenir est resté présent au fond de sa mémoire :

– Rappelez-vous, la retraite aux flambeaux des traîneaux sous une neige qui tombait à gros flocons et pailletait de blanc les uniformes, après la chasse de l'empereur Franz.

– Mon meilleur souvenir ce sont les illuminations et le ciel constellé de fusées, lors du grand bal paré de décembre donné par le prince de Metternich. A l'entrée du parc, je revois encore plus de cent laquais brandissant des torches qui embrasaient leurs livrées d'or et d'argent comme un feu d'artifice.

– Souvenez-vous de la partie d'échecs chez les Zichy. Dans la pénombre d'étranges figurants humains s'entrecroisaient en tous sens, avec une démarche d'automates, comme autant de pions.

– Pour ma part, j'ai aimé par-dessus tout ce concert de novembre où Beethoven dirigeait mille exécutants.

– N'oublions pas la fameuse réunion de l'assemblée plénière qui rassembla les deux cent seize députés venus à Vienne pour contempler les lustres de la Ballhausplatz et les lumières du prince de Metternich, ironise Dalberg.

Cette réunion tant attendue n'aura jamais lieu, hélas! ni pour ouvrir, ni pour clore le Congrès.

– Rien ne fut plus beau que le grand carrousel, au manège de Charles Quint. Pour décrocher l'anneau et le sourire d'une belle, vingt-quatre chevaliers s'affrontèrent à la lance, trois jours durant, devant ces blanches galeries, étincelantes et silencieuses comme des mines de sel.

– Au lendemain de cette fête, ajoute la princesse de Lichtenstein, les dames du carrousel ont été fort embarrassées pour retrouver les diamants qu'elles s'étaient fait prêter. Aucune d'entre nous n'en possédait assez pour se confectionner un diadème et en parer son déguisement. Afin de les utiliser au mieux, nous avions démonté tous ces bijoux pour les mêler avec d'autres si bien que personne n'a jamais pu reconnaître son bien.

– C'est tout à fait exact! renchérit Wilhelmine de Sagan. Sur ma robe, qui était la seule entièrement brodée de pierres, je portais des breloques appartenant à cinq ou six personnes différentes. Je me souviens d'avoir brisé l'Ordre de la Toison de ce fou de Metternich pour en extraire un superbe diamant. Le diadème qui ornait ma coiffure m'avait été prêté par une grand-tante; sur ma tête, il resplendissait comme la tiare de Sémiramis; sur la sienne, il ressemblait à une lanterne posée sur une vieille ruine!

» Hélas, il était beaucoup trop haut, j'ai dû en briser une partie pour l'arranger d'une autre façon, sans penser que les pierres allaient se détacher et se perdre. Cela n'a pas manqué! Ma femme de chambre a ramassé des perles et des rubis pendant une semaine.

Wilhelmine ne paraît pas davantage frappée d'avoir égaré des bijoux valant plusieurs centaines de milliers de florins que s'il s'était agi d'une pacotille destinée aux Indiens. De la même façon, durant le Congrès, souverains et diplomates se sont distraits en tirant à la loterie des royaumes que peuplent des centaines de milliers d'âmes; mais les moujiks ont-ils une âme?

Nous nous séparons pour reprendre chacun notre voiture en épiloguant sur la grande nouvelle du jour. Comme la duchesse de Sagan déclare : « C'en est fini, nous ne vivrons plus avec une épée de Damoclès suspendue au-dessus de nos têtes », le duc de Dalberg ajoute : « En voilà une qui n'aura pas eu le loisir de rouiller! »

5

Visite de la baronne du Montet

I

La ruine de la princesse Bagration et le départ de la duchesse de Sagan ne sont pas faits pour arranger mes affaires.

Ma situation personnelle est encore plus mauvaise que celle du Trésor autrichien dont chacun sait qu'elle ne peut être pire. Toutes mes sources de revenus sont taries. Désormais je donne ses leçons à Clémentine pour le plaisir : chaque matin, je comprends mieux pourquoi Voltaire prétendait que le piano-forte est un instrument de chaudronnerie à côté du clavecin. Au milieu de ces bruits de bottes qui nous assourdissent, mon élève joue sur le même ton qu'un hoplite grec lançant le péan avant la bataille.

Comme une difficulté ne va jamais sans une autre, le départ du roi Louis XVIII pour Gand a laissé l'ambassade de France sans aucune ressource financière. Par une déclaration commune, les alliés ont publié que Robinson Crusoé s'était mis *hors des relations civiles et sociales!* Les puissances s'engagent à fournir au roi de France leur assistance pour rétablir la tranquillité publique – hélas, cette gracieuse assistance ne va pas jusqu'à contribuer au rétablissement de ma tranquillité pécuniaire.

M. de La Tour du Pin, en me remettant une poignée de doublons qui ont couvert mes dettes les plus criardes, a laissé clairement entendre qu'il prenait ma détresse en pitié, mais qu'il lui était dorénavant impossible d'écoper pour moi le moindre kreuzer dans la galère réale de l'ambassade qui va à vau-l'eau.

Tout va décidément de mal en pis dans cette ville qui était, hier encore, la capitale de tous les plaisirs.

Non seulement on est assourdi par les bruits de bottes dont je parlais tout à l'heure, mais davantage encore par le tintamarre effroyable des trains d'artillerie qui traversent au galop le faubourg; sans doute les artilleurs cherchent-ils à éblouir une dernière fois les lorettes avant de partir affronter le meilleur d'entre eux.

J'étais lundi dernier dans un tel état de détresse que je me suis rendu dans la Schenkenstrasse, où réside cette baronne du Montet que Dalberg avait si fort maltraitée lors d'une soirée Pignatelli. Les du Montet sont un peu mes cousins par les Saint-Chamond et j'avais décidé de m'abriter derrière cette lointaine parenté pour lui demander du secours.

Eh bien! les choses ne se sont point passées comme je l'avais prévu : je m'étais préparée à subir un lot de remontrances dépêchées avec hauteur par une bigote enragée; je pensais affronter les piailleries stridentes d'une punaise de sacristie moquant mon imprévoyance et critiquant ma mauvaise conduite. Point du tout. La baronne du Montet est une personne aimable qui prolonge son séjour à Vienne en attendant la tournure que vont prendre les événements.

Le soleil brillait, ce matin-là, pour la première fois depuis la fin de l'hiver. La température était douce. Je fus reçue, avec infiniment de gentillesse et de courtoisie, par une vieille dame paisible, assise sous sa véranda. Elle se tient habituellement dans cette resserre emplie de fleurs, dont toutes les fenêtres avaient été ouvertes pour laisser pénétrer l'air tiède du printemps.

La baronne était entourée d'une kyrielle de demoiselles, fort bien élevées, ma foi, que la curiosité avait rassemblées autour d'elle. Ses filles ou ses nièces, je ne saurais le dire, étaient toutes vêtues de serge grise avec un col blanc et disposées par ordre de taille, comme les tuyaux d'un buffet d'orgue. Elles n'ont point entonné, pour accompagner mon entrée, quelque pieuse cantate; Mme du Montet leur intima l'ordre de s'éloigner d'un léger claquement de doigts; ainsi qu'une bande d'étourneaux, la nuée grise et blanche se dispersa dans un grand envol de cadenettes.

Comme je toussais à fendre l'âme, la baronne insista pour me faire goûter un bouillon blanc de sa composition qui était souverain, paraît-il, contre les affections pectorales. Connaissant ma situation précaire, elle était persuadée que je mourais de faim. Bien que l'heure du déjeuner fût passée depuis longtemps, elle me fit déguster une variété incroyable de pâtisseries viennoises dont ses filles n'avaient pu venir à bout et dont elle-même ne se priva point.

Ma tante me questionna, ensuite, avec une vive curiosité. Elle paraissait fort désireuse d'entendre quelques anecdotes sur ma vie quotidienne à l'hôtel Palm; un endroit dont elle avait entendu dire, dans les meilleures sociétés de la ville, que c'était *un lieu dangereux* pour une demoiselle; mais je passai pour y mener *une conduite exemplaire :*

– Je ne vous parlerai pas de ce vieil homme ivrogne, qui avait l'air de vous encombrer si fort, l'autre soir, chez ma cousine Pignatelli. Vous souvenez-vous seulement de son nom?

Je me gardai bien de tomber dans le piège et, lâchement, je répondis :

– Je l'ai tout à fait oublié. C'était sans doute un de ces Allemands qui mélangent volontiers leurs bocks de bière avec moitié de vin de Champagne, ce qui a tôt fait de leur ôter l'esprit de la tête.

– Vous êtes trop indulgente, ma cousine. Pour moi, je doute que cet Ostrogoth ait jamais eu la moindre parcelle de ce que nous appelons, en France, de l'esprit.

Bref, cette conversation à bâtons rompus se prolongea, fort civilement, jusqu'à une heure avancée de la soirée. Nous nous promîmes de nous revoir bientôt. Je regagnai mon pigeonnier, rassasiée pour une demi-semaine et nantie d'un viatique qui me permettrait de survivre pendant l'autre moitié.

II

Ce matin je dormais, chez moi, en compagnie de Charles de Dalberg. Celui-ci me réveilla avec une rudesse inaccoutumée. Je sursautai. Quelqu'un frappait à ma porte avec brusquerie.

Éberluée et tout à fait ensommeillée, j'entendis Charles m'avouer :

– C'est certainement M. de Los Rios qui ne m'a pas trouvé à l'hôtel Kaunitz et qui vient me chercher pour une petite affaire... car j'ai eu la sottise d'accepter d'être son témoin.

– Mais comment peut-il avoir eu l'idée de venir vous chercher dans ma chambre?

J'étais indignée. Dalberg me répondit, d'une voix plus embarrassée encore :

– Euh... C'est que ma présence dans votre lit fait justement l'objet du duel de M. de Los Rios.

– Comment cela? Vous battez-vous contre lui ou bien avez-vous simplement accepté d'être son témoin?

Je n'attendis pas sa réponse : les coups redoublaient sur ma porte : craignant que ce vacarme n'ameutât tout le personnel de service, j'enjoignis à Dalberg d'aller ouvrir séance tenante. Il valait mieux compromettre ma réputation devant un gentilhomme espagnol – fût-ce M. de Los Rios – que face à une nuée de serviteurs hilares, fussent-ils russes ou allemands.

Dalberg ouvrit avec promptitude; puis il s'esquiva dans le cabinet de toilette avec une célérité magique, en criant à son ami qui demeurait hésitant sur le pas de la porte :

– Je serai prêt dans un instant. Tâche d'expliquer à la comtesse de Marassé pourquoi tu m'as demandé de te servir de témoin.

Ayant couvert mes épaules, en hâte, d'un négligé de bonne facture, j'accueillis l'intrus avec une jovialité un peu forcée et le pressai de questions.

De ses explications confuses, je ne tirai pas grand-chose; à force de l'interroger, ce fripon d'Espagnol finit par m'avouer qu'il n'avait jamais été question d'un duel. Charles avait, tout bonnement, rendez-vous avec lui, dans la cour de l'hôtel Palm, pour aller parier, lors d'une course de chevaux organisée par lord Stewart.

– Comment avez-vous eu l'idée de monter jusqu'ici?

– J'étais fort ennuyé, après avoir attendu plus d'une heure dans la cour sans voir arriver Dalberg.

– Qui donc vous a renseigné?

– Pour dire vrai, je pensais que Charles était venu... en visite de courtoisie, et qu'il s'était rendu au petit lever de la duchesse de Sagan ou de la princesse Bagration.

– Elles ont, l'une et l'autre, quitté Vienne.

– C'est exactement ce que m'a dit un charmant petit homme, une sorte de nain tout blanc, très courtois. Il vous connaît bien et vous estime, madame. C'est lui qui m'a engagé à m'enquérir auprès de vous de l'endroit où je pourrais trouver le duc de Dalberg. Bien entendu je n'imaginais pas...

C'est alors que j'entendis, à nouveau, une série de coups frappés à mon huis, mais de façon fort timide, cette fois-ci.

Je n'eus pas la présence d'esprit de trouver la phrase qui aurait dissuadé, d'emblée, mon visiteur de se montrer. La porte était restée entrebâillée. Elle pivota sur ses gonds. J'aperçus le visage aimable de la baronne du Montet.

Je demeurai bouche bée.

Elle ne parvint pas mieux à dissimuler sa stupeur : découvrir une nièce, en pareille compagnie, dans une pareille tenue, à pareille heure... et, pire encore, elle n'allait pas tarder à savoir qui se cachait dans le cabinet de toilette... Je dois avouer, en outre, que M. de Los Rios, un fils naturel du duc de San Fernando, était à Vienne quelqu'un de peu fréquentable; il passait non seulement pour un roué, comme le duc de Lauzun, ou pour un libertin, comme le duc de Richelieu, mais pour un crapuleux comme Philippe d'Orléans.

Heureusement, c'était un homme d'esprit. Il comprit qu'il fallait me délivrer promptement de ma visiteuse – avant que Dalberg, dont l'habit noir était resté dans ma chambre ne fît irruption, à moitié vêtu, hors du cabinet de toilette.

Los Rios se redressa de toute sa taille en se frottant les mains; il jeta un regard particulièrement effronté à la pauvre baronne, qui n'avait été, de sa vie, à pareille fête, et lui lança avec autorité :

– La comtesse de Marassé est souffrante ce matin. Vous voyez comme elle a petite mine. Un accès de fièvre. Ce ne sera rien, une simple ébullition. Mais il vaut mieux que vous reveniez demain. Je vous emmène, madame.

Ce disant, il passa son bras sous le coude de l'auguste douairière qui ne chercha point à s'en défendre :

– Madame, croyez-moi, il faut vous dépêcher de me suivre car personne à Vienne ne répondrait de la vertu d'une femme auprès de qui j'aurais seulement passé une heure en tête à tête – même en calèche!

Il dit et disparut en me faisant un signe d'adieu de la main gauche. De son autre bras, il serrait celui de la baronne du Montet qu'il traînait comme un paquet de sottises.

Avant de se laisser entraîner, elle me lança, avec affabilité, quelques souhaits de guérison. Pour donner du crédit à son propos, je ponctuai son départ d'une cascade d'éternuements à fendre l'âme. Venue à l'hôtel Palm avec l'intention de s'encanailler en ma compagnie, la baronne du Montet avait gagné le gros lot et, moi, je l'avais échappé belle!

Quelques secondes plus tard, Charles de Dalberg fit irruption dans ma chambre en sifflotant, les pans de sa chemise balayant le plancher.

Il parut tout étonné de constater la disparition de M. de Los Rios. La grêle de coussins et d'objets de toute nature que je lui décochai le dissuada de m'interroger pour savoir ce qu'il était devenu.

III

Le paysage de Vienne change aussi vite que le temps sur les côtes de la Bretagne : après l'orage qui a surpris les esprits les mieux prévenus, le ciel est devenu gris; triste et les éclaircies ne durent pas.

Aux bruits de bottes que nous avons entendus les premiers jours succède celui des malles, des caisses et des chariots : toute la ville déménage et il ne restera bientôt plus ici que les secrétaires d'ambassade et les commis qui font gratter leurs plumes à un train d'enfer pour mettre en forme les innombrables documents qui accompagneront l'acte final du Congrès.

La duchesse de Courlande n'a fait qu'un très bref séjour à Vienne.

Ne souhaitant pas affliger M. de Talleyrand, qui n'aurait jamais osé le lui demander, elle est partie rejoindre sa fille aînée, la duchesse de Sagan, à Löbikau. Elle a quitté la ville le jour où sa fille cadette, la comtesse de Périgord, a regagné la capitale pour s'installer à l'ambassade de France.

La mère et la fille se sont embrassées sans effusion, sur le perron du palais Palm.

Avant de donner l'ordre de partir à son cocher, la duchesse de Courlande passa sa tête par une vitre de son carrosse; sous sa chapska, qui coiffait son visage d'une large auréole, elle adressa à Dorothée un sourire lumineux, désarmant d'indulgence et d'affection; d'un coup, il lui retira la moitié de son demi-siècle.

La jeune femme éclata en sanglots. Aucune des deux ne souffla mot.

Le comte von Clam est parti pour inspecter les régiments autrichiens qui se rassemblent dans le Tyrol.

Mais cet éloignement ne durera guère : le major doit regagner Vienne dans les prochaines semaines afin de rendre compte à Metternich de sa mission. La comtesse de Périgord est venue me faire une visite de courtoisie dans mon pigeonnier, après le départ de sa mère. Elle attend le retour de son major triomphant sans hâte excessive. Devant moi, elle affiche pour lui un sentiment que, visiblement, elle n'éprouve plus.

Nous avons parlé longuement de la duchesse de Courlande. Dorothée a été fort étonnée de constater qu'en son absence sa mère ne s'était pas installée à l'hôtel Kaunitz; elle a été plus surprise encore de son départ précipité pour Löbikau. Sa position l'embarrasse; ensemble, nous avons versé beaucoup de larmes parce que nous n'avons plus grand-chose à nous dire; nous nous sommes apitoyées chacune sur le sort de l'autre, avec une exaltation romantique mêlée de quelques brins d'hypocrisie dont nous n'étions pas dupes.

Le retour de von Clam et de Dorothée a chassé de mon cœur tout sentiment passionné; à la fois, celui que je croyais éprouver pour l'un et celui que je refusais de m'avouer pour l'autre. La culpabilité ayant disparu, l'amour s'est enfui et je serre sur mon cœur Dorothée comme une poupée de chiffon qui n'était pas pour moi.

IV

Le palais Kaunitz est à nouveau triste et désert; le prince de Talleyrand, me dit Charles de Dalberg, déambule inlassablement d'une pièce l'autre; sa démarche à trois temps résonne dans ces grands salons vides comme l'annonce d'un spectacle qui ne recommencera jamais. Bien entendu, il est préoccupé par les événements qui se préparent en Europe et qui risquent d'effacer, en trois coups de canon, un fameux trait de plume qui avait été si difficile à obtenir au bas du traité avec l'Autriche.

Pour la première fois de sa vie, lui aussi se lamente et fait du sentiment. C'est décidément le mal du siècle. Dès le lendemain de l'annonce du débarquement à Golfe-Juan, Talleyrand avait dit à Dalberg :

– Dans les forêts du Dauphiné, Napoléon fait le flibustier et, avant peu, on l'aura empoigné. Je n'aime pas la politique sentimentale; elle a fait reparaître Bonaparte et elle va nous replonger dans les malheurs de la Révolution et de la guerre.

En vérité, personne ne doutait du succès de l'entreprise : la capture de l'Aigle était jouée, chez les *bookmakers* de la Minoritenplatz à cinquante ducats contre cinq cents.

Sitôt après son retour triomphant à Paris, Napoléon a décidé de faire l'impossible pour se rallier le prince dont la réputation nouvelle, acquise à Vienne, fait un allié de marque. Aujourd'hui, le ministre ne sait à quel parti s'arrêter. Il hésite à rejoindre l'entourage de Louis XVIII qui s'est réfugié à Gand. Là-bas, tout le monde intrigue et se suspend aux basques de notre ennemi Wellington. Je ne vois point le prince de Talleyrand se plier à une pareille extrémité.

S'il ne se résout pas à partir, ce n'est pas non plus qu'il craigne de laisser Mme de Périgord à Vienne, à la merci de son rival – d'un seul coup d'œil, il a jugé qu'elle n'était point heureuse. Il sait qu'elle reviendra. Il suffit d'attendre et il ne manque pas de patience.

Non, la vérité est qu'il espère la venue d'un messager qui doit lui porter des nouvelles de Paris.

Napoléon essaie par tous les moyens d'amortir les effets de la déclaration du 13 mars qui le met au ban de l'Europe. Perspicace, il a fait écrire au prince de Metternich par sa sœur Caroline, la reine de Naples, dont il sait l'étonnante influence qu'elle a gardée sur le cœur du chancelier. Il compte sur le prince Eugène de Beauharnais pour détacher le tsar de la coalition. Enfin, il a envoyé à Talleyrand, Casimir de Montrond qui vient d'arriver à Vienne.

Cette ville qui était la cité la plus pimpante de l'univers ressemblera demain à un désert. Dans la petite société de la Hofburg, comme à l'hôtel Kaunitz, au palais Palm et partout ailleurs, l'atmosphère est lugubre et les souverains ne parlent que de politique. Insensible aux belles paroles de son ami le prince Eugène, Alexandre a déclaré à l'empereur Franz :

– Nous ne pouvons plus empêcher le cours de la Révolution en France. Il faut dire des messes pour que le mal en reste là.

Ces propos montrent combien les messages de la baronne de Krüdener l'ont changé. Lui aussi est en instance de départ. Il va prendre le commandement de son armée. En route, Capo d'Istria lui a ménagé une entrevue avec la sibylle dont les prières sont toujours exaucées et dont les prophéties se sont révélées exactes.

Il est difficile d'imaginer que l'avenir de l'Europe, notre avenir, repose désormais sur des esprits aussi fragiles.

V

Je reprends ma plume que la dernière visite de Dalberg m'avait arrachée des mains pour achever ce récit.

Montrond a été envoyé à Vienne avec deux missions : Napoléon l'a chargé de rencontrer le tsar pour lui montrer une copie du fameux *traité secret* dont j'ai déjà raconté comment il avait été signé, dans son dos, par la France, l'Autriche et l'Angleterre, au début du mois de janvier.

Napoléon comptait sur ce moyen pour semer le trouble dans l'union des coalisés. Comment son gouvernement a-t-il pu disposer, dès son arrivée à Paris, d'un document aussi compromettant? C'est incroyable mais vrai : M. de Jaucourt, qui assurait l'intérim de Talleyrand au ministère des Affaires étrangères, avait tout simplement négligé de le détruire ou de le prendre avec lui, tant il était pressé de fuir Paris.

En le lisant, le tsar a piqué une épouvantable colère, mais l'alliance n'a pas été rompue. Il a même quitté Metternich en bons termes avant de partir retrouver Mme de Krüdener qui a décidément une heureuse influence sur ses humeurs.

Quant à la seconde mission, elle était commanditée par Fouché, à l'insu de Napoléon, et avait pour objet d'obscures tractations en vue de faire remonter sur le trône le duc d'Orléans : le rêve de tous les vieux jacobins que la crainte d'une seconde Restauration a fait renaître. Il faut dire qu'à Paris comme à Vienne, personne ne jouerait un kopeck sur les chances de réussite des Bonaparte : trop d'armées se préparent à envahir la France pour qu'il puisse les défaire toutes, les unes après les autres.

VI

Tout cela n'est pas très gai; ce qui me reste à écrire est plus triste encore.

Charles de Dalberg, mon ami, mon seul ami, est venu me dire adieu. Je ne veux pas m'apitoyer une fois encore sur moi-même et je n'entretenais aucune illusion. Il a passé une dernière nuit à mon côté. Quand je me suis réveillée à l'aube, il était parti – comme il me l'avait annoncé quelques heures plus tôt.

Il m'a laissé une enveloppe contenant quelques centaines de

florins, au fond de laquelle se trouvait un *billet de confession* infiniment plus précieux que tout le reste.

« Vous êtes, madame, une exquise diaconesse qui inspirerait une contrition parfaite au plus mécréant des infidèles, au plus parpaillot des luthériens, au plus purotin des chanoines. C'est, au moment de vous quitter, un si grand plaisir de se confesser à vous que cela me fait oublier la tristesse de vous perdre; pour en prolonger l'agrément, on inventerait volontiers cent péchés inédits contre chacun des Dix Commandements.

« Comment vous réclamer, madame, l'absolution pour des fautes que nous avons commises ensemble. Vous en fûtes à la fois le sujet et l'objet, l'instigatrice et l'auxiliaire, la raison et la déraison. En me condamnant ne jetteriez-vous pas sur vous-même plusieurs fois l'anathème?

« Ne croyez point que j'essaie d'échapper ainsi à votre courroux. Vous me reprochez, sans doute, d'être parti : comme vous avez raison, ma chérie, et comme je me le reproche à moi-même. Depuis le jour que j'ai fait votre connaissance, belle Aurore, vous n'avez jamais réussi à m'inspirer d'autre ferme propos que le désir de prolonger indéfiniment les errements que nous avons découverts ensemble.

« Seul mon départ pouvait me permettre de m'arracher au péché et donc au bonheur.

« Si je vous envoie ce billet, dont mes larmes ont quelque peu oblitéré la calligraphie et perturbé la syntaxe, c'est que – comme je vous en ai fait part quand vous m'avez, pour la dernière fois, ouvert votre porte – je suis dans l'obligation de quitter Vienne. Je dois me rendre, pour le compte du roi Louis XVIII, en mission à Milan. En Italie, je retrouverai une famille que vous m'aviez fait si complètement oublier.

« Adieu, Aurore. Dieu vous garde. Dieu vous protège. Dieu vous réserve le sort que vous méritez : celui de partager avec un homme, plus heureux que moi, le reste de vos jours.

« A Dieu! Charles. »

Post-scriptum

« Si j'ai adopté pour vous dire au revoir, ma chérie, ce ton de dérision un peu saugrenu, c'est afin de ne pas sombrer dans un ton larmoyant plus dérisoire encore. Les sanglots m'étouffent. Ce matin, en vous quittant, quelque chose s'est brisé en moi pour toujours.

« Désormais, je ne connaîtrai plus jamais le bonheur de monter quatre à quatre les marches qui conduisent à votre pigeonnier. Je ne connaîtrai plus jamais le bonheur d'entendre votre voix chuchoter à mon oreille ces mots que je serai seul à répéter, je ne connaîtrai plus jamais le bonheur infini de presser mon visage contre le vôtre, si tendre et si beau. Non, Aurore, je ne connaîtrai plus jamais le bonheur d'aimer quelqu'un comme je vous ai aimée.

« Hélas! je suis presque deux fois plus âgé que vous, mon enfant. La vieillesse est un lent et interminable naufrage auquel nous tentons vainement d'échapper en écopant notre barque avec ardeur afin que la lie de désillusions que chaque journée dépose au fond de notre cœur ne marque pas notre visage de façon trop cruelle.

« Grâce à vous j'ai vécu hors du temps pendant quelques semaines; mais je garderai le souvenir de ces semaines pendant tout le temps qui me reste à passer sur cette terre. Vous m'avez tout donné. Je n'avais pas grand-chose à vous offrir en échange. Oubliez-moi vite. »

Épilogue

Paris, le 31 décembre 1815

Il y a dix ans, la frégate *Victory* rapporta en Angleterre les restes de Nelson qui fut tué, comme on sait, au combat de Trafalgar. Son corps avait été enfermé dans une barrique de rhum. Lorsque le navire arriva à Plymouth, le tonneau était à sec. Pendant la traversée, les matelots, bien certains que cette futaille ne serait point visitée par le sommelier, l'avait entièrement vidée à l'aide de chalumeaux de paille. Ils appelaient ça *mettre l'amiral en perce.*

De la même façon, à Vienne, les puissances alliées ont *mis l'Europe en perce* sous prétexte de se partager les dépouilles des Bonaparte. Qui s'en souviendra demain? Le tonnerre de Waterloo a effacé des mémoires l'acte final du Congrès, qui a été signé presque le même jour.

Les monarques et leurs ministres, réunis sur les bords du Danube, ont participé à des fêtes fastueuses. Durant six mois, ils se sont donnés en spectacle à eux-mêmes; puis ils ont décidé du sort des nations, ignorant avec superbe les aspirations des peuples.

L'aigle à deux têtes des Habsbourg trône sur la moitié des États italiens et il impose sa volonté aux autres; l'aigle noir de Prusse a annexé les plus riches provinces d'Allemagne et il impose sa volonté aux autres. L'aigle blanc des Romanoff a rayé de la carte la majorité des provinces polonaises et il impose sa volonté aux autres. L'aigle des mers britannique sillonne les grandes voies maritimes et il impose sa volonté à tous les peuples qui les bordent. Jamais ces peuples n'ont pu manifester leur volonté.

Ce matin, à Saint-François-Xavier, j'ai écouté l'abbé de Pradt qui était à Vienne au moment du Congrès. Ses vues sont profondes; je les accommode aujourd'hui à la sauce Marassé, car son éloquence est si bien élaborée que je ne saurais en rendre le goût.

Jamais l'Europe n'a subi un bouleversement comparable à celui qu'elle a enduré pendant ce dernier quart de siècle. Jamais les nations n'ont été ainsi fascinées par l'image d'une Révolution en marche. En décrétant la levée en masse et en mettant la Terreur à l'ordre du jour, il y a vingt ans, la Convention a poussé l'oppression des citoyens, l'art de la guerre et les prestiges décevants qui l'accompagnent, plus loin qu'ils n'ont jamais été portés.

On a vu les Français au Grand Caire et les Russes à Paris. L'Espagne et la Turquie sont tombées hors de la politique active; elles ne tiennent plus à l'Europe que par certaines formes de commerce que toutes les deux ont le don de faire à leur entier désavantage.

Autrefois, la péninsule italienne n'était qu'une pépinière d'œuvres d'art que l'on aimait visiter; malgré les aspirations manifestes de son peuple, elle demeure divisée en une infinité de principautés dont les souverains sont aux ordres de Metternich; les sultans ont davantage de femmes que certains d'entre eux n'ont de sujets, et elles sont mieux considérées.

En Allemagne, les princes médiatisés ont été rendus propriétaires de territoires découpés dans les départements ci-devant français de la Sarre et du Mont-Tonnerre. Mais il n'y a aucun lien entre leurs anciens États et les nouveaux : durant le Congrès, des discussions sans fin et sans conclusion ont eu pour résultat que la souveraineté a été distribuée à la loterie de la lassitude.

L'Autriche possédait des terres vastes mais dispersées qui faisaient sa faiblesse plus que sa force : avec des voisins partout, elle n'avait de frontières nulle part. Elle est aujourd'hui regroupée sans être unifiée et l'empire excessif des agents de la Polizei-

Hofstelle est un ciment bien fragile entre les peuples qui la composent.

Enfin, la Russie manifeste une si grande puissance que l'union de tous les autres n'a guère pu limiter les ambitions du tsar. Depuis l'origine des temps, le génie de la civilisation semble tourner son visage vers l'Occident : les régions de l'Euphrate où il apparut, il y a trois mille ans, sont devenues des déserts de sable; l'empire de Rome a occupé longtemps la place qu'Alexandre le Grand avait occupée fugitivement. Face à la marée montante des Scythes, la dernière espérance de l'Europe ira-t-elle se fixer sur les rivages du grand Meschacébé?

Pendant six mois, à Vienne, l'Europe en fête, assemblée dans la personne de ses plus vieux souverains et s'expliquant par la voix de ses ministres les plus éloquents, a donné un spectacle que l'on n'avait pas vu depuis les traités de Westphalie. L'œuvre du congrès de Vienne fut immense; sera-t-elle durable? Les ministres du Roi-Soleil avaient réussi à créer un ordre qui s'est imposé durant un siècle. Nos souverains ont composé une *macédoine* indigeste après avoir, durant des mois, découpé des portions en commission et pesé des âmes en petit comité.

Pour maintenir des empires sans cohérence et sans racine, cent cinquante millions d'Européens entretiennent misérablement plus d'un million de soldats qui sont un gage de leur ruine et de l'augmentation perpétuelle de nos contributions. On a oublié que, dans les plaines d'Arbelles ou sur les bords du Granique, la phalange macédonienne, forte de quelques milliers d'hommes, avait donné à Alexandre l'empire du monde. Qui d'entre nous se souvient que, près d'Ivry, dix mille soldats suffirent à Henri IV pour mettre les Bourbons sur le trône de France?

Ici à Paris, où je réside aujourd'hui et où il règne en maître, le tsar Alexandre a invité à un modeste souper le prince de Metternich, en compagnie de Mme de Krüdener et d'un quatrième convive qui, me dit-on, ne s'est pas rendu à son invitation : Notre-Seigneur Jésus-Christ, dont chaque soir, le couvert est mis à sa table.

Curieuse scène : pendant tout le repas, on a évoqué cette panacée souveraine qui doit, demain, garantir en Europe les acquis du congrès de Vienne : la Sainte-Alliance. Ce pacte sacré entre les souverains assurera, dans les siècles des siècles, la paix et l'harmonie universelles. Il marquera le retour à la grandiose tradition médiévale : les États de confessions différentes – catholique, luthérienne, orthodoxe – sont désormais placés sous l'autorité directe du Christ-Roi, de qui les souverains tiennent leur pouvoir et dont ils ont reçu mission de faire régner la Loi.

Le bonheur de l'humanité ne saurait résulter de l'émancipation des citoyens; il naîtra du droit divin qui fonde leurs suzerains et en particulier le premier d'entre eux : le tsar de toutes les Russies – même Napoléon sur le radeau de Tilsit n'avait point échafaudé un pareil rêve...

Seul monarque à ne pas avoir signé ce traité, le pape de Rome a refusé d'admettre que le tsar orthodoxe devienne le vicaire du Christ. On ne sait donc pas encore si la Sainte-Alliance sera placée, pour mille ans, sous le glorieux patronage de la Très Sainte Vierge Marie ou sous celui de Notre Auguste Baronne, Juliette de Krüdener.

Quant à moi, après le départ de tous ceux qui m'étaient chers, je me suis trouvée fort démunie. Tout d'abord, j'ai refusé de porter le deuil de Charles de Dalberg. Il m'a fallu, pour y parvenir, lutter contre moi-même; l'épreuve a été rude et j'ai cru que je ne la surmonterais pas.

Il m'a fallu aussi subvenir à mes besoins. Le hasard qui, parfois, fait bien les choses, a voulu que l'on m'offrît une place de qualité, auprès de la princesse de Saxe-Cobourg. J'y suis restée quelques semaines; cette femme envieuse et extravagante ne m'a pas gardée plus longtemps.

En quittant cette petite cour, je me suis rendue aux eaux d'Aix en Savoie. Sitôt arrivée, j'ai aperçu Ulrich de Rantzau, vieil ours solitaire, plus ennuyé, plus ennuyeux que jamais. J'ai eu l'heureuse idée de lui faire patte de velours. Le soir même, il m'a présenté le comte Xavier de Venanson, un homme mûr, d'une famille parfaite, aussi séduisant que je pouvais le souhaiter – et plus sage que tous ceux que j'avais connus jusqu'au jour où je l'ai rencontré.

J'ai le plaisir de vous annoncer que je me marie après-demain, le 2 janvier 1816, en l'église Saint-François-Xavier. Où trouver ailleurs un meilleur parrainage?

Après avoir navigué si longtemps, au gré des vents, au gré des flots, je n'ai d'autre désir que de jeter une ancre qui ne soit pas *une ancre de miséricorde,* de trouver le bonheur, une idée singulière, dans le calme d'une vie régulière.

Je négligerai désormais de prêter l'oreille aux promesses insensées des devins ou des oracles et de m'abandonner aux rêves toujours déçus qu'elles engendrent. Le destin ne vient pas vers nous masqué et vêtu d'un domino arc-en-ciel, comme Casanova au soir d'une grande redoute. Il porte un sarrau élimé qui cache le deuil de nos plus folles espérances et sous lequel se dissimulent nos efforts quotidiens pour le séduire.

Après tant d'années d'errance dans des pays couverts de forêts profondes, au-dessus desquelles tournoient de grands aigles royaux, j'aspire à retrouver les horizons de mon enfance, à contempler des cieux peuplés de grives et d'hirondelles, à vivre en compagnie de celui que j'ai choisi pour partager le restant de mes jours.

Postlude

Dans ses *Souvenirs* (1786-1866), parus chez Plon en 1904, la baronne du Montet termine les pages qu'elle consacre à Aurore de Marassé par ces quelques mots :

« ... Enfin, après le congrès de Vienne, des amis parvinrent à la faire placer comme grande-maîtresse chez le prince régnant de Cobourg, lorsqu'il épousa la princesse de Saxe-Gotha. Le prince lui avait promis cette place en plaisantant, alors qu'il faisait la cour à la princesse Bagration.

« Elle eut l'esprit de prendre cette plaisanterie au sérieux, mais la jeune princesse de Saxe ne l'a pas gardée longtemps à son service.

« Renvoyée de cette petite cour, elle partit aux eaux d'Aix. C'est là que la Providence lui a fait rencontrer le comte de Venanson, noble sarde, excellent homme qui l'a épousée et avec lequel elle vit très heureuse et considérée. »

Vienne – Hiver 1818-1819

Le répertoire placé en fin de volume, indique brièvement ce que sont devenus, dans la réalité, les principaux personnages qui apparaissent dans ce roman.